Geheime Passionen

Feuer der Leidenschaft – große Liebesromane

Sandra Marton, **Nur mit deiner Liebe,** (TB 27700)
Delia Parr, **Die Elfenbeinprinzessin,** (TB 27701)
Elizabeth Graham, **Rivalinnen des Glücks,** (TB 27702)
Alexa Smart, **Tausend Küsse im Paradies,** (TB 27703)
Elizabeth Graham, **Vergib mir meine Liebe,** (TB 27704)
Delia Parr, **Gefangene des Herzens,** (TB 27705)
Dorothy Garlock, **Schöner, wilder Mann,** (TB 27706)
Dorothy Garlock, **Geheime Passionen,** (TB 27707)

Dorothy Garlock

Geheime Passionen

Roman

Aus dem Amerikanischen
von Annika Tschöpe

Econ Taschenbuch Verlag

Veröffentlicht im Econ Taschenbuch Verlag
Der Econ Taschenbuch Verlag
ist ein Unternehmen der Econ & List Verlagsgesellschaft
Deutsche Erstausgabe

First published by Warner Books, Inc. New York
Titel des amerikanischen Originals: Yesteryear
Aus dem Amerikanischen übersetzt von: Annika Tschöpe
Umschlagkonzept: Büro Meyer & Schmidt, München – Jorge Schmidt
Umschlagrealisation: Init GmbH, Bielefeld
Titelabbildung: Thomas Schluck, Garbsen
Lektorat: Esther Hansen
Gesetzt aus der Cochin, Linotype
Satz: Josefine Urban, KompetenzCenter – Düsseldorf
Druck und Bindearbeiten: Ebner Ulm
Printed in Germany
ISBN 3-612-27707-3

KAPITEL 1

Addies Augen sprühten vor Zorn.

»Verschwinden Sie! Kein Wunder, daß der Süden den Krieg verloren hat, wenn solcher Abschaum für ihn gekämpft hat.«

»Passen Sie lieber auf, wen Sie hier beschimpfen.« Die Miene des betrunkenen Soldaten wurde plötzlich bösartig. Er starrte unter die Sonnenhaube des jungen Mädchens, das neben Addie stand.

»G-Guck mal, Nate. Guck mal hier. Ist das nicht ein Anblick?«

»Das ist die Niggerin, von der wir gehört haben.«

»Mir doch egal. Sieht gar nicht wie eine aus. Ist ja fast weiß.«

Addie stellte sich rasch zwischen Trisha und den Mann, bevor Trisha das Messer aus ihrer Tasche ziehen konnte.

»Ist das Ihre Niggerin, Ma'am?«

»Falls Sie überhaupt Manieren haben, würde ich vorschlagen, daß Sie jetzt davon Gebrauch machen.« Addie bemühte sich, nicht laut zu werden und Aufmerksamkeit zu erregen.

»Na, na. Ganz schön arrogant, wenn man bedenkt, wer Sie sind.«

»Ich zahl' einen Vierteldollar für eine Stunde mit ihr.« Der Mann kam ganz dicht an Addie heran. Sein Atem roch so übel, daß sich ihr der Magen umdrehte. Sie wollte ihn mit der Hand zurückstoßen, aber er rührte sich nicht von der Stelle.

»Wenn ich schreie, wird sich jeder anständige Mann hier auf der Straße im Handumdrehen auf Sie stürzen.«

»Lassen Sie die Mätzchen, und kommen wir zur Sache. Was würde denn eine halbe Stunde kosten? Wenn ich recht überlege, schaffe ich sowieso keine ganze Stunde.« Er lachte. »Ich habe schon ewig keine Frau mehr gehabt, und mir platzt fast die Hose.«

»Werden Sie von den beiden belästigt, Madam?« Ein bärtiger Mann mit Lederweste türmte sich vor ihnen auf.

»Ja, allerdings.«

»Nein, das stimmt nicht. Die erzählt doch Märchen. Wir wollten nur ein kleines Geschäft machen, das ist alles.« Der Betrunkene wurde fast schlagartig nüchtern, als er zu dem Riesen aufsah. Um seine Angst zu überspielen, setzte er ein großspuriges Grinsen auf. »Wir wollen ihre Niggerin haben. Wir zahlen ja auch. Hey – was –«

Mit seinen großen Händen packte der bärtige Mann den Betrunkenen an den Schultern. Er hob ihn in die Höhe und beutelte ihn wie ein nasses Kätzchen, bevor er ihn auf die staubige Straße schleuderte. Der Betrunkene landete auf dem Rücken, schnappte nach Luft und schüttelte den Kopf, um zu sich zu kommen. Dann rappelte er sich auf, um den Hufen der Pferde auszuweichen, die am Geländer festgebunden waren.

»Wie kommen Sie dazu, ihn so zu behandeln.« Der zweite Soldat wich langsam zurück.

Der Riese folgte ihm und sprach so ruhig, daß Addie seine Worte nur mit Mühe verstehen konnte. »Ich diskutiere nicht mit Pferdedreck. Sorg dafür, daß dieser Saufkopf die Damen in Ruhe läßt, oder ich mach' Viehfutter aus euch.«

Die beiden Männer flohen auf die ausgefahrene Straße, und als sie einige Pferde und Wagen zwischen sich und den Mann in der Lederweste gebracht hatten, rief derjenige, der im Dreck gelegen hatte: »Das hab' ich ja noch nie gehört, daß eine Niggerin und eine Hure Damen genannt werden!« Sobald er das gesagt hatte, rannte er davon.

Addie legte ihrem Beschützer die Hand auf den Arm, als er die Veranda verließ, um den beiden zu folgen.

»Lassen Sie sie gehen. Bitte. Wir haben Ihnen genug Unannehmlichkeiten bereitet.«

»Miss Addie!« Colin kam der Weg hinuntergelaufen. »Alles in Ordnung?«

»Alles in Ordnung, Colin. Hast du den Pferden Wasser gegeben?«

»Ja, Ma'am. Aber –«

»Dieser Herr hat das Gesindel für uns verjagt«, sagte Addie ruhig und blickte dem Mann lächelnd in seine warmen braunen Augen.

»Es war mir die reinste Freude, Madam.« Er zog seinen breitkrempigen, nach oben gebogenen Hut, der von einer langen silbernen Nadel gehalten wurde, die durch Krempe und Krone gebohrt war. Dunkelbraunes lockiges Haar hing über seine Ohren und war so gerade abgesäbelt, als sei es mit einem Messer geschnitten worden. Er erinnerte Addie an einen wolligen Bären, und sie mußte sich auf die Lippen beißen, um nicht damit herauszuplatzen.

Der große Mann sah Trisha an, die mit gesenktem Kopf dastand.

»Sie und die kleine Lady sollten sich keine Sorgen machen. Ich werde diese Kerle im Auge behalten.« Er sah hinab auf einen kleinen Jungen, der sich an den Rock der Frau klammerte, und ein Mädchen, das einige Jahre älter war und ihn festhielt. Er boxte scherzhaft gegen Colins Schulter. »Ich glaube, ich hätte mich gar nicht einmischen brauchen. Der Bursche hier wäre mit den Perverslingen genausogut fertiggeworden. Er wollte sich schon mit fliegenden Fäusten auf sie stürzen.«

»Bald werd' ich ein Messer haben, und dann…« Colin reckte seine schmalen Schultern.

»Es ist nicht sehr ratsam, mit einem Messer auf einen Mann loszugehen, der größer ist als du. Merk dir das, Junge. Du mußt sie überraschen. Setz deine Mittel gezielt ein, und triff sie da, wo's weh tut. Du hättest ihm einen Kopfstoß versetzen können.« Er beugte sich hinunter und flüsterte Colin etwas ins Ohr. »Richtig fest, und du streckst sie zu Boden. Ich habe das mal einen Burschen machen sehen, der war nicht halb so groß wie du.«

»Danke, Mister.« Auf Colins Gesicht lag ein Grinsen, was selten geschah.

»Guten Tag, die Damen.« Der Mann warf Trisha noch einen langen Blick zu, legte die Finger an die hochgebogene Krempe seines Hutes und ging davon.

»Das war ein netter Mann. Nicht war, Trisha?«

»Wahrscheinlich«, murmelte Trisha.

»Was ist ein Perversling, Miss Addie?« fragte Colin.

»Ich habe nicht die geringste Ahnung. Jedenfalls nichts Gutes, da bin ich mir sicher.« Sie bückte sich und rückte den Hut auf dem Kopf des kleinen Jungen und die Haube auf dem Kopf des kleinen Mädchens, das jetzt Trishas Hand umklammerte, zurecht.

»Ich hab' es gewußt! Ich hab' es ja gewußt, ich hätte nicht herkommen sollen!« murmelte Trisha. »Ich hätte zu Hause bleiben sollen. Gott! O Gott, hab' Erbarmen! Wär' ich doch zu Hause geblieben.«

»Hör mit dem Jammern auf, Trisha. Geh mit erhobenem Kopf, und spuck ihnen ins Gesicht.« Addie warf einen Blick auf die drei Kinder, die zu ihr aufsahen und genau zuhörten. »Du meine Güte. Ich bin ja ein schönes Vorbild. Wir werden zu Hause darüber reden.«

»Ich mache nur Ärger«, murmelte Trisha leise, aber Addie hörte es trotzdem.

»Mir nicht! Du bist die liebste Freundin, die ich auf der Welt habe. Jetzt komm, wir gehen in Mr. Cashs Laden. Ich habe zwei Paar Socken zum Tauschen.«

Addie ordnete die Schnüre der Handtasche auf ihrem Arm, rückte noch mal den Hut des dreijährigen Dillon zurecht und lächelte den Rest ihrer Familie an. Menschenmengen machten Addie Hyde nervös und trieben Trisha fast in den Wahnsinn. Addie warf ihr einen Blick zu und sah, daß sie die Lippen fest zusammenpreßte, und ihre großen ausdrucksvollen Augen glitten von einer Seite zur anderen, als würde sie jeden Moment einen Angriff erwarten. Addie kannte die Angst des Mädchens und blieb dicht neben ihr, als sie dem elfjährigen Colin den Gehweg hinunter folgten.

***

Die Hauptstraße von Freepoint, Arkansas, war wenig mehr als ein schmaler Weg zwischen zwei Reihen von Holzhäusern: einige mit Verandas, andere, die direkt an die schlammverkrustete, unbefestigte Straße grenzten. Am Ende der Straße, gegenüber den Schienen, war ein Holzgebäude, das als Bahnhof diente.

An zwei Tagen in der Woche kam der Zug an und brachte nicht nur Post, sondern auch müde Männer, die aus dem Krieg heimkehrten; dann war in den Geschäften immer viel Betrieb. Heute waren die Straßen noch voller als gewöhnlich. In den beiden Krämerläden, den Barbiersalons, beim Hufschmied, im Sattlerladen und den Kneipen und Eßlokalen wimmelte es vor Menschen. Auf dem Gehweg drängten sich Farmer, Soldaten, orientierungslose, erst kürzlich freigelassene Neger, Gammler und Männer in zerschlissenen Uniformen der konföderierten Armee. Frauen und Kinder warteten zumeist in den Wagen, die entlang der Straße geparkt waren, auf die Männer.

John Tallman lehnte an der Außenwand des Ladens und beobachtete das Treiben auf der Straße. Er sah den Wagen in die Stadt kommen, sah den Jungen, der die müden, alten Pferde an das Geländer band und anschließend der Frau, dem Mädchen und den beiden Kindern hinunterhalf.

Seine Augen, die so dunkelblau waren, daß sie auf den ersten Blick schwarz erschienen, überblickten die Straße. Als sich die beiden betrunkenen Konföderierten vor den Frauen aufbauten, war John drauf und dran einzugreifen. Dann war der bärtige Grenzer eingeschritten, und John blieb stehen, da seine Hilfe offenbar nicht benötigt wurde. Er stand abseits und lachte leise, als der Baum von Kerl einen der Betrunkenen auf die Straße schleuderte und den anderen verjagte.

John war sich bewußt, daß auch er beobachtet wurde, aber er glaubte, das läge daran, daß es in Freepoint nicht viele Männer gab, die so gekleidet waren wie er. Er war überdurchschnittlich groß und trug sein Wildlederhemd über der Hose, mit einem Gürtel um die Taille. Sein Haar unter dem Lederhut mit niedriger Krone und runder Krempe war länger, als es die meisten Männer im Süden trugen. Es war blauschwarz und rollte sich in Höhe der Schultern nach innen. Wenn er sich rasierte, fand John das Gesicht, das ihn ansah – die schmale, gerade Nase, der volle, breite Mund und der Schnurrbart, dessen Enden sich beinahe bis zum Kinn bogen –, nicht besonders bemerkenswert. Es war jedoch ein Gesicht, daß anderen auffiel. Seine markanten Gesichtszüge und seine ruhige Selbstsicherheit entsprachen seiner Haltung. Er war ein Mann, der sich aufrecht und mit erhobenem Kopf bewegte und dabei einen unbeschwerten Ausdruck aufsetzte, während seinen Augen nichts entging. Eben jenen einstudiert gleichgültigen Blick zeigte er auch, als er den Frauen und Kindern in den Laden folgte.

Die kleine Gruppe hatte sich in eine Ecke abseits des

Gedränges begeben. Die kleineren Kinder hielten sich am Rock des älteren Mädchens fest, und der Junge stand neben ihnen, zum Kampf bereit, falls sie belästigt würden. Die Frau mit der runden Haube lächelte ihrer Familie zuversichtlich zu und ging dann zur Theke, um mit dem Besitzer zu sprechen.

»Guten Tag, Mr. Cash.«

»Wie geht's, Mrs. Hyde?«

Mrs. Hyde. John trat hinter den Warenstapel, von wo aus er die Frau und den Ladenbesitzer, der gleichzeitig der Postmeister war, sehen und hören konnte. Der Mann machte ein ernstes Gesicht. Er stand vor den Fächern, in denen die Post aufbewahrt wurde, während sein Angestellter die Kunden bediente.

»Ist Iola hier?« Mrs. Hyde sprach im weichen Singsang der Südstaaten.

»Sie ist heute oben. Hat wieder Probleme mit ihren Gelenken.«

»Das tut mir aber leid.«

»Sie hat mich heut' morgen gefragt, ob Sie in der Stadt wären.«

»Wir haben unser Baumwollfeld gehackt. Wir müssen verhindern, daß das Unkraut Überhand nimmt.«

»Mrs. Hyde, Sie haben keine... Post.«

»Ich habe auch keine erwartet«, antwortete Addie mit einem dünnen Lächeln.

Obwohl Addie wußte, daß der Postzug gekommen war, hatte sie nicht damit gerechnet, in der Stadt einen Brief von Kirby vorzufinden. Der Krieg war seit fast zwei Monaten vorbei, und ihre Hoffnungen waren schon lange vorher erloschen. Er hatte ihr nicht einen einzigen Brief geschrieben, seit er vor mehr als vier Jahren als Soldat zu den Arkansas Regulars gegangen war.

»Würden Sie einen Augenblick hierherkommen... bitte?«

Plötzlich bemerkte sie den besorgten Gesichtsausdruck des Mannes, und Addie erschauerte. Sie sah über die Schulter zu ihrer Familie hinüber, bevor sie ihm auf die andere Seite der Theke folgte.

»Ist etwas nicht in Ordnung, Mr. Cash? Wollen Sie keine Waren mehr gegen die Socken eintauschen?«

»Mein Gott, nein. Ich nehme Socken, Schals, Mützen und alles andere, was Sie mir bringen. Darum geht es gar nicht.«

»Was ist es dann?«

»Nun... gestern kam ein Mann hier vorbei. Er war ein Offizier der Konföderierten, oder war es gewesen. Vor einigen Wochen ist er drüben in Jonesboro auf einige frische Gräber gestoßen. Man hatte sich die Mühe gemacht, sie zu kennzeichnen. Bei jedem Grab war am Kopf ein Stock mit einem Hut daran in den Boden gebohrt.« Der Postmeister zog eine Taschentuch hervor und wischte sich die Stirn.

»Warum erzählen Sie mir das, Mr. Cash?« fragte Addie, aber sie wußte, es hatte etwas mit Kirby zu tun. Ihre Knie begannen zu zittern.

»Es ist mir sehr unangenehm, daß ich Ihnen die Nachricht überbringen muß... besonders auf diese Weise. In einem der Hüte stand der Name Kirby Hyde, Freepoint, Arkansas. Der Hauptmann hat mich gefragt, ob die Familie Hyde in dieser Gegend lebt; und wenn ja, ob ich die Nachricht überbringen würde. Es tut mir leid, Mrs. Hyde.«

Addie starrte den Ladenbesitzer an. Sie begriff, und ihre violetten Augen weiteten sich; dann senkte sie ihre Lider.

»Das ist kein Irrtum?«

»Nein, Madam. Der Hauptmann hat den Namen auf ein Stück Papier geschrieben. Ich kann es Ihnen holen, wenn Sie möchten.«

»Das ist nicht nötig.« Sie legte ihre Hand tröstend auf seinen Arm. »Das war nicht leicht für Sie. Vielen Dank, daß Sie es mir gesagt haben.«

»Werden Sie zurechtkommen? Möchten Sie nach oben zu Iola gehen?«

»Mir geht es gut. Vielen Dank für Ihre Anteilnahme.«

Die Nachricht kam nicht unerwartet. Sie fühlte keineswegs die niederschmetternde Trauer, die sie verspürt hatte, als Kirby gegangen war und sie schwanger zurückgelassen hatte. Ihr war längst klar, daß die Liebe, die sie für ihn empfunden hatte – falls es wirklich Liebe gewesen war –, erloschen war. Über die Jahre hinweg, in denen er nicht geschrieben hatte, hatte sie die Erinnerung an ihn allmählich tief in ihrem Inneren vergraben. Jetzt vergingen Wochen, in denen sie nicht einmal an ihn dachte.

Sie sollte trauern, sagte sie sich. Schließlich war er Dillons Vater. Ich werde später trauern, dachte sie.

Dann sah sie wieder Mr. Cash an und sagte: »Die Kinder und ich werden jetzt nach Hause gehen.«

»Es tut mir leid, Mrs. Hyde«, wiederholte er. »Oh, Mrs. Hyde«, rief er, als sie rasch den Gang zwischen den Fässern und den Säcken mit Waren hinunterging. »Einen Moment. Ich schulde Ihnen die Bezahlung für die Socken.«

Addie kehrte zur Theke zurück. »Könnte ich Zucker dafür haben?«

»Natürlich. Heute morgen kam welcher mit den Güterwagen an. Haben Sie einen Sack mitgebracht?«

»Ja.« Addie drehte sich so rasch um, daß sie beinahe mit einem großen Mann in einem Lederhemd zusammenstieß. Sie sah in sein dunkles Gesicht und die noch dunkleren Augen. Sein schulterlanges Haar war kohlschwarz. Er trug einen Lederhut mit Filzkrone.

»Ich bitte um Verzeihung.« Johns Hand schoß hervor, um ihre Schulter zu fassen und sie aufzufangen. Dann trat er zurück und legte die Finger an die Hutkrempe.

Addie hörte nur die gemurmelte Entschuldigung. Sie wollte unbedingt aus dem Laden, aus der Stadt heraus. Sie eilte um den Mann herum auf ihre Familie zu. Colin hielt ihr den Zuckersack entgegen.

»Miss Addie?« flüstere Trisha. »Sind Sie krank oder so? Sie sehen... seltsam aus.«

»Sobald ich den Zucker habe, fahren wir nach Hause.«

»Was machen wir, wenn die beiden Mistkerle uns folgen?«

»Mach dir keine Sorgen. Wir haben das Gewehr im Wagen. Colin hat es unter dem Sitz versteckt... und es ist geladen.«

»Mama, will den Zug sehen.« Dillon zupfte am Rock seiner Mutter.

»Der Zug ist heute morgen gekommen. Hier ist die Strecke zu Ende. Er hat die Lokomotive gewechselt und ist wieder abgefahren«, erklärte sie geduldig.

»Will Zug sehen«, jammerte Dillon.

»Das nächste Mal. Hör mal zu – wenn wir nach Hause kommen, machen wir Lebkuchen und vielleicht auch Breadpudding. Jetzt sei lieb und bleib bei Trisha.« Addie streichelte den Kopf ihres Sohnes und ging zurück zur Theke. Mr. Cash nahm den Sack und ging in das Hinterzimmer, um ihn zu füllen.

John Tallman war hinter den Warenstapel getreten, von wo aus er die Frau gut sehen konnte. Durch den Schatten seiner Hutkrempe geschützt, beobachtete er den Raum. Ein heruntergekommener ehemaliger Soldat der Konföderierten in zerschlissener, schmutziger Uniform starrte lüstern auf das Mädchen, das bei den Kindern stand. Sie hielt ihren Kopf weggedreht, ihr Gesicht war unter der Sonnenhaube verborgen.

Die Stadt war heute voll von Männern, die nach Frauen gierten, stellte John fest, als seine dunkelblauen Augen zu der Frau an der Theke zurückkehrten. Sein durchdringender Blick stand in krassem Gegensatz zu seiner entspannten Haltung. Er studierte die Frau, als betrachte er eine Karte. Sie war groß gewachsen und schlank, eine reife Frau Mitte Zwanzig. Strähnen von weichem honigfarbenen Haar umrahmten ihr feinknochiges Gesicht. Ihr stolz erhobenes Kinn und die freie, leichte Art ihrer Bewegungen gefielen ihm. Diese Frau wurde von keinem steifen Korsett eingeengt. Obgleich ihr Körper so dünn war, daß er fast zerbrechlich wirkte, zeigte die Haltung ihrer Schultern Charakterstärke. Sie schien überhaupt nicht wahrzunehmen, daß jeder Mann im Laden sie verstohlen anblickte. Er war plötzlich überzeugt davon, daß sie eine Person war, die sich den Herausforderungen des Lebens stellte. In dieser Provinzstadt fiel eine so schöne, begehrenswerte Frau auf wie eine Rose in einem Beet voller Unkraut.

Das Bedürfnis, die Frau erneut aus der Nähe zu sehen, in ihre bemerkenswerten violetten Augen zu blicken, ließ John beiläufig auf die Theke zugehen, an der sie wartete. Als er neben ihr stand, stellte er fest, daß sie nicht so groß war, wie er zunächst gedacht hatte. Ihr Kopf reichte gerade über seine Schulter. Die aufrechte Haltung und ihre Schlankheit hatten den Eindruck erweckt, sie sei größer.

Mr. Cash kehrte aus dem Hinterzimmer zurück und stellte Addies Sack auf die Theke.

»Zehn Pfund, Mrs. Hyde. Halten Sie das für einen fairen Tausch für die Socken?«

»Mehr als großzügig. Vielen Dank.« Als sie nach dem Sack greifen wollte, packte eine große Hand das gedrehte, verschnürte Ende. Sie zog ihre Hand zurück und sah auf.

»Ich trage ihn zu ihrem Wagen, Madam.«

Sie sah ihn direkt an. Ihre fein gezeichneten Gesichtszüge waren seltsam ruhig. Die leichte Rötung ihrer Wangen verrieten, daß ihr ein wenig unbehaglich zumute war und sie versuchte, die Fassung zu bewahren. Die wilde Entschlossenheit in ihren violetten Augen mit den dichten Wimpern berührte sein Innerstes mit einer Gewalt, die nur noch wirre Gedanken zuließ.

»Das ist sehr freundlich, Sir. Aber ich habe schon Hilfe.« Der Junge, der bei den anderen Kindern gewartet hatte, drängte sich jetzt zwischen sie. Er schlang beide Arme um den Sack und zog ihn an sich. Der drohende Blick auf seinem jungen Gesicht schien den Mann davor zu warnen, Einspruch einzulegen. »Sagen Sie Iola, es tut mir leid, daß ich sie verpaßt habe«, sagte Addie zu dem Ladenbesitzer.

»Das werde ich, Mrs. Hyde.« Mr. Cash sah zu, wie Addie und die Kinder das Geschäft verließen, blickte dann zu John auf und schüttelte den Kopf. »Es war wirklich schrecklich, dieser Frau die traurige Nachricht zu überbringen. Sie hat Mumm, das muß man ihr lassen. Sie hatte mehr Schwierigkeiten als ein Hund Flöhe, aber sie läßt den Kopf nicht hängen. Stolz ist sie. Wirklich stolz.«

John hob den Deckel von einem Glas und nahm sich zwei Zigarren. Er legte eine Münze auf die Theke, die Mr. Cash sofort einstrich.

»Was immer die schlechte Nachricht war, sie hat sie gut aufgenommen.«

»So ist Addie Hyde. Ihr Mann ist in den Krieg gezogen, und soweit ich weiß, hat sie nicht einen Brief von ihm bekommen. Sie hat ihm nach der Geburt des Jungen einen geschickt. Ich weiß nicht, ob er ihn bekommen hat. Geantwortet hat er jedenfalls nicht. Konnte sowieso nie verstehen, warum sie ihn überhaupt geheiratet hat. Er war so ein Süßholzraspler – immer mit einem Lächeln und Schmeicheleien, um den Frauen den Kopf zu verdrehen. Iola, meine Frau, sagt, Addie war einfach nur einsam, ganz alleine da draußen. Einsame Frauen machen manchmal dumme Sachen.« Mr. Cash schüttelte den Kopf und sah seinen Kunden dann fragend an. »Sie sind nicht von hier, nicht wahr?«

John grinste. »Woher wissen Sie das?«

»Hier sind nicht viele so gekleidet. Sind Sie aus dem Westen?«

»Das könnte man sagen. Verkaufen Sie die Socken?« Der Fremde befühlte die weiche Wolle.

»Ja, aber sie sind teuer. Sie hat ein paar besondere Schafe. Schert sie selbst und verarbeitet die Wolle. Hat eine besondere Methode, um sie weich zu machen.«

»Wieviel?«

»Ein Vierteldollar.«

»Ich nehme beide Paare.« Der Fremde legte einen Yankee-Dollar auf die Theke. »Haben Sie ihr gesagt, daß ihr Mann nicht zurückkommt?«

»Ja. Den Krieg hatte er wohl überstanden, ist aber auf dem Weg nach Hause umgekommen. Zumindest steht sein Name in einem Hut, der auf einem Grab drüben in Jonesboro steckt.«

»Schlimme Sache. Eine Frau mit so vielen Kindern wird es schwer haben.«

»Nur der Kleine ist ihrer. Die andern beiden sind Waisen, die ihr ein fauler Pfarrer aufgehalst hat. Das Niggermädchen ist seit ein paar Jahren bei ihr. Sieht eher weiß als farbig aus, was? Jeder geile Bock hier in der Gegend kommt früher oder später an Miss Addies Tür, um einen Blick auf sie zu werfen.«

Mr. Cash wandte sich an eine Frau, die in die Fächer guckte, in der die Post aufbewahrt wurde.

»Ich hole Ihre Post, Mrs. Doubler. Die kleine Amy hat hier einen Brief von ihrem jungen Mann aus Des Moines oben. Ich habe gehört, im Frühling wird es eine Hochzeit geben. Wie die Zeit vergeht. Ich kann mich noch dran erinnern, wie sie ein Dreikäsehoch war.«

John verließ die Theke und ging langsam hinaus auf die

Veranda des Ladens. Sein Wunsch, Addie Hyde wiederzusehen, irritierte ihn. Obwohl er nur ein paar Sekunden in ihre violetten Augen geblickt hatte, konnte er den Ausdruck darin nicht vergessen.

Er nahm den Hut ab und fuhr sich mit der Hand durch die Haare. Verflucht, dachte er. Er mußte noch eine Woche totschlagen, bis er den Richter treffen sollte. Als besonderen Gefallen für seinen Cousin Zachary Quill hatte er eingewilligt, Richter Ronald Van Winkle und seine Gruppe mit ihm und seiner Kolonne von Güterwagen durch das Indianerterritorium, das Gebiet von Oklahoma, und nach New Mexico ziehen zu lassen, wo sie den Cimarron-Trail nehmen und nach Santa Fe im Süden abbiegen würden.

Seine Wagenkolonne, die aus Saint Louis kam, würde in einer weiteren Woche am Treffpunkt nördlich von Fort Smith sein. Die Fuhrleute würden eine Woche Zeit haben, um ihre Tiere ausruhen zu lassen und ihre Wagen zu überprüfen, bevor die Fahrt Richtung Westen begann. Vielleicht könnte er es einrichten, Mrs. Hyde zu begegnen, solange er hier war.

Addie hielt Dillons Hand fest und blieb dicht neben Trisha, als sie hinter Colin, der den Zucker trug, zum Wagen gingen. Sie verließen den Gehweg, überquerten die Straße und stiegen die Stufen zur nächsten Veranda hinauf.

Der bärtige Mann, der die betrunkenen Soldaten verjagt hatte, saß auf einer Bank vor einem Eßlokal. Er starrte Addie und ihre Familie an. Sein unverhohlener Blick ruhte erst auf Addie, dann auf Trisha, und musterte sie von oben bis unten mit einer Mischung aus Lust und Bewunderung.

Addies Nerven waren bereits angespannt, und das unverfrorene Taxieren des Mannes bewirkte, daß ihr der Geduldsfaden riß. Weil er nicht wegsah, stemmte Addie ihre freie Hand in die Hüfte und hob ihr Kinn noch etwas höher als gewöhnlich. Ihre großen violetten Augen starrten den Mann wütend an, wodurch sein Interesse keineswegs gemindert wurde; ihre Farbe war ungewöhnlich, und sie funkelten kampflustig.

»Zum Teufel noch mal! Haben Sie noch nie eine Frau gesehen?«

Auf seinem Gesicht zeigte sich eine Spur von Belustigung. Er sprang auf die Füße, riß sich den Hut vom Kopf und antwortete sanft und respektvoll: »Ich wollte Ihnen nicht zu nahe treten, Madam. Aber es ist ein Vergnügen, so schöne Frauen wie Sie zu sehen.«

Addie errötete; dann, als ihr klar wurde, daß er es ernst meinte, lachten ihre Augen ihn an, und ihr Mund zuckte.

»Entschuldigen Sie, daß ich wütend geworden bin. Und vielen Dank, daß Sie uns vorhin geholfen haben, Sir,« sagte sie, als sie an ihm vorbeigingen.

Simmons war schon so lange als Buffer bekannt, daß er seinen Vorname Jerr fast vergessen hatte. Er stülpte seinen Hut mit der aufgeschlagenen Krempe wieder auf den wolligen Kopf und sah zu, wie der Wagen die Stadt verließ. Die beiden kleinen Kinder waren hinten, und auf dem Sitz saß das Mädchen auf der einen Seite der Frau und der Junge auf der anderen. Obwohl der Junge das Gespann lenkte, blickte er immer wieder über die Schulter, als würde er erwarten, daß ihnen jemand folgte.

Ein kurzer Blick über die Straße sagte Buffer Simmons, daß er nicht der einzige war, der beobachtete, wie die Frau und ihre Familie die Stadt verließen. Auf der anderen Straßenseite stand ein großer schlanker Mann in Lederhosen lässig an einen Verandapfeiler gelehnt. Buffer blinzelte, um den Mann besser sehen zu können, der nun mit der stillen Würde eines Indianers die Straße in Richtung Saloon überquerte.

Herrgott noch mal! Was trieb ein Mann wie John Tallman in einer heruntergekommenen Stadt wie Freepoint? Fast so bekannt wie Rain Tallman, sein berühmter Vater, war John weit weg von seiner Gebirgsranch im Gebiet von New Mexico.

Buffer kratzte sich am Kopf. Was er für einen eher langweiligen Trip durch Indianerterritorium gehalten hatte, versprach jetzt ziemlich interessant zu werden.

KAPITEL 2

Der Wagen bog in den langen Weg ein, der zu dem verwitterten Holzhaus mit der schiefen Veranda und dem gemauerten Schornstein führte. Das Haus stand auf einer Anhöhe inmitten eines Pekanobaum-Wäldchens und war das einzige Zuhause, das Addie je gehabt hatte; hier kannte sie jeden Winkel.

Auf den Vorgarten war sie stolz. Er war jetzt fast so schön wie damals, als ihre Mutter noch lebte. Die Flammenblumen und Steckrosen standen in voller Blüte, ebenso die Moosröschen, die den Boden bedeckten – rot, weiß, gelb und rosa. Herabhängende Pekanobäume spendeten dem Haus Schatten. Addie konnte sich daran erinnern, wie ihr Vater an den Ästen entlanggegangen war und mit einer langen Stange gegen die Zweige geschlagen hatte. Er war so geschickt und schnell, lachte und sang, während sie mit ihrer Mutter die fetten Nüsse aufsammelte, die auf sie niederprasselten.

Ihre Eltern waren beide bei dem Versuch ertrunken, die Kühe über einen angeschwollenen Fluß zu treiben. Mit sechzehn war Addie allein zurückgeblieben bis auf einen alten Onkel ihrer Mutter, der bei ihr gelebt hatte und drei Jahre später gestorben war. Auf seinen Tod war ein Jahr der Einsamkeit gefolgt – bis Kirby gekommen war. Sie hätte sogar vor dem Tod ihres Onkels heiraten können. Aus einem Umkreis von zwanzig Meilen waren Verehrer gekommen. Erst begutachteten sie die Farm, und weil ihnen gefiel, was sie sahen, begutachteten sie Addie, und wieder gefiel ihnen, was sie sahen. Addie konnte den

Gedanken nicht ertragen, den Rest ihres Lebens mit irgendeinem von ihnen zu verbringen. Einige ihrer Verehrer waren verärgert darüber, daß sie weggeschickt wurden, und verbreiteten das Gerücht, sie sei unvernünftig und kaltherzig. Nach und nach wurde sie als mürrische Jungfer verschrien – bis Kirby auftauchte.

Als Colin den Wagen hinter dem Haus anhielt, sprang Trisha hinunter und riß sich die Haube vom Kopf. Ihre Haut hatte die Farbe von Kaffee mit einem großzügigen Schuß Sahne. Ihre goldbraunen Augen waren groß, ihre Nase schmal und ihr Kinn spitz. Sie zerrte ein Stück Stoff aus ihrer Tasche und band es um ihre Stirn, um sich das schwarze lockige Haar aus dem Gesicht zu halten.

»Ich gehe nie wieder in die Stadt!«

Addie hatte Verständnis für die Angst des Mädchens und versuchte, sie zu beruhigen. »Der Krieg ist vorbei, Trisha. Du brauchst keine Angst zu haben, daß jemand Anspruch auf dich erhebt. Du bist frei und kannst gehen, wohin du willst.«

»Ich will nirgendwo hingehen, Miss Addie. Ich will hierbleiben, bei Ihnen und den Kleinen. Was hat man davon, wenn man frei ist, aber nirgendwo hinkann?«

»Ich will auch, daß du hierbleibst. Großer Gott! Was hätte ich in den letzten paar Jahren nur ohne dich gemacht? Du warst da, als ich dich am nötigsten brauchte. Dann hat ein Engel diese beiden hier direkt auf meine Türschwelle gelegt.« Addie umarmte Jane Ann und lächelte Colin an. »Und seitdem war ich nicht einen Tag einsam.«

»Das war kein Engel!« Colin hatte begonnen, die Pferde auszuspannen. »Der alte Sikes war es. Er war es leid, uns Essen zu geben, und hat gesagt, andere Leute wären an der Reihe – als ob wir Hunde wären. Ein Wunder, daß er uns nicht einfach erschossen hat.«

»Ihr werdet nicht mehr an andere gegeben, das steht fest.

Du und Jane Anne bleibt hier bei mir und Trisha und Dillon. Wegen der Felder! Trisha und ich hätten den Mais und die Baumwolle niemals pflanzen können, wenn du uns nicht geholfen hättest und Jane Ann nicht auf Dillon aufgepaßt hätte.«

»Und ich wäre mausetot, das ist sicher, wenn du der alten Klapperschlange, die ich auf dem Feld gefunden habe, nicht mit der Hacke den Kopf abgehauen hättest«, versicherte Trisha dem Jungen und erschauerte bei der Erinnerung daran.

»Geh und zieh dein gutes Kleid aus, Jane Ann. Und häng deine Haube auf, Liebes. Trisha hat sie erst heute morgen gebügelt.« Addie holte den Zucker hinten aus dem Wagen.

»Ich hole das Gewehr,« rief Colin.

Addie war gerade durch das Haus gegangen und hatte die Vordertür geöffnet, um zu lüften, als sie eine Kutsche den Weg hochfahren sah.

»Oh, Mist! Da kommt Pfarrer Sikes, und Mrs. Sikes ist auch dabei.«

»Ich verstecke den Zucker.« Trisha nahm den Sack und ließ ihn hinter den Holzkasten fallen. »Wenn er ihn sieht, Miss Addie, fängt er von dieser Sache mit dem Zehnten an, den er immer anbringt, wenn er was will.«

Etwa zu der gleichen Zeit, zu der Addies Eltern hergezogen und ihr Grundstück erworben hatten, waren die Sikes' in die Ozarks gekommen und hatten in den Bergen eine Kirche gegründet. Addie war davon überzeugt, daß sie sich wegen dieser langen Verbindung zu ihren Eltern verpflichtet fühlten, ein Auge auf sie zu haben. Pfarrer Sikes hatte anfangs nicht wie ein religiöser Fanatiker gewirkt, doch jetzt führte er das Leid der Welt auf die Sünden der Menschen zurück und behauptete, sie hätten Gottes Zorn auf sich gezogen.

Er kontrollierte seine Herde mit strenger Hand. Wenn er

erfuhr, daß jemand aus der Gemeinde am Sonntag nur ein Samenkorn gesät oder Feuerholz zum Anheizen gespalten hatte, prangerte er ihn mit Sicherheit öffentlich an. In seinen Predigten verkündete er dann, derjenige hätte den heiligen Sonntag nicht eingehalten und sei zur Hölle verdammt.

Die Kutsche hielt neben dem Haus, und Addie und Dillon gingen hinaus in den Hof, um sie zu begrüßen.

»Kommen Sie her, und trinken Sie etwas Erfrischendes.«

»Wir können nur ein paar Minuten bleiben«, sagte Mrs. Sikes, eine lebhafte, kleine, zierliche Frau. Sie kletterte aus der Kutsche und stand schon auf der Veranda, bevor ihr korpulenter Mann den Fuß auf den Boden gesetzt hatte. »Ich wollte unbedingt wissen, ob Mr. Hyde heute mit dem Zug gekommen ist.«

»Nein. Er war nicht im Zug. Setzen Sie sich hier in den Schaukelstuhl, Mrs. Sikes.«

»Und wie geht es meinem Baby?« Sie kniff Dillon in die Wange, und ihre kleinen, runden Augen glänzten liebevoll.

»Er ist kein Baby mehr. Er ist drei Jahre alt.«

»Wirklich? Wie die Zeit vergeht.«

»Guten Tag, Pfarrer Sikes. Kommen Sie auf die Veranda. Ich hole einen Stuhl und einen Eimer kaltes Wasser. Hier draußen ist es kühler als im Haus.«

»Kommen Sie gut zurecht?« fragte der Pfarrer, nachdem er getrunken hatte, und ließ den Schöpflöffel wieder in den Eimer fallen. Dann sank er erschöpft auf den Stuhl, den Addie aus dem Haus geholt hatte. Sie zuckte zusammen und hoffte, der Stuhl würde das enorme Gewicht aushalten, als sie hörte, wie er quietschte und ächzte.

»Uns geht es gut. Wirklich gut«, antwortete Addie.

»Tag und Nacht sind Männer auf der Straße unterwegs, die vor kurzen noch gemordet, Feuer gelegt und vergewaltigt haben. Die Stadt ist voll von Deserteuren und freigelassenen Sklaven, die nichts mit sich anzufangen wissen. Daß

Sie ohne einen Mann hier draußen sind, heißt den Teufel versuchen. Besonders mit dieser Schlampe hier.« Seine Stimme dröhnte in der Stille, die nur durch das Summen der Junikäfer und das Krächzen einer Krähe oben in einem Pekanobaum unterbrochen wurde.

»Ich bin nicht allein. Ich habe die Kinder und Trisha, die ganz gewiß keine Schlampe ist«, sagte Addie empört.

»Unsinn!« Der dicke Pfarrer schnaubte wütend. »Dieses faule Niggermädchen zieht hurendes Gesindel an wie ein Topf Honig die Wespen.«

Addie schluckte die Antwort, die ihr auf der Zunge lag, hinunter. Sie bekämpfte ihren Zorn und atmete tief durch. Sie konnte es sich nicht erlauben, den Pfarrer zu verärgern. Er war gemein genug, ihr Colin und Jane Ann wegzunehmen, nur »um ihr eine Lektion zu erteilen«. Addies gerötetes Gesicht blieb Mrs. Sikes nicht verborgen.

»Wir machen uns Sorgen um Sie, meine Liebe.«

»Wir liegen abseits von der Straße. Wir werden nicht belästigt.« *(O Herr, vergib mir diese Lüge.)*

»Sie sind am Sonntag nicht zum Gottesdienst gekommen«, sagte Pfarrer Sikes vorwurfsvoll. Es war nicht übermäßig heiß, aber der Schweiß lief ihm die Stirn und die Wangen hinunter.

»Daisys Fessel war geschwollen, und ich wollte sie nicht vor den Wagen spannen. *(Und diese auch, o Herr.)* Es war zu heiß, um zu laufen und Dillon zu tragen.«

»Nein, mein Kind.« Der Pfarrer schüttelte seinen Kopf so heftig, daß seine Hängebacken wackelten. »Einfache Bequemlichkeit ist keine Entschuldigung dafür, dem Haus Gottes fernzubleiben. Diese Waisen hätten kommen sollen, um das Wort Gottes zu hören«, sagte er ernst und fügte dann hinzu: »Der Junge ist groß genug, um für seinen Unterhalt zu arbeiten, und das wird auch von ihm verlangt.«

»Er arbeitet hier.« Addie verspürte ein beinahe panisches

Unbehagen. »Sie müssen sich um Jane Ann und Colin keine Sorgen machen. Ich werde sie beide behalten.«

»Sie haben Ihre Christenpflicht für die beiden erfüllt. Sie haben Sie länger bei sich behalten als irgend jemand von uns. Jetzt ist jemand andres an der Reihe, diese Last zu übernehmen.«

»Colin und Jane Ann sind keine Last«, sagte Addie entschieden. »Als Sie sie gebracht haben, haben Sie gesagt, sie hätten keinen nahen Verwandten. Ich habe genausoviel Anrecht auf sie wie jeder andere.«

»Sie haben keine lebenden Verwandten, soweit ich weiß. Sie wurden der Kirche überlassen, und ich hab es übernommen, für ihre Unterbringung zu sorgen. Ich glaube, sie brauchen eine stärkere Hand, als sie hier haben. Der Herr spricht: ›Wenn du die Rute schonst, wird das Kind verdorben.‹«

Addie zweifelte ernsthaft daran, daß der Herr meinte, Kinder müßten *geschlagen* werden, aber sie merkte, daß weiteres Diskutieren den Pfarrer nur unnachgiebiger machen würde. Sie schluckte ihre Wut hinunter und bemühte sich, sachlich zu bleiben.

»Haben Sie je gesehen, daß die Kinder sich schlecht benommen haben?« fragte sie, und fuhr fort, bevor er antworten konnte: »Sie sind jetzt ein Teil meiner Familie. Ein wichtiger Teil. Colin hilft mir mit den Schafen und auf dem Feld. Jane Ann paßt auf Dillon auf.«

»Sie haben nicht die Mittel für zusätzliche Esser, ohne Mann im Haus«, sagte er störrisch.

»Ich hatte keinen Mann im Haus, als Sie sie hergebracht haben. Ich bin fast vier Jahre lang zurechtgekommen.«

»Ihr Mann wird seinen Teil dazu sagen müssen, wenn er nach Hause kommt. Sie haben nicht gehört, daß er tot ist, oder?«

»Ich habe keine offizielle Nachricht bekommen«, sagte Addie, bemüht, das Zittern in ihrer Stimme zu verbergen.

»Ja, schau mal«, unterbrach Mrs. Sikes, bevor ihr Mann die Auseinandersetzung fortsetzen konnte. Dillon hatte ihr einen roh gefertigten Bogen mit Pfeil auf den Schoß gelegt.

»Hat Colin gemacht. Ich schießen?«

»Aber sicher. Paß aber auf, daß du nichts triffst.«

»Einmal Huhn treffen. Aber nicht weh tun.« Dillon ging zum Rand der Veranda, legte seinen Pfeil auf die Sehne und zog ihn zurück. Als er losließ, flog der Pfeil gut drei Fuß weit in den Hof. Er rannte los, um ihn zu holen. Als er zurückkam, lächelte er glücklich.

»Das war gut. Sehr gut. Nicht wahr, Horace?«

»Was? Äh... ja, gut.« Der Pfarrer fächelte sich mit seinem Hut Luft zu. »Glauben Sie, daß Mr. Hyde hier leben will, falls... wenn er zurückkommt?«

»Ich denke schon. Ich sehe keinen Grund für einen Umzug.«

Der Pfarrer legte stets einen mißbilligenden Gesichtsausdruck auf, wenn er von Kirby sprach. Er war ihm nur einmal begegnet – an dem Tag, an dem Kirby und Addie zu Pfarrer Sikes geritten waren und ihn gebeten hatten, sie zu trauen. Er hatte die überstürzte Hochzeit von Anfang an abgelehnt und versucht, Addie umzustimmen. Als sie sich von seinen Argumenten nicht überzeugen ließ, vollzog er die Zeremonie mit ablehnender Miene.

»Falls Sie vorhaben, das Grundstück zu verkaufen – Oran Birdsall sucht etwas für seinen Sohn. Er hat Bargeld.«

»Ich werde es mir merken... falls wir verkaufen wollen.«

»Wollte es nur mal erwähnen. Komm jetzt, Frau.« Der Pfarrer stemmte sich noch und stülpte sich den Hut auf den kahlen Kopf. »Wir gehen besser.«

»Ja, laß uns aufbrechen.« Die zierliche Frau hüpfte von der Veranda. »Wir werden die Longleys besuchen. Schwester Longley liegt krank im Bett.«

»Das tut mir leid. Grüßen Sie sie von mir.«

»Das werde ich. Wiedersehen, Schwester Hyde.«
»Auf Wiedersehen.«
»Wiedersehen«, echote Dillon.

Addie blieb im Hof stehen, bis die Kutsche nicht mehr zu sehen war. Sie seufzte erleichtert, als sie ihren Sohn in die Arme nahm.

Sie dachte darüber nach, was der Pfarrer über die Birdsalls gesagt hatte, die die Farm kaufen wollten. Die Birdsalls und die Renshaws waren die wohlhabendsten Familien in den Hügeln rund um Freepoint. Sie wußte bereits seit einer Weile, daß die Birdsalls ihren Besitz vergrößern wollten. Addie hatte den heimlichen Wunsch, ihre Flügel auszustrecken. Dort draußen lag ein großes Land, und sie wollte unbedingt etwas davon kennenlernen. Sie hatte gehofft, die Farm eines Tages zu verkaufen und an einem anderen Ort ein neues Leben anzufangen, an dem sie ihre Schafe züchten und aufziehen, die Wolle verarbeiten und zu Garn spinnen konnte. In den letzten paar Jahren hatte sie den Großteil des Bedarfs für sich und ihre Familie mit dem Geld gedeckt, das sie durch den Verkauf oder Tausch der warmen Kleidung verdiente, die sie und Trisha strickten.

Doch dann war Kirby mit seinen lachenden Augen und tänzelnden Füßen in ihr Leben getreten und hatte es auf den Kopf gestellt. Er war eines Tages erschienen und hatte gefragt, ob er in der Scheune schlafen und für seine Verpflegung arbeiten könne. Es gab so viel zu tun, und er hatte so eifrig gewirkt, daß sie ihm erlaubt hatte zu bleiben. Er hatte ihr im Handumdrehen geholfen, das kleine Baumwollfeld zu beackern, die Zäune zu reparieren und die Pfirsichbäume zu beschneiden. Sie hatten zusammen im Gemüsegarten gearbeitet – und sie hatten zusammen die wilden Himbeeren gepflückt.

Für ihre kleine Schafherde hatte Kirby nur Verachtung übrig und weigerte sich, sie zu versorgen; die weichen Wollsocken, warmen Handschuhe und Schals, die sie ihm strickte, wußte er jedoch zu schätzen.

Er hatte mit einer nervösen Energie gearbeitet, die Addie manchmal verwirrte. Das Leben auf einer Farm war er nicht gewohnt gewesen, aber nachdem sie ihm gesagt hatte, was zu tun war und wie er es tun sollte, war er an die Arbeit herangegangen, als ob sie um jeden Preis bis Sonnenuntergang beendet werden müßte. Und wenn sie etwas freie Zeit übrigblieb, hatten sie gelacht, gesungen und gespielt wie zwei Kinder, die schulfrei haben.

Eines Abends, nach vielen leidenschaftlichen Liebkosungen, hatte Addie seiner sexuellen Überzeugungskraft nachgegeben und gestattet, daß er in sie eindrang. Es war für sie keine angenehme Erfahrung gewesen, und danach quälten sie Schuld und Angst. Sie hatte ihm weitere Intimitäten verweigert, und sie hatten gestritten. Für Addie war die Geburt eines unehelichen Kindes gleichbedeutend mit dem Tod. Eine unglückliche Woche verging, bis Kirby einwilligte, zu Pfarrer Sikes zu gehen und das Gelübde abzulegen. Einen Monat später war er in die Stadt gegangen, um einen Eimer für den Brunnen zu kaufen, und bei seiner Rückkehr war er so glücklich gewesen wie ein Junge mit einer neuen Schleuder.

Er hatte sich den Arkansas Regulars angeschlossen.

Addie blieb allein zurück, schwanger und verängstigt. Diesen Herbst und Winter würde sie niemals vergessen. Ihr war klar gewesen, daß sie sich nur auf sich selbst verlassen konnte, und sie hatte unablässig gearbeitet, um Lebensmittelvorräte für den Winter anzulegen und Äste als Feuerholz aus dem Wald zu schleifen.

Während dieser schrecklichen Monate war ihr Traum, Teil einer großen liebevollen Familie zu sein, langsam und qualvoll gestorben. Sie war den Gedanken nachgegangen, die in ihrer tiefsten Seele gelauert hatten, seit Kirby in ihr

Leben getreten war. Er war ein rastloser Mann, und ihre kurze Zeit mit ihm war vorbei. Dennoch bereute sie nicht, daß sie ihn in ihr Bett gelassen hatte, denn er hatte ihr das eine gegeben, was sie sich mehr als alles andere gewünscht hatte – ein Kind, das sie lieben konnte.

Während des letzten Monats ihrer Schwangerschaft war Trisha aus den Wäldern aufgetaucht und hatte sich im Hühnerhaus versteckt. Dünn und krank war sie vor ihr auf die Knie gefallen und hatte Addie angefleht, sie vor dem Mann zu verstecken, von dem sie glaubte, er würde sie verfolgen. Sie sagte, sie sei an einen Mann verkauft worden, der sie in ein Bordell stecken wollte. Für Addie war Trisha ein Geschenk des Himmels. Die beiden Frauen waren aufeinander angewiesen, hatten einander getröstet und schließlich Liebe und Respekt füreinander entwickelt. Niemand war gekommen, der nach Trisha suchte, und Addie glaubte, daß das Mädchen bei ihrer Flucht so viele Meilen zurückgelegt hatte, daß ihr Besitzer die Verfolgung aufgegeben hatte.

Dann, vor zwei Jahren, hatte Pfarrer Sikes Colin und Jane Ann auf die Farm gebracht und Addie gebeten, die beiden bei sich unterzubringen. Sie hatte die Waisen ins Herz geschlossen, und in einer Weise, die sie sich nie erträumt hätte, hatte sie jetzt eine Familie.

Den beiden Frauen war es mit Colins Hilfe gelungen, genug Nahrungsmittel anzubauen, um die Winter zu überstehen. Addie und Trisha hatten Kleinwild gejagt, wenn sie Munition übrig hatten. Weil Trisha wilde Bienenstöcke ausplündern konnte, hatten sie immer reichlich Honig für Zwieback und Wachs für Kerzen.

Addie hatte zwei Mutterschafe und einen Bock retten können. Sie brachte Trisha bei, wie die Wolle gewaschen und gekrempelt und der Faden gesponnen wurde. Sie war überrascht und erfreut, als sie entdeckte, wie gut das Mädchen über das Trocknen der Wolle Bescheid wußte und wie begabt sie im Umgang mit Farben war. Aus dem Garn strickten die Frauen Socken, Fäustlinge, Schals und Mützen.

Wenn sie jetzt darüber nachdachte, stellte Addie fest, daß es ihnen besser ergangen war als vielen anderen. Glücklicherweise hatten in dieser Gegend von Arkansas nur kleinere Gefechte stattgefunden, und sie hatten den Plünderern nur ein Hausschwein, einige Hühner und ein paar Kohlköpfe, die sie nicht rechtzeitig vom Feld ins Haus hatten retten können, überlassen müssen. Einmal hatten sie die Pferde in einem Dickicht versteckt und die Schafe ins Haus geholt.

Der Krieg war vorbei – und jetzt konzentrierte sich ihre Sorge darauf, ihre Familie beisammen und das Gesindel, das durch die Gegend strich, von ihrem Haus fernzuhalten.

Addie wartete, bis sich die Familie um den Küchentisch versammelt hatte, bevor sie die Neuigkeit von Kirby erzählte. Sie heizte den Herd an und machte einen Schub Lebkuchen, während Colin und Trisha die abendliche Hausarbeit erledigten.

»Ich muß euch etwas sagen«, sagte sie dann von ihrem Platz am Kopfende des Tisches aus. Sie sah in jedes der vier Gesichter, die sich zu ihr drehten. Dillons kleiner Mund war vollgestopft mit warmem Lebkuchen. Jane Ann und Colin warfen einander verstohlen ängstliche Blicke zu, als erwarteten sie eine schlechte Nachricht. Trisha, die seit ihrer Rückkehr aus der Stadt ungewöhnlich still gewesen war, legte ein Stück Lebkuchen auf ihrem Teller zurück.

»Mr. Hyde wird nicht zurückkehren. Mr. Cash hat mir heute gesagt, daß er auf dem Heimweg ums Leben gekommen ist und in der Nähe von Jonesboro begraben liegt.«

Addie sah ihren Sohn an, der weiteraß. Die Nachricht hatte keine Wirkung auf den kleinen Dillon, obwohl sie ihm oft erklärt hatte, sein Papa kämpfe im Krieg. Colin und Jane Ann sahen erleichtert aus. Addie wußte, daß Trisha sich

Sorgen gemacht hatte, welchen Platz sie einnehmen würde, wenn der Herr des Hauses zurückgekehrt war.

»Was wird jetzt mit uns geschehen, Miss Addie?« fragte Colin.

»Ich denke, von jetzt an werden wir fünf auf uns gestellt sein. Wir haben hart gearbeitet, und wir sind zusammengeblieben. Es gibt keinen Grund, wieso es nicht so weitergehen sollte.«

»Wenn der alte Sikes nicht auf die Idee kommt, mich zum ollen Renshaw zu bringen«, stieß Colin hervor, dann ließ er den Kopf hängen.

Addie beugte sich zu ihm und legte ihre Hand auf seine. »Er wird dich oder Jane Ann nicht wegbringen. Du bleibst hier bei mir und Trisha und Dillon.«

»Aber Miss Addie.« Colin sah auf, sein Blick düster, seine Stimme heiser. »Jeden Sonntag kneift mir Mr. Renshaw in den Arm und sagt, ich wäre groß genug, für mein Futter zu arbeiten. Er sagt, er braucht einen kräftigen Jungen – und er steckt mit Pfarrer Sikes unter einer Decke.«

»Verdammt noch mal! Es ist mir egal, wie er zu Pfarrer Sikes steht.« Addie fluchte nur, wenn sie aufs äußerste provoziert wurde. Jetzt funkelten ihre Augen vor Zorn. »Du und Jane Ann, ihr seid *meine* Kinder. *Meine,* zum Teufel, und ich werde auf Mr. Renshaw losgehen wie ein wilder Hornissenschwarm, wenn er versucht, dich mir wegzunehmen. Er wird denken, er steckt mit einer Wildkatze in einem Sack.« Sie hoffte, Colin würde lächeln, aber er starrte weiter auf seinen Teller.

»Und das ist nicht alles«, warf Trisha ein. »Ich weiß, wie man einen Fluch auf ihn legen kann, daß seine Augäpfel bluten und seine Zunge trocken wird und aufplatzt. Das werd' ich machen, wenn ich ihn nicht umbringe.« Ihre Stimme zitterte vor Aufregung, und ihre bemerkenswerten Augen glitzerten wie Goldnuggets.

»Colin, hast du dir Sorgen gemacht, du müßtest zu Mr. Renshaw?« fragte Addie.

Colin gab keine Antwort. Als Addie seinen Blick traf und in seine unglücklichen Augen sah, fühlte sie tiefes Mitleid mit ihm.

»Wir wollten weglaufen.« Jane Ann leckte sich die Krümel vom Mund. »Wir wollten ein Pferd nehmen und nach Kalifornien reiten.«

»Wollten wir nicht!« Colin sah seine Schwester verächtlich an.

»Wollten wir wohl. Du hast gesagt, wir würden das machen, wenn du zu Mr. Renshaw mußt. Du hast gesagt, er will mich nicht, und du hast Mama versprochen, auf mich aufzupassen. Das hast du gesagt, Colin.«

»Vergiß das mit Kalifornien oder irgendeinem anderen Ort. Ihr beide bleibt hier – hier ist euer Zuhause. Ich werde mit Pfarrer Sikes reden und das klarstellen. Ich will nichts mehr davon hören.«

»Werden Sie unsere Mama sein, Miss Addie?« fragte Jane Ann.

»Ich hab' gesagt, du sollst das nicht fragen!« rief Colin.

»Hab' ich vergessen.« Jane Ann senkte den Kopf.

»Liebes, ich wäre stolz, wenn du mich als deine zweite Mama ansehen würdest und mich so nennen willst«, sagte Addie zu Jane Anns gesenktem Kopf.

»Das würden Sie erlauben?«

»Natürlich. Aber deine eigene Mama darfst du nicht vergessen und mußt sie in deinem Herzen behalten.«

»Ich wünschte, ich könnte mich an sie erinnern. Colin kann es.«

»Ich kann mich nur ein bißchen erinnern«, murmelte Colin.

»Setz dich hin, Dillon«, sagte Addie streng, als ihr Sohn sich auf seinen Stuhl stellte, um die Lebkuchen erreichen zu können. »Frage Trisha, ob sie dir den Teller reicht.«

Dillon ignorierte seine Mutter und lehnte sich bedenklich weit über den Tisch. Addie schnappte seine Hand und hielt sie vom Teller weg. Dillons Gesicht wurde trotzig.

»Setz dich hin. Wenn wir alle auf unseren Stühlen stehen würden, um an Sachen dranzukommen, würden wir... mit den Köpfen zusammenstoßen!«

Jane Ann lachte hell auf. Sogar Colin lächelte. Dillon setzte sich hin, verschränkte seine kleinen Arme über der Brust und streckte Jane Ann die Zunge heraus.

»Guck, was er gemacht hat! Er hat mir die Zunge rausgestreckt!« Jane Anns Gelächter wurde auf der Stelle zum Weinen.

»Ich glaube, wir sind alle müde.« Addie stand auf, um den Teekessel mit Wasser zu füllen. »Hol die Wanne, Colin. Jetzt wird gebadet, und danach geht es ins Bett.«

»Bad?« Colin murrte auf dem Weg zur Tür. »Ich bade nicht.«

Addie sah zu, wie er hinausging. Das Versprechen, das sie ihm gegeben hatte, belastete sie schwer. Mr. Renshaw konnte eine hübsche Summe Geld für den Bau der neuen Kirche beisteuern, und das allein würde Pfarrer Sikes so viel bedeuten, daß er ihr befehlen könnte, Colin herzugeben. Sie würde ihn irgendwie überzeugen müssen, daß sie Colins Hilfe nötiger brauchte als Mr. Renshaw. Sie fragte sich, ob sie auf die Hilfe von Mrs. Sikes zählen konnte. So oder so, schwor sie sich, sie würde ihr Versprechen an Colin halten.

Addie war sich bewußt, daß sie eine andere Frau war als diejenige, die Kirby schwanger und allein zurückgelassen hatte. Sie hatte die Jahre besser überstanden, als sie erwartet hatte. Sie war dem unwiderstehlichen jungen Mann, den sie für einige kurze Wochen gekannt hatte, dankbar, und sein Tod tat ihr leid, aber sie konnte keine niederschmetternde Trauer verspüren.

Ihr wurde klar, wie schrecklich einsam und wie empfänglich für seinen Charme sie gewesen war. Sie war ein junges Mädchen gewesen, das nach den Sternen gegriffen hatte, und ohne es zu wissen den strahlendsten von allen erwischt hatte – ihren Sohn Dillon.

KAPITEL 3

Wissen Sie was, Miss Addie? Wenn ich mal heirate, dann den schwärzesten Mann, den es gibt. Ich will, daß meine Kinder schwarz wie die Nacht sind, damit kein Zweifel besteht, was sie sind. Ich glaube, der Vater von meiner Großmutter war weiß, zumindest etwas. Mamas war weiß, und meiner auch. Weiße Männer haben uns alle ruiniert.«

»Du bist wunderschön, Trisha. Deine Schönheit zieht die Männer an wie Honig die Bienen. Eines Tages wirst du einen Mann finden, der dich für das liebt, was du bist, und nicht wegen der Hautfarbe deiner Eltern oder Großeltern. Ich habe gehört, es gibt Orte, an denen dein Negerblut niemanden interessieren würde.«

»Blödsinn! Von so einem Ort habe ich noch nie was gehört. Das ist doch bloß Geschwätz.« Trisha wrang den Putzlumpen aus. Sie schrubbte die Küche mit dem Badewasser der Kinder. »Sind Sie gar nicht traurig, daß Ihr Mann tot ist?«

»Ich bin traurig, daß Kirby tot ist. Er war so jung und gutaussehend und ist so begeistert in den Krieg gezogen.«

»Viele waren wild darauf zu kämpfen, damit die dummen Sklaven nicht befreit werden. Sie sind sich so sicher, daß die armen Nigger so dumm sind, daß sie ins Feuer laufen, wenn die Weißen nicht auf sie aufpassen.«

»Ich fürchte, Kirby hat das Leben nie sehr ernst genommen. Iola Cash meinte, er wäre ein Schmeichler. Und schmeicheln konnte er wirklich, aber er war verantwortungslos.«

»Was bedeutet das, Miss Addie?«

»Er hat sich in mein Herz und in mein Bett geschmeichelt und mich geschwängert. Als ich ihm gesagt habe, er würde Vater werden, ist er am nächsten Tag in die Stadt gegangen und Soldat geworden. Er hat mich zurückgelassen, um für mich selbst zu sorgen und sein Kind zu bekommen. Er hat mir nie geschrieben und nie auf den Brief geantwortet, in dem ich ihm erzählt habe, daß sein Sohn geboren sei. Man muß ihm allerdings zugestehen, daß er den Brief vielleicht nicht bekommen hat. Der einzige Verwandte, von dem er je gesprochen hat, war ein Onkel in Jonesboro, also habe ich den Brief dorthin geschickt. Sein Handeln war mehr als verantwortungslos – es war verachtenswert! ... Warte, Trisha, ich helfe dir, die Wanne auszuleeren.«

»Ich bin mir nicht ganz sicher, was dies alles bedeutet«, sagte Trisha, während sie die Wanne zum Ende der Veranda trugen und in den Hof auskippten, »aber mir ist klar, was Sie fühlen.«

»Wenn ich darüber nachdenke, glaube ich, daß es für Kirby zwei Zwecke erfüllt hat, in den Krieg zu ziehen: er hatte einen Grund, von hier zu verschwinden, und konnte sich in ein Abenteuer stürzen.« Addie hing die Wanne an den Nagel neben der Hintertür und folgte Trisha ins Haus.

»Haben Sie ihn geliebt?«

»Ein paar Wochen lang vielleicht. Ich war einsam. Wochen vergingen, in denen ich nicht eine Menschenseele gesehen habe. Aber ich kann nicht allein Kirby die Schuld geben. Ich war kein Kind mehr.«

»Sie wußten nicht, was ein Mann alles macht, der eine Frau will«, murmelte Trisha.

Addie sah in dem Spiegel über dem Waschtisch und nahm die Nadeln aus ihrem Haar. Sie vertraute dem Spiegel stumm an, daß sie sich Kirbys Gesicht nicht einmal mehr genau vorstellen konnte. An andere Dinge konnte sie sich erinnern: seine Rastlosigkeit, seine Ausflüchte, wenn sie ihn nach seiner Familie fragte, daß er sich weigerte, über die Zukunft zu reden. Manchmal hatte sie das Gefühl gehabt, nur sein Körper sei bei ihr, während der Rest ganz woanders war.

Sie überlegte, was sie Dillon über seinen Vater erzählen würde, wenn er älter wäre. Sie würde sagen, er hätte gerne gelacht, im Fluß geschwommen, an dem Seil geschaukelt, das vom Pekanobaum herabhing, und daß er eine Schwäche für gutes Pferdefleisch gehabt hätte. Sie würde Dillon auch erzählen, daß sein Vater tapfer gewesen und in den Krieg gezogen war, um für eine gute Sache zu kämpfen. Ja, das würde sie ihm erzählen. Ein Junge hatte das Recht, daran zu glauben, daß sein Vater ein Mann mit Prinzipien gewesen war, auch wenn das nicht der Wahrheit entsprach.

Als Trisha Colins Schuhe aufhob, fiel ein Stück Rindsleder heraus, das sie zurechtgeschnitten hatte, um das Loch in der Sohle zu stopfen. Sie schnalzte mit der Zunge und schob das Leder wieder hinein, bevor sie die Schuhe unter die Haken stellte, an denen die Mützen und Hauben hingen.

»Der Junge wächst aus den Schuhen heraus, Miss Addie.«

»Ich wollte warten, bis der Sommer vorbei ist, bevor ich ihm neue kaufe. Ich hoffe, daß wir im Herbst einen Lehrer für die Schule haben, dann können er und Jane Ann zur Schule gehen. Wußtest du, daß er befürchtet hat, er müßte zu Mr. Renshaw?«

»Wußte ich. Er kann den Mann kein bißchen leiden. Sagt, daß er ihn jedesmal kneift, wenn sich die Gelegenheit bietet, und daß er seine Hände auf seinen Hintern legt.«

Addie wandte sich schockiert um. »*Wohin*?«

»Sie wissen schon… da hinten.« Trisha legte sich eine Hand auf ihr Gesäß.

»Warum sollte er so was machen?

»Miss Addie! Sie sind unglaublich. Sie haben keinen Schimmer von den schlimmen Dingen, die passieren. Wissen Sie nicht, wieso es der alte Kerl auf Colin abgesehen hat?«

»Nein, das weiß ich nicht. Das ist doch mehr als unnormal, daß ein erwachsener Mann so etwas mit einem Jungen wie Colin macht.«

Trisha drehte die Augen zur Decke. »Sie sind nicht zu retten, Miss Addie. Wissen Sie nicht, daß es erwachsene Männer gibt, die eine Schwäche für Jungen haben?«

Trisha hob die Hände und ließ sie wieder sinken. »Ich muß es Ihnen wohl erklären. Miss Addie, das häßliche alte Tier hat noch was anderes im Sinn, als Colin auf dem Feld arbeiten zu lassen. Er will ihn sich ins Bett holen.«

»Ins Bett?« Addie riß die Augen auf. »Warum um alles in der Welt sollte er das wollen?«

»Weil er ein schlimmer Mann ist, darum. Sie waren Ihr ganzes Leben lang hier draußen und wissen nicht, was in Orleans und Natchez vorgeht, oder auf den Schiffen.« Trisha hob ihre Hände. »Wenn ich Ihnen erzählen würde, was ich mit eigenen Augen gesehen habe, würden Sie glauben, daß ich lüge, und hinterher würden Sie brechen.«

Addie betrachtete Trishas schönes Gesicht. Sie war nicht älter als fünfzehn gewesen, als sie aus dem Wald gekommen war, frierend, hungrig und krank. Seitdem hatte sie die Farm höchstens ein halbes Dutzend Mal verlassen. Addie fragte sich, was sie gesehen hatte, daß sie so schlecht über Männer dachte.

Trisha sprach selten über ihr früheres Leben, aber einmal hatte sie Addie erzählt, ihre Großmutter sei eine wunderschöne Viertelnegerin gewesen und ihre Mutter eine Achtelnegerin. Ihr Vater, ein Plantagenbesitzer, hatte ihre Mutter geliebt, konnte sie aber nicht heiraten. Trisha und ihre Mutter hatten in einem kleinen Haus in New Orleans gelebt, bis sie zehn Jahre alt war. Nach dem Tod ihrer Mutter hatte ihr Vater sie in das große Haus gebracht, wo sie in der Küche arbeitete. Als er in den Krieg zog, hatte seine Frau, die er geheiratet hatte, um einen Erben zu zeugen, Trisha verkauft.

»Böse Dinge geschehen. Böser, als Sie es sich jemals vorstellen könnten.« Trishas langes, lockiges Haar umrahmte ihr angewidertes Gesicht. »Es gibt vornehme *Herren,* die schlimmer sind als brünstige Schweine, und es gibt welche, die Frauen und Kinder stehlen, damit die Vornehmen sich mit ihnen vergnügen können. Manche von ihnen fesseln nackte Frauen und peitschen Sie mit Weidenruten aus und machen schlimme Sachen mit kleinen Jungs wie Dillon und Colin und kleinen Mädchen wie Jane Ann –«

»Trisha!« Addie schnappte schockiert nach Luft. »Ich kann nicht glauben –«

»Hören Sie lieber auf mich. Das will der alte Renshaw von Colin.«

»Aber… wie?«

»Er wird ihn zwingen… mit seinem… Ding zu spielen! Er mußte es schon anfassen.«

»O mein Gott! Mein Gott!« Addie sank in einen Stuhl und sah zu Trisha auf. »*So was* machen die? Ich hätte nie geglaubt –«

»Natürlich wußten Sie das nicht.« Trisha wollte weitere Einzelheiten darlegen, als sie plötzlich verstummte und den Kopf zur Tür neigte. »Psst…« Dann sprang sie schnell wie eine Katze zum Tisch und blies die Lampe aus. »Da kommt jemand.«

»Ich gehe zur Vordertür.« Addie hörte, wie Trisha die Küchentür schloß und den Riegel vorschob. Sie dankte Gott für das scharfe Gehör des Mädchens, denn sie selbst hatte nichts vernommen.

Sie schnappte sich das Gewehr, als sie zur Tür ging und

diese bis auf einen Spalt schloß, um hinaussehen zu können. Jetzt hörte sie das leise Gemurmel von Männerstimmen und sah den dunklen Schatten von zwei Reitern, die den Weg hinaufkamen. Der Geräusch der Pferdehufe wurde durch den tiefen Sand gedämpft. Die Reiter ritten im Schritt zur Veranda und ließen ihre Tiere durch Addies geliebte Blumenbeete trampeln. Sie schnaubte vor Wut und schloß die Tür leise.

»Hab' doch gesagt, daß ich ein Licht gesehen habe.«

Die heisere Stimme, die Addies an die Tür gepreßtes Ohr erreichte, gehörte einem der Männer, die sie in der Stadt angepöbelt hatten.

»Wenn die glauben, daß die blöde Tür uns aufhält, sind sie aber auf dem Holzweg. *Ha-ha!*« Diese Stimme war schrill vor Aufregung.

»Du kannst das Niggermädchen haben. Ich werde der eingebildeten Gans Bescheid stoßen, die so arrogant war.«

»Sie hat dich Pferdedreck genannt. *Ha-ha-ha!*« Der Mann lachte, während er so fest gegen die Tür hämmerte, das sie erbebte.

»Schmutzige stinkende Säufer!« flüsterte Addie.

Durch den Lärm war Colin aufgewacht und kam angerannt. »Miss Addie, was ist?«

»Besoffene Schweine, Colin. Sie werden gleich verschwinden.«

»Hüb...sche Da...me. Öffnen Sie die Tür. Sie haben Be...such!« *Bumm! Bumm!* »Wir werden viel Spaß zusammen haben.«

»Kommen Sie, Ma'am. Sie haben keine Kunden da drin.«

»Sie verschwinden besser, bevor Sie in ernsthafte Schwierigkeiten geraten. Sie können in der Stadt Ihren Spaß haben«, rief Addie laut durch die geschlossene Tür.

»Jetzt sind wir extra so weit geritten, da bleiben wir auch bis morgen früh.«

»Sie verschwenden hier Ihre Zeit. Gehen Sie zurück in

die Stadt oder wo Sie sonst hergekommen sind.« Addie war bereit, das Gewehr zu benutzen, um ihr Haus und ihre Familie zu schützen.

»Machen Sie die Tür auf! Verdammt noch mal! Ich sag das nicht noch mal.« Jetzt klang die Stimme verärgert. »Sie haben das Niggermädchen für wertloses Südstaatengeld an Kerle vermietet. Wir können mit richtigen Yankee-Münzen zahlen.«

Zorn stieg in Addie auf wie ein Vulkan. *Rohe, vulgäre Tiere. Wie können sie es wagen, zu meinem Haus zu kommen und solchen Dreck von sich zu geben!*

»Verschwinden Sie, oder ich werde beide Läufe dieser Büffelbüchse durch die Tür abschießen«, rief sie.

»Kein Grund, sich aufzuregen. Wir wollen nur ein bißchen Spaß haben.«

»Ihr verkommenen feigen Stinktiere!« schrie Addie mit schriller Stimme. »Bewegt eure stinkenden, verdorbenen Kadaver von meiner Veranda.«

»Aus dem Weg, Miss Addie,« sagte Trisha, während sie den Riegel wegschieben wollte. »Ich werden diesen Abschaum umpusten.«

»Laß die Tür zu«, zischte Addie.

»Kein Penner würde es wagen, so mit Ihnen zu reden –«

Trishas Worte wurden unterbrochen, als schwere Stiefel gegen die Tür traten, so daß sie gegen den Riegel gedrückt wurde.

»Wenn Sie die Tür nicht aufmachen, schlagen wir jedes Fenster in diesem Haus ein. Wir sind nicht hierher geritten, um von einer Hure und einer Niggerin weggeschickt zu werden. Wenn Sie nicht –«

Peng!

Als der Schuß in nächster Nähe fiel, erstarrte Addie, und Trisha schnappte nach Luft. Einen Moment herrschte Stille, dann brach eine Männerstimme das Schweigen:

»Die Dame sagte, Sie wären nicht willkommen. Steigen Sie auf Ihre Pferde, und hauen Sie ab.«

»Äh ... zum Teufel!«

»Wer sind Sie?«

»Ein Mann mit einem Gewehr, das auf deine Kehle gerichtet ist.«

»Wenn Sie auf Vergnügen aus sind, Mister, können wir uns doch arrangieren. Denke schon, daß die beiden uns gut unterhalten könnten.«

»Wer ist das?« flüsterte Colin.

»Ich weiß nicht. Psst!«

»Schert euch weg, oder ich verpasse eurem Fell ein paar Löcher.«

»Sehen Sie –«

»Er will sie für sich!«

»Ich habe nichts übrig für Feiglinge, die sich Frauen aufdrängen. Geht ihr jetzt, oder soll ich schießen?«

»Wenn Sie die Niggerin und die Hure wollen – viel Spaß.«

Peng!

»O Gott! Sie haben mich erschossen!«

»Diesmal war es dein Hut. Beim nächsten Mal dein Kopf.«

»Warum tun Sie das?«

»Damit ihr eure Worte beim nächsten Mal sorgfältiger wählt, wenn ihr mit einer Dame sprecht.«

»Das ist keine –«

»Komm schon. Gehen wir. Der verrückte Spinner bringt uns wegen so einer Kleinigkeit noch um.«

Addie hörte das Quietschen von Sattelleder, dann entfernten sich die Männerstimmen.

»Sie sind weg.«

»Wer ist der Mann?« flüsterte Trisha.

»Ich weiß es nicht.«

»Ist er weg?«

»Das weiß ich auch nicht.« Addie öffnete die Tür einen Spalt. »Mister«, rief sie. »Sind Sie noch da?«

»Ja, Madam.« Als Addie die Männerstimme hörte, kam diese ihr plötzlich bekannt vor.

»Vielen Dank.«

»War mir ein Vergnügen.«

»Wer sind Sie?«

Nach einer Pause sagte er: »Nur ein Passant. Habe ich die Erlaubnis, in Ihrer Scheune zu übernachten?«

»Nun… ja, wenn Sie wollen.«

Addie wartete, und als er nichts mehr sagte, bedeutete sie Trisha, zum Hinterfenster zu gehen.

»Was glaubst du, Colin? Können wir ihm trauen?«

»Ja, Ma'am. Ich glaube schon.«

»Ich frage mich, wer es ist.«

»Vielleicht der dicke Mann, der uns in der Stadt geholfen hat.«

»Könnte sein.«

»Warum kommen die Männer hierher?« fragte Colin.

»Sie wollen hereinkommen und… trinken, und… reden.« Addie suchte nach Worten.

»Wenn ich erwachsen bin, wird es keiner mehr wagen, Sie und Trisha zu belästigen.«

»O Colin. Deine Mama wäre so stolz auf dich, genau wie ich es bin.«

Sie schlang die Arme um den Jungen und drückte ihn an sich. Er gestattete diesen Beweis der Zuneigung, weil es dunkel war. Für einen langen Moment lehnte er sich an sie. Sie hielt seinen drahtigen kleinen Körper fest und strich ihm das Haar aus dem Gesicht. Sie hatte tiefes Mitleid mit ihm. Er drückte sein Gesicht einen Augenblick lang an ihren Hals, bevor er sich losmachte, dann nahm er ihr das Gewehr aus der Hand und stellte es an die Tür.

»Der Mann bringt sein Pferd in den Stall. Er wird sich unter den Pekanobaum bei der Veranda legen«, sagte Trisha, als sie in das Zimmer zurück kam.

»Es ist so dunkel«, sagte Addie, die aus dem Fenster spähte. »Ich kann mir beim besten Willen nicht vorstellen, wie du etwas sehen kannst.«

»Das ist mein Niggerblut«, sagte Trisha trocken. »Sollte auch für irgendwas gut sein.«

»Trisha, um Himmels Willen!«

»Der Himmel hat nichts damit zu tun«, antwortete Trisha mit einem nervösen Kichern.

»Ich glaube, wir können genausogut ins Bett gehen, anstatt hier im Dunkeln zu sitzen.

»Mit diesem ›Passanten‹ da draußen mach' ich kein Auge zu.«

»Wenn er hineinkommen wollte, hätte er es mittlerweile versucht.«

»Vielleicht kommt ihm später der Gedanke.«

»Man braucht einen Rammbock, um diese Tür einzuschlagen. Das würde einer von uns sicher hören, oder das Klirren von Glas, wenn er es am Fenster versucht.«

Noch immer murrend, ging Trisha in das Zimmer, in dem sie mit Jane Ann schlief. Colin folgte ihr in seinem langen Nachthemd und legte sich auf das Rollbett. Addie blieb im Türrahmen stehen.

»Er kommt nicht rein«, sagte Colin. »Das weiß ich genau, aber wenn er es versucht, werde ich das hören und mit der Büffelbüchse kommen.«

»Du bist ein lieber Junge. Du hast Ohren wie ein Luchs, und Trisha hat Augen wie eine Eule. Glaubst du, der Fremde draußen weiß, mit wem er es zu tun hat?«

Addie legte sich in voller Bekleidung neben ihren Sohn auf das Bett. Es war ein ereignisreicher Tag gewesen – das Ende eines wichtigen Kapitels in ihrem Leben und der

Anfang eines neuen. Die letzten paar Jahre lang hatte sie die Tage gezählt und abgewartet, ob Kirby wohl zurückkommen würde. In der Zwischenzeit hatte sie viel gelernt, war stärker und selbstbewußter geworden. Ihr kam es so vor, als sei sie jetzt losgelassen worden, um zu entscheiden, in welche Richtung ihr Leben und das ihrer Familie verlaufen sollte.

Sie erinnerte sich an ein Sprichwort, das ihr Vater oft zitierte: »Gestern ist für immer vorbei.« Als sich ihre Lider senkten und sich ihr Mund zu einem Gähnen öffnete, kam ihr ein Gedanke. *Die Vergangenheit ist vorbei; die Zukunft ist ein Fenster, das geöffnet werden will.*

John Tallman führte sein Pferd in ein Gittergehege, in dem drei Schafe in die entlegenste Ecke flohen, um ihn von dort aus mißtrauisch zu beäugen, und eine schwarzweiße Kuh geduldig wiederkäute. Er trug seinen Sattel und seine Deckenrolle zu dem großen Pekanobaum neben der Veranda und warf sie auf den Boden.

Schafe! Das einzige, was er an ihnen mochte, war das, was aus ihrer Wolle gemacht wurde. Sie waren dumme, stinkende Geschöpfe, die, wenn man sie auf den Rücken drehte, liegenblieben und starben, weil sie nicht intelligent genug waren, wieder auf die Beine zu kommen.

John rollte seine Decke aus, setzte sich auf ein Ende und zog sich die knöchelhohen weichen Ledermokassins und die Socken aus. Er wühlte in seiner Satteltasche und zog ein Paar der Wollsocken hervor, die er im Laden gekauft hatte. Sein Vater hatte ihm schon früh beigebracht, auf seine Füße achtzugeben: »Du kannst nie wissen, wann du sie brauchen wirst, um dein Leben zu retten.« Daher trug er gute Mokassins mit dicken Sohlen und wechselte die Socken alle zwei oder drei Tage. Mrs. Hyde hat ein wunderbares Paar Socken gemacht, dachte er, als er sie anzog. Sie waren weich und ohne Wülste, die wunde Stellen verursachen könnten.

Ihm war nicht klar gewesen, daß sich die Frau mit den violetten Augen in seinem Kopf so festgesetzt hatte, bis er sich über das Gerede erregt hatte, das er in der Kneipe aufgeschnappt hatte, in der er zu Abend gegessen hatte.

»Ich hab' gehört, das Niggermädchen ißt bei denen mit am Tisch.« Der Mann sprach davon, als wäre es die widerwärtigste Sache, die er je gehört hatte. »Das ist doch wohl der Gipfel.«

Die Bemerkung bewirkte, daß John seine Gabel heftig in das Fleischstück stieß. Ignoranz und Intoleranz konnte er nicht ausstehen.

»Keine anständige Frau würde so was zulassen. Man kennt das ja – Wie der Herr, so's Gescherr.«

»– Und gleich und gleich gesellt sich gern.«

»Keine Ahnung, was die da draußen treiben. Vielleicht so einen geheimen Streckenposten, um Sklaven bei der Flucht in den Norden zu helfen.«

»Ich wette, das ist es.«

»Jetzt macht sie das nicht. Sie treibt was anderes. Wir gehen da heute abend hin, verdammt noch mal.«

»Laßt Mrs. Hyde in Ruhe. Hört ihr?« Der Wirt wischte die Theke mit einem feuchten Tuch ab und wandte sich dann an einen ungeduldigen Kunden. »Es ist nicht wahr, was über sie erzählt wird.«

Die Männer redeten weiter. »Hab' gehört, ihr Mann kommt nicht zurück... das heißt, falls sie überhaupt mal einen gehabt hat. *Ha-ha-ha!*«

»Blödsinn! Sie hatte einen. Hab' von so einem Typen gehört, daß ein lockerer Rumtreiber einen Sommer lang da draußen war und sie schwanger zurückgelassen hat, als er Soldat wurde.«

»Jetzt ist sie nicht schwanger, es sei denn, einer von den Kerlen, die sich da draußen den steilen Zahn angucken, ist in *ihre* Schlüpfer gestiegen. Du kannst die eingebildete Zicke haben. Ich will mir ein saftiges Stückchen von der kleinen farbigen Schlampe abschneiden.«

»Das sind doch alles bloß Gerüchte«, sagte der Wirt. »Es gibt keinen Mann unter euch, der sagen könnte, daß Mrs. Hyde ihn reingelassen hat… also haltet den Mund, oder verschwindet hier!«

»Was werden Sie denn so fuchtig? Wollen Sie sich um die Witwe Hyde bemühen, und haben Sie Angst, daß wir Ihnen die Tour vermasseln? *Ha-ha-ha!*«

»Haltet euer Schandmaul. Ihr – bewegt besser euren Arsch raus und kommt nicht wieder!«

John Tallman trank seinen Kaffee aus und stand vom Tisch auf. Er wollte dem Mann die Faust ins Gesicht schlagen. Aber dann sagte er sich, daß er sich nicht wegen einer Frau schlagen sollte, mit der er nur ein paar Worte gewechselt hatte, und er legte einige Münzen auf den Tisch und ging hinaus. Er stand auf der Veranda, als die beiden Männer nach draußen kamen und prahlten, sie würden zur Farm von Witwe Hyde reiten.

Jetzt, als er auf seiner Decke lag und den Kopf auf die Hände gebettet hatte, war John froh, daß er ihnen gefolgt war. Er betrachtete den dunklen Umriß des bescheidenen Hauses mit den Blumenbeeten, dem sorgfältig gepflegten Gemüsegarten und dem ordentlichen Holzstapel. Der im Zickzack verlaufende Bretterzaun war mit Holzknüppeln geflickt. Ein Loch im Scheunendach war mit einem Stück Blech zugenagelt. Der Kuhstall war sauber, die Hühner für die Nacht eingefangen.

Addie Hyde war eine erstklassige Frau, genau wie er es sich gedacht hatte, als er sie im Laden gesehen hatte.

»Der erste Eindruck, den eine Person auf dich macht, ist oft der richtige. Vertraue deinen Instinkten; denke deine eigenen Gedanken; folge deinem Weg.« Diesen Ratschlag hatte Rain Tallman seinen Söhnen gegeben.

John berührte den Kratzer an seinem Kinn. Die letzten zehn Jahre lang hatte er mit dem Gewehr gelebt und gelernt, das Bowiemesser zu gebrauchen. Er hatte getötet, schnell und gnadenlos, jedoch nur, um sein eigenes Leben zu retten. Das Töten war ihm nie leichtgefallen, obwohl er mit Männern zusammengelebt hatte, die keine andere Lebensweise kannten.

John war in den Osten gekommen, um Waren für den Handelsposten zu kaufen, den sein Vater für die Indianer und die Siedler eingerichtet hatte, die den Weg über Santa Fe ins Gebiet von New Mexico nahmen. Dies war seine dritte Reise in ebenso vielen Jahren. Dieses Mal hatte er einen Abstecher nach Quill's Station am Wabash gemacht, um seinen Cousin Zachary Quill zu besuchen. Jetzt freute er sich darauf, auf seine Ranch zurückzukehren, in das kühle, dickwandige Ziegelhaus, das er für die Familie gebaut hatte, die er eines Tages haben wollte.

John lachte leise, als er daran dachte, wie seine Mutter ihm zusetzte, er müsse sich eine Frau suchen und die leeren Räume in seinem Haus mit Kindern füllen. Er lachte wieder und fragte sich, was sie wohl denken würde, wenn sie ihn jetzt sehen könnte, wie er unter einem Pekanobaum lag und eine Witwe und eine Horde Kinder bewachte, anstatt in einem weichen Bett in einem Hotel zu schlafen.

Er war sich sicher, niemals eine Frau zu finden, die der legendären Amy Tallman glich. Obwohl sie Mitte Sechzig war, ritt sie noch immer an der Seite ihres Mannes, kämpfte an seiner Seite und liebte ihn mit feuriger Leidenschaft. Sie ihrerseits war das Licht in seinem Leben. Sie hatten ein Haus in den Bergen nördlich von Fort Smith gebaut und zwei Jungen und zwei Mädchen großgezogen, von denen John Gefleckter Elch Tallman, benannt nach seinem indianischen Großvater, der bei dem großen Erdbeben von 1811 ums Leben gekommen war, der jüngste war.

Vor sechs Jahren, als ihnen klar wurde, daß ihre Söhne für eine Sache würden kämpfen müssen, an die sie nicht glaubten, hatten Rain und Amy Tallman ihre Familie und ihre weltlichen Güter in drei Wagen gepackt, das Indianerterritorium durchquert und sich im Norden New Mexicos niedergelassen.

Vögel flatterten in den Ästen über Johns Kopf. Er hoffte von ganzem Herzen, daß sie sich entleert hatten, bevor sie sich für die Nacht niederließen. Der gelblichweiße Mond ging über der Baumgruppe auf und ließ Millionen Sterne erblassen. Eine Eule stieß einen klagenden Schrei aus; ein Wolf heulte in der Ferne. All diese Geräusche waren John vertraut.

Dann hustete im Haus ein Kind, Bettfedern quietschten, und erneut wandten sich seine Gedanken einem Paar violetter Augen mit dunklen Wimpern und Haar von der Farbe des falben Pferdes zu, das er als Kind besessen hatte. Er drehte sich um und bettete den Kopf auf seinen Arm, plötzlich unbehaglich wegen des sexuellen Verlangens, das ihn überflutete.

Zum Teufel! Vielleicht war es wirklich an der Zeit, daß er sich eine Frau nahm.

KAPITEL 4

Addie wachte plötzlich auf, hob den Kopf vom Kissen und lauschte. Sie hörte das Singen einer Axt. Durch das Fenster an der Ostwand sah sie die Morgendämmerung. Ihr Sohn schlief fest, die Wange auf seine Hand gelegt. Addie rollte sich zum Bettrand, sprang auf die Füße und eilte in die Küche. Sie hob den Riegel von der Tür, um sie einen Spalt weit zu öffnen und hinauszusehen, als Trisha mit dem Gewehr in der Hand neben ihr erschien.

»Wer ist es?« flüsterte sie.

»Das wollte ich gerade herausfinden.«

Addie erkannte den Holzhacker sofort. Es war der Mann, der ihr angeboten hatte, den Zucker zum Wagen zu tragen. Während sie zusah, hoben seine starken Arme die Axt und senkten sie so kraftvoll nieder, daß sie den Klotz spaltete. Er bückte sich und warf den ofengerechten Scheit auf den wachsenden Stapel.

»Wer ist da draußen?« flüsterte Trisha.

»Das ist der Mann, der im Laden war, der, der einen Lederhut aufhatte und sein Hemd über der Hose trug.«

»Was macht der an unserem Holzstapel?«

Addie öffnete die Tür. »Er hackt Holz.«

»Das weiß ich. Wieso?«

»Keine Ahnung. Um Himmels Willen, Trisha, leg das Gewehr weg.«

»Der Mistkerl führt was im Schilde, sonst würde er das nicht machen. Kein Mann hackt für Frauen Holz, von denen er nichts will.«

»Fragen wir ihn doch. Wir können nicht so tun, als wäre er nicht da.«

»Ich ziele mit dem Gewehr auf ihn, solange er hier ist.«

Addie nahm ein Band aus der Tasche, faßte ihr offenes Haar im Nacken zusammen und band es fest. Nachdem sie ihr Kleid geglättet und sich vergewissert hatte, daß es bis zum Hals zugeknöpft war, trat sie auf die Veranda hinaus.

»Guten Morgen!« rief sie.

»Morgen.« Die Axt setzte keinen Schlag aus.

»Sie haben letzte Nacht schon genug für uns getan. Sie müssen das nicht machen.«

»Ich weiß.« Durch einen Axthieb fiel ein Stück Holz. Er hob es auf und warf es auf den Stapel.

»Wir wissen zu schätzen, was Sie getan haben.«

Er winkte ab, um zu zeigen, daß er die Tat für nichtig hielt, dann zog er einen weiteren schweren Ast zum Hauklotz.

»Wie sollen wir die Kuh melken mit diesem... Gauner da draußen?« zischte Trisha.

»Ich wäre Ihnen sehr verbunden, wenn Sie das Mädchen bitten würden, nicht mehr mit dem Gewehr auf mich zu zielen. Es könnte losgehen.« John schob seinen Hut zurück und wischte sich mit dem Hemdsärmel die Stirn.

»Wenn es losgeht, sind Sie mausetot«, schrie Trisha.

»Eben dies befürchte ich ja«, sagte John trocken und schwang wieder die Axt.

»Miss Addie –« Colin kam mit der großen Büffelbüchse in der Hand aus der Küche gestürzt.

»Großer Gott!« John starrte ihn an. »Sie sind hier draußen ungefähr so hilflos wie ein Nest voll Klapperschlangen.«

Addie lächelte. »Wir können gut auf uns selbst aufpassen.«

»Das sehe ich.«

»Sie können gerne mit uns frühstücken.«

»Miss Addie!« Trisha war sprachlos. »Warum haben Sie das gesagt?«

John stützte sich auf den Stiel der Axt und betrachtete das Trio auf der Veranda, bevor er das Angebot annahm.

»Vielen Dank, Madam.«

»Es wird eine Weile dauern, bis es fertig ist. Wir müssen erst einige Arbeiten verrichten.«

»Ich werde nicht rausgehen und die Kuh melken, wenn der da draußen ist«, sagte Trisha verärgert.

»Trisha, in ein paar Minuten ist es hellichter Tag«, sagte Addie geduldig zu dem Mädchen.

»Wenn er uns etwas antun wollte, wäre er letzte Nacht eingedrungen. Wir müssen alle arbeiten. Ich sammele die Eier ein, du melkst, und Colin füttert die Tiere. Colin, leg das Gewehr weg. Du auch, Trisha.«

»Ich behalte das Gewehr bei mir, und ich behalte diesen... ›Passanten‹ ständig im Auge.«

»Das wird schwierig werden, wenn du melkst. Ich hole den Eimer und halte das Gewehr, während du dir die Hände wäschst.«

John hackte noch immer Holz, als die Frauen aus der Scheune kamen. Die freigelassenen Hühner gackerten und suchten unter den Holzsplittern eifrig nach Würmern. Mit dem Milcheimer in der einen Hand und dem Gewehr in der anderen machte Trisha auf dem Weg zurück ins Haus einen großen Bogen um ihn. Addie blieb stehen, um mit ihm zu reden. Sie hatte ein Ende ihrer Schürze zusammengerafft und hielt es in der Hand.

John sah auf sie herab und wartete, daß sie zu sprechen begann. Raum und Zeit schienen auf den Punkt neben dem Holzstapel zusammenzuschrumpfen, auf dem sie standen.

»Die Hühner haben es heute morgen gut mit uns gemeint. Ich kann Ihnen Eier mit Zwieback und Sauce anbieten. Frisches Fleisch haben wir nicht mehr.«

John fuhr der Gedanke durch den Kopf, daß er schon schönere Frauen gesehen hatte, aber diese hier fiel wegen der Leichtigkeit ihrer Bewegungen auf: erhobenes Kinn, gerade Schultern, den Kopf stolz gereckt. Ihr Haar *hatte* die Farbe des falben Pferdes. Es war auch dicht und fein, und einige Strähnchen, die vom Morgenwind bewegt wurden, umspielten ihr Gesicht.

Er betrachtete sie mit der Absicht, einen Fehler zu entdecken, einen Makel, der beweisen würde, daß das, was in der Kneipe über sie erzählt worden war, zumindest ein Fünkchen Wahrheit enthielt. Die kühle Gelassenheit in ihrem Blick besiegte ihn.

»Bedeutet das, daß Sie nicht mehr glauben, daß ich mit... äh... weniger noblen Absichten hergekommen bin?«

Addie spürte, wie sich ihre Wangen röteten. Sie zögerte und versuchte, eine Antwort zu finden, wollte ehrlich sein, konnte jedoch nicht mehr verstehen, was sie dazu gebracht hatte, ihn zum Frühstück einzuladen. Ihre Gedanken kreisten in leichter Verwirrung, und schließlich zuckte sie die Schultern, eine seltsam mädchenhafte Geste.

»Nein. Es heißt nicht, daß wir keine Angst mehr vor Ihnen haben. Aber es gibt Momente, in denen man sich auf sein Glück verlassen muß. Ich setze darauf, daß Sie ein ehrlicher, anständiger Mensch sind und uns keinen Kummer bereiten wollen.« Sie versuchte zu lächeln, doch ihre Augen blieben ernst. Ihr Blick blieb auf ihm ruhen, durchdringend, unergründlich und einen Augenblick lang in verwirrender Weise verletzlich.

John nahm seinen Hut ab und wischte sich wieder mit dem Hemdsärmel die Stirn. Er setzte den Fuß auf den Hauklotz, stützte den Ellenbogen auf seinen Oberschenkel und zeigte auf das Haus. Sein Lächeln verlieh seinen dunklen Gesichtszügen einen Hauch von Wärme.

»Das Mädchen will mich erschießen.«

Addies Augen blieben auf sein Gesicht gerichtet. »Sie hatte ein schweres Schicksal. Das hat sie ängstlich gemacht.«

»Kriegen Sie oft Besuch wie letzte Nacht?«

»Hin und wieder. Weshalb sind Sie hier?« Sie sah ihn ruhig an, ihre violetten Augen waren neugierig geöffnet. »Mir ist klar, daß Sie nicht zufällig hier sind.«

»Ich habe in der Kneipe Gerede gehört. Was sie gesagt haben, paßte nicht zu dem Eindruck, den ich im Laden von Ihnen hatte.«

»Ich kann mir vorstellen, was über Trisha und mich erzählt wurde. Ich möchte Ihnen danken –«

»Bitte bedanken Sie sich nicht schon wieder, Mrs. Hyde. Das ist nicht nötig.«

»Sie kennen meinen Namen. Ich kenne Ihren nicht.«

»Tallman. John Tallman.«

»Sehr erfreut.« Addie bot ihm ihre Hand an. John drückte sie kurz und ließ sie dann los.

»Miss Addie!« schrie Colin von der Veranda. »Pfarrer Sikes kommt.«

»O nein! Der Tag fängt ja gut an.« Addie ging in Richtung Haus, dann kehrte sie zurück. »Mister Tallman, würde es Ihnen etwas ausmachen, in der Scheune zu bleiben, bis der Pfarrer weg ist? Er wäre zu glücklich, wenn er etwas... Unschickliches an Ihrer Anwesenheit hier finden könnte.«

»Sicher. Aber den Zwieback mit Sauce vergesse ich nicht.« Sein leichtes Lächeln veränderte seine ernsten Gesichtszüge. Er setzte den Hut wieder auf und eilte zur Scheune.

Addie rannte zum Haus, lud die Eier auf dem Küchentisch ab und sagte Trisha und Colin, sie sollten aus dem Blickfeld bleiben. Gerade als sie auf die vordere Veranda stürzte, kam die Kutsche des Pfarrers im Hof zum Stillstand. In der Hoffnung, ihn von der Idee abzubringen, das Haus zu betreten, ging sie rasch die Stufen hinab, um Pfarrer Sikes zu begrüßen.

»Morgen, Pfarrer. Ist es nicht ein wunderbarer Tag?«

»Das ist wahr, Schwester Hyde.«

»Sie sind früh auf den Beinen.«

»Habe in Freepoint zu tun. Ich bin nur vorbeigekommen, um Ihnen zu sagen, daß Bruder Renshaw in ein oder zwei Tagen vorbeikommen wird, um Colin abzuholen. Er braucht ihn, damit er Käfer von seinen Kartoffelpflanzen entfernt. Sorgen Sie dafür, daß der Junge seine Sachen gepackt hat und fertig ist.«

Die Worte trafen Addie wie ein Schwall kaltes Wasser. Einen Moment lang war sie zu keinem Gedanken fähig. Dann fiel ihr wieder ein, was Trisha über Mr. Renshaw erzählt hatte, und die Wut taute die Kälte auf, die sie überkommen hatte.

»Ich brauche Colin. Ich brauche ihn viel dringender als Mr. Renshaw. Ich dachte, ich hätte gestern klargemacht, daß er hier bleibt.«

»Frau, Sie haben nicht zu entscheiden, wo der Junge hinkommt«, sagte der Pfarrer bestimmt, und seine kleinen Augen wurden hart. »Sie können das Mädchen behalten.«

»Sie sind Bruder und Schwester und sollten nicht getrennt werden. Soweit ich weiß, haben sie keine lebenden Verwandten mehr. Es wäre grausam und gemein, sie zu trennen.« Aus Addies Ton sprach sowohl ihre Verzweiflung als auch ihre Entschlossenheit.

»Sie sind nicht Ihr *Eigentum,* Schwester Hyde. Sie hatten sie nur leihweise.«

»Sie sind auch nicht Ihr *Eigentum.* Falls Sie es vergessen haben, der Krieg ist vorbei. Sowohl Weiße als auch Farbige sind frei.«

»Minderjährige nicht. Sie tun das, was man ihnen sagt. Bruder Renshaw hat angeboten, für Nahrung und Kleidung des Jungen zu sorgen, wenn er dafür arbeitet.«

»Bruder Renshaw hat das angeboten?« wiederholte Addie mit geschürzten Lippen. »Wie großzügig von ihm!«

»Er erfüllt seine Christenpflicht. Er hat sich angeboten, wie es andere vor ihm getan haben.«

»Zum Teufel noch mal! Es ist mir verdammt egal, ob der alte Dreckskerl seine ganze verfluchte Farm angeboten hat. Er wird Colin nicht kriegen! Und außerdem – Sie haben nicht das gottgegebene Recht, ein Kind von seinem Zuhause wegzureißen, wo es geliebt wird und erwünscht ist.« Ihre Stimme war immer lauter geworden, bis sie schließlich brüllte.

»Verflucht noch mal! Geben Sie zu, Pfarrer – Sie kriegen Geld dafür, daß Sie diesem Perversen das Kind überlassen!«

»Blasphemie!« Der Pfarrer rang nach Atem und erstarrte. »Ihre Eltern würden sich im Grabe umdrehen, wenn sie so etwas aus Ihrem Mund hören würden!« Er blies die Wangen auf, sein Gesicht nahm die Farbe einer Rübe an, und sein Kiefer zitterte. »Der Junge wurde in meine Obhut gegeben. Er geht dahin, wo ich es bestimme.«

»Wenn es der Blasphemie bedarf, Ihre Aufmerksamkeit zu bekommen, dann soll es wohl so sein! Ich schere mich den Teufel darum, wieviel Geld der alte Dreckskerl Ihnen gibt oder ob er eine Kirche baut, die so groß ist wie das Kapitol in Little Rock. Ich gebe das Kind nicht her, damit es von einem abartigen Vieh wie Renshaw mißhandelt wird. Colin bleibt hier, und jeder, der kommt, um ihn zu holen, wird mit einer Ladung Schrot empfangen.«

»Jetzt ist es endgültig aus. Packen Sie auch die Sachen des Mädchens. Ich werde ein *christliches* Haus für sie finden. Hatte schon gehört, was hier vor sich geht. Hab' es bis jetzt nie geglaubt. Sie sind auf dem direkten Weg zur Hölle, *Mrs.* Hyde.«

»Genau wie Sie, Sie verfluchter Heuchler! Ihnen geht es nicht um Colins Wohl. Diese Kinder sind Ihnen so gleichgültig wie... Hunde!«

»Flucht wie ein Kutscher! Jesus, vergib ihr. Allmächtiger Gott, dieses arme Geschöpf ist in die Schlangengrube des Teufels geraten!« Der Pfarrer rollte die Augen nach hinten. Er sah aus, als sei er in Trance. Dann starrte er Addie mit klarem, haßerfüllten Blick an. »Ich bete dafür, daß Gott mir vergibt, daß ich die armen unschuldigen Kinder in diesem Sündenpfuhl gelassen habe. Doch das ist vorbei, Gott,« – er sah zum Himmel – »das ist vorbei!«

»Sie müssen mich umbringen, bevor Sie eins von ihnen kriegen«, schrie Addie.

Pfarrer Sikes schlug mit der Peitsche auf den Rücken des Pferdes, und das überraschte Tier sprang vorwärts. Addie hatte kaum Zeit, beiseite zu springen.

»Haben Sie gehört?« schrie sie der Kutsche hinterher. »Wenn Sie es wagen, noch mal hierherzukommen, kriegen Sie eine Ladung Schrot in Ihren fetten Pelz. Sie Heuchler! Sie – herzloses, schmutziges altes Tier!« Sie schüttelte ihre Fäuste gegen die Kutsche, die den Weg hinunterschwankte. »Verdorbener alter Schurke! Fromm daherredender Hurensohn!«

Addie war so aufgebracht, daß Worte, die sie ihr Lebtag noch nicht ausgesprochen hatte, durch die Wut aus ihr herausquollen, die sich seit dem offenen Gespräch mit Trisha über den Grund dafür, warum Renshaw Colin wollte, in ihr aufgestaut hatte. Sie war so verzweifelt, daß sie nur noch dastehen und mit den Füßen stampfen konnte. Dann brach sie in Tränen aus.

»Miss Addie!« Colin und Trisha eilten zu ihr. »Was hat die alte Kröte zu Ihnen gesagt?«

»Oh, Miss Addie! Nicht weinen!« Colins sommersprossiges Gesicht war ganz verzweifelt.

»Eines Tages werde ich dem alten schleimigen Scheißkerl direkt in seine Eingeweide schießen!« Trisha richtete das Ende des Gewehrs auf die sich entfernende Kutsche.

Addies Schluchzen schlug plötzlich in hysterisches Gelächter um. Sie schlang ihre Arme um Colin und das Mädchen und drückte sie an sich, weil ihre Knie weich wurden.

»Oh, sind wir nicht ein Anblick? Ich verfluche ihn, und du erschießt ihn.« Tränen strömten Addies Wangen hinab. »Ich habe Dinge gesagt, die ich noch nie gesagt habe.«

»Fluchen tut gut, nicht war?« sagte Trisha.

»Ich habe die Beherrschung verloren. Ich habe... alles verdorben –«

»Wird er mich... zum Weggehen zwingen?« Der verzweifelte Ausdruck auf Colins jungem Gesicht brach Addie fast das Herz.

»Nein, Liebling. Du gehst nicht weg von uns, solange Trisha und ich noch Munition für das Gewehr haben.«

»Das hat er aber gesagt, oder?«

»Ja, das hat er gesagt.« Addie konnte den Jungen nicht anlügen, auch wenn es leichter für ihn wäre. »Aber das bedeutet nicht, daß du gehen wirst.«

»Was ist mit Jane Ann?«

»Mr. Renshaw will nur dich. Der Pfarrer ist wegen einiger Dinge, die ich gesagt habe, wütend auf mich. Er hat gesagt, er will ein anderes Haus für Jane Ann suchen. Aber er wird keinen von euch wegholen. Ich finde eine Lösung...«

Das stolze kleine Gesicht des Jungen fiel langsam in sich zusammen, als er begriff. Die Tränen, die er mit Gewalt zurückhalten wollte, rannen jetzt seine Wangen hinab. Addie zog ihn an sich und spürte das heftige Schluchzen, das seinen Körper schüttelte.

»K-können wird nicht weggehen? Können wir nicht nach Kala...fornien?«

»Mach dir keine Sorgen, Colin. Wir werden alles tun, was in unserer Macht steht, um dich hier bei uns zu behalten. Uns fällt schon was ein.«

»Ich habe mir was ausgedacht!« Trisha sprach mit erstickter Stimme. »Ich werden diesen... diesen alten widerlichen Haufen Pferdescheiße umbringen!« Einen Augenblick lang hatte Addie Angst, denn sie war sich sicher, daß das Mädchen dazu fähig war, ihre Drohung wahrzumachen.

Addie drückte Colin fester an sich und spürte, wie seine Tränen den Stoff ihres Kleides durchnäßten. Sie hatte tiefes Mitleid mit dem armen kleinen Jungen. Er hatte seine Arme fest um ihre Taille geschlungen, was er noch nie zuvor getan hatte und woran sie messen konnte, wie verzweifelt er war.

Über Colins Kopf hinweg sah Addie Mr. Tallman, den »Passanten«, wie Trisha ihn nannte, auf der Veranda stehen. Dillon stand auf einer Seite, Jane Ann auf der anderen. Beide Kinder trugen noch ihre Nachthemden. Addies Blick traf die durchdringenden dunkelblauen Augen des Mannes und verharrten dort. Er trug keinen Hut, und sie konnte die irritierte Falte auf seiner Stirn sehen.

»Ach du meine Güte! Den habe ich ja ganz vergessen.«

Als sie sprach, zuckte Colin zusammen, dann riß er sich aus Addies Umarmung los und rannte um die Hausecke. Addie sah ihm nach, dann blickte sie den Mann auf der Veranda bekümmert an.

»Ich mache uns Frühstück,« sagte sie düster.

Trisha tat einen Schritt nach vorne, aber Addie legte ihr die Hand auf den Arm. »Sieh nach Colin, Trisha.«

»Aber –«

»Gib mir das Gewehr. Ich komme schon zurecht.«

Trisha zögerte, dann gab sie es ihr. »Brüllen Sie, wenn er was macht.«

»Das werde ich. Geh jetzt. Colin braucht dich.«

Trisha hob ihren Rock über die nackten Knöchel und blieb dann stehen, als sie an der Veranda vorbeikam.

»Weißer Mann, wenn Sie Miss Addie was antun, schieß ich Sie tot.«

Mit nach unten gerichtetem Gewehrlauf stieg Addie die Stufen zur Veranda hinauf und ging ins Haus. John und die Kinder folgten ihr.

»Dieses Mädchen scheint fest entschlossen zu sein, mich zu erschießen.«

»Sie mißtraut Männern. Und ich kann es ihr nicht verübeln.« Addie stellte das Gewehr in die Ecke. »Jane Ann, du und Dillon, ihr zieht euch an, dann kommt ihr her und wascht euch vor dem Frühstück.«

»Warum weint Colin?« Jane Ann zog an Addies Hand.

»Ich erzähl' es dir später, Liebes. Zieh dich an und hilf Dillon, ja?«

»Werden Colin und ich von hier weggeholt?«

»Nein, Dummerchen.« Addie drückte das Mädchen einen kurzen Augenblick an sich und ließ sie dann los. »Jetzt mach voran.«

Als die Kinder weg waren, trug Addie den Teekessel zum Waschtisch.

»Setzen Sie sich, Mr. Tallman. Ich wasche mich schnell, dann fange ich mit dem Kochen an.« Addie seifte ihre Hände ein, spülte sie ab und benetzte ihr Gesicht mit Wasser. Nachdem sie sich abgetrocknet hatte, goß sie die Waschschüssel aus und legte ein sauberes Handtuch daneben.

»Das Wasser im Teekessel ist heiß.«

»Ich habe mich schon am Brunnen gewaschen, wo Ihr Besucher mich nicht sehen konnte.«

»Es wird ein Weilchen dauern, bis der Ofen heiß genug für den Zwieback ist.« Während sie sprach, öffnete Addie das Feuerloch und legte ein Stück Holz nach. Ihre Bewegungen waren ruckartig, und ihre Hände zitterten, als sie die flache Pfanne auf den Ofen stellte, Fett hineingab und dann die Schüssel, die sie zum Backen benutzte, auf die Arbeitsfläche stellte.

Sie machte eine Mulde in das Mehl in der Schüssel und fügte Salz, Soda und einen Löffel Fett hinzu, wobei sie sich bemühte, dem Mann am Tisch ihren Rücken zugewandt zu lassen. Nachdem sie Buttermilch hineingegossen hatte, verarbeitete sie das Mehl zu einem Teig, bis er so fest war, daß er abgestreift, geformt und in die Pfanne gelegt werden konnte.

Ihr Herz schlug heftig. Sie wünschte sich nichts so sehr, wie sich zu verstecken und zu weinen, aber sie arbeitete rasch und ohne überflüssige Bewegungen. Bald köchelte die Sauce in der Bratpfanne, und sie begann, den Tisch zu decken.

John beobachtete jede Bewegung der Frau. Irgend etwas zerriß sie innerlich. Sie hatte ihn nicht direkt angesehen, aber er hatte bemerkt, daß ihr Tränen in den Augen standen.

»Dillon läßt mich seine Hosenträger nicht festmachen. Er läuft immer weg.« Der kleine Junge rannte, gefolgt von Jane Ann, in das Zimmer und zwängte sich zwischen seine Mutter und den Tisch. »Sehen Sie«, sagte Jane Ann. »Er macht Theater, weil wir Besuch haben.«

»Dillon, bitte benimm dich jetzt.«

»Komm mal her, du kleiner Wurm.« John beugte sich vor und hob das Kind auf seinen Schoß. »Meine Schwester hat auch einen kleinen Wirbelwind wie dich. Der tobt herum wie ein junger Hund.«

Überrascht, daß er auf dem Schoß eines Mannes saß, wurde Dillon ganz still und fixierte Johns Gesicht.

»Wir hatten einen Hund.«

»War der groß und böse?«

»Er hat gebellt und am Seil gezogen.«

»Wie hieß er denn?«

»Lincoln.«

»Lincoln? Daran hätte der alte Abe bestimmt seinen Spaß –«

»Darf ich deinen Schnurrbart anfassen?« – »Wenn du mich deine Hosenträger festmachen läßt.«

Die Augen des Jungen waren rund und blau und ernst. »Ich zuerst?«

»Erst geben wir uns wie Männer die Hand darauf. Ich muß mir sicher sein, daß du nicht dein Wort brichst und wegläufst. Ein Mann hält sein Wort.« John streckte seine Hand aus. Dillon gab ihm seine. »Ich verspreche, daß du meinen Schnurrbart anfassen darfst.«

»Ähm… ich verspreche, daß du meine Hosenträger festmachen darfst.«

Als Addie sah, wie ihr Sohn auf dem Schoß des Mannes saß, lief ihr eine Träne über die Wange. Sie wischte sie unauffällig weg und drehte sich zu Jane Ann um.

»Wasch dich schnell. Ich bürste und flechte dein Haar nach dem Frühstück.« Addie ging zur Tür. »Trisha! Colin!« rief sie. »Frühstück ist fertig.«

Addie zog gerade die Pfanne mit dem goldbraunen Zwieback vom Ofen, als die beiden hereinkamen. Colin ging direkt zur Waschschüssel. Trisha sah Dillon finster an, weil er auf dem Schoß des Passanten saß und mit seinen dicken Fingern den Schnurrbart befingerte, der an beiden Seiten des festen Mundes hinunterhing. Jane Ann lehnte sich an das Knie des Mannes und kicherte.

»Hol bitte ein Glas Pflaumenmus, Trisha. Wir können uns setzen.«

Trisha brachte das Glas zum Tisch und verzog sich dann in die entlegenste Ecke der Küche.

»Setzt euch auf eure Plätze. Das gilt auch für dich, Dillon«, sagte Addie, als das Kind keine Anstalten machte, Johns Schoß zu verlassen. »Ich gieße den Kaffee ein.«

Addie wickelte ein Tuch um den Griff der Emaillekanne und kam zum Tisch zurück. Trisha blieb stehen und blickte mit dem Rücken zum Tisch zur offenen Tür hinaus.

»Trisha, setz dich hin und hilf Jane Ann.«

John blickte auf, sah die Besorgnis in Addies Augen und begriff, daß Trisha fürchtete, er könnte es als Beleidigung verstehen, wenn sie sich an den Tisch setzte.

»Solchen Zwieback habe ich seit Monaten nicht mehr gegessen, Miss«, sagte er zu Trisha. »Ich werde ihn nicht genießen können, wenn ich Angst haben muß, daß Sie mich von hinten erschießen. Und es ist sogar noch länger her, daß ich mit *zwei* schönen Damen am Tisch gesessen habe.«

»Warum sagen Sie das, weißer Mann? Sie wissen, daß ich farbig bin«, zischte Trisha, als sie herumwirbelte. Ihre goldenen Augen glitzerten wie die einer wütenden Katze.

»Sie sind also ein bißchen farbig. Ich bin teils irisch, teils schottisch, teils französisch. Der Stiefvater meines Vaters war Shawnee. Meine Großmutter hat ihn geheiratet, weil sie es wollte, und nicht, weil sie mußte. Ich bin nach ihm benannt. John Gefleckter Elch Tallman. Ist das der Grund, weshalb Sie nicht mit mir an einem Tisch sitzen wollen?«

»Sie wissen, daß es nicht das ist!«

»Dann setzen Sie sich bitte. Ich habe solchen Hunger, daß ich einen kranken Hund verspeisen könnte.«

»Bäh!« sagte Jane Ann und streckte ihre Zunge heraus.

Trisha stolzierte um den Tisch herum und ließ sich in ihren Stuhl fallen.

Erst als sie ausatmete, merkte Addie, daß sie die Luft angehalten hatte. Sie sah dem Mann in die Augen und dankte ihm stumm.

Die Mahlzeit wäre recht schweigsam verlaufen, wenn Dillon und Jane Ann nicht beständig geplappert hätten. Sie hatten ihren Spaß. Addie hatte ihnen nur einmal gesagt, sie sollten still sein, als Dillon etwas über das Toilettenhaus gesagt hatte. John redete mit Jane Ann und Dillon, denn er wußte, daß die anderen ihre Sorgen hatten.

»Als ich ein kleiner Junge war, habe ich ein junges Stinktier gefunden. Ich weiß nicht, was mit seiner Mutter passiert war.«

»Hat es gestunken?« fragte Jane Ann.

»Zuerst nicht. Ich habe es in einem Beutel herumgetragen, den ich mir um den Hals gehängt hatte. Eines Tages stieg ich auf einen Baum und konnte mit dem Beutel nicht runterklettern. Meine Mutter stand unter dem Baum und sagte, ich solle ihn runterwerfen und sie würde ihn auffangen. Da stellten wir fest, daß es alt genug war, um zu... ihr wißt schon.«

Die Kinder lachten. Colin hatte den Kopf über seinen Teller gesenkt.

»Was haben Sie gemacht?« fragte Dillon und sah John ins Gesicht.

»Ich mußte es in den Wald bringen und freilassen.«

»Wie hat es geheißen?«

»Rose. Ich glaube, ich hatte gehofft, daß es wie eine Rose riechen würde.« John erhaschte Addies Blick und zwinkerte ihr zu. Ein Hauch von einem Lächeln erschien auf ihren Lippen, bevor sie wegsah. »Vielen Dank für das Essen, Madam. Ich kann mich nicht erinnern, jemals etwas Besseres gehabt zu haben. Ich würde gerne den Lattenzaun reparieren, wenn der Junge hier mir zur Hand gehen würde. An einigen Stellen könnte ein kräftiger Sturm ihn umwerfen.«

Colin erhob sich, ohne aufzusehen. Auch Addie stand auf.

»Colin... wenn du lieber nicht –«

»Ich will. Ich kann mein Leben nicht an Ihrem Rockzipfel verbringen, Miss Addie.«

Addie stand in der Tür und sah zu, wie der Junge mit dem großen Mann den Hof überquerte. Plötzlich überkam sie der Gedanke, daß Kirby Hyde überlebt hätte und nach

Hause zu ihr und ihrem Sohn gekommen wäre, wenn er mehr wie dieser Mann gewesen wäre; und sie selbst würde sich jetzt nicht so allein und ängstlich fühlen.

KAPITEL 5

Bis zum späten Vormittag hatten sie sechs Pfosten repariert und dort, wo es nötig war, neue Latten eingefügt. Colin arbeitete neben John und sprach nur, wenn er angesprochen wurde. Der Junge war ein guter Arbeiter, der oft schon ahnte, was benötigt wurde, und es holte, bevor John darum bat. Als sie mit dem Zaun fertig waren, traten sie zurück, um ihre Arbeit zu begutachten.

»Eine Herde Wildpferde würde er nicht aufhalten, Colin, aber für ein Pferd, eine Kuh und ein paar Schafe reicht er aus.«

»Daisy und Myrtle würden nicht einmal weglaufen, wenn wir sie im Hof ließen.«

John sah auf den Jungen hinab. Zum ersten Mal hatte er freiwillig etwas gesagt.

»Sie sind kluge Pferde. Sie wissen, auf welcher Seite das Brot gebuttert ist.«

»Was bedeutet das?«

»Das bedeutet, daß sie erkennen, was gut für sie ist. Mit anderen Worten, sie wollen bei Leuten bleiben, die gut zu ihnen sind und sie füttern.«

Trisha, die im Garten arbeitete, beobachtete die beiden. Das Gewehr lag immer dicht neben ihr. John fragte sich, ob das Gewehr als Schutz vor ihm gedacht war oder ob sie jemand anderes erwartete.

Die Szene, deren Zeuge er am frühen Morgen geworden war, ging ihm nicht aus dem Kopf und verwirrte ihn. Addie Hydes herzzerreißendes Schluchzen klang ihm noch in den

Ohren, und er sah die beiden Frauen und den Jungen vor sich, die sich verzweifelt umschlungen hielten. Als Addie aufgeblickt und ihn angesehen hatte, hatte ihr Stolz gesiegt. Sie hatte ihren Kopf emporgehoben; und obwohl ihre Wangen tränennaß waren, war sie an ihm vorbeigerauscht und hatte ruhig getan, was zu tun war.

»Komm, wir trinken etwas Kaltes, Colin. Das haben wir uns verdient, meinst du nicht?«

Am Brunnen löste John das Seil und ließ es an der Rolle hinunter, bis er hörte, daß der Eimer auf das Wasser schlug. Als er gefüllt war, zog er ihn hoch, setzte ihn auf die Bretterplattform, die den Brunnen umgab, und griff nach dem Schöpflöffel, der am Pfosten hing. Er streckte ihn Colin entgegen.

»Das Querstück, das die Rolle hält, ist ganz schön wacklig. Wenn du ein Stückchen Draht hast, könnten wir es verstärken.«

Nachdem Colin getrunken hatte, gab er den Schöpflöffel zurück und ging zur Scheune. John trank, trug den Wassereimer dann zur Wasserrinne der Hühner und leerte ihn aus.

Colin kam mit einem Stück rostigen Draht und einer Eisenzange zurück.

»Der Teil, der auf diesem Pfosten liegt, ist locker«, sagte John und ging um den Brunnen herum. »Wenn ich dich auf meine Schultern hebe, kannst du ihn erreichen und den Draht darum und um den Pfosten schlingen.«

Colin nickte. John nahm seinen Hut ab und schwang Colin hinauf, so daß er rittlings auf seinen Schultern saß. Dann stützte er ihn ab, während Colin seine nackten Füße auf seine Schultern stellte und sich aufrichtete. John hielt die Beine des Jungen fest, während er arbeitete. Als er fertig war, hob er ihn hinunter.

»Gute Arbeit. Das wird halten, bis der Draht durchrostet.« John hob seinen Hut auf. »Bist du bereit, das Loch in der Wand vom Hühnerhaus in Angriff zu nehmen? Ein Wunder, daß noch kein Fuchs durch das lockere Brett geschlüpft ist.«

Colin zuckte die Schultern.

»Ich hole das Stück Blech, das hinter der Scheune liegt. Hast du Nägel?«

Colin nickte und ging in die Scheune. Als sie sich am Hühnerhaus trafen, hatte der Junge ein Dutzend eckiger, rostiger Nägel.

»Wenn ihr was übrig habt, wäre es gut, die Nägel in Fett oder Gänseschmalz zu stecken. Dann werden sie nicht rostig und lassen sich leichter einschlagen.«

Nachdem sie die Seitenwand des wackeligen Hühnerhauses repariert hatten, stemmte John Colin hoch, damit er ein Stück Blech über das Loch im Dach nageln konnte. Dann folgte er dem stillen Jungen in die Scheune, und sie räumten das Werkzeug weg.

»Colin...« Als John dem Jungen seine Hand auf die Schulter legte, zuckte Colin zurück, als habe er sich verbrannt.

»Was?« sagte er verärgert.

»Hier ist doch was nicht in Ordnung. Für gewöhnlich stecke ich meine Nase nicht in die Angelegenheiten anderer Leute, aber ich würde euch gerne irgendwie helfen.«

»Da können Sie nichts machen.« Colin drehte sich weg und lehnte sich gegen ein Stallgeländer.

»Vielleicht schon. Ich merke doch, daß Mrs. Hyde Sorgen hat. Der Pfarrer hat sie schrecklich aufgebracht. Meine Güte, hat sie ein Temperament.«

»Ich habe sie noch nie so wütend gesehen. Der verdammte alte Sikes ist ein... ein Eselsarsch!« Die Stimme des Jungen wurde von Schluchzern erstickt.

»Da hast du wahrscheinlich recht. Was hat er denn vor?«

»Er... er will mich von Miss Addie wegbringen, und Jane Ann auch.«

»Wegbringen? Wie kommt er dazu? Ist er ein Verwandter?«

»Nein!«

»Wurdet ihr in seine Obhut gegeben?« fragte John sanft.

»Er sagt... er sagt, unsere Mutter hat uns der Kirche anvertraut.«

»Wie lange seit ihr schon bei Miss Addie?«

»Zwei Jahre. Sie hat uns gerne –«

»Daran besteht kein Zweifel. Es ist ganz offensichtlich, daß sie eine Menge von dir und deiner Schwester hält.«

»Sie sagt, ich bin... *ihr* Junge. Der alte Renshaw ist... ein Dreckskerl.«

Colin drehte sich plötzlich um, schlang seine Arme um Johns Taille und drückte sein Gesicht an ihn. Heftiges Schluchzen schüttelte den Jungen.

John stand erstaunt da, die Hände auf die Schultern des Jungen gelegt, und wußte nicht, was er sagen oder tun sollte. Einmal hatte er seine Mutter so weinen sehen, als seine kleine Schwester gestorben war. Er versuchte, Worte des Trostes zu finden, als Trisha in die Scheune gestürzt kam und mit dem Gewehr direkt auf ihn zielte.

»Lassen Sie ihn los! Ich schieße Sie tot, weißer Mann!«

Weiche, krause schwarze Locken umrahmten ihr Gesicht und fielen auf ihre Schultern herab. Mit Ausnahme ihrer leuchtenden goldenen Augen hätte ihr Gesicht in Stein gemeißelt sein können. Barfuß stand sie da, gelassen und zu allem bereit. Sie war wie die kleine tödliche Mokassinschlange, die in Oklahoma so häufig vorkommt.

»Trisha! Nicht!« Colin drehte John den Rücken zu und streckte seine Arme aus, um ihn zu schützen. »Er hat nichts gemacht.«

»Er hat dich festgehalten –«

»Er könnte... uns vielleicht helfen –«

»Ha! Ein *Passant* wird keine Hilfe sein. Dieses Gewehr hier schon eher.«

John ergriff Colins Schultern und schob ihn beiseite. »Sie sind wild entschlossen, mich zu erschießen, seit ich hergekommen bin«, sagte er weitaus ruhiger, als ihm zumute war. »Ich werde es langsam leid.«

»Ist mir egal, was Ihnen leid wird. Wenn Sie den Jungen anfassen, puste ich Ihnen den Kopf weg.«

Colin ging zu Trisha, legte seine Hand auf den Gewehrlauf und senkte ihn nach unten.

»Er hat nichts gemacht«, wiederholte er.

»Sie brauchen verdammt dringend Hilfe, Lady. Ich wollte mich anbieten«, sagte John. »Aber jetzt glaube ich, ich verschwinde hier besser, solange ich noch auf mein Pferd klettern kann.«

»Gehen Sie nicht!« stieß Colin hervor.

Trisha stützte den Gewehrschaft auf den Boden und sah verwirrt von einem zum anderen.

»Warum hast du das gesagt?« Sie sah Colin durchdringend an.

»Ich weiß nicht. Irgend jemand muß uns helfen.«

»Was hat es damit auf sich, daß der Pfarrer Colin zu jemand namens Renshaw bringen will? Hat sich Mrs. Hyde darüber aufgeregt?« fragte John.

»Er bringt ihn nicht weg! Eher bringe ich den Kerl um!« Trisha atmete heftig und zitternd ein. Ihre Nasenflügel bebten wütend.

»Hat Mrs. Hyde mit dem Bürgermeister gesprochen?«

»Darüber weiß ich nichts. Ich weiß nur, daß der Pfarrer Colin nicht zu diesem alten stinkenden Saukerl bringen wird, damit er mit ihm rummachen kann.«

»Rummachen?« Johns dunkle Augenbrauen zogen sich zusammen.

Trisha erhob eine Hand und rollte die Augen zur Decke. Ihr Gesichtsausdruck spiegelte ihre Abscheu wider.

»Sind Sie so dämlich, daß Sie nicht wissen, was *rummachen* bedeutet?«

John sah das Mädchen weiter an. Dann wurde sein Blick plötzlich hart und durchdringend. Die Wut in seinem Inneren wurde immer größer.

»Wenn Sie das meinen, was ich glaube, das Sie meinen, würde ich mich gerne allein mit Colin unterhalten.« Die dunkelblauen Augen, mit denen er Trisha ansah, wichen ihrem Blick nicht aus. Genausowenig wie ihre goldenen.

»Wenn Sie ihm was antun, bring' ich Sie um.«

»In Ordnung.«

»Miss Addie sagte, Essen ist fertig.«

»Wir kommen in ein paar Minuten.«

»Colin?«

»Ja. Gleich.«

Trisha drehte sich um und lief leichtfüßig aus der Scheune.

»Du sitzt auf deinem üblichen Platz«, gab Addie als Antwort auf die Frage ihres Sohnes. »Mr. Tallman sitzt neben Colin. Leg Messer und Gabel neben den Teller, Jane Ann. Oh, Trisha, kommen die beiden endlich?« fragte sie, als das Mädchen von der Veranda hereinkam.

»Gleich«, sagte sie verärgert und stellte das Gewehr in die Ecke.

»Ist etwas nicht in Ordnung?«

»Colin mag diesen... *Passanten*.«

»Das macht dir Sorgen?« Addie flüsterte fast, damit die Kinder nichts hörten.

»Ja. Kann doch sein, daß er ein Ganove ist.«

»Wir sollten so fair sein und erst einmal nicht davon ausgehen. Er hat heute morgen viel gearbeitet. *Dillon!*« Addie packte ihren Sohn am Arm, als er an ihr vorbeirannte. »Im

Haus wird nicht gerannt. Nach dem Essen kannst du mit Jane Ann Fangen spielen, solange ihr wollt – draußen. Du gehst besser zur Toilette, dann komm rein und wasch dich.«

»Jane Ann sagst du nicht, daß sie aufs Klo gehen soll.«

»Jane Ann ist alt genug, um zu wissen, wann sie gehen muß.«

»Ich auch.«

»Nicht immer. Manchmal schiebst du es raus, bis es fast zu spät ist.«

Dillon ging murrend nach draußen, und Addie folgte ihm auf die Veranda. Wie sie befürchtet hatte, zog ihr Sohn die Hosenträger von seinen Schultern und wollte seine Hosen herunterlassen.

»Dillon Hyde! Wage es nicht, in den Hof zu machen! Geh zur Toilette, oder es gibt für dich keinen Pudding, junger Mann. Hörst du?«

Addie war müde. Der morgendliche Besuch des Pfarrers hatte ihre Kraft aufgebraucht. Außerdem hatte sie mit Trisha einen Eimer voll kleiner neuer Kartoffeln ausgegraben, die sie am Brunnen gewaschen hatten. Sie kochten jetzt mit dem Kohl auf dem Ofen, und um den Geschmack zu verbessern, war etwas Räucherfleisch dabei.

Himmel, was sollte sie nur tun, wenn der Pfarrer mit einer Gruppe Männer käme, um Colin zu holen? Sie war fest entschlossen, sie, wenn nötig, mit dem Gewehr zu vertreiben. Aber was dann? Würde Sikes zum Bürgermeister gehen und fordern, daß sie ihm Colin übergeben würde? Er würde jetzt nicht nachgeben und vor seiner Gemeinde das Gesicht verlieren. Das stand fest.

Den ganzen Morgen über hatte sie den Gedanken im Hinterkopf gehabt, an Mr. Birdsall zu verkaufen. Doch es wäre ein Wunder, wenn sie das Geld holen, ihre Familie in den Wagen packen und verschwinden könnte, bevor Sikes eingreifen würde. Sie würde diesen Ort liebend gern verlassen, wenn das bedeutete, daß sie Colin und Jane Ann behalten könnte. Sie war den ganzen Morgen über den Tränen nahe gewesen, und jetzt war es wieder soweit. Sie schüttelte den Kopf und zwang sich, nicht mehr daran zu denken, bis sie, Trisha und Colin sich zusammensetzen konnten, um einen Plan zu machen.

Als John hereingekommen und einen Blick auf den Tisch geworfen hatte, begriff er, daß Addie Hyde ihm das Beste vorsetzte, was sie hatte. Sie setzten sich, Addie sprach wieder das Tischgebet und reichte dann einen Teller mit heißen Stücken Maisbrot herum. Er stellte fest, daß die Kinder sich gut benahmen. Ihre Tischmanieren waren besser, als er es manchmal in vornehmen Speisesälen in Hotels und öffentlichen Restaurants gesehen hatte.

»Mr. Tallman, wir sind Ihnen sehr dankbar, daß Sie den Zaun geflickt und vor allem das Hühnerhaus repariert haben«, sagte Addie, als die Teller gefüllt waren und sie mit dem Essen begonnen hatten.

»Ohne Colin hätte ich nicht viel ausrichten können. Ich bin nur etwas stärker als er, sonst hätte er es auch ohne mich geschafft.«

»Haben Sie ein kleines Mädchen?« fragte Jane Ann.

»Nein, aber eine meiner Schwestern hat zwei Mädchen, und die andere hat eins. Eins ist ungefähr in deinem Alter.«

»Wie heißt sie?«

»Sie heißt Tennessee, aber sie wird Tenny genannt.«

»Ein ungewöhnlicher Name,« sagte Addie.

»Sie wurde nach Tennessee Hoffman benannt, einem kleinen Mädchen, das meiner Mutter das Leben gerettet hat. Der Vater des Kindes, Mr. Hoffman, war ein Franzose mit Sinn für Humor; seine Frau war eine Shawnee. Sie haben ihre Töchter nach den Staaten benannt, in denen sie geboren wurden. Tennessees zwei Schwestern hießen Virginia und Florida.«

»Dazu gibt es bestimmt eine Geschichte, Mr. Tallman. Wir würden sie gerne hören, nicht wahr, Kinder? Aber lassen wir Mr.Tallman erst aufessen.«

Addie servierte den Pudding, der rasch verzehrt war. Die Kinder liebten Geschichten. An den langen Winterabenden erfanden Trisha und Addie abwechselnd Geschichten, um sie zu unterhalten.

»Sind Sie jetzt fertig?« fragte Jane Ann, sobald John den letzten Bissen gegessen hatte.

»Ja, aber…« Er sah Addie an.

»Bitte. Das heißt, wenn es Ihnen nichts ausmacht.«

»Es gibt da kein Geheimnis. Ich bin nur kein guter Redner.«

»Sie haben es doch prima gemacht.«

John zuckte die Schultern und begann.

»Meine Mutter und der Rest ihrer Familie werden dem kleinen Mädchen namens Tennessee, das sie davor bewahrt hat, in die Wildnis verschleppt zu werden und ihre Familie möglicherweise nie wiederzusehen, für immer dankbar sein. Das war vor langer Zeit, noch bevor meine Mutter und mein Vater geheiratet haben. Mein Vater, Rain Tallman, begleitete eine Dame von Quill's Station am Wabash nach Fort Smith am Arkansas. Meine Mutter war als Begleiterin der Dame dabei, die den Kommandanten des Forts heiraten sollte.

Die Gruppe hatte einen oder zwei Tage in Davidsonville, einer kleinen Ansiedlung am Black River, pausiert. Tennessees Vater hatte dort einen Handelsposten. Eines Tages gingen meine Mutter und die andere Dame zum Fluß hinab, um zu baden und zu waschen. Während sie da waren, wurden sie von einem abtrünnigen Trapper namens Antoine Efant gefangengenommen.

Tennessee, die damals etwa elf Jahre alt war, sah, wie die Frauen entführt wurden und wie Efant und seine Truppe mit ihren Pferden in den Fluß ritten. Sie wußte, daß sie das taten, um meinem Vater die Verfolgung zu erschweren. Sie blieb im Wald und rannte den Fluß entlang, um zu sehen, wo sie das Wasser verlassen würden. Obwohl ihre Füße ganz zerschnitten waren und bluteten und das Gebüsch ihr Gesicht und Arme zerkratzte, folgte sie ihnen Meile um Meile. Als Efant und seine Truppe den Fluß schließlich verließen und über Land weiterritten, rannte Tennessee zurück zu der Ansiedlung.

Zu dem Zeitpunkt hatte mein Vater entdeckt, daß die Frauen verschwunden waren. Tennessee konnte ihm sagen, wo die Entführer aus dem Fluß gekommen waren und ersparte ihnen so stundenlanges Absuchen des Ufers. Weil John Gefleckter Elch, mein Stiefvater, ihn ausgebildet hatte, konnte mein Vater ihnen folgen. Dank Tennessees schneller Reaktion wurden beide Frauen am Tag ihrer Entführung gerettet. Mein Vater und meine Mutter haben dann direkt dort in Davidsonville geheiratet.«

»Was ist mit dem bösen Mann passiert?« fragte Jane Ann.

»Mein Vater hat ihn umgebracht.«

»Da bin ich froh!«

»Er ist so böse wie der alte Renshaw!« Das kam von Dillon.

Addie sah ihren Sohn überrascht an. Ihr kam der Gedanke, daß er wohl mehr von dem, was vor sich ging, wußte, als ihr klar war.

»Und Tennessee?« Addie mußte einfach fragen. »Hat Ihre Mutter sie wiedergesehen?«

»O ja. Später kam sie mit Eleanor und Gavin McCourtney, der Dame, die mit meiner Mutter entführt worden war, nach Quill's Station. Tennessee hat Mike Hartman, einen Freund meines Vaters, geheiratet. Sie leben noch immer in Quill's Station. Ich habe sie erst letzten Monat getroffen.«

Während der Mahlzeit hatte Trisha nicht ein Wort gesagt,

doch als John die Geschichte erzählte, hatte sie ihn mit ihren wunderbaren Augen angesehen und ihn, das wußte er, nach ihren eigenen Maßstäben beurteilt.

»Vielen Dank für das zweite wirklich gute Essen, Mrs. Hyde. Ich werde jetzt aufbrechen, aber erst würde ich gerne mit Ihnen allein ein paar Worte wechseln.« John erhob sich vom Tisch. »Miss Trisha kann mich von der Veranda her im Auge behalten«, fügte er mit dem Anflug eines Lächelns hinzu.

Colin stand hinter seinem Stuhl, die Augen auf Johns Gesicht gerichtet.

»Tschüs, Mr. Tallman. Die Geschichte hat mir gefallen«, sagte Jane Ann.

»Er wird erst in ein paar Minuten gehen«, sagte Addie. »Ihr könnt euch dann verabschieden.« Sie folgte John zur Tür, die er ihr aufhielt, bevor er ihr nach draußen folgte. Addie ging zum Brunnen, wo sie sich umdrehte. »Was haben Sie auf dem Herzen, Mr. Tallman?«

»Den Ärger, den Sie hier haben.«

»Das geht Sie nichts an. Es ist mir wirklich peinlich, daß Sie das gesehen haben... was heute morgen passiert ist.«

»Der Pfarrer will Colin und Jane Ann woanders hinbringen«, sagte er ohne Umschweife, so daß sie keine Möglichkeit hatte zu leugnen.

»Sie haben mit Colin gesprochen.«

»Ja. Ich werde helfen, wenn ich kann.«

»Warum?«

»Weil es den Jungen zerreißt.«

»Das weiß ich. Trisha und ich werden uns darum kümmern.«

»Haben Sie den Bürgermeister um Hilfe gebeten?« fragte er.

»Nein.«

»Um Himmels Willen! Warum nicht?«

»Weil er mir kein Kind anvertrauen würde – einer alleinstehenden Frau, die manchmal kaum ihr eigenes Kind ernähren kann! Er wird pflichtgemäß tun … was Pfarrer Sikes will.«

»Werden Sie nicht darum kämpfen, daß der Junge vor einem Kerl wie Renshaw bewahrt wird?«

»Da liegen Sie verdammt richtig, ich werde kämpfen!« Addies Temperament flammte auf.

»Sie haben also eine Vorstellung davon, was für ein Mann er ist?«

»Ja, das weiß ich.« Ihre Augen füllten sich mit Tränen, aber sie ignorierte sie und hob ihr Kinn.

»Ich werde mit dem Bürgermeister sprechen«, bot John an.

»Warum sollten Sie das tun?«

»Für Colin.«

»Wir kennen Sie nicht, Mr. Tallman. Wir sind hier ganz gut allein zurechtgekommen. Es ist nicht nötig, daß Sie sich in unsere Angelegenheiten einmischen, so gut das auch gemeint sein mag.«

»Sie wollen meine Hilfe nicht annehmen, weil Sie mich nicht kennen? Das ist der dümmste Grund, den ich je gehört habe. Wenn man in Schwierigkeiten steckt, Lady, nimmt man jede Hilfe an, die man kriegen kann.«

»Kommen Sie nicht auf die Idee, Colin mitzunehmen.«

»Um Himmels Willen!«

»Als ich jünger war, habe ich davon geträumt, einen Bruder oder eine Schwester zu haben, was nie wahr wurde. Ich habe die Absicht, diese Geschwister zusammenzulassen, bis sie alt genug sind, für sich selbst zu entscheiden.« Addies Stimme zitterte, und nach diesen Worten schloß sie ihren Mund abrupt.

Für einen langen Moment kreuzten sich ihre Blicke – funkelndes violettes Brennen und dunkelblaues Feuer. John kam ein Gedanke, der seine Wut sofort dämpfte und ihn lächeln ließ. Er erinnerte sich daran, daß sein Vater erzählt hatte, John Gefleckter Elch hätte immer gesagt, eine Frau müsse wie ein Pferd gezähmt werden. Halte die Zügel fest in der Hand, streichele sie etwas, und das Halfter wird sie nicht stören. Aber wenn sie das Gebiß zwischen die Zähne bekommen, machen sie den Mann und sich selbst unglücklich.

Sein Lächeln schien Addie noch wütender zu machen. Schweigen umgab sie, während ihre Blicke kämpften.

»Es tut mir leid, wenn ich Sie verärgert habe, Mrs. Hyde. Ich biete Damen nur selten meine Dienste an. Wenn sie nicht erwünscht sind...« Er wandte sich zum Gehen.

»Warten Sie!«

John drehte sich wieder um. Die Farbe war aus Addies Wangen gewichen. Ihre Augen waren verzweifelt geweitet, aber sie sah ihn fest an. O Gott, war sie schön. Er spürte plötzlich, daß er Dinge fühlte, die er nie zuvor gefühlt hatte, von denen er nie geträumt hatte. Das Herz ging ihm über, als ihn eine heftige Sehnsucht, ein enormes Verlangen überkam.

»Wollten Sie noch etwas sagen?« sagte er barsch, denn er spürte, wie die Wirklichkeit um ihn herum verschwamm.

»Es tut mir leid –« Die Worte kamen als gequältes Flüstern aus ihrer zugeschnürten Kehle. »Ich hatte einfach noch keine Zeit, zur Ruhe zu kommen.«

»Ich glaube, Sie haben nicht viel Zeit.«

»Ich... weiß.«

»Ich werde mit dem Bürgermeister reden. Ich kann ihm besser als Sie sagen, was für ein Mensch Renshaw ist.«

»Vielen Dank.«

KAPITEL 6

John ritt von der Farm und verfluchte sich selbst dafür, daß er dieses warme Gefühl der Freude in sich unterdrückt hatte, als er zum Abschied Addie Hydes Hand gehalten hatte. Sie hatte in ihm etwas geweckt, an dem zuvor niemals gerührt worden war – etwas, das ihn unruhig und aufgeregt machte. John war mit einigen Frauen intim gewesen. Doch er hatte niemals den Drang verspürt, zu einer von ihnen zurückzukehren.

Er erinnerte sich, wie offen und ehrlich Addie ihn angesehen hatte, als sie ihm gedankt hatte, an die anmutigen Bewegungen ihres Körpers, als sie von seinem Pferd zurückgetreten war und ihren Sohn an die Hand genommen hatte. Addie Hyde hatte Klasse; sie war wie ein elegantes, schönes Vollblut.

Zum Teufel, dachte er. Er konnte es sich nicht erlauben, sich für eine Frau zu interessieren, die tausend Meilen entfernt wohnte. Sie war dort auf dieser Farm verwurzelt, auf der sie ihr ganzes Leben verbracht hatte. Warum konnte er eine solche Frau nicht in Santa Fe getroffen haben?

Er ließ sein Pferd leicht galoppieren. Er würde sie vergessen, sobald er auf dem Weg nach Hause war. Er würde sein Möglichstes tun, um ihr zu helfen, die Waisen zu behalten, und dann weiterreiten.

Meine Pflichten werden erfüllt sein.

Am Mietstall nahm John seinem Pferd den Sattel ab und stellte es in eine Box.

»Geben Sie ihm etwas Korn«, sagte er zu dem alten

Mann, der vor der Tür saß und die Füße auf einen Baumstumpf gelegt hatte. Er warf ihm eine Münze zu, die der Alte nicht fing, der sich aber bückte, um sie aus dem Dreck aufzuheben.

Ein Reiter näherte sich vom Pferch des Mietstalls her.

»Reiten Sie weg?« fragte der alte Mann.

»Nee.« Der Reiter hatte seine Augen auf John gerichtet. »Sind Sie John Tallman?«

»Ja.«

»Hab' ich mir gedacht. Habe Sie mal drüben in Fort Gibson im Indianerterritorium getroffen.«

John studierte den Mann. Er trug eine braunweiße Rindslederweste, obwohl es ein warmer Tag war. Sein Hut hatte eine breite Krempe und war vorne nach oben gebogen. Er war massig, mit breiter Brust, und hatte Beine wie Baumstämme. Er war so groß, daß seine Steigbügel unter dem Bauch seines Pferdes hingen.

»Kann mich nicht erinnern«, sagte John.

»Ist fünf oder sechs Jahre her.« Der Mann beugte sich vor, um auf der anderen Seite des Pferdes auszuspucken. »Hatte damals noch keinen Bart. Heiße Jerr Simmons. Vielleicht kennen Sie mich als Buffer Simmons.«

»Jäger?«

»Ja.«

»Nun, schönen Tag noch.« John ging um das Pferd herum in die Stadt hinein.

»Komischer Kerl«, sagte der Stallbesitzer. »Nicht sehr gesprächig.«

»Aber ein unglaublicher Kämpfer.«

»Was macht er hier?«

»Wenn ich das nur wüßte. Aber ich habe so eine Ahnung.«

Der große Mann gab seinem Pferd die Sporen und ritt davon, und der neugierige Stallbesitzer blieb enttäuscht zurück, weil er heute abend in der Kneipe keine Neuigkeiten zu erzählen haben würde.

Nachmittags brachte Colin die Schafe für gewöhnlich auf die Wiese hinter der Farm, auf der es keine giftigen Nachtschattengewächse gab. Heute begleitete Addie ihn und ließ Trisha mit den kleinen Kindern im Haus zurück. Der Bock, Mr. Jefferson, und die Mutterschafe, Dolly und Eimer, waren Haustiere. Sie erkannten Addie an der Stimme, wenn sie sie rief, und sie wußten, daß sie für gewöhnlich einen kleinen Leckerbissen in der Tasche hatte. Die Schafe waren besonders zahm. Mr. Jefferson war manchmal etwas bockig, aber er gehorchte dem langen Stock, den Addie bei sich trug.

Eimer war während eines Sturms im späten Frühjahr geboren worden. Seine Mutter war gestorben, und Addie hatte das kleine Lamm zum Füttern ins Haus gebracht. Dillon durfte ihm einen Namen geben, weil Jane Ann das andere Schaf getauft hatte. Da er gedrängt wurde, einen Namen zu sagen, hatte er sich in der Küche nach Anregungen umgesehen. Als seine Augen auf den Wassereimer fielen, hatte er gelächelt.

»Ich werde es Eimer nennen«, hatte er verkündet.

»Ist das deine endgültige Entscheidung?« hatte Addie ernst gefragt, während der Rest der Familie hinter vorgehaltener Hand gekichert hatte.

»Ich werde es Eimer nennen.«

Die Wiese war eine langer schmaler Streifen zwischen zwei steilen Hügeln, die dicht mit Kiefern und Gebüsch bewachsen waren. Das Gras war hoch und saftig. Heute wollten Colin und Addie Beutel mit geschnittenem oder abgerissenem Gras füllen, das sie an den Tagen benutzen würden, an denen sie die Tiere nicht zum Grasen nach draußen lassen konnten.

Addie liebte es, hierherzukommen. Es war ruhig und friedlich. Kein Luftzug regte sich, und der Himmel war unglaublich klar. Sie saß nun auf einem großen Felsen, der seit ihrer Kindheit ihr Lieblingsplatz war. Sie konnte sich daran erinnern, daß sie früher auf ihn klettern mußte. Jetzt setzte sie sich einfach hin. Die Sonne schien ihr warm auf den Rücken.

Während Addie sich ausruhte, gingen ihr Fragen durch den Kopf. Warum war John Tallman den Männern zur Farm gefolgt? Vielleicht aus Neugier. Nachdem diese gestillt war, warum war er über Nacht geblieben? Es könnte sein, daß er sie wirklich vor den Männern beschützen wollte, überlegte Addie. Aber warum hatte er heute morgen die ganzen Arbeiten verrichtet? Und warum angeboten, Colin zu helfen? Addie grübelte darüber nach, und die einzige Lösung, die ihr einfiel, war, daß er einer eng verbundenen Familie entstammte und Colins Misere ihn irgendwie berührt hatte.

»Glauben Sie, daß Mr. Tallman zurückkommt, Miss Addie?« fragte Colin, als hätte er Addies Gedanken gelesen.

»Er hat gesagt, er würde mit dem Bürgermeister sprechen. Ich vermute, er wird kommen und uns erzählen, was dabei herausgekommen ist.«

»Wenn ich groß bin, will ich so sein wie er.«

»Warum sagst du das? Du kennst ihn gar nicht. Er könnte uns nur was vorspielen.«

»Er spielt nichts vor. Er ist wirklich wütend geworden, als ich ihm von … dem alten Renshaw erzählt habe.«

»Man muß mit einem Menschen länger zusammen sein als nur ein paar Stunden, bevor man ihn kennt. Manchmal dauert es Monate, bis man unter einer schönen Fassade den wirklichen Menschen entdeckt; und wenn das geschieht, stellt man fest, daß man diesem Menschen vollkommen gleichgültig war.« Ihre Stimme hatte einen wehmütigen Unterton.

»Ich glaube nicht, daß Mr. Tallman so ist.«

Colin, mein Schatz, du hast mehr Vertrauen als ich. Er könnte auch ein Schurke sein, so wenig wissen wir über ihn.

Addie saß auf dem Felsen und blickte ins Tal hinunter. Sie brauchte diese Zeit zum Ausruhen. Es kam ihr vor, als würde ihr Leben in letzter Zeit zu schnell vorübergehen, als würde sie bald alt sein und weder die vielen Dinge getan haben, die sie hatte tun wollen, noch die Dinge gesehen haben, die sie hatte sehen wollen.

Kirby hatte ihr nicht nur Dillon geschenkt, sondern ihr mit seinen Geschichten von Orten und Dingen auch die Tür zur Phantasie geöffnet. Armer Kirby. Sie würde niemals erfahren, ob er auf dem Weg zurück zu ihr gewesen war, als er getötet wurde, oder ob er sie und Dillon aus seinem Gedächtnis gestrichen hatte, um seinen eigenen Träumen zu folgen.

Einige Stunden verstrichen. Colin folgte den Schafen und trieb sie zurück, wenn sie zu weit ins Tal hinunter liefen, und kehrte dann zurück zu Addie.

»Miss Addie, drehen Sie sich jetzt nicht um, aber da drüben, wo der Blitz die große Zeder gespalten hat, ist ein Mann auf einem Pferd. Ich glaube, er beobachtet uns durch ein Fernglas.«

»Oh, Colin –« Addie bekam plötzlich Angst.

»Lassen Sie uns zurückgehen.«

»Warum füllen wir nicht einfach die Beutel mit Gras und arbeiten uns langsam zum Haus vor.«

Colin begann, die kurze Handsichel zu schwingen. Während sie darauf wartete, das Gras aufzunehmen und in die Säcke zu stopfen, sah sich Addie um, als würde sie die Schafe beobachten. Sie hob den Blick und sah den Mann. Er und sein Pferd waren so mit dem Schatten verschmolzen, daß sie ihn von selbst kaum bemerkt hätte. Colin hatte recht: er beobachtete sie durch ein Fernglas.

»Wir füllen diesen einen Sack, Colin. Beweg dich langsam. Wir wollen nicht, daß er glaubt, wir würden vor ihm weglaufen. Wenn er wollte, könnte er uns einholen, bevor wir die halbe Strecke zum Haus geschafft haben.«

»Wer ist es denn?«

»Auf jeden Fall keiner von den Leuten des Pfarrers. Wenn die kommen, reiten sie unverfroren direkt auf das Haus zu. Es ist wahrscheinlich jemand aus der Stadt, der einen Blick auf Trisha werfen will.«

»Wenn Trisha nur kein Nigger wäre.«

»Colin, bei diesem Wort stehen mir die Haare zu Berge. Bitte sag es nicht mehr. Trisha hat etwas farbiges Blut. Meine Güte! So, wie die Gentlemen hier in den Südstaaten Kinder zeugen, wird es in hundert Jahren keinen weißen Menschen mehr im Süden geben, der nicht ein bißchen farbiges Blut hat.«

»Aber sie ist... so weiß wie ich.« Colin streckte seinen sonnengebräunten Arm aus.

»Ich weiß. Aber es scheint so, daß sie als Neger gilt und wie Eigentum behandelt wird, sobald sie nur einen Tropfen Negerblut in sich hat.«

»Weiße Mädchen werden nicht von Männern begrapscht.«

»Nein.« Addie beobachtete den Reiter aus den Augenwinkeln, während sie arbeiteten.

»Mr. Tallman war es egal, ob Trisha eine Negerin ist oder nicht.«

»Mr. Tallman ist bei Indianern aufgewachsen, oder zumindest sein Vater. Indianer werden manchmal schlechter behandelt als Neger.«

»Warum machen weiße Leute das, Miss Addie?«

»Nicht alle Weißen sind so. Colin, er entfernt sich. Jetzt ist er stehengeblieben und... er beobachtet das Haus. Er kann es von da aus sehen. Hol die Schafe.« Addie füllte den Sack eilig mit dem Gras, das Colin geschnitten hatte.

Sobald sie den Hügel umrundet hatten und den Weg zu den Farmgebäuden hinuntereilten, suchte Addie die Abhänge wieder ab und erkannte die Umrisse eines Pferdes mit Reiter.

»Er ist noch immer da und beobachtet das Haus. Trisha ist im Garten. Dillon und Jane Ann sind auf der Veranda.«

»Was machen wir?«

»Wir bleiben in der Nähe des Hauses.«

Trisha empfing sie, als sie die Schafe in den Stall brachten.

»Sie waren nicht lange weg.«

»Ein Mann auf einem Pferd beobachtet das Haus durch ein Fernglas.«

»Warum macht er das?«

»Sieh nicht hin. Tu so, als wüßten wir nicht, daß er da ist.«

»So ein Mistkerl. Wenn ich nur ein Fernglas hätte, dann könnte ich *ihn* anstarren.«

»Wenn ich bloß erwachsen wäre, das wünsche ich mir.« Colin stampfte mit seinem nackten Fuß auf.

Gleich nach dem Abendessen wurden die kleinen Kinder gewaschen und ins Bett gebracht. Addie löschte die Lampe, und sie saßen im Dunkeln und unterhielten sich.

»Wir brauchen einen Hund«, sagte Addie. »Dann würden wir merken, wenn jemand kommt.«

»Gänse sind auch gute Wächter. Ich kannte eine Frau in Orleans, die hatte zwei Gänse. Wenn jemand kam, haben sie wild geschnattert.«

»Es ist bestimmt leichter, einen Hund zu bekommen als Gänse.«

»Glauben Sie, Mr. Tallman kommt zurück?« Colins Stimme kam aus der Dunkelheit. Er stellte diese Frage zum zweiten Mal in der letzten Stunde.

»Ich glaube schon«, sagte Addie. »Aber wir können uns nicht darauf verlassen. Wenn der Pfarrer darauf besteht, daß du zu Mr. Renshaw ziehst, werde ich alle Mitglieder der Kirche besuchen und ihnen erzählen, was Ellis Renshaw für ein Mensch ist.«

»Sie werden Ihnen nicht glauben«, sagte Trisha höhnisch. »Außerdem können Sie nicht schlecht daherreden, Miss Addie, das wissen Sie.«

»Die andere Möglichkeit wäre, daß wir unsere Sachen packen und in der Nacht verschwinden. Wir könnten in eine andere Stadt ziehen, vielleicht nach Fort Smith, und ein Eßlokal aufmachen. Das könnten wir versuchen, aber wir werden kein Geld haben, wenn ich nicht vorher die Farm verkaufe.«

»Die Farm verkaufen?« Colins Stimme krächzte ungläubig. »Das ist doch unser Zuhause, Miss Addie.«

»Es ist nur ein Haus. Wir könnten im Wagen leben, oder irgendwo anders, solange wir nur zusammen sind.«

»Sie würden alles aufgeben, um... mich und Jane Ann zu behalten?«

»Ich würde noch viel mehr tun, Liebes.«

»Aber Sie haben gesagt, daß Sie die Farm lieben.«

»Das habe ich. Aber in Wahrheit... liebe ich euch mehr.«

* * *

Als John das Büro des Bürgermeisters verließ, standen ihm Ärger und Enttäuschung ins Gesicht geschrieben. Er war am Nachmittag des Vortags dort erschienen, um zu erfahren, daß der Bürgermeister den ganzen Tag abwesend sei. Heute morgen war er wieder dort gewesen und hatte auf den Mann gewartet. Als er endlich kam, waren seine Augen von einem nächtlichen Gelage getrübt.

»Verkommenes Stück Dreck«, murmelte John vor sich hin, als seine langen Beine den Weg zum Mietstall zurücklegten.

Der Süden war der reinste Sumpf, dachte er, wenn der

Abschaum der Gesellschaft auf verantwortungsvolle Posten gesetzt wurde. Sobald er den Grund für seinen Besuch beim Bürgermeister geäußert hatte, wurde ihm mitgeteilt, daß Renshaw die gesetzliche Vormundschaft für den Waisen Colin Harris beantragt hatte. Nein, um die Schwester des Jungen habe Renshaw nicht gebeten, hatte der Bürgermeister gesagt, weil in seinem Haus keine Frau lebte.

Nachdem dies verkündet worden war, war alles, was John dem Mann über Renshaw sagen wollte, auf taube Ohren gestoßen. Der Bürgermeister hatte über die Andeutung, Renshaw habe abnorme sexuelle Vorlieben, nur gelacht. Er hatte die Bedeutung dieser Worte nicht einmal verstanden, bis John unverblümt erklärt hatte, daß es Männer gab, sehr wenige, die ihr Vergnügen bei kleinen Jungen suchten.

Der Bürgermeister hatte erklärt, daß Ellis Renshaw ein redlicher Bürger des Bezirks sei, und hatte auf die Vorwürfe gegen ihn mit Vorwürfen gegen Addie Hyde gekontert. Er hatte gesagt, sie habe, nachdem Mr. Hyde in den Krieg gezogen war, nicht nur eine entlaufene Sklavin aufgenommen, sondern auf der Farm auch Prostitution betrieben. Ein verrufenes Haus sei kein geeigneter Ort für Kinder. Er hatte sogar angedeutet, daß jetzt, da Mr. Hyde angeblich tot sei und nicht zurückkehren würde, um sich um den Jungen Dillon zu kümmern, Pfarrer Sikes die Vormundschaft für Mrs. Hydes Sohn beantragen würde.

Da konnte John in seiner Wut nicht länger an sich halten.

»Wenn Sie das zulassen«, sagte er sanft und beugte sich mit geballten Fäusten über den Mann, »werde ich Ihr schäbiges Fell an einen Baum nageln, und Ihre Knochen wird man nicht finden.«

Der geduckte Bürgermeister hatte in die vor Wut funkelnden Augen geblickt und begriffen, daß dieser Fremde, der wie ein Grenzer gekleidet war, ihn in Sekundenschnelle mit dem Bowiemesser, das ihm im Gürtel steckte, töten könnte.

»Das Gesetz ist auf meiner Seite.«

»Das *Gesetz*?« hatte John mit frostigem Spott geantwortet. »Das Gesetz ist hier so nutzlos wie Euter an einem Ochsen. Sie sind ein lausiger Jurist. Sie sind nicht mehr als ein betrunkenes Schwein!«

»Ich kann Sie für Ihre Drohungen verhaften lassen.«

»Versuchen Sie es, und es bleibt nicht bei Drohungen. Wenn eine Schlange getötet werden muß, dann töte ich sie, und mir ist egal, wie das geschieht. Ich habe drei Jahre bei den Shawnee gelebt, und es gehört zu meinen Spezialitäten, sich an einen Mann anzuschleichen und ihm ein Messer in den Rücken zu stoßen. Vergessen Sie das nicht!«

Jerr Simmons, im ganzen Indianergebiet bekannt als Buffer, hatte beobachtet, wie John das Büro des Bürgermeisters verlassen hatte und zum Mietstall gegangen war. Das Gesicht des Scouts war das eines grimmigen Wolfes. Er hatte sich wohl über irgend etwas aufgeregt. Aus dem Türrahmen eines Schmiedeladens hatte Simmons gesehen, wie John aus der Scheune kam, sich in den Sattel schwang und in Richtung der Hyde-Farm davonritt.

Warum sollte sich ein bekannter Scout und Viehzüchter in diesem armseligen Kaff an das Gesetz wenden? Simmons hatte den Mietstall in der Nacht aufgesucht. Tallmans Pferd war dagewesen. In der Nacht zuvor war es nicht im Stall gewesen. Hatte er die Nacht draußen bei Hydes verbracht? Das einzig Interessante da draußen waren die Frauen. Auf welche hatte der Scout ein Auge geworfen?

Die blonde Frau war hübsch genug, dachte Simmons jetzt. Aber sie hatte drei Kinder an ihrem Rockzipfel hängen. Ein Mann müßte schon richtig verrückt nach ihr sein, um die aufzunehmen. Er konnte sich nicht vorstellen, daß John

Tallman sich das aufhalsen würde. Er mußte auf das Mädchen aussein, auf Trisha. Es war kein Problem gewesen, ihren Namen herauszufinden. Fast jeder Mann in der Stadt kannte ihn. Keiner wußte, wo das Mädchen hergekommen war oder warum sie auf der Hyde-Farm lebte. Es war offenbar nur bekannt, daß sie Negerblut hatte, und das machte sie zu leichter Beute.

»Trisha, Trisha...« Buffer sagte gern ihren Namen. Es machte ihm überhaupt nichts aus, daß sie einen oder zwei Tropfen Negerblut in sich hatte. Sie war das schönste Geschöpf, das er jemals gesehen hatte, und seit er einen Blick auf das Gesicht unter ihrer Sonnenhaube hatte erhaschen können, ging sie ihm nicht mehr aus dem Kopf. Gestern, als er sie durch das Fernglas beobachtet hatte, war er so aufgeregt gewesen wie ein Junge, der zum ersten Mal eine nackte Frau sieht. Ihre Bewegungen waren wild und frei, so daß er sich fragte, ob sie unter ihrem losen Hemd überhaupt etwas trug. In der Stadt hatte sie zahm gewirkt, aber er würde sein Klappmesser darauf wetten, daß sie, wenn es drauf ankäme, so wild sein konnte wie ein Luchs mit einer Horde Jungen.

Er lachte leise.

Als er die mit Büffelfell gedeckte Hütte am Wolfe Creek im Gebiet von Oklahoma verließ, hatte Buffer Simmons den Entschluß gefaßt, nie mehr zurückzukehren. Schöne Blume, die Kiowa, die sich um ihn gekümmert hatte, als er verdorbenes Fleisch gegessen hatte und fast gestorben war, war zu ihrem Volk zurückgekehrt. Sie war hübsch gewesen und die einzige Frau, die er seit fast einem Jahr gesehen hatte.

Zum Glück war er nicht durch Kinder an sie gebunden. Er erinnerte sich daran, wie willig sie gewesen war und wie er sich nach einer Frau gesehnt hatte. Er hatte kein schlechtes Gewissen, weil er sich aus dem Staub gemacht hatte, ohne ihr zu sagen, daß er nicht zurückkommen würde. Sie hatte das von Anfang an begriffen. Ihr Volk würde sich um sie kümmern. Die Kiowa sorgten immer für ihre Leute. Mit der Zeit würde sie ein Krieger zu sich in die Hütte nehmen, der eine Frau brauchte, die für ihn sorgte.

Buffers Gedanken waren jetzt vollkommen auf das junge schwarzhaarige Mädchen mit den katzenhaften Augen fixiert. Er begehrte sie stärker, als er je im Leben etwas begehrt hatte. Er mußte einen Weg finden, sie allein zu treffen. Er wollte sie nicht mit Gewalt nehmen, wenn er nicht mußte. Der Gedanke war irrsinnig. Sie müßten alleine ins Indianerterritorium flüchten. Das machte ihm keine Sorgen, aber wenn er sie überzeugen könnte, mit ihm zu gehen, könnte er sich noch immer Richter Van Winkle anschließen und das tun, wofür er angeheuert worden war – frisches Fleisch für die Truppe zu beschaffen, die nach Santa Fe reiste. Das Geld wäre ein guter Anfang für sie.

Wenn John Tallman, bei den Shawnee, Cherokee und Kiowa als Gefleckter Elch bekannt, es auch auf das Mädchen abgesehen hatte, dann war das ein Problem, das man in Betracht ziehen mußte. Der Teufel würde los sein, wenn er Trisha mit Gewalt nehmen würde und sie diejenige wäre, die Tallman sich ausgeguckt hatte. Er wollte bestimmt nicht mit dem Scout aus New Mexico um sie kämpfen, aber wenn es der einzige Weg wäre, würde er es tun.

Buffer Simmons zog ein langes Messer, dessen Klinge auf beiden Seiten scharf wie ein Rasiermesser war, aus der Innenseite seiner Weste und begann, sich das Haar von seinem Handrücken zu rasieren. Er stellte sich in Gedanken einen Kampf auf Leben und Tod mit John Tallman vor. Er hoffte inständig, daß es nicht dazu kommen würde. Buffer vertraute darauf, daß er auf sich aufpassen konnte. Tallman war ein Mann wie alle anderen und genauso sterblich wie alle. Er war vielleicht der beste Scout im Gebiet, aber er, Buffer Simmons, war der beste Jäger. Eine Sache machte ihm jedoch Sorgen: Es gab keine Spielregeln, wenn es um das Auflauern und Erlegen von Beute ging, aber ein Mann wie John Tallman war eine andere Sache.

KAPITEL 7

Im Osten ging die Sonne als roter Feuerball am Horizont auf. Der Morgen versprach, sich in nichts von den anderen klaren sonnigen Morgen zu unterscheiden; dieser Tag würde Addie in künftigen Jahren jedoch nicht nur als der bis dahin schrecklichste Tag ihres Lebens in Erinnerung bleiben, sondern auch als Wendepunkt für sie und ihre Familie. Jedes Detail dieses Tages würde sich für immer in ihr Gedächtnis eingraben.

Wie üblich stand Trisha auf, sobald sie Addie in der Küche hörte. In ihrer liebsten Kleidung, einem losen Hemd, mit nackten Füßen und Haar, das in Locken auf ihren Rücken fiel, blieb sie kurz in der Tür stehen und band ein Tuch um ihren Kopf, um sich das Haar aus dem Gesicht zu halten.

»Morgen, Trisha.« Addie bemerkte, daß das Mädchen ganz blaß war und dunkle Ringe unter den Augen hatte. »Bist du die ganze Nacht wach gewesen?«

»Ja. Ich mußte ständig daran denken, daß der alte Renshaw sich Colin holen will. Ich habe mir eingeredet, er kommt nicht nachts, aber bei jedem Geräusch habe ich befürchtet, daß er es ist. Was sollen wir nur machen, Miss Addie?«

»Ich weiß nicht. Ich habe auch die ganze Nacht darüber nachgedacht. Wenn wir vom Bürgermeister keine Hilfe bekommen können, fällt mir nur noch ein zu versuchen, Mr. Birdsall zum Kauf der Farm zu überreden; dann könnten wir die Kinder nehmen und weggehen. Ich weiß aber nicht, wohin wir gehen sollten. Es müßte ein Ort sein, an dem wir uns irgendwie unseren Lebensunterhalt verdienen könnten.«

»Colin glaubt, daß der Passant uns helfen wird.«

»Er hat angeboten, mit dem Bürgermeister zu sprechen.« Addie sagte jedoch nicht, daß sie verzweifelt darauf hoffte, daß es ihm gelingen würde, den Beamten davon zu überzeugen, daß Renshaw kein anständiger Mensch war und es daher nicht in Frage kommen würde, ihm einen kleinen Jungen anzuvertrauen.

Trisha zuckte die Schultern. »Ich wäre sehr überrascht, wenn er wiederkommen würde.« Sie entleerte das restliche Wasser in den Ofentank und ging hinaus zum Brunnen. »Machen wir heute Wäsche?« fragte sie, als sie zurückkam.

»Glaubst du, wir sollten? Eigentlich war gestern Waschtag; aber nachdem der Pfarrer da war, habe ich gar nicht mehr daran gedacht.«

»Ich würde sagen, daß wir waschen, es weht so ein schöner warmer Wind. Vielleicht regnet es ja am nächsten Waschtag.«

Sie aßen Brei mit Honig und übriggebliebenen Zwieback, der gebuttert und in einer Pfanne oben auf dem Ofen geröstet worden war. Colin und Trisha holten Wasser aus dem Brunnen, um die Wasch- und Spülwannen zu füllen. Dann gab Addie das heiße Wasser aus dem Tank hinzu, sammelte die schmutzige Kleidung ein und stapelte sie auf der Veranda.

Der Morgen verging langsam. Sie hatten reichlich Arbeit, die sie aber nicht von der Unruhe ablenkte, die über ihnen lag. Als sie eins von Dillons Hemden wusch, schrubbte Trisha es so fest auf dem Waschbrett, daß sie ein Loch hineinriß. Addie, die bemerkte, wie Colin immer wieder sehnsüchtig in Richtung der Stadt sah, hoffte, daß John Tallman den Jungen nicht enttäuschen würde.

Am späten Vormittag hing die Kleidung auf der Leine, die zwischen zwei Bäumen gespannt war; das Waschwasser hatten sie von der Veranda getragen und ausgekippt. Colin hatte die Kuh weggebracht, die bis zum Melken auf einer saftigen Wiese angepflockt werden sollte.

Addie knetete gerade Brotteig, als Jane Ann in die Küche gerannt kam, die Augen ängstlich aufgerissen.

»Miss Addie! Miss Addie!« schrie sie. »Der alte Renshaw kommt!«

»Großer Gott!« Addie blieb beinahe die Luft weg. Sie wischte sich die Hände an ihrer Schürze ab und eilte zur Vordertür, als der Wagen am Haus vorbei nach hinten fuhr. Sie rannte durchs Haus und hinaus auf die hintere Veranda. Mr. Renshaw hatte die Pferde zwischen dem Haus und der Scheune angehalten und kletterte von seinem Wagen herunter.

»Sie wissen, warum ich gekommen bin«, sagte er ohne Umschweife.

Obwohl Addie und die Kinder ihn den »alten« Renshaw nannten, war er nur wenig älter als die fünfundzwanzigjährige Addie. Er war ein kleiner Mann, drahtig und O-beinig, mit hellbraunem, sonnengebleichtem Haar. Sein auffälligstes Merkmal war der große Mund mit den vorstehenden Zähnen.

Er starrte Addie mit harten, kalten Augen an. »Sie haben gehört, was ich gesagt habe, Frau. Holen Sie ihn.«

Addie erinnerte sich an das, was Trisha ihr über diesen Mann erzählt hatte, und unglaubliche Wut überkam sie, während sie ihn ansah. In diesem Augenblick wünschte sie inständig, sie wäre ein Mann, damit sie dieses armselige Stück Mensch zu Brei schlagen und die Überbleibsel in den Misthaufen an der Scheune schmieren konnte, wo sie hingehörten.

»Sind Sie taubstumm? Oder sind Sie so verdorben, daß

Sie mich nicht verstehen? Ich hab' gesagt, ich will den Jungen holen. Bringen Sie ihn her! Ich hab' nicht den ganzen Tag Zeit.«

»Steigen Sie wieder auf den Wagen, und verschwinden Sie. Colin bleibt hier.« Addies Stimme zitterte; ihre Kehle war so zugeschnürt, daß sie kaum sprechen konnte.

»Der Pfarrer hat mich schon gewarnt, daß Sie aufsässig werden. Machen Sie mir keine Zicken, das lass' ich mir nicht bieten. Wenn Sie *mir* frech kommen, hau' ich Ihnen eine rein.«

»Nein, das werden Sie nicht! Wenn Sie Miss Addie was antun, werde ich... werde ich Ihnen das Herz herausschneiden.« Colins Stimme zitterte vor Angst, aber er stand aufrecht, mit geraden Schultern und erhobenem Kopf.

Addie sah auf den kleinen Jungen herab, dessen Kopf kaum an ihre Schulter reichte. Er konnte sich nicht einmal selbst verteidigen. Über sein Leben, sein Wohlergehen wurde von einem ignoranten, gleichgültigen, selbstsüchtigen Provinzpfaffen entschieden.

Colin hatte den Wagen gesehen und gewußt, wer gekommen war. Seine Furcht war so groß, daß sein erster Gedanke war, sich zu verstecken, damit Renshaw ihn nicht finden würde. Dann wollte er in der Nacht davonlaufen. Aber das würde bedeuten, daß seine geliebte Miss Addie sich dem alten Renshaw und dem Pfarrer stellen müßte und nur Trisha als Hilfe hätte, und er wußte, das würde er nicht fertigbringen. Er war den ganzen Weg von der Wiese hergerannt. Jetzt spürte er, wie er eine Gänsehaut bekam, als die Augen des Manns ihn fixierten.

»Halt den Mund, und steig in den Wagen. Deine Sachen kannst du später holen.«

»Ich dachte, ich wäre deutlich genug gewesen«, sagte Addie und hob ihre Stimme. »Er kommt nicht mit Ihnen. Niemals! Und ich möchte, daß Sie sofort von meinem Besitz verschwinden.« Sie war unglaublich erleichtert, daß man ihr ihre Angst nicht anhören konnte.

»Der Pfarrer meinte schon, daß Sie stur sein würden. Mir ist völlig egal, ob Sie ihn unbedingt behalten wollen. Ich bin gekommen, um den Jungen zu holen, und ich gehe nicht ohne ihn. Der Pfarrer hat gesagt, er soll für mich arbeiten.«

»Für Sie *arbeiten*? So nennen Sie das? Sie geiler alter Ziegenbock!« Addie verlor die Beherrschung. Sie hob ihre Hände, als wolle sie ihn schlagen, und ihre Stimme wurde immer lauter, bis sie schrie. »Sie dreckiger Kinderschänder! Sie sind schlimmer als ein brünstiges Wildschwein! Nicht einmal das niedrigste männliche Tier tut Kindern das an, was Sie tun! Verschwinden Sie jetzt von meinem Land, oder, Gott steh mir bei, ich werde Sie wie einen tollwütigen Hund erschießen, was Sie ja auch sind!«

»Heb nicht die Hand gegen mich, du Hure! Ich will den Jungen holen, und ich nehme ihn mit.« Schnell wie eine Schlange schoß seine Hand hervor und ergriff Colins Arm. »Steig in den Wagen, du verdammter unehelicher Hurensohn, oder ich schlag dir den Hintern grün und blau, wenn wir zu Hause sind.«

»Ich komme nicht mit!« Colin schlug mit seiner freien Hand und versuchte, den Mann zu treten.

Renshaw verpaßte dem Jungen mit der offenen Hand einen schallenden Schlag ins Gesicht. Der Hieb warf Colins Kopf zurück.

»Neeeiiin!« schrie Addie. Sie sprang auf Colin zu, packte ihn um die Taille, und die beiden fielen auf den Boden, so daß Renshaw den Arm des Jungen loslassen mußte. Addie rollte sich mit Colin herum und hielt ihren Körper zwischen ihm und Renshaw. Sie verspürte einen heftigen Schmerz in den Rippen, als der Mann sie mit seinem schweren Stiefel trat.

»Du verdammte Hure! Dir werd' ich –«

Peng!

Renshaw schrie, taumelte zurück und fiel der Länge nach rücklings in den Dreck, wobei er mit den Händen seine Geschlechtsteile umklammerte.

Durch den Schuß aufgeschreckt, machten die Pferde einen Satz nach vorne, liefen bis zur Scheune, blieben dort stehen und tänzelten nervös im Zaumzeug.

Addie rappelte sich auf. Trisha stand barfüßig mit gespreizten Beinen da, hielt das Gewehr auf den am Boden liegenden Mann gerichtet und überschüttete ihn mit Schimpfwörtern.

»Bastard! Hurensohn! Geiler alter Bock! Scheißefressender Hund!«

»Oh... Gott! Hilf mir Gott –« Renshaw, voller Schmerzen und in Panik, schrie und fluchte weiter und umklammerte seinen Schritt.

»*Gott* wird dir jetzt nicht helfen!« rief Trisha. »Du hast es nicht verdient zu leben. Du bist ein nichtsnutziges häßliches Schwein, du Bastard! Ich werde dir dein *Ding* wegschießen, dann kannst du es nicht mehr in kleine Kinder stecken. Dann schieß ich so viele Löcher in dich, daß du aussiehst wie ein Mehlsieb.«

»Trisha, nicht!« Plötzlich wurde Addie klar, was geschehen war.

Du lieber Gott! Trisha hat einen weißen Mann erschossen! Ob er stirbt oder nicht, die Renshaws werden sie holen und aufhängen!

Addie nahm dem Mädchen das Gewehr aus der Hand.

Trisha ähnelte einer zusammengerollten, tödliche Schlange. Es war, als wäre sie plötzlich wild geworden. Ihre Lippen waren hochgezogen, und sie fletschte die Zähne. Ihre Augen funkelten.

»Ich will ihn töten! Ich will ihn töten!«

»Ich hoffe, das hast du schon«, sagte Colin, dem Tränen über das Gesicht strömten.

Addie sah hinab auf Renshaw, der ausgestreckt im Dreck lag und sie haßerfüllt anstarrte. Die Kugel hatte seine Geschlechtsteile verfehlt und war in sein Hüftgelenk eingedrungen.

»Die Niggerhure hat mich erschossen!« flüsterte er ungläubig. »Gott helfe mir!«

»*Ich* habe auf Sie geschossen, Sie Abschaum!«

Addies ganze Aufmerksamkeit war auf den Mann am Boden gerichtet. Sie hörte weder die ängstlichen Schreie von Dillon und Jane Ann noch das Geräusch eines herangaloppierenden Pferdes. Benommen nahm sie plötzlich wahr, daß John Tallman von seinem Pferd sprang.

John ging zu ihr und kniete sich neben den gestürzten Mann. »Wer ist das?«

»Ellis Renshaw. Ich habe auf ihn geschossen.«

»Miss Addie...«

»*Ich* habe auf ihn geschossen«, wiederholte Addie entschlossen, wobei sie Trisha direkt in die Augen sah und kaum wahrnehmbar den Kopf schüttelte.

»Ich hoffe, er stirbt!« sagte Trisha. »Ich hoffe, er stirbt.«

»Colin, lauf und hol eins von den Handtüchern von der Leine«, sagte John ruhig, während er Renshaws Hose von der Taille bis zum Schenkel mit seinem Bowiemesser aufschnitt. »Er verdient es sicher zu sterben, aber das würde jetzt jede Menge Ärger machen. Ihr Frauen geht besser einen Schritt zurück, wenn ihr nicht sein bestes Stück sehen wollt.«

»Ich besorg' mir ein Messer«, zischte Trisha. »Ich werde den Dreckskerl *kastrieren*!«

»Bring Trisha und die Kinder ins Haus, Addie. Colin und ich werden das regeln.«

Es kam Addie nicht in den Sinn, sich dem sanften Befehl zu wiedersetzen. Sie nahm die Kinder an der Hand, und sie hockten sich zusammen auf den Rand der Veranda. Trisha folgte widerwillig, schimpfte vor sich hin und sah über die Schulter nach dem Mann am Boden. Sobald sie sich hingesetzt hatte, kletterte Dillon auf Addies Schoß und faßte mit seinen kleinen Händen ihr Gesicht.

»Hab' dich lieb, Mama.« Der Ausdruck auf seinem Gesicht war fast verzweifelt. Addie hätte am liebsten geweint.

»Ich habe dich auch lieb, meiner kleiner Schatz.«

»Hab' Trisha auch lieb.«

»Ich weiß, und Trisha hat dich auch lieb. Du und Jane Ann braucht euch keine Sorgen zu machen. Wir kriegen das schon alles hin.«

»Colin hat gesagt, Mr. Tallman wird nicht zulassen, daß der alte Renshaw ihn wegbringt«, sagte Jane Ann, die auf Trishas Schoß saß und eine Haarsträhne zwischen den Fingern drehte, wie oft, wenn sie verwirrt war.

»Ich verlass' mich nicht auf diesen *Passanten*. Ich verlass' mich auf das Gewehr, um den alten Renshaw von Colin fernzuhalten«, sagte Trisha vollkommen ruhig.

Addies Gedanken rasten. Sie war sich sicher, daß Renshaws Verwandte gegen Trisha vorgehen würden; und weil sie farbig war, würden sie sie hängen, ohne weiter darüber nachzudenken. Sie mußte Renshaw davon überzeugen, daß sie – Addie – auf ihn geschossen hatte. Sie würde behaupten, er sei ihr zu nahe getreten. Sie würden es nicht wagen, *sie* ohne Gerichtsverhandlung zu hängen.

»Bleib hier, Liebes, und paß auf Trisha und Jane Ann auf«, sagte sie zu Dillon und setzte ihn neben Trisha, die einen Arm um ihn legte und ihn an sich drückte.

Addie ging rasch über den Hof zu John, der neben Renshaw hockte. Colin hatte Renshaws Gespann und Wagen zurück zu der Stelle gebracht, wo der jammernde und fluchende Mann auf dem Boden lag.

»Die Kugel hat seine Hüfte zerschmettert«, sagte John zu

Addie. »Wir brauchen ein flaches Brett, auf das wir ihn legen können, um ihn in den Wagen zu heben.«

»In der Scheune ist eine alte Tür. Colin und ich werden sie holen.«

Als sie an Renshaw vorbeiging, blieb sie stehen und sah hinab. »Es tut mir kein bißchen leid, daß ich auf Sie geschossen habe. Wenn die anständigen Leute in dieser Gegend wüßten, was für ein dreckiges Schwein Sie sind, würden sie Sie holen und aufhängen.«

»Die Niggerhure hat auf mich geschossen!«

Addie schürzte die Lippen, und als sie sprach, troff ihre Stimme vor Sarkasmus.

»Alle Renshaws sind dämlich, und Sie sind der dümmste von ihnen. Sie sind so dumm, daß Sie nicht mal wissen, wer auf Sie geschossen hat. Ich war es, und ich bin stolz darauf. Ich wünschte nur, ich hätte Sie getötet.«

Addie war sich bewußt, daß John aufgehört hatte, Renshaw zu versorgen, und sie ansah.

»Hol die Tür, Addie.«

Addie und Colin trugen die alte Holztür aus der Scheune zu der Stelle, an der Renshaw lag, der schützend die Hand über sein Geschlechtsteil hielt. John schob die Tür dicht an ihn heran.

»Rollen Sie sich auf die Seite, wenn Sie können.«

»Ich... kann nicht, gottverdammt!«

John zuckte die Schultern. Er bewegte den Oberkörper des Mannes. Dann zog er ihn, mit den Händen unter seinen Hüften, auf das Brett. Renshaw schrie vor Schmerzen.

»Kannst du mit Colin das eine Ende des Bretts hochheben?« fragte John.

Addie nickte. »Wo bringen Sie ihn hin?« fragte sie, nachdem sie das Brett angehoben und dann auf den Wagen geschoben hatten.

»Nach Hause. Er hat mir gesagt, wie ich hinkomme. Hol

mein Pferd, Colin, und binde es hinten an die Klappe.« John nahm Addies Arm und führte sie vom Wagen weg. »Das wird für eine Menge Ärger sorgen. Es nützt nichts, daß du die Schuld auf dich nimmst. Er weiß, daß Trisha auf ihn geschossen hat, und er schwört, sie wird dafür hängen. Ich bringe ihn nach Hause, dann komme ich zurück. Sorg dafür, daß Trisha und die Kinder im Haus bleiben, während ich weg bin.« Er sprach leise und ruhig, aber sein Ton ließ keinen Zweifel daran, daß er erwartete, daß seinen Anweisungen Folge geleistet würde.

»In Ordnung.« Sie starrte ihn an und versuchte, seinen Gedanken zu erraten. Ihre Wangen erröteten leicht, aber ihre großen violetten Augen blieben fest. Schüchtern legte sie ihm die Hand auf den Arm. »Mr. Tallman, ich danke Ihnen; Colin und Trisha danken Ihnen auch.«

Johns Gedanken erstarrten. Auch nachdem sie ihre Hand weggezogen hatte, spürte er noch deren Wärme auf seinem Arm. Die Tiefe seines Verlangens, sich um diese Frau und die, die ihr nahestanden, zu kümmern, verwirrte ihn. Er zwang sich dazu, zu lächeln und heiter zu sprechen.

»Eins muß man ja sagen, Addie. Du hast mehr Courage als andere.«

Addie blickte ihn fest an. »Tun Sie, was zu tun ist, Mr. Tallman.«

»Das ist eine ernste Angelegenheit.«

»Ich weiß. Was hat der Bürgermeister gesagt?« Sie mußte einfach fragen; es hatte sie den ganzen Morgen beschäftigt.

»Von ihm können wir keine Hilfe erwarten. Wenn jemand kommt, Addie, bleib im Haus. Laß niemanden hinein. Ich komme zurück, sobald ich kann.«

Unter seinem dunklen, ruhigen Blick begann ihr Herz heftig zu klopfen. Gerade in diesem Augenblick wirkte er nicht wie ein Fremder, den sie erst vor ein paar Tagen kennengelernt hatte. Er wirkte wie ein vertrauter Freund. Nach einem langen, eindringlichen Blick wandte er sich um und kletterte auf den Sitz des Wagens.

Sie sah zu, wie der Wagen den Weg zur Straße hinunterfuhr. Er hatte »wir« gesagt. Und er hatte sie geduzt. Plötzlich fühlte sie sich nicht mehr so allein.

»Colin, hol die Kuh. Gib ihr von dem Gras, das wir gestern geschnitten haben.« Addie eilte zur Veranda, auf der Trisha mit Dillon und Jane Ann saß. »Wir müssen Mr. Jefferson und die Schafe wieder in den Stall bringen.«

»Ich helfe Trisha!« Jane Ann sprang von Trishas Schoß.

»Danke, Liebling. Dillon und ich sehen nach meinem Brotteig.«

»Was hat der Passant gesagt?«

»Er hat gesagt, er kommt zurück, sobald er kann. Er wird uns helfen, Trisha. Und wir brauchen wirklich jede Hilfe, die wir kriegen können.«

»Warum haben Sie gesagt, Sie hätten den alten Scheißkerl erschossen?«

»Psst...« Addie warf einen Blick auf die Kinder. Sie waren mit einer Hornkröte beschäftigt, die unter der Veranda hervorgekommen war. »Du weißt so gut wie ich, daß Mr. Renshaw seine Leute aufhetzen wird, damit sie dich holen. Aber sie werden nicht wagen, mich ohne Gerichtsverhandlung anzurühren.«

»Ich hätte ihn umbringen sollen. Das wäre auch nicht schlimmer gewesen.« Große Tränen traten Trisha in die goldenen Augen. Sie sah aus wie ein ängstliches kleines Kind. Addie umarmte sie, und das Mädchen hielt sie umklammert.

»Du bist mir so lieb, als wärst du mein Kind. Ich werde bis zum letzten Atemzug für dich kämpfen. Erinnere dich, was wir die letzten paar Jahre durchgemacht haben und wie wir es geschafft haben, zusammenzubleiben. Wir sind jetzt nicht allein. Mr. Tallman wird zurückkommen, und er wird sagen, was wir am besten tun. Eines weiß ich – ich erschieße jeden verdammten Renshaw dort auf dem Hügel, bevor ich zulasse, daß sie dich anrühren.

***

Die Zeit verging langsam. Eine Mahlzeit wurde zubereitet, die Kinder bekamen zu Essen, und für Mr. Tallman wurde etwas übriggelassen. Addie hatte sich in Gedanken unablässig damit beschäftigt, zu Birdsall zu gehen und die Farm gegen Bargeld anzubieten. Sie mußten weg von hier, nicht nur wegen Colin, sondern jetzt auch wegen Trisha. Je länger Addie darüber nachdachte, desto mehr war sie davon überzeugt, daß dies der einzige Ausweg sei und daß es so schnell wie möglich geschehen müsse.

»Trisha und Colin, hättet ihr Angst, eine Weile allein hierzubleiben? Ich gehe rüber zu Birdsall und frage, ob er es ernst meint, daß er die Farm kaufen will.«

»Ich hab' keine Angst vor den miesen Renshaws.« Trisha warf ihre schwarze Mähne zurück und blickte trotzig drein, aber Addie fiel auf ihr Theater nicht herein; ihre Lippen bebten, und ihre Hände zitterten. Das Mädchen fürchtete sich.

»Wenn die irgendwas unternehmen, dann erst später am Abend; und bis dahin wird Mr. Tallman zurück sein. Ich bin nicht länger als eine Stunde fort. Ich glaube, es wäre am besten, mit Mr. Birdsall zu reden, bevor er hört, in welchen Schwierigkeiten wir stecken. Colin, hilf mir, die Pferde anzuspannen.« Addie nahm ihre Schürze ab, glättete ihr Haar und nahm ihre Sonnenhaube.

»Machen Sie sich keine Sorgen um die Kinder. Ich passe auf sie auf. Ich glaub, der alte Renshaw hat kapiert, daß wir uns nichts gefallen lassen.«

»Wenn ich zurückkomme, laden wir soviel wie möglich in den Wagen. Such die Lebensmittel, die Kleidung und

Decken raus, Trisha. Das müssen wir mitnehmen, und wenn es das einzige ist.« Addie bückte sich, um Dillon und Jane Ann zu umarmen. »Ihr beiden helft Trisha, während ich weg bin. Hört ihr? Und seid schön artig.«

Addie eilte aus der Tür, bevor die Kinder den Schleier auf ihren Augen sehen konnten. Colin stand neben den aufgezäumten Pferden.

»Soll ich nicht mitkommen, Miss Addie?«

»Ich hätte dich liebend gern bei mir, aber du wirst hier gebraucht, um auf Trisha und die Kleinen aufzupassen. Hol eine Handvoll Mais, und streu sie den Hühnern in den Stall, dann sperr sie ein. Wir werden ein paar von ihnen mitnehmen, wenn wir abfahren.«

»Wo fahren wir hin?«

»Das weiß ich noch nicht, aber sobald ich zurückkomme, fahren wir weg von hier. Du kannst mit Trisha anfangen, die Sachen zu packen.«

Sie kletterte auf den Wagen, als John den Weg hinauf auf das Haus zu geritten kam. Mit irritiertem Gesichtsausdruck kam er auf den Wagen zu.

»Wo zum Teufel fährst du hin?«

Addie errötete leicht, und ihre Augen blitzten kampflustig.

»Zu den Birdsalls. Mr. Birdsall hat einmal angeboten, die Farm zu kaufen.«

»Ich hatte gesagt, du sollst hierbleiben.«

»Wir können nicht hierbleiben. Wir müssen weg, mit dem Geld für die Farm oder ohne. Die Renshaws werden keine Ruhe geben, bis sie sich gerächt haben. Sie werden Trisha hängen« – Addies Stimme zitterte – »und niemand wird einen Finger rühren, um uns zu helfen.«

»Ich habe gesagt, du sollst beim Haus bleiben. Du hältst dich nicht an Anweisungen, nicht wahr, Addie?« Als sie nicht antwortete, fragte er: »Wie weit ist es zu den Birdsalls?«

»Ein paar Meilen. Vielleicht etwas mehr.«

»War jemand hier?«

»Wir haben niemanden gesehen.«

»Die Renshaws sind ganz schön aufgebracht. Ich denke, sie werden gegen Mitternacht hier auftauchen, um Trisha zu holen und alles niederzubrennen.«

Die klare, deutliche Aussage offenbarte ihr etwas vom Charakter des Mannes. Er spielte nicht mit Worten. Was gesagt werden mußte, sagte er geradeheraus.

Eine kalte lähmende Angst saß Addie in allen Knochen. Sie atmete zitternd ein und versuchte, ihm zu verheimlichen, wie sehr sie sich fürchtete. Sie hob ihr Kinn und griff nach den Zügeln, doch sie wurden ihr aus der Hand genommen und Colin gegeben.

»Spann die Pferde aus, Colin. Gib ihnen Futter und Wasser und etwas Getreide. Sie werden heute nacht hart arbeiten müssen. Sag Trisha, sie soll im Haus bleiben und die Kleinen bei sich behalten. Es könnte sein, daß jemand durch ein Fernglas alles beobachtet.«

Starke Hände griffen nach Addie und faßten sie um die Taille. Bevor ihr klar wurde, was geschah, wurde sie aus dem Sitz des Wagens gehoben. Als sich ihre Überraschung legte, saß sie vor John auf seinem Pferd, das Gesäß auf seine festen Schenkel gebettet, seine Arme um sie gelegt, während er das Pferd auf die Straße lenkte.

Kapitel 8

»Welche Richtung?« fragte John, als sie die Straße erreichten.

Es dauerte einen Augenblick, bis sie sich gesammelt hatte, und selbst dann fiel ihr das Sprechen schwer.

»Nach ... links.«

Nie zuvor war sie auf diese Weise geritten, auf dem Schoß eines Mannes, der seine Arme um sie gelegt hatte. Als sie mit Kirby auf einem der Arbeitspferde zum Heiraten in die Kirche geritten war, hatte sie hinter ihm gesessen und ihre Arme um ihn gelegt.

»Nimm die blöde Haube ab. Sie sticht mir ins Auge.«

Ohne zu zögern, zog Addie an der Schleife unter ihrem Kinn und nahm die Haube ab, obwohl ihr nicht klar war, wie die weiche Krone ihn stören konnte.

»So ist es besser. Du hast wunderschönes Haar. Es ist eine Schande, daß du es in diesem Knoten trägst.

»Ich bin kein Mädchen mehr, das mit offenem Haar herumlaufen könnte«, sagte sie gereizt.

»Warum nicht?«

»Weil ich kein Flittchen bin, darum!«

»Was hat das damit zu tun? Ich habe Flittchen gesehen, die hatten ihr Haar so fest zusammengerafft, daß sie die Augen zukneifen mußten.«

Sie wußte, daß er sie neckte, und wollte nicht darauf eingehen.

»Warst du schon immer so ernst, Addie?«

Als sie seine sanft geäußerte Frage hörte, kam ihre Erinnerung plötzlich mit einem Schlag zurück: wie sie in der Scheune Verstecken spielt, zum Fluß hinunterrennt, wobei ihr das offene Haar auf den Rücken fällt, wie Kirby nach ihr greift und sie auf das Gras am Ufer hinabzieht.

Nein! schrie es in ihr. Diese schwere Verantwortung hatte nicht immer auf ihren Schultern gelastet. Sie hatte ihr Haar offen getragen und war so dumm gewesen, sich mit einem Mann einzulassen, der sie benutzt und dann verlassen hatte, um seinem Traum von einem Abenteuer nachzujagen. Sie würde nicht noch einmal so dumm sein. Addie redete sich nicht ein, Kirby sei aus Überzeugung in den Krieg gezogen. Er wollte die Aufregung genießen und sie und ihren Sohn loswerden.

Sie bemerkte, daß John auf eine Antwort wartete, und weil sie nicht wußte, wie sie reagieren sollte, sagte Addie das Erstbeste, was ihr in den Sinn kam:

»Ich habe Ihnen nicht erlaubt, mich zu duzen.«

Er lachte.

Sie hörte nicht nur das leise Geräusch, sondern spürte auch seine Bewegung an ihrem Oberarm und seinen warmen Atem in ihrem Nacken. Ihr war deutlich bewußt, daß ihr Gesäß in dem V ruhte, das von seinem Schoß gebildet wurde, und sie war bemüht, sich aufrecht zu halten und ihre Schultern nicht an seine Brust zu lehnen. Sie blickte auf die Hände hinab, die die Zügel hielten. Die Finger waren lang, die Nägel kurz und sauber. Feine schwarze Härchen bedeckten die Handrücken.

Aus irgendeinem verrückten Grund fiel ihr das Atmen schwer, und ihr dummes Herz schlug so heftig, als sei sie um die Wette gerannt.

»Nach rechts«, sagte sie, als sie zu einer Wagenspur kamen, die hinaus zu einem dichten Baumwollfeld führte.

Der Weg durchquerte ein dichtes Wäldchen. Die Sonne schien hell durch das grüne Laub. Es war außergewöhnlich ruhig, bis auf das Klappern der Pferdehufe auf dem weichen Boden.

Krah! Krah! Eine Krähe, die über ihnen kreiste, tauchte plötzlich hinab. Nach der Schelte der Krähe hörten sie einen Chor von Flüchen aus der Kehle eines Eichelhäherschwarms, der oben in den Bäumen saß. Dann war es wieder ruhig, bis aus der Ferne der Gesang einer Bergdrossel ertönte.

Ein Reh rannte mit einem Kitz an seiner Seite aus dem Wald und den Weg vor ihnen hinunter, um dann wieder im Schutz eines Dickichts zu verschwinden.

»Ich hätte gedacht, daß das Wild so nahe der Stadt abgejagt wäre.«

»Das Land hier gehört den Birdsalls. Nur Birdsalls jagen hier.«

»Was ist Birdsall für ein Mensch, und wie kommt es, daß er ein Angebot für das Haus gemacht hat?«

»Er ist von ganz anderem Schlag als die Renshaws.«

»Das will nicht viel heißen«, sagte John trocken.

»Er war mit der erste, der sich hier in der Gegend niedergelassen hat. Mein Vater kam später und erwarb das Land neben seinem. Mr. Birdsall hat zwei Söhne und will für jeden eine Farm. Und... er will nicht, daß die Renshaws mein Land bekommen. Einer seiner Söhne, der gerade aus dem Krieg zurückgekehrt ist, hatte mit einem Renshaw Ärger, weil dieser einen Schwarzen mißhandelt hat. Die jungen Birdsalls sind in den Krieg gezogen, weil ihnen der Gedanke nicht gefiel, daß Yankees herkommen und ihnen Vorschriften machen könnten, nicht weil sie an die Sklaverei glaubten.«

»Weiß Birdsall, daß der Pfarrer Colin zu Renshaw schicken will?«

»Keine Ahnung. Auf jeden Fall buckelt er nicht vor Pfarrer Sikes, wie einige andere es tun.«

Als sie sich dem Haus näherten, kamen bellende Hunde

verschiedenster Größe und Rasse darunter hervor und scharten sich um sie. Auf ein Wort des weißhaarigen und weißbärtigen Mannes, der in einem Stuhl auf der Veranda saß, rannten sie davon, aber nicht weit – sie ließen sich im Hof nieder und beäugten die Besucher mißtrauisch.

Das Holzhaus sah aus, als stünde es schon immer da. Es war breit und kastenförmig, mit einem durchhängenden Dach, das die vordere und hintere Veranda bedeckte. Gemauerte Schornsteine ragten auf jeder Seite über den Dachfirst empor. Neben dem Haus befand sich eine Pfirsichplantage und ein gepflegter Garten, über den von einem Ende zum anderen Schnüre gespannt waren, mit kleinen Stoffetzen daran, die die Vögel vertreiben sollten.

John hielt sein Pferd am Pfosten an, half Addie hinab und stieg dann aus dem Sattel. Er folgte ihr auf die Veranda.

»Guten Tag, Mr. Birdsall.«

»Tag, Addie«, antwortete der alte Mann, während er an ihr vorbei auf John blickte.

»Das ist Mr. Tallman, ein... Freund.«

»Tag.« John trat vor und streckte seine Hand aus.

»Kenne nicht viele Leute, die Tallman heißen. Hab' mal einen in der Nähe von Fort Smith getroffen, der so hieß. Ist lange her.«

»Das könnte mein Vater gewesen sein. Rain Tallman. Er ist vor vierzig Jahren in diese Gegend gekommen.«

»Ja, der war es wohl. Sie sehen ihm sogar ähnlich, wenn ich es mir recht überlege. Setzen Sie sich, setzen Sie sich.«

Nachdem er auf die verschlissenen Rohrstühle gedeutet hatte, wandte er den Kopf und rief ins Haus: »Cloris!«

Eine rundliche Frau mit hübschem Gesicht trat so rasch aus der Tür, daß sie dahinter gelauert zu haben schien.

»Hallo, Addie.«

»Hallo, Cloris. Das ist Mr. Tallman.« Dann, zu John:

»Cloris ist mit Alfred verheiratet, einem der Söhne von Mr. Birdsall.«

»Möchten Sie etwas Kaltes trinken?«

»Das wäre nett«, murmelte Addie.

»Ich weiß, daß du nicht zum Zeitvertreib gekommen bist, Addie«, sagte Mr. Birdsall, sobald Cloris die Veranda verlassen hatte. »Was hast du auf dem Herzen?«

Addie holte tief Luft. »Haben Sie noch Interesse daran, meine Farm zu kaufen?«

»Bist du bereit, sie zu verkaufen, oder bist du dir noch unsicher?«

»Ich bin bereit zu verkaufen. Heute.«

»Warum heute?«

»Nun... ich –«

»Sie wird heiraten«, sagte John ruhig; dann, als Addie ihn verwirrt anblickte: »Ich glaube, wir sollten ihm die Wahrheit sagen, Liebes. Mr. Birdsall, Addie fürchtet, daß sie in Verruf geraten könnte, wenn sie so bald nach der Neuigkeit über Kirby wieder heiratet.«

Cloris kam mit einem Eimer Wasser nach draußen. Nachdem Addie getrunken hatte, gab sie John den Schöpflöffel.

»Ausgezeichnetes Wasser«, sagte er nach einigen Schlucken.

»Das beste in den Ozarks.« Mr. Birdsall wartete, bis Cloris wieder ins Haus gegangen war, bevor er weiter fragte: »Warum heute?«

»Ich breche auf, um zu meiner Ranch in New Mexico zurückzukehren, und ich möchte Addie mitnehmen. Ich habe mich verpflichtet, als Scout eine Wagenkolonne zu führen, die auf mich wartet.«

Addie war sprachlos. Der Mann konnte so gerissen lügen.

»Da beneide ich Sie. Als ich herkam, war das hier Neuland. Orbie Johnson, das war Addies Vater, kam ein paar Jahre später. Eine Zeitlang waren wir die einzigen. Dann kamen andere. Leider auch Gesindel«, brummte er. »Orbie war ein guter, fleißiger Arbeiter. Er hat mir geholfen, die Pfirsichbäume da zu pflanzen, kurz bevor es ihn erwischt hat. Orbie würde sich freuen, daß Addie eine guten Mann bekommt. Der andere Kerl, den sie geheiratet hat, war keinen Pfifferling wert.«

Sie hätte schreien können! Woher wußte Birdsall, daß John Tallman ein *guter* Mann war? fragte Addie sich. Und wie konnte er wissen, daß Kirby keinen Pfifferling wert gewesen war? Sie öffnete den Mund, um ihn zu fragen, dann schloß sie ihn, als sie sah, daß John sie durchdringend ansah und seine dunkelblauen Augen ihr befahlen, ruhig zu sein. Sie preßte den Mund zusammen, aber ihre violetten Augen sprühten vor Ärger.

»Ich glaube, Sikes nimmt dir die Waisen gerne ab. Hab' gehört, Renshaw nimmt den Jungen. Cloris hat nach dem Mädchen gefragt. Bin mir aber nicht sicher, die muß noch etwas wachsen, bevor sie eine große Hilfe sein kann.«

»Colin und Jane Ann kommen mit mir«, sagte Addie entschlossen. »Ich... äh, habe Mr. Tallman erklärt, daß ich mich nicht von ihnen trennen könnte. Mr. Birdsall, wegen der Farm –«

»Sir, wir haben das besprochen«, unterbrach John ruhig. »Es sind acht Hektar Baumwolle und fünf Hektar Mais. Ein halber Hektar Ginster und ein halber Hektar Garten. Die Scheune ist in gutem Zustand, und es gibt einen guten Brunnen. Addie wird alle Haushaltsgegenstände dalassen, die wir nicht mitnehmen können, außerdem die Milchkuh und die Schafe.«

»Die Schafe nicht!«

»Hör mal, Liebling –«

»Die Schafe nicht!« beharrte sie.

John zwinkerte Mr. Birdsall zu. »Wir glauben, sechshundert in bar wären ein fairer Preis.«

Sechshundert? Addie blieb beinahe die Luft weg. Sie hatte vorgehabt, nur dreihundert zu fordern.

»Das ist eine ganz schöne Summe für Bargeld.«

»Nicht wenn man bedenkt, wie die Dinge liegen. In einem Jahr werden Sie für diese Farm zwölfhundert kriegen. Ich mache Ihnen einen Vorschlag. Legen Sie einen schweren Wagen und ein paar gute Maultiere drauf, und wir gehen runter auf vierhunderfünfzig in bar.«

»Ich weiß nicht –«

John schwieg. Seine Augen trafen Addies und sahen sie lange an. Das Schweigen wurde gespannter. Birdsall rieb den Schnurrbart an seinem Kinn.

»Ich weiß nicht«, sagte er wieder.

»Wir haben noch einen anderen Interessenten, aber Addie –«

»Vier.«

»Vier-fünfundzwanzig, und ich suche die Maultiere aus.«

»Abgemacht.« Mr. Birdsall streckte John seine Hand entgegen und stemmte sich dann auf die Füße und stieg von der Veranda.

Addie war verblüfft. Während des gesamten Verkaufs *ihrer* Farm hatten die beiden Männer sie vollkommen ignoriert.

Sie und John folgten Mr. Birdsall in die Scheune hinter seinem Haus. John nahm Addie am Ellbogen und drückte ihn kurz, bevor er sich die Maultiere ansah.

Eine halbe Stunde später saß Addie auf dem Wagensitz, während John sein Pferd an die Wagenklappe band. Nachdem sie die Farm an Mr. Birdsall überschrieben hatte, hatte er John eine Verkaufsurkunde für den Wagen und die Maultiere sowie einen Beutel Geld gegeben, das John gezählt und in der Innentasche seiner Weste verstaut hatte.

Cloris Birdsall kam hinaus zum Wagen. »Viel Glück, Addie. Papa hat gesagt, daß Alfred und ich in deinem Haus wohnen können. Ich freue mich so... ich bin es wirklich leid, mit Verwandten zusammenzuwohnen«, fügte sie flüsternd hinzu.

»Versorg die Moosröschen gut«, sagte Addie mit erstickter Stimme. »Die Stockrosen sprießen jedes Jahr, aber ich streu' trotzdem Samen aus. Daisy ist eine gute Kuh, aber manchmal muß man sie mit dem Kopf... in die Seite stoßen –«

»Fertig?« John setzte den Fuß zwischen zwei Radspeichen und sprang neben Addie auf den Sitz, wo er die Zügel an sich nahm.

Sie nickte, zu bewegt zum Sprechen.

Mr. Birdsall kam zum Wagen und streckte seine Hand aus.

»Es ist ja nicht so, daß Fremde dein Haus übernehmen, Addie. Orbie wußte, daß ich sein Grundstück mochte.«

»Papa wäre froh, daß Sie es haben. Auf Wiedersehen, Mr. Birdsall.«

»Wir sind Ihnen sehr zu Dank verpflichtet«, sagte John. Dann: »Vielleicht schicken Sie heute ein paar Ihrer Jungs runter zur Farm. Wir brechen gegen Abend auf. Ich würde es den Renshaws zutrauen, daß sie rüberkommen und alles zusammenschießen, wenn sie hören, daß wir weg sind.«

»Meine Güte, das wäre dann aber das letzte, was sie zusammenschießen, wenn sie das wagen. Diese Renshaws haben zusammen nicht so viel Hirn wie eine Fliege.«

»Da muß ich Ihnen recht geben. Guten Tag noch.«

John schwang die Peitsche über die Rücken der Maultiere, und der Wagen rollte von dem Gehöft weg. Addie saß stocksteif neben ihm, ihre Augen strikt nach vorn gerichtet. Sobald sie außer Sichtweite der Birdsalls waren, wirbelte sie zu ihm herum.

»Warum haben Sie ihm *das* erzählt?« verlangte sie zu wissen. Ihre Augen funkelten vorwurfsvoll, und obwohl sie ruhig bleiben wollte, wurde ihre Stimme lauter.

John zog seine dunklen Brauen zusammen, als er sie fragend anblickte. Er ignorierte ihre Wut und sagte sanft:

»Was meinst du?«

»Das wissen Sie!«

»Daß wir heiraten werden? Ist es denn so eine schreckliche Vorstellung, mich zu heiraten?«

»Aber... es ist eine Lüge.«

»Vielleicht; aber es hat funktioniert, oder? Wir sind viel besser weggekommen, als ich erwartet hatte. Ich hatte diesen Wagen schon gesehen, als wir den Weg hinaufkamen. Du hättest doch versucht, deine Sachen in den zu laden, den du hast. Hoffentlich regnet es nicht, bevor wir ein paar kräftige Bögen und eine Wagenplane besorgen können.«

»Es war richtig, Mr. Birdsall anzulügen«, beharrte Addie. »Sie haben alles an sich gerissen und einfach meine Farm verkauft. Ich war gar nicht daran beteiligt.«

John Gesicht nahm einen überraschten Ausdruck an. »Ärgert dich das? Willst du in der Familie die Hosen anhaben?«

»Wir sind keine Familie!« Addie schrie beinahe.

»Mr. Birdsall ist davon ausgegangen. Hättest du ein besseres Geschäft gemacht? Was wolltest du verlangen? Zweihundert, dreihundert?«

Er hatte so gut geschätzt, daß Addies Ablehnung etwas nachließ. Ihre violetten Augen blickten kurz zu ihm auf. Sein Gesicht war so hart, daß es sie erschauern ließ. Addie hatte es sich immer zugute gehalten, aufrichtig zu sein. Und trotz ihrer verletzten Eitelkeit und seinem eigenmächtigen Handeln schuldete sie ihm Dank.

»Ich danke Ihnen dafür, was Sie getan haben, Mr. Tallman. Bitte verzeihen Sie, daß ich mich aufgeregt habe.« Sie senkte ihre Augen auf ihre Hände, die sie im Schoß ineinander verschränkt hatte. Sie spürte, daß seine Augen auf ihr ruhten, und das machte sie nervös.

»Zieh doch nicht so ein Gesicht. Du hast bekommen, was du wolltest, und noch dazu einen Wagen und ein Gespann.«

»Ich weiß, aber ich... verkaufe nicht jeden Tag mein Zuhause.« Sie verstummte. Um ihre Gefühle zu verbergen, konzentrierte sie sich darauf, sich an der Seite des Wagens festzuhalten, weil das Gespann schneller geworden war.

»Warum hast du es dann getan? Du hättest Trisha in den Norden schicken können; Colin hätte sie begleiten können, und deine Probleme wären gelöst gewesen.«

Sofort war ihm klar, daß er genau das Falsche gesagt hatte. Addies Gesicht wurde dunkelrot, ihre Augen sprühten vor Zorn, und ihre Dankbarkeit war schlagartig vergessen.

»Meine Probleme gelöst? Sie einfach wegschicken, ohne einen Gedanken daran zu verschwenden, was aus ihnen wird? Ist es das, was Sie mit *Ihren* Problemen machen, Mr. Tallman? Aus den Augen, aus dem Sinn? Also, ich nehme meine Verantwortung ernster.«

Er lächelte. »Du bist wirklich eine besondere Frau. Es wird mir ein Vergnügen sein, dich näher kennenzulernen.« Er setzte seinen Fuß auf das Vorderbrett und zog die Zügel zurück, um das Gespann zu verlangsamen. Sie kamen zu einer scharfen Biegung des Wegs.

»Von wegen! Besser als jetzt werden Sie mich nie kennenlernen.«

Sein Lächeln wurde breiter. Seine dunkelblauen Augen zeigten eine solche Bewunderung und Entschlossenheit, daß Addie erschauerte, obwohl sie vor Wut schwitzte.

»Du brauchst mich, Addie. Ich bin alles, was zwischen dir und den Renshaws steht. Aus irgendeinem Grund, den Gott allein kennt, haben sich unsere Wege gekreuzt. Vielleicht will das Schicksal, daß wir uns... sehr gut kennenlernen.« Er sprach ruhig, als ob ihm dieser lächerliche Gedanke wirklich ernst wäre.

Bis auf das Quietschen des Wagens und das Klirren der

Geschirre war es ruhig, aber Johns Worte dröhnten in ihrem Kopf: *uns sehr gut kennenlernen.* Er hatte wirklich Nerven! Der ist nicht ganz richtig im Kopf, dachte sie wild.

»Schicksal!« stieß sie hervor. »Sie spinnen doch, wenn Sie diesen Blödsinn glauben!« Sie hatte etwas sagen wollen, daß ihn wirklich verstummen lassen würde, aber als sie in seine lachenden Augen blickte, wurde ihr klar, daß ihr das nicht gelungen war. »Sie sind vollkommen verrückt.«

»Vielleicht. Komm von deinem hohen Roß herunter, und erzähl mir von deinem Mann. Mr. Birdsall schien nicht viel von ihm zu halten.«

»Mein Mann ist ein Thema, das ich nicht mit Ihnen diskutieren werde, weder jetzt noch sonst irgendwann.«

Irgendwie fühlte Addie sich seltsam lebendig. Sie führte es auf die Tatsache zurück, daß sie sich seit Monaten, ja sogar seit Jahren nicht mehr mit einem interessanten Mann unterhalten hatte. Sie mußte widerwillig zugeben, daß es ihr Vergnügen bereitete, mit ihm zu sprechen. Aber diese andere Sache, daß sie sich lebendig fühlte, wenn sie mit ihm zusammen war, daß sie sein Gesicht hinter geschlossenen Lidern sah, verwirrte sie. Und, Gott möge ihr helfen, sie war glücklich, oh, so glücklich, daß er bei ihr war.

John war sich nicht sicher, wieso er diese Dinge zu ihr gesagt hatte. Er glaubte sie nicht einmal selbst. Man hatte ihm beigebracht, daß ein Mann seinen eigenen Weg durchs Leben geht. Es lag an ihm, ob er einen geraden oder einen gewundenen Weg einschlug. Er glaubte auch, daß es so etwas wie Glück nicht gab. Ein Mann bestimmte sein Schicksal selbst.

Er warf einen Blick auf die Frau neben ihm. Es irritierte ihn, daß er sie so gerne ansah. Sie war zerbrechlich und unberechenbar, aber trotzdem stark. Sie hatte Rückgrat, das stimmte, und würde es mit jedem Mann aufnehmen, wenn sie sich im Recht glaubte. Er bewunderte ihre tiefe Loyalität zu Trisha und dem Jungen, und sogar zu ihrem Mann, der laut Birdsall keinen Pfifferling wert gewesen war.

John fragte sich, ob sie eine leidenschaftliche Liebhaberin sein würde. Sofort spürte er, wie sich Vorwürfe in ihm regten. Verdammt! Er hatte vorgehabt, sich für lange Zeit nicht für eine Frau zu interessieren, vor allem nicht für eine Frau, die zusätzliche Belastungen mit sich brachte. Ihr eigener Sohn war eine Sache für sich, aber da waren ja auch der Junge, seine Schwester und Trisha – eine komplette Familie, die das große Haus auf seiner Ranch füllen würde. *Wo zum Teufel kam jetzt dieser Gedanke her?* Vor seinem geistigen Auge sah er Addie dort in dem schattigen Hof – ein weiter Rock wehte um ihre nackten Knöchel, ihr Haar hing bis zu ihrer Taille hinab, und ein dunkelhaariges Baby saß auf ihrer Hüfte.

Verdammt noch mal! Das war eine ernste Angelegenheit, die ihm da durch den Kopf ging. Brauchte er vielleicht einfach eine Frau? Er hatte die Frauen, mit denen er zusammen war, immer sorgfältig ausgewählt und hatte sich nie mit einer von den Schlampen, die in den meisten Saloons so leicht zu haben waren, zufriedengegeben.

Eines stand für ihn fest: Der Anblick von Addie Hyde ließ sein Herz höher schlagen, als es irgendeine Frau vor ihr vermocht hatte, und er war verblüfft von der Stärke seines Verlangens, sich um sie zu kümmern. Sie war eine volle, reife Frau mit starkem Charakter, regem Verstand und lebhaften Geist. Ihr Körper war aufrecht und stark und trotzdem unglaublich weich. Es wäre sehr leicht, großes Interesse für sie zu haben.

»Ohhh!« Der Ausruf, den Addie hervorstieß, holte John aus seinen Träumereien zurück. Seine starken Hände, die die Zügel hielten, hatten die Maultiere auf den Weg zum Haus gelenkt. »O nein! Mir ist gerade eingefallen, daß... ich diese Maultiere wahrscheinlich gar nicht lenken kann!«

»Mach dir keine Sorgen. Du wirst sie nicht lenken müssen.«

»Aber –« Addie hielt plötzlich inne und sah den Mann neben sich an. Er saß unbeweglich da und suchte mit den Augen die Seiten des Weges und die Strecke, die vor ihnen lag, ab. Er war so aufmerksam wie ein Hengst, der seine Herde beschützte. »Was ist?«

»Da ist jemand. Wenn ich dir sage, du sollst dich ducken, dann tu es ohne Widerrede.«

»Woher wissen Sie das? Ich kann nichts sehen –«

»Mein Pferd. Hier ist irgendwo ein anderer Hengst.«

Addie sah sich zu Johns Pferd um, das an die Klappe gebunden war. Es hatte die Ohren aufgestellt, seine Nüstern bebten, und es stieß kleine schnaubende Geräusche aus.

»Oh, ich hätte sie nicht allein lassen sollen!« Addies Augen suchten das Haus nach Trisha und den Kindern ab. Die Vordertür war geschlossen, und nicht einmal ein Huhn war im Hof zu sehen.

John sagte kein Wort, als er die Maultiere den Weg hinauf und um das Haus herum trieb. Addies Herz raste vor Angst und Sorge. Das erste, was sie sah, war ein großes geflecktes Pferd, das an das Geländer neben dem Wassertank gebunden war. Dann sah sie Colin und einen bärtigen Mann, die auf dem Rand der Veranda saßen. Colin hatte ein Fernglas in der Hand. John fluchte, brachte die Maultiere zum Stehen und band die Zügel an den Griff der Bremse. Addie kletterte über das Rad nach unten, bevor er ihr behilflich sein konnte, und eilte zur Veranda.

»Ist alles in Ordnung?« fragte sie. Ihre Angst ließ etwas nach, als sie sah, daß Colin lächelte.

»Erinnern Sie sich noch an Mr. Simmons, Miss Addie? Er hat mich durch sein Fernglas gucken lassen.« Addie sah auf die geschlossene Tür. »Trisha wollte nicht rauskommen.«

»Zumindest hält *sie* sich an Anweisungen.« John war

hinter Addie herangekommen. »Was machen Sie hier, Simmons?«

»Tag, Tallman.« Der bärtige Riese grinste. Er war genauso groß wie John und viel schwerer. »Kam gerade vorbei.«

»Von wegen. Ich hab' die Abdrücke von Ihrem Pferd auf dem Hügel gesehen. Sie haben durch das Fernglas da spioniert.«

»Beim Jupiter, Sie sind besser, als ich dachte. Hab' gehört, Sie könnten einen Vogel am Himmel aufspüren, hab' es aber nicht geglaubt.«

»Das war nicht schwer. Nur wenige Pferde haben so große Hufe. Wenn Sie vorhaben, weiter herumzuschnüffeln, sollten Sie sich ein anderes Pferd besorgen.«

Simmons zeigte mit einem Kopfnicken und einem Grinsen seinen Respekt.

Colin, der beide Männer beobachtete, machte ein besorgtes Gesicht.

»Guten Tag noch«, sagte John als Verabschiedung. Und obwohl er Addies Ellbogen ergriff, als sie auf die Veranda stieg, blieben seine Augen auf den anderen Mann gerichtet.

»Übernehmen Sie hier das Kommando, Tallman?« fragte Simmons.

»Das könnte man so sagen. Ich heirate Miss Addie.« Während er sprach, drückte John Addies Ellenbogen. Fest.

»Wenn das der Fall ist, dann würde ich gerne mal im Vertrauen mit Ihnen reden.«

»Warten Sie bei Ihrem Pferd. Ich komme gleich.« John öffnete die Hintertür und schob Addie vor sich her, bevor sie protestieren konnte.

»Warum haben Sie das gesagt?« flüsterte sie wütend.

»Denk doch mal nach. Solche Männer werden dich in Ruhe lassen, wenn sie glauben, daß du beschützt wirst.«

»Aber –«

»Wir haben keine Zeit für Diskussionen.« Er faßte sie an

den Schultern. »Pack mit Trisha zusammen, was ihr braucht. Kochtöpfe, Lebensmittel, Bettzeug und Kleidung zuerst. Dann werden wir sehen, wieviel Platz noch für andere Dinge ist. Wir brechen in zwei Stunden auf, also verschwendet keine Zeit.«

Als er hinausging, ließ er die Tür offen. Addie wandte sich um und sah Trisha und die kleinen Kinder in der Ecke hinter den gepackten Wäschewannen stehen. Erst jetzt stellte sie fest, daß in der Küche bis auf die Möbel fast alles ausgeräumt war.

Sie blinzelte, um ihre Tränen zu verbergen.

KAPITEL 9

John wußte nicht viel über Jerr Simmons, den Mann, der als Buffer bekannt war. Er hatte nichts Schlechtes über ihn gehört, allerdings auch nichts Gutes.

Erst heute morgen hatte er entdeckt, daß jemand das Haus beobachtet hatte. Die Abdrücke waren tief, was bedeutete, daß diese Person ein schwerer Mann auf einem schweren Pferd war.

Als er Simmons und das Fernglas sah, war es nicht schwierig gewesen, zwei und zwei zusammenzuzählen. Er hatte nicht viel übrig für einen Mann, der sich versteckt hielt und Frauen ausspionierte.

»Colin«, rief er, als er sah, daß der Junge mit Simmons sprach. »Miss Addie braucht Hilfe.«

»Tschüs, Mr. Simmons. Danke, daß ich durch Ihr Fernglas gucken durfte.« Colin warf John einen besorgten und verwirrten Blick zu, als er an ihm vorbeirannte.

»Nun, Simmons, was haben Sie gemacht? Dem Jungen Informationen über die Frauen entlockt?«

»Ja«, gab Simmons zu. »Hab' aber nicht viel erfahren. Der Kleine ist verschlossen wie eine Auster.«

»Sagen Sie, was Sie zu sagen haben. Ich habe zu tun.«

»Warum haben Sie gesagt, daß Sie diese Frau heiraten? Sie schien sich über die Neuigkeit zu wundern.«

»Es geht Sie zwar nichts an, aber ich werde sie heiraten. Sie weiß es nur noch nicht.«

Buffer Simmons kicherte. »Dachte mir, daß Sie ein Mann sind, der sich nimmt, was er will.«

»Ich *nehme* keine Frau, wenn sie nicht genommen werden will!«

»Wollte Sie nicht beleidigen... und die Lady auch nicht. Kommen Sie. Ich muß Ihnen etwas zeigen.«

John folgte dem Mann in die Scheune und weiter in den hinteren Teil. Als er aus der Hintertür trat, sah er Buffer dastehen, die Hände grinsend auf die Hüfte gestemmt.

»Hab' einen kleinen getrockneten Misthaufen gefunden.«

Der Mann, der auf dem Boden in einem Haufen Kuhdung saß, war klein, drahtig und hatte fast genauso viel Haar im Gesicht wie auf dem Kopf. Seine Füße waren fest zusammengebunden, er hatte einen Knebel im Mund, und seine gefesselten Handgelenke waren nach oben gezogen und an einen Ast über seinem Kopf gebunden. Nach der Beschaffenheit der Kuhfladen zu urteilen, in denen er saß, war die Kuh erst vor kurzer Zeit von ihrem Lieblingsplatz im Schatten vertrieben worden.

Kalte, wäßrigblaue Augen starrten John und Buffer unter dem spärlichen strohfarbenen Haar hervor an.

»Hübscher Anblick, was?«

»Sieht wirklich wie ein Haufen Mist aus«, sagte John trocken. »Wo haben Sie ihn gefunden?«

»Schlich hier mit einem Gewehr herum. Hab' ihn durch mein Fernglas gesehen. Ich wußte, daß Sie nicht hier waren, weil ich gesehen hatte, wie Sie mit Miss Addie weggeritten sind. Dachte mir, daß ich besser nachsehe, was er vorhat.«

»Es ist einer von den Renshaws.«

»Ja. Hat erst alles ausgeplaudert, bevor ich ihm das Maul mit diesem Lumpen da gestopft habe. Mußte mir damit natürlich erst den Dreck von den Stiefeln wischen.« Simmons hatte offensichtlich seinen Spaß.

John hob das Gewehr auf, das an die Scheune gelehnt war, und nahm die Patronen heraus, dann packte er den Lauf und schwang es so heftig gegen den Baumstamm, daß der Griff zersplitterte; der Schießmechanismus zerbrach und fiel ab.

Der Mann auf dem Boden stampfte vor Wut mit den Füßen. Sie rutschten im weichen Dung hin und her. Wütendes Grunzen ertönte unter dem Knebel.

»Du Hurensohn«, fauchte John. »Ich sollte dir ins Gesicht treten. Simmons war gnädiger mit dir, als ich es gewesen wäre. Ich hätte dich an den Daumen aufgehängt, nachdem ich dir die Haut vom Rücken gezogen hätte. Wenn dich deine Leute finden, dann sag ihnen, falls sie vorhaben die Frauen hier zu suchen, dann werde ich sie kriegen... einen nach dem anderen... in den Rücken... wenn sie am wenigsten damit rechnen.«

John hatte die Absicht, ihm Furcht einzujagen, und er war erfolgreich. Das Gesicht des Mannes wurde kalkweiß. Voller Angst sah er zu, wie John das zerbrochene Gewehr weit in den Vorhof warf und zurück in die Scheune ging.

»Weiß der Junge von ihm?« fragte er, sobald Buffer die Scheune betrat.

»Nein. Hat ihn nicht gesehen, muß es auch nicht erfahren.«

»Was hat Renshaw Ihnen gesagt?«

»Daß er die Hure erschießen würde, die seinen Cousin verkrüppelt hat.«

»Das ist die Wahrheit. Sie hat ihn verkrüppelt. Der wird kein Feld mehr pflügen. Wahrscheinlich nicht mal mehr auf ein Pferd steigen.«

»Ich hab' in der Stadt von den Renshaws gehört. Das ist eine ganze Horde. Einige von ihnen sind schlimmer als eine gereizte Schlange. Sie werden blutrünstig hier auftauchen.«

»Ja.«

»Brauchen Sie Hilfe, um den großen Wagen zu beladen? Der Junge hat das Werkzeug, die Seile und Geschirre zusammengesucht.«

»Sie haben alles begriffen, nicht wahr?«

»Ja. Renshaw hat komplett ausgepackt. Sein Cousin wollte den Jungen, das Mädchen hat auf ihn geschossen. Die ganze Sippe wird kommen, um alles niederzubrennen, also bringen Sie sie hier weg. Denke, das ist ganz schön viel für einen Mann alleine. Zwei würden besser klarkommen.«

John sah ihn mißtrauisch an. »Was versprechen Sie sich davon?« Als der Riese mit den Schultern zuckte, sagte John: »Das ist hier nicht Ihre Gegend, Simmons. Das letzte, was ich gehört habe, war, daß Sie mit einer Kiowa-Frau unten am Wolfe Creek hausen.«

»Wußte gar nicht, daß ich so berühmt bin, daß ein Tallman sich für mich interessiert.«

»Was bringt Sie hierher?«

»Dasselbe wie Sie, glaube ich.«

»Und zwar?«

»Ich warte auf Van Winkle. Er hat mich als Jäger für seine Truppe angeheuert.«

»Zum Teufel!«

»Sind Sie sein Scout?«

»Er folgt meiner Gruppe durchs Indianerterritorium. Wenn er Sie angeheuert hat, dann braucht er mich nicht.«

»Sagen Sie das Van Winkle.«

»Das werde ich tun.« John band sein Pferd los, führte es zum Wassertank und tauschte dann das Zaumzeug gegen ein Halfter. Anschließend pflockte er das Pferd auf einem Wiesenstück an.

Als er zurückkam, hatte Buffer die Maultiere ausgespannt und führte sie zum Tank. John ging ins Haus. Alle arbeiteten. Addie hatte Dillon und Jane Ann je einen Kopfkissenbezug für ihre Kleidung gegeben. Trisha und Colin trugen Lebensmittel aus dem Keller nach oben. John nickte zustimmend, ging in ein Schlafzimmer und kam mit einer Strohmatratze heraus, die er zum Wagen trug. Dann holte er die andere Matratze und ein Federbett, das Addie sicher nicht zurücklassen wollte.

Buffer brachte die wichtigsten Dinge aus der Scheune. Er schien zu wissen, was mitzunehmen und was dazulassen war. Er arbeitete schnell, als hätte er so etwas schon häufiger getan, und wenn er gerufen wurde, kam er zur Veranda und half John, die Truhe und die Walnußkiste in den Wagen zu tragen.

»Wir nehmen das alles später raus und ordnen es neu«, versprach John, als er Addies besorgten Blick sah. Ihr Spinnrad thronte auf einer Wanne voller Utensilien. »Wir müssen die ganze Nacht fahren, Addie«, sagte John, als er die Matratzen arrangierte. »Wir müssen ein Plätzchen einrichten, auf dem die Kleinen schlafen können.«

»Meine Schafe können im anderen Wagen fahren.«

John sprang vom Wagen herab und sah sie an, als seien ihr plötzlich Hörner auf der Stirn gewachsen.

»Habe ich richtig gehört?«

»Allerdings, wenn Sie gehört haben, daß meine Schafe im anderen Wagen fahren können.«

»Addie, deine Schafe nimmst du *nicht* mit!«

»Doch, das werde ich. Es sind meine Schafe; das hier ist mein Wagen.«

»Du kannst dir später neue Schafe kaufen.«

»Nicht diese Art von Schafen. Ich habe Jahre gebraucht, um dieses Paar Merinoschafe zu bekommen. Sie werden mit dem Werkzeug und den anderen Sachen hinten im Wagen fahren. Wir werden etwas Stroh hineintun, so daß sie sich hinlegen können.«

»Addie, sei doch vernünftig. Wir werden morgen den ganzen Tag und die ganze Nacht fahren. Wir müssen so schnell wie möglich von hier wegkommen. Meine Männer warten mit meinen Güterwagen in der Nähe von Van Buren. Wenn wir sie erreichen können, bevor uns die Renshaws kriegen, dann wird kein Bataillon von Renshaws oder Sheriffs Colin oder Trisha bekommen.« Er sprach im Plauderton, um sie zu beruhigen.

»Bitte, John.« Sie legte ihm die Hand auf den Arm und sah ihm flehend in die Augen. Es war das erste Mal, daß sie seinen Namen laut ausgesprochen oder ihn freiwillig berührt hatte. »Ich kann mit diesen Schafen den Lebensunterhalt für mich und meine Familie verdienen.«

»Addie, das mußt du nicht. Ich werde mich um dich kümmern, und um die Kinder und Trisha.«

»Nein!« Sie zog unvermittelt ihre Hand zurück. »Wir sind keine Bettler. Ich bin dankbar für das, was Sie jetzt tun, und ich hoffe, daß ich Ihnen das eines Tages zurückzahlen kann. Ich werde mit dem Geld von Mr. Birdsall ein kleines Haus kaufen, und mit der Wolle der Schafe kann ich tun, was ich die letzten paar Jahre getan habe – meine Stricksachen verkaufen.«

Eine Welle der Zärtlichkeit für die mutige Frau überkam ihn. Ihre Augen baten um Verständnis. Er hob die Finger und strich ihr eine Haarsträhne zurück hinter das Ohr. In seinem Kopf schwirrten Millionen wirrer Gedanken, die er nicht ausdrücken konnte.

Er drehte sich weg und rief Buffer Simmons zu: »Lade etwas Stroh hinten auf Colins Wagen, und heb' die Schafe rein.«

Addie ging ein letztes Mal durch das Haus. Sie fuhr mit den Fingern über den Küchentisch, die Lehne des Schaukelstuhls, den Fuß des eisernen Bettgestells. Ihre buckelige Truhe stand nicht mehr am Fuß des Bettes; sie hatte sie mit Bettzeug und Andenken gefüllt. Dazu gehörten die Uhr ihrer Mutter, das Hochzeitsfoto ihrer Eltern und ein Set von Kamm, Bürste und Spiegel mit Elfenbeingriffen, das sie ihr in dem Jahr vor ihrem Tod geschenkt hatten. John hatte die Truhe in den Wagen getragen.

Sie nahm zwei Küchenstühle mit und ließ vier für die Birdsalls zurück. Nur der Tisch mit der tiefen Kerbe, die Dillon mit dem Schlachtmesser gemacht hatte, der Ofen und die Arbeitsfläche blieben zurück. Cloris würde nicht wissen, daß eine Seite des Ofens heißer war als die andere und daß das lange Ofenrohr, das durch das Dach führte, einige Male heruntergekommen war und Ruß in der ganzen Küche verteilt hatte.

Auf Wiedersehen, Haus. In deinen schützenden Mauern habe ich meine Kindheit verbracht, um meine Eltern getrauert, meinen Sohn gezeugt und geboren. Ich werde niemals vergessen, wie du mich in dieser kalten, regnerischen Nacht beschützt hast. Du hast mein Glück und meine Sorgen mit mir geteilt. Jetzt ist es für mich Zeit, weiterzuziehen.

»Addie«, sagte John aus der Tür.

Sie drehte sich rasch um, mit Tränen in den violetten Augen.

»Wir können aufbrechen.«

Wild entschlossen hob sie den Kopf. »Dann lassen Sie uns losfahren.«

John schloß die Tür hinter ihr, ging neben ihr zum Wagen und half ihr auf den Sitz. Er prüfte die Plane, die er über den hinteren Teil des hochbeladenen Wagens geschnürt hatte. Dillon und Jane Ann saßen in dem Nest, das er hinter dem Sitz gemacht hatte. Sie waren so aufgeregt, daß sie sich kaum zusammenreißen konnten.

Trisha, die ein braunes Leinenkleid und eine dunkle Sonnenhaube trug, saß neben Colin auf dem Sitz des zweiten Wagens. Sie hatte härter gearbeitet als alle anderen, und die ganze Zeit über hatte sie kaum ein Wort gesprochen. Es war offensichtlich, daß sie Buffer Simmons nicht mochte oder ihm traute. Sie sah ihn weder an noch sprach sie mit ihm oder zeigte sich erkenntlich.

Buffer stieg auf sein Pferd und ritt zu John, der seinen Hengst hinten an den Maultierwagen band.

»Ich bleib' hier. Ich glaub' nicht, daß sie direkt herkommen. Sie werden sich anschleichen und den Cousin finden. Das wird eine Weile dauern.«

»Diese Wagen kann man leicht aufspüren.«

»Also, wenn die anderen auch so dumm sind wie ihr Cousin, dann haben die nur Stroh im Kopf. Die vergessen die Wagen und gehen auf mich los. Der Cousin wird mir ans Fell wollen, und ich werd' ihm genau so viel zeigen, daß er in die Falle geht. Bevor die wissen, was los ist, sind sie schon fast in Little Rock.«

»Tun Sie, was Sie können, dafür wäre ich Ihnen sehr dankbar.«

Buffer Simmons wendete sein Pferd und ritt die wenigen Schritte zu Trisha, die neben Colin saß. Er hielt das Pferd an und tippte an seinen Hut.

»Sie müssen sich keine Sorgen machen, Miss Trisha. Diese Renshaws werden Sie nicht einholen. Tallman weiß, was er tut. Ich werde Sie irgendwann morgen einholen.«

Trisha sah ihn an. Über dem dunklen Kragen ihres Kleides war ihr Gesicht blaß. Das tiefschwarze Haar, die honigfarbenen Augen und die schmalen, blütenähnlichen Lippen machten sie tausendmal aufregender als irgendeine andere Frau, die er jemals gesehen hatte. Für einen langen, überwältigen Moment saugte Buffer Simmons Gehirn ihren Anblick auf wie ein Schwamm, und er war sprachlos und verlegen wie ein verliebter Junge.

Und dann, so schnell wie ein Schlag ihrer langen Wimpern, war dieser Moment vorbei. Simmons kam wieder zu sich. Er senkte leicht den Hut, spornte sein Pferd heftig an und ritt davon.

John blieb am Ende des Wagens, bis Simmons die Scheune umrundet hatte und auf den Hügel hinter dem Haus zuritt, dann ging er zurück, um mit Colin zu sprechen.

»Wir werden mit einem ordentlichen Tempo losfahren,

weil die Pferde frisch sind. Dann werden wir es ruhig angehen lassen.« Er sah Trisha an. Sie sah starr nach vorne. »Laß Trisha etwas fahren. Ich will nicht, daß du dich verausgabst; es könnte sein, daß du deine Kraft später brauchen wirst. Bleib so nahe wie möglich an uns dran, aber laß dein Gespann nicht zu dicht an mein Pferd Victor kommen; und ruf, wenn du Hilfe brauchst. Wir fahren, solange es noch hell ist, und machen dann Rast, bis der Mond aufgeht.«

»Glauben Sie, daß sie uns folgen werden?« fragte Colin.

»Ja«, sagte John aufrichtig. »Zumindest müssen sie so tun, um ihr Gesicht zu wahren. Aber Simmons wird sie wegführen und uns die Gelegenheit geben, einige Meilen zwischen uns und sie zu bringen.«

»Wo fahren wir hin, Mr. Tallman?«

Nicht einmal Addie hatte diese Frage geäußert.

»Weiter im Westen warten meine Männer mit Güterwagen. Wir fahren zu ihnen. Wenn sie auf diese Truppe stoßen, wird den Renshaws Hören und Sehen vergehen.«

John ging um Colins Wagen herum, um zu überprüfen, daß alles sicher verschnürt war, bevor er auf den Sitz neben Addie kletterte.

»So, das wär's.« Er schlug mit der langen schlangenartigen Peitsche über die Rücken der Maultiere. Der Wagen schwankte, wurde ruhiger und bewegte sich vorwärts. John sah auf die Frau neben ihm. »Schau doch nicht so traurig. Du kannst doch wiederkommen.«

»Ich glaube nicht, daß ich das will.«

Die Augen auf das Haus gerichtet, umklammerte Addie die Seite des Wagensitzes. Ihre Kehle war trocken. Ihr Herz lag ihr wie ein Stein in der Brust.

Auf Wiedersehen… auf Wiedersehen… auf Wiedersehen…

Der Wagen kroch weiter.

Sie verließen das Gehöft bei Einbruch der Dämmerung. Addie blickte nicht zurück. Ihre tränenverschleierten Augen waren nach Westen gerichtet. Sie hörte nicht einmal das Lachen von Dillon und Jane Ann, das hinten aus dem Wagen kam. Sie hatten den größten Spaß ihres Lebens; für Addie hingegen fing ein neues an, in dem sie auf einen Mann vertrauen mußte, den sie nicht viel länger als drei Tage kannte.

Addie hatte die frühen Abendstunden immer gemocht. Sie liebte es zu beobachten, wie das weiche Sonnenlicht die Farben des Himmels veränderte, und die kühle, frische Luft einzuatmen, die nach Zedern duftete und von den Ozarks hinüberwehte. Sie fand es passend, daß dieses neue Leben für sie am Abend begann und nicht am Morgen, wenn sie noch einen ganzen Tag vor sich hatte.

Als sie jünger war und ihre Eltern noch lebten, dachte Addie jetzt, war alles einfach und das Leben ewig gewesen. Sie hatte sich nicht vorstellen können, daß das Leben so hart sein würde, so einsam und so voller Enttäuschungen. Wie alle jungen Mädchen hatte sie davon geträumt, ihr Leben mit einem Mann zu teilen. Als sie älter wurde, hatte sich ihre Vorstellung von diesem Mann von Zeit zu Zeit geändert, aber er war immer stark und liebevoll gewesen. Er würde sein Leben um sie und die Kinder gestalten, die sie haben würden.

In diesem Sommer vor fast fünf Jahren hatte sie geglaubt, diesen Mann gefunden zu haben, als Kirby auf die Farm gekommen war. Sie war innerlich leer gewesen und hatte ein Verlangen gespürt, das gestillt werden wollte. Sie war eine Frau gewesen, die die Liebe einer Frau geben wollte, und sie hatte jemanden gebraucht, der sie haben wollte.

Die Einsamkeit hatte sie blind gemacht.

Der Himmel wurde langsam dunkel.

Seit sie die Farm verlassen hatten, hatten weder Addie

noch der Mann neben ihr ein Wort gesagt. Die Kinder lagen flüsternd und kichernd auf der Matratze.

»Mr. Tallman, Sie haben noch das Geld, das Mr. Birdsall mir für die Farm gezahlt hat.«

»Es ist in der Tabakdose unter dem Sitz, wenn du es brauchst. Ich würde empfehlen, daß du es nicht bei dir trägst.«

»Ich will Sie für das, was Sie getan haben, bezahlen.«

»Das wirst du.«

»Nennen Sie Ihren Preis«, sagte Addie knapp.

»Nun, da muß ich überlegen. Ich habe einwandfreie Kleidung zum Wechseln und eine unbezahlte Rechnung im Hotel in Freepoint zurückgelassen. Wenn der Besitzer die Kleidung nicht für die Rechnung annehmen will, wird er mir den Sheriff auf den Hals hetzen.«

»Ich verstehe nicht, was ich daran ändern könnte.«

»Du könntest mich unter deine Fittiche nehmen und für mich sorgen wie für die anderen Waisen.«

»Sie sind keine Waise!« sagte Addie verärgert. »Oder... hilflos in einer Welt von Erwachsenen, für die Kinder nur Eigentum sind.«

»Nein, das bin ich nicht. Beruhige dich, Addie. Ich weiß, daß es ein Schock ist, sein Zuhause so plötzlich zu verlassen, und ich kann verstehen, daß dich das aufregt. Die einzige andere Möglichkeit wäre gewesen, dort zu bleiben und gegen die Renshaws zu kämpfen. Sie hatten das Gesetz auf ihrer Seite, auch wenn Trisha einen guten Grund dafür hatte, daß sie auf den Kerl geschossen hat.« Er sah sie an. Sie hatte die Haube abgenommen, und der Wind wehte durch ihr Haar. Ihr schlanker Körper war stocksteif. Dann, während er sie beobachtete, ließ sie ihre Schultern ganz leicht sinken.

»Das ist mir klar, und ich bin unglaublich dankbar –«

»Auch wenn sie nicht auf Renshaw geschossen hätte, hätten deine Probleme gerade erst angefangen. Der Bürgermeister hat gesagt, Renshaw habe einen Adoptionsantrag für Colin eingereicht –«

»Ach du großer Gott!«

»Das ist nicht alles. Pfarrer Sikes wollte versuchen, dir Dillon wegzunehmen.«

Die Worte trafen Addie wie ein Keulenschlag.

»Dillon wegnehmen? Pfarrer Sikes hätte... mir Dillon weggenommen, weil ich Colin nicht hergeben wollte?«

»Nein, das ist nicht der Grund. Ich glaube, du hast den alten Mann neulich damit verärgert, daß du so geflucht und ihn einen Heuchler genannt hast. Jetzt ist er davon überzeugt, daß der Junge aus dem Haus einer gefallenen Frau weggebracht werden muß. Mit anderen Worten, er wollte ihn aus einem Freudenhaus retten.«

»Freudenhaus?« stieß Addie hervor. Als sie wieder Luft bekam, bebte sie vor Wut. Ihr Zorn war so groß, daß ihr die Worte beinahe im Hals steckenblieben. »Was für ein... ein elender Hurensohn!«

»Addie, paß auf deine Wortwahl auf! Du fluchst schon wieder«, sagte John lachend, aber das konnte Addies Wut nicht mindern.

»Meinen Sohn wegnehmen? Da würde ich ihn eher umbringen! Er ist doch nur ein fetter, tyrannischer, Bibelsprüche klopfender Heuchler! Eine Kröte ist er. Wenn ich ihn jemals wiedersehe, spucke ich ihm ins Gesicht. Ein Aas ist er! Ein feiger, stinkender Angsthase! Er würde es nicht wagen, einem Vater seinen Sohn wegzunehmen, selbst wenn er das armseligste Geschöpf auf der ganzen Welt wäre!« Addie war so aufgebracht, daß die wütenden, bitteren Worte nur so aus ihr heraussprudelten. Sie knüllte ihre Sonnenhaube zusammen und wickelte eines der Bänder immer fester um ihr Handgelenk, bis es zerriß.

John drehte sein Gesicht weg, weil er sein Grinsen nicht

verbergen konnte. Er hatte sie aus ihrer Trübsal herausgeholt. Sie war unglaublich wütend. Er war froh, daß er diese Neuigkeit bis jetzt aufgehoben hatte. Es hatte sie davon abgelenkt, daß sie ihr Zuhause verließ.

Addie schimpfte noch immer vor sich hin.

»Dieser aufgeblasene, besserwisserische Pferdearsch wird meinen Sohn nicht anrühren, und der dreckige Hundesohn, den Sikes für eine so ›aufrichtige‹ Stütze der Kirche hält, wird seine schmutzigen Hände niemals auf Colin oder Trisha legen. Da schieße ich ihm eher seinen Schädel weg!«

John pfiff durch die Zähne. »Ich hoffe wirklich, daß du niemals auf mich wütend wirst, Liebling. Da hätte ich keine Chance.«

Addie war so wütend, daß sie den Kosenamen gar nicht registrierte. Sie drehte ihm ihr Gesicht zu.

»Ich bin es so verdammt leid, daß ich übergangen, ausgenommen, nicht ernst genommen und verachtet werde, weil ich eine Frau bin und niemanden habe, der sich für mich einsetzt. Ich bin es leid. Hören Sie? *Leid!*«

»Ja, ich höre. Ich mache dir keinen Vorwurf«, sagte John ruhig.

»Das wird sich ab jetzt ändern. Da können Sie Ihren letzten Cent drauf verwetten.«

»Schön für dich.«

»Versuchen Sie nicht, mich zu beruhigen, Mr. Tallman.«

»Das versuche ich gar nicht. Ich stimme dir nur zu.«

Sie starrte ihn an. »Sie wissen nicht, wie es ist, wenn man als Frau allein ist. Verdammte Männer! Sie trauen einer Frau nicht zu, daß sie überhaupt denken kann.« Sie drehte sich zu dem Wagen hinter ihnen um. »Wo ist Mr. Simmons?«

»Er ist zurückgeblieben, um herauszufinden, was die Renshaws machen.«

»Das ist nett von ihm. Ihn werde ich auch bezahlen.«

»Nein, das wirst du nicht.«

»Warum nicht?«

»Weil er nicht angestellt ist. Er hat seine Hilfe *angeboten*.« Er sprach in scharfem, fast zornigem Ton.

Addie saß ruhig da und fragte sich, warum um alles in der Welt ihre Zunge mit ihr durchgegangen war. Als sie ihre verworrenen Gedanken gesammelt hatte, kamen ihr Fragen in den Kopf.

»Wie weit sind Ihre Männer entfernt, und warum sind sie dort und Sie hier?«

»Wenn wir weiterfahren, werden wir sie morgen Nachmittag treffen. Sie sind dort, weil sie die Güterwagen aus Saint Louis heruntergebracht haben, und ich bin hier, weil ich dich und deine Familie vor den Renshaws retten will.«

»Warum sind Sie nicht bei Ihren Männern und den Güterwagen?«

»Ich habe in Saint Louis meine Waren bestellt und meine Männer zurückgelassen, damit sie die Waren aufladen und zurückfahren, während ich meinen Cousin Zachary Quill in Quill's Station besucht habe, einen kleinen Ort am Wabash.«

»Das erklärt nicht, warum Sie in Freepoint waren«, sagte Addie treffend.

»Mein Cousin hat mich als besonderen Gefallen darum gebeten, daß ein Freund von ihm und seine Truppe mit uns durch das Indianerterritorium und das Gebiet von Oklahoma ziehen dürfe. Er kommt von Springfield herunter und wird uns in fünf Tagen treffen. Beantwortet das deine Fragen?«

»Das erklärt noch immer nicht, wieso Sie in Freepoint waren.«

»Ich mußte Zeit totschlagen. Wollte mir die Sehenswürdigkeiten ansehen, vielleicht ein Bad nehmen, die... Kneipen besuchen.«

»Oh.«

»Bist du jetzt überzeugt, daß ich kein Bandit oder Spion

oder Abtrünniger bin? Apropos Abtrünnige, es gibt ziemlich viele, jetzt, wo der Krieg vorbei ist.«

»Glauben Sie, wir werden welche treffen?«

Er zuckte die Schultern. »Vielleicht, vielleicht auch nicht. Aber das ist noch ein Grund dafür, daß ich mein Lager so bald wie möglich erreichen will. Für einige Banden, die ich gesehen habe, wären Trisha und du mehr wert als Geld.«

»Wollen Sie mir angst machen?«

»Nein, Addie. Ich versuche nur, ehrlich zu sein.«

Nach einem kurzen Moment des Schweigens fragte Addie: »Ist Van Buren eine größere Stadt?«

»Etwa so groß wie Freepoint.«

»Wir müssen einen Ort finden, an dem wir uns niederlassen können.«

»Mach dir darüber jetzt keine Sorgen. Wir werden heute abend darüber sprechen.«

»Mama.« Dillon stand hinter ihr und zog an ihrem Arm. »Ich muß Pipi!«

»Dillon, bitte –«

»Ich auch.« Jane Anns Ankündigung war noch lauter als Dillons.

»Bald.«

»Aber ich *muß*, Mama.«

»Könnt ihr beiden noch ein Weilchen warten?« fragte John, als ob er Erfahrung mit solchen Situationen hätte. »Wenn wir um diese Biegung und noch ein bißchen weiter gefahren sind, halten wir an und lassen die Tiere ausruhen. Dann könnt ihr etwas Wasser trinken und ins Gebüsch gehen.«

»Ich warte«, sagte Dillon.

»Ich auch«, echote Jane Ann und ließ sich mit Dillon wieder auf der Matratze nieder.

Wie seltsam, dachte Addie, mit diesem fremden Mann über Körperfunktionen zu sprechen und sich nicht einmal zu schämen.

KAPITEL 10

Addie war nicht wohl zumute, als sie zusah, wie John sein Pferd vom Wagen losband.

»Ich werde ein oder zwei Meilen zurückreiten, um festzustellen, ob wir verfolgt werden. Gebt den Pferden und den Maultieren jeweils einen Eimer Wasser, nicht mehr.« Er sprang ohne Sattel auf den Rücken des Pferdes. »Addie, feuere zwei schnelle Schüsse ab, wenn du mich brauchst.«

Nachdem er weg war, blieben sie alle für ein paar Sekunden reglos stehen. Dann nahm Colin zwei Eimer hinten aus dem Wagen, gab Trisha einen davon und ging hinunter zu dem Bach, der entlang des Weges floß.

»Paßt auf Schlangen auf.«

»Miss Addie, warum mußten Sie das sagen?« schimpfte Trisha.

»Mama –«

»Geh auf die andere Seite vom Wagen, Dillon, und mach dort, was du mußt. Jane Ann, geh mit Trisha zum Bach.«

Addie wartete, bis ihr Sohn wieder in Sichtweite war, dann ging sie zum Ende des Wagens, um nach ihren Schafen zu sehen.

»Alles in Ordnung, Mr. Jefferson?« fragte sie und rieb den Bock zwischen den Augen. »Paßt du auf Dolly und Eimer auf?« Die Schafe waren schwankend auf die Beine gekommen. »Ich hole euch gleich etwas Wasser.«

Nachdem die Schafe Wasser bekommen hatten und die Pferde und Maultiere mit ein paar Säcken abgerieben worden waren, aß die kleine Gruppe schweigend den Zwieback und das Fleisch, das Addie in ein Tuch gewickelt unter dem Wagensitz aufbewahrt hatte.

Als sie mit Colin und Trisha an der dunklen, einsamen Straße stand, wurde Addie plötzlich klar, wie sehr sie nun von diesem großen dunklen Mann abhängig war, der in ihr Leben eingedrungen war. Er war im Nu ihre Stärke und ihr Mut geworden. Wie würde sie ohne ihn zurechtkommen? Sie würde zurechtkommen, das wußte sie, aber es war jetzt etwas anderes. Sie hatte gespürt, wie es war, seine Sorgen mit einem starken Mann zu teilen.

»Miss Addie, fühlen Sie sich nicht gut?« Trisha war dicht an sie herangetreten, nachdem sie Dillon und Jane Ann wieder in den Wagen geholfen hatte, damit sie sich hinlegen konnten.

»Ich fühle mich ganz gut«, flüsterte Addie. »Nur etwas verloren, so allein hier draußen.«

»Ich meine, fühlen Sie sich schlecht, weil Sie die Farm verlassen haben? Ich hasse es, Miss Addie. Wenn ich dieses Stinktier nicht erschossen hätte –«

»Ich glaube nicht, daß wir Colin sonst vor ihm hätten retten können. Und nein, ich fühle mich nicht schlecht. Zuerst schon, aber das war nur die Trennung. Ich wollte schon immer mal etwas anderes kennenlernen, etwas anderes tun. Ich wollte nicht bis an mein Lebensende auf dieser Farm leben.«

»Sie machen mir keine Vorwürfe?«

»Natürlich nicht!« Addie legte ihren Arm um das Mädchen. »So was darfst du nicht einmal denken!«

»Was werden wir machen? Bringt der *Passant* uns in eine Stadt, wo uns die Renshaws nicht finden?«

»Das habe ich ihn auch gefragt. Er hat gesagt, wir würden heute abend darüber reden. Ich sage mir ständig, daß er ein anständiger Mann ist. Das muß er einfach sein. Warum sollte er sonst das Risiko eingehen, uns zu helfen?«

»Der andere. Dieser Simmons. Was hat der hier zu suchen?«

»Was glaubst du, Colin? Du scheinst Mr. Simmons besser zu kennen als Trisha und ich.«

»Er ist ein Jäger«, sagte der Junge, und Addie verspürte plötzlich Mitleid mit dem Jungen, dem keine normale, sorgenfreie Kindheit vergönnt war. »Er hat gesagt, er würde Fleisch für eine Wagenkolonne jagen, die das Oklahoma-Gebiet Richtung New Mexico durchquert. Er ist kein schlechter Mensch, Miss Addie, aber ich glaube, Mr. Tallman mag ihn nicht sehr.«

Eine Eule schrie. Sie verstummten und lauschten. Die Eule schrie wieder.

»Still ist es, nicht wahr? In Nächten wie diesen kommen die Geister hervor. Bestimmt ist hier ein Friedhof in der Nähe«, flüsterte Trisha voller Angst.

Addie betrachtete den Himmel im Osten und sah, wie der Mond über den Hügeln aufging.

»Mr. Tallman hat gesagt, daß wir die ganze Nacht durchfahren werden und morgen abend bei seinen Männern ankommen.«

»Was machen wir dann?« fragte Colin.

»Um ehrlich zu sein, das weiß ich nicht. Im Augenblick müssen wir Mr. Tallman vertrauen.«

»Vielleicht hat er sich einfach aus dem Staub gemacht«, murmelte Trisha. »Hat sein Pferd genommen. Gibt keinen Grund, warum er zurückkommen sollte.«

»Er hat seinen Sattel dagelassen«, sagte Colin schnell. »Ohne den würde er nicht verschwinden.«

»Ich habe auf jeden Fall keine Angst, wenn er nicht wiederkommt. Solange ich dieses Gewehr hier in der Hand habe, habe ich vor gar nichts Angst, außer vor... Geistern.« Trisha bemühte sich um forsches Auftreten, aber ihre Stimme zitterte.

Die drei warteten schweigend neben dem Wagen, in dem Dillon und Jane Ann schliefen. Addies Augen suchten die Dunkelheit nach einer Bewegung ab. Sie fröstelte in der Nachtluft und rieb sich zitternd mit den Händen über die Arme. Es herrschte fast vollkommene Stille, unterbrochen nur durch das gelegentliche Flattern eines Vogels oder den entfernten Ruf eines Kojoten. Eine Wolke zog vor den Mond.

»Addie, ich bin es.« Johns Stimme kam aus Richtung des Baches. Dann hörten sie das Geräusch von Pferdehufen am felsigen Ufer.

Addie war unglaublich erleichtert, als er mit seinem Pferd am Zügel in Sichtweite kam.

»Alles in Ordnung?« fragte er.

»Alles bestens. Wir haben den Tieren Wasser gegeben und sie abgerieben. Haben Sie etwas gesehen?«

»Nein. Simmons hat gesagt, er könnte sie in die Irre leiten; ich denke, das hat er nicht getan. Aber wenn der Morgen kommt, werden sie die Spur wiederfinden. Die geben nicht so leicht auf«, sagte John, der sich an Renshaws zusammengeschnürten Cousin in dem frischen Kuhdung erinnerte. Er band sein Pferd wieder hinten an den Wagen. »Wir sollten aufbrechen. Zieh los und fahr voran, Colin. Wenn du den Tieren ihren Kopf läßt, bleiben sie auf der Spur. Laß sie in ordentlichem Tempo laufen. Hast du das Gewehr?«

»Ja, Sir.«

»Ich könnte eine Weile mit Trisha fahren, und Colin mit Ihnen«, schlug Addie vor.

»Nein. Colin kommt mit den Pferden gut zurecht, und Trisha mit dem Gewehr. Sie sind ein gutes Team.« Er schob seine Hand unter Addies Ellenbogen und drängte sie auf den Wagensitz. »Schlafen die Kleinen?«

»Ja, endlich. Sie waren todmüde, und selbst die Aufregung der Reise konnte sie nicht mehr wachhalten.« Addie wickelte das Essen aus, das sie für ihn aufbewahrt hatte, und nachdem er das Gespann angetrieben hatte, brach sie einen Zwieback auf, legte ein Stück Fleisch hinein und gab es ihm. »Ich hatte keine Zeit, etwas für unterwegs zu kochen. Ich hoffe, das hier stillt vorerst den gröbsten Hunger.«

John nahm einen Bissen. »Immerhin füllt es meinen leeren Magen, der mich gequält hat.«

»Hinten ist eine Kanne Milch. Es kann sein, daß wir gerade Butter machen.« Sie lachte leise. »Ich habe heute morgen drei Laib Brot gebacken. Wir haben Marmelade und Honig dazu, hungern müssen wir also nicht. Dillon und Jane Ann waren heute abend zu müde, um viel zu essen, aber morgen werden sie das aufholen.«

John aß zwei weitere Zwiebacke, bevor er zu sprechen begann. Er zermarterte sich das Hirn darüber, wie er Addie seinen Vorschlag unterbreiten sollte. Je länger er darüber nachdachte, um so sicherer war er sich, daß er sich wünschte, daß Addie und ihre Familie die leeren Räume auf seiner Hacienda füllten. Daß er die Verantwortung für ihre Sicherheit übernommen hatte, spielte in seinen Überlegungen keinerlei Rolle. Er könnte beinahe dafür garantieren, daß sie vor den Renshaws geschützt wären, wenn er sie in die Obhut eines Freundes in Fort Smith gegeben oder sie nach Norden nach Quill's Station geschickt hätte; aber er war sich nicht sicher, ob der Bürgermeister die Befugnis hatte, in Fort Smith über die Waisen zu bestimmen.

Er wandte sich zu der blonden Frau mit den violetten Augen neben ihm um. Ihr Gesicht war ihm zugewandt, als würde sie ihn studieren. Der Mond schien auf ihr Gesicht. Es zeigte viel Mut und Stärke. Sie war genau die Art von Frau, auf die er gewartet hatte, eine, die nicht beim ersten Anzeichen von Schwierigkeiten aufgab. Als er sie jetzt ansah, erinnerte er sich an Worte, die er früher irgendwann einmal gelesen hatte: *Im Leben eines Mannes gibt es einige endgültige Dinge und nur eine endgültige Frau. Wenn er sie findet, zieht er nicht weiter, es sei denn, er ist ein Narr.*

»Ich bin kein Narr.« Als er ein leises Geräusch von Addie hörte, bemerkte er, daß er laut gesprochen hatte. »Ich führe Selbstgespräche«, sagte er rasch und grinste. »Das bedeutet, daß ich zu viel alleine bin.«

Addie nickte nachdenklich. »Ich habe das auch getan, als ich allein war.«

»Wann war das?«

»Mehr oder weniger die letzten acht Jahre – nachdem Mama und Papa gestorben sind. Dann habe ich, sogar bevor Dillon geboren wurde, mit ihm und den Schafen gesprochen. Natürlich wußte ich damals nicht, daß Dillon ein *Er* war.« Sie lachte nervös.

Mit dem Mondlicht auf dem Weg konnten sie den anderen Wagen deutlich sehen. Bis auf das Klingen der Geschirre, das Quietschen des Wagens und das Geräusch der Pferdehufe war es ruhig.

»Warum haben Sie Colin gesagt, er solle voranfahren?«

»Ich hatte angst, daß sein Gespann zu nah an mein Pferd geraten und getreten werden könnte. Victor wurde in den Bergen gezüchtet und hat starke Überlebensinstinkte. Sogar bevor ich es hören kann, wird er mich wissen lassen, wenn sich ein anderes Pferd von hinten nähert.

»Mr. Tallman –«

»Kannst du dich nicht überwinden, mich John zu nennen?«

»So gut kenne ich Sie wirklich noch nicht.«

»Wie lange wird das dauern?«

»Nun... die Antwort darauf weiß ich nicht. Aber ich möchte, daß Sie wissen, wie sehr die Kinder, Trisha und ich zu schätzen wissen –«

»Addie, wenn du mir noch einmal sagst, wie dankbar du

bist, könnte es sein, daß ich dich einfach von diesem Sitz schubse und ohne dich weiterfahre.«

»Oh, Sie!« Sie lachte. »In Ordnung. Ich werde es nicht mehr sagen... für heute.«

»Morgen nicht, morgen abend nicht, niemals mehr.«

Nach ein paar Minuten Schweigen sagte Addie: »Trisha und Colin machen sich Gedanken darüber, wo wir hinfahren. Ich auch. Ich weiß nur, daß wir Richtung Westen fahren und Fort Smith und Van Buren in dieser Richtung liegen.«

»...und meine Güterwagen.«

John fiel ein, daß Addie nichts über ihn wußte bis auf das wenige, was er ihr am ersten Morgen beim Frühstück erzählt hatte, und das Bißchen mehr, daß er ihr erzählt hatte, direkt nachdem sie die Farm verlassen hatten. Sie mußte ihn und seine Lebensweise kennen, um eine Entscheidung treffen zu können, die so drastische Auswirkungen auf sie und ihre Familie haben würde.

»Vertraust du mir, Addie?«

»Du meine Güte! Sonst würde ich jetzt bestimmt nicht hier sein.«

»Warum? Warum vertraust du mir?«

»Ich glaube... weil Sie uns in der ersten Nacht geholfen haben. Und, na ja... Sie *wirken* vertrauenswürdig.«

»Das ist nicht gerade ein überzeugender Grund.«

»Ich hatte keine Wahl, oder?«

»Nein, ich glaube nicht. Ich bin kein großer Redner, besonders, wenn es um mich geht. Aber im Hinblick auf... nun, auf das, was ich vorhabe – mit dir – denke ich, es wäre nur fair, daß ich dir ein paar Sachen erzähle.«

»Mit mir? Was meinen Sie?«

John ignorierte ihre Fragen und begann: »Ich bin dreißig Jahre alt. Ich komme aus einer guten Familie. Mein Vater und meine Mutter sind sowohl in Arkansas als auch im

Gebiet von New Mexico angesehene Leute. Mein Vater wollte während des Krieges nicht Partei ergreifen, und mein Bruder und ich haben seine Überzeugung geteilt. Auf meiner Ranch in New Mexico in der Nähe der sogenannten Elk Mountains besitze ich fünfhundert Stück Vieh und fast genauso viele Pferde. Meine Männer und ich reiten sie für die Armee zu.«

John hatte rasch gesprochen, als wolle er die Pflicht hinter sich bringen, aber jetzt wurde er langsamer, als er sein Haus beschrieb.

»Die Gebäude der Ranch stehen auf einem langen, sanften, ostwärts gerichteten Abhang eines breiten, flachen Tals. In der Nähe fließt ein klarer Bach, der von einer Quelle gespeist wird. Der Bach wird von Pfirsichweiden und Baumwollpflanzen gesäumt. In der Nähe gibt es auch große Lilienpflanzen namens Yucca. Aus den Yuccawurzeln wird Seife gemacht. Im Süden und Westen des Tales hat man einen weitläufigen Ausblick auf die Grasprärie und die Rocky Mountains in der Ferne.

Mein Haus, oder meine ›Hacienda‹, wie man auf Spanisch sagt, ist aus Stein und Lehmziegeln in Hufeisenform gebaut. Die Mauern sind zwei Fuß dick, das Dach flach. Im Winter ist es warm, im Sommer kühl. In der Mitte des U ist ein Hof; dort gibt es einen tiefen Brunnen und schattenspendende Pinien.«

John verstummte, und Sekunden vergingen.

»Das klingt wundervoll«, sagte Addie, um das Schweigen zu brechen.

»Die meisten Räume stehen leer«, sagte er sanft. »Keine Kinder spielen im Hof. Wenn ich weg bin, lebt ein mexikanisches Ehepaar dort, und mein Vater reitet gelegentlich hinüber, um nach dem Rechten zu sehen.«

Schweigen.

Addie sah ihn an. Er blickte geradeaus, seine Ellenbogen

ruhten auf den Oberschenkeln, die Zügel lagen locker in seiner Hand.

»Verstehst du, worauf ich hinauswill, Addie?« Als sie nicht antwortete, sagte er: »Ich bitte dich, mit mir nach New Mexico zu kommen, in meinem Haus zu leben, diese Räume mit Kindern zu füllen. Du brauchst jemanden, der dich beschützt. Ich brauche jemanden, der mein Haus mit mir teilt.«

Addie war verblüfft. Selbst wenn ihr Leben davon abgehangen hätte, wäre sie nicht in der Lage gewesen zu sprechen. Das Schweigen zwischen ihnen wurde länger. Er erwartete offensichtlich eine Reaktion von ihr. Addie räusperte sich. Sie spürte, daß sein durchdringender Blick auf sie gerichtet war, und plötzlich war sie erhitzt und atemlos.

»Ich hatte gehofft, Addie, daß dir eine Verbindung zwischen uns vorteilhaft erscheinen würde.«

Seine zurückhaltenden, unpersönlichen Worte rüttelten sie wach und holten sie zurück in die Realität. Entschlossen hob sie ihr Kinn, sah ihm in die Augen und sagte kühl:

»Meinen Sie eine unzüchtige Verbindung?«

»Nur, wenn du eine Heirat mit mir für unzüchtig hältst«, sagte er im gleichen kühlen Tonfall.

»Warum sollten Sie überhaupt eine Ehe mit einer Frau, die Sie gar nicht kennen, in Betracht ziehen? Noch dazu mit mir, mit drei Kindern und einer lieben Freundin, die so lange bei mir leben wird, wie sie will.«

Er antwortete ihr mit einer Gegenfrage.

»Würdest du es in Betracht ziehen, mit mir fast tausend Meilen durch Indianerterritorium zu reisen und mit mir auf meiner Ranch zu leben, ohne mich zu heiraten?«

»Natürlich nicht! Was glauben Sie, was ich bin? Eine... Schlampe?«

»Wenn ich das geglaubt hätte, hätte ich dich nicht gebeten, meinen Namen anzunehmen.« Sein Tonfall war fest und entschlossen. Die Spannung zwischen ihnen nahm zu.

Addie schluckte tapfer und sah ihm in die Augen. »Mr. Tallman, ich fühle mich geehrt... glaube ich, daß Sie mir anbieten, mit Ihnen durchs Leben zu gehen. Ich muß Ihren Antrag jedoch ablehnen. Sobald wir unser Ziel erreichen, sind Sie frei und können Ihrer Wege gehen. Ihre Pflichten als Gentleman haben Sie zu Genüge erfüllt.«

Als John lachte, schloß Addie den Mund und errötete.

»Es freut mich, daß Sie meinen Entschluß so... unterhaltsam finden.«

Als er nichts sagte, wandte sie sich zu ihm um. Ein breites Grinsen lag auf seinem Gesicht. Er ließ seinen Blick über ihre sanfte Stirn, ihre gebogenen Brauen, ihre süßen rosigen Wangen schweifen. Als seine Augen sich auf ihre Lippen richteten, öffneten sie sich, und Addie holte zitternd Luft.

»Du bist unglaublich, Addie. So ordentlich und anständig, aber wenn du dich aufregst, hat man den Eindruck, daß du zu einer Wildkatze wirst.«

»Ist das ein Kompliment?«

»So war es zumindest gemeint. Ich möchte ein paar Sachen klarstellen. Ich halte mich nicht für einen *Gentleman*. Ich habe dir nicht geholfen, weil ein *Gentleman* so etwas tun würde. Ich bin in einem rauhen Land aufgewachsen, das rauhe Männer hervorbringt, und man hat mich gelehrt, meine Instinkte zu benutzen. In dem Augenblick, in dem ich dich im Laden gesehen habe, wußte ich, daß du eine Frau mit hohen moralischen Prinzipien bist. Ich respektiere Frauen und Kinder und verachte Feiglinge und Tyrannen. Das ist alles.«

Addie fiel keine Antwort ein. Sie war noch ganz durcheinander von seinem Heiratsantrag.

»Nun, was sagst du? Ich habe dir bereits mehr über mich erzählt als jeder anderen Frau zuvor. Also, es liegt bei dir.«

»Ich lehne ab, aber vielen Dank.«

»Du darfst nicht nur an dich selbst denken«, fuhr John

fort, als hätte sie gar nichts gesagt, »sondern auch an die Kinder und Trisha. Die Leute in den Bergen sind ausgesprochen rachsüchtig. Darum gibt es bei ihnen so viele Fehden. Ich bin mir sicher, daß die Renshaws es zu ihrem Lebensziel machen werden, das zu rächen, was einem Renshaw angetan wurde. Ich kann euch in Fort Smith zurücklassen, nur zwei Tagesritte von Freepoint entfernt, wo die Renshaws euch in weniger als einer Woche finden werden; oder ich kann euch durch das Indianerterritorium nach New Mexico mitnehmen, wo du und die Kinder nicht nur von mir, sondern auch von meinen Männern beschützt würdet. Du hast die Wahl.«

»Ich habe Ihnen bereits gesagt –«

»Dann denk an Colin und Jane Ann. Renshaw hat beantragt, Colin zu adoptieren. Der verrückte Provinzpfarrer glaubt, daß du nicht fähig bist, Dillon aufzuziehen.«

»Ach du meine Güte. Jedesmal, wenn ich daran denke, habe ich das Gefühl, daß es mich in tausend Stücke reißt.«

»Trauerst du noch um Kirby Hyde?«

Einen Moment lang herrschte erstauntes Schweigen; dann: »Nein!«

»Hast du ihn geliebt?«

»Nein! Äh... ja! Das geht Sie nichts an.«

»Erzähl mir von dir und Kirby.«

»Da gibt es nichts zu erzählen. Ich habe ihn geheiratet; er ist in den Krieg gezogen und kam nicht mehr zurück.«

»Das ist alles?«

»Das ist alles.«

»Hmmm...«

Danach war es eine lange Zeit still zwischen ihnen. Beide waren mit ihren eigenen Gedanken beschäftigt. Die Luft wurde kühler. Addie kniete sich auf den Sitz und breitete eine Decke über die Kinder aus, die auf der Matratze schliefen. Als sie sich wieder hinsetzte, zog sie ihre Schürze über die Arme und fixierte die Silhouette des Wagens vor ihnen.

In Gedanken ging sie noch einmal die Ereignisse des Tages durch, vom frühen Morgen bis zu den Worten, die sie gerade mit dem Mann neben sich gewechselt hatte. Nachdem sie jede Möglichkeit zur Bewahrung ihrer Unabhängigkeit und zum Schutz ihrer Familie geprüft hatte, gab es für sie nur einen Entschluß. Die vier Menschen, die von ihr abhängig waren, waren ihr größtes Anliegen. Für deren Sicherheit würde sie ihren Traum von einem Mann, der sie um ihrer selbst Willen liebte, opfern.

Als sie ihre Entscheidung getroffen hatte, machte sie einen letzten Versuch, eine gewisse Kontrolle über die Zukunft zu behalten.

»Mr. Tallman, ich werde mit Ihnen kommen und in Ihrem Haus als Haushälterin arbeiten –«

»Addie, das ist nicht das, was ich im Sinne hatte. Zum Putzen und Kochen kann ich jemanden anstellen.«

»Aber wenn wir verheiratet sind und Sie später jemand anderes kennenlernen, wird es Ihnen vielleicht leid tun, daß Sie an mich gebunden sind.«

»Oder vielleicht andersherum. Denkst du, du könntest einen anderen Mann treffen und mich loswerden wollen?«

»Nein. Ich versuche nur, Ihnen zu sagen, daß Sie mich nicht heiraten müssen, um Ihr Haus mit Kindern zu füllen.

»Würdest du denn unverheiratet mit mir schlafen?«

»Nein! Ich meinte Dillon, Jane Ann und... Colin.«

»Das sind für mich meine Kinder. Sie werden meinen Namen tragen. Aber ich will noch mehr Kinder, und ich möchte nicht, daß sie *Bastarde* sind.« Sein Tonfall war barsch, fast zornig.

Wieder verstummte Addie erschrocken.

»Ist der Gedanke, mit mir... so zusammenzusein... für dich abstoßend?« Als sie nicht antwortete, fuhr er fort: »Ich habe nicht die Absicht, über dich herzufallen, sobald das Gelübde gesprochen ist.« Schweigen. »Und ich habe nicht vor, *zwei* ungebundene Frauen mit auf die Reise zu nehmen. Trisha wird schon für genug Schwierigkeiten sorgen.«

Addie dachte lange über seine Worte nach, bevor sie sprach.

»Bis wann brauchen Sie eine Antwort?«

»Bis Tagesanbruch. Wir nähern uns einer Art Stadt. Dort wird es eine Kirche und einen Pfarrer geben.«

Danach schien er sie zu ignorieren. Müde und zu keinem Gedanken fähig, kauerte Addie auf dem Sitz und bemühte sich, nicht zu weinen. Sie war sich vollkommen im klaren darüber, wieviel Glück sie und die Kinder hatten, daß ein Mann wie John für sie sorgte. Ihren Drang zum Weinen führte sie darauf zurück, daß sie etwas Zeit brauchte, um diese drastische Wende in ihrem Leben zu verarbeiten.

Der Mond stand direkt über ihnen, als sie ein zweites Mal anhielten, um die Tiere ausruhen zu lassen. John rief Colin zu, er solle stehenbleiben. Als beide Wagen standen, sprang John hinab und ging mit den Eimern zum Fluß. Addie und Trisha rieben die schwitzenden Pferde und Maultiere mit den Säcken ab. Nachdem beide Gespanne Wasser bekommen hatten, gaben John und Colin Victor und den Schafen zu trinken.

»Mama...«

Bevor Addie den Wagen erreichte, war John schon da.

»Wieso bist du denn wach, Kleiner?«

»Muß mal!«

»Schon wieder? Na komm!« Als er Dillon aus dem Wagen hob, schlang das Kind die Arme um Johns Hals. »Du hast heute wohl einen ganzen Eimer Wasser getrunken«, sagte er, als er mit dem kleinen Jungen in der Dunkelheit verschwand.

Addie verspürte eine seltsame Regung in ihrem Herzen, als sie ihr Kind in Johns Armen sah.

»Mama –«

»Muß du auch mal, Jane Ann?« fragte Addie.

»Mir ist kalt. Das macht keinen Spaß mehr. Ich will in mein Bett... mit Trisha.«

Trisha kletterte auf den Wagen. »Trisha ist hier. Ich hole noch mehr Decken für meine süße Kleine. Leg dich hin und schlaf. Morgen kannst du neben mir sitzen, und ich erzähl' dir von einer Prinzessin namens Jane Ann.« Trisha breitete eine Steppdecke über das Kind und stopfte sie fest.

Sie kletterte vom Wagen hinunter, gerade als John mit Dillon auf dem Arm zurückkam, den Kopf des Kindes an seine Schulter gelehnt.

»Hier ist auch Platz für Colin. Er sollte etwas schlafen«, sagte Addie. »Ich werde für eine Weile das Gespann übernehmen.«

Colin wollte protestieren, hörte jedoch auf, als John sich einmischte.

»Sie hat recht, mein Junge. Morgen wirst du deine ganze Kraft brauchen. Ein Mann ruht sich aus, wenn er kann. Kletter da rauf, und kuschel dich neben Dillon. Du brauchst keine Angst zu haben, daß er ins Bett machen könnte. Er hat sich gerade so entleert, daß der Wasserspiegel angestiegen ist.«

Addie merkte erst, daß John hinter ihr stand, als sie ihren Fuß auf eine Wagenspeiche setzte, um sich auf den Sitz zu ziehen. Er ergriff ihre Hand und hielt sie fest, nachdem sie sich hingesetzt hatte. Sein Griff war warm und fest. Sie hatte das seltsame und unerwartete Gefühl, geliebt zu werden, und ihre Kehle schnürte sich zusammen.

»Würdest du lieber hinterherfahren?«

»Das... ist mir gleich.«

»Wenn du mich brauchst, dann bleib einfach stehen.« Er

drückte ihre Hand, dann ließ er sie los. Sie löste die Zügel vom Griff der Bremse. »Du hast einen guten Partner mit einem Schießgewehr«, sagte er, als Trisha sich setzte und das Gewehr aufhob.

Addie blickte ihn an und sah weiße Zähne unter seinem dunklen Schnurrbart hervorblitzen. Die Zukunft wird gut, dachte sie. Dafür werde ich sorgen. Vielleicht liebt er mich nicht, aber er wird nicht verschwinden und mich allein lassen, wie Kirby es getan hat.

KAPITEL 11

Die Wagen wurden langsamer, damit die Tiere die lange Steigung zu der Stadt hinaufsteigen konnten, die ruhig in der Morgensonne dalag. Am Geländer vor dem Saloon standen zwei Pferde; bei dem Händler ein Wagen mit Gespann.

Addie, die neben Colin saß, versuchte, die losen Haarsträhnen wieder in den Knoten in ihrem Nacken zu stopfen und dann die Falten in ihrem Rock ein wenig zu glätten. Bei der letzten Rast hatte Colin darauf bestanden zu fahren, damit Addie oder Trisha etwas schlafen konnten. Trisha hatte sich widerwillig neben Dillon und Jane Ann gelegt.

In der Zeit, die sie gemeinsam verbracht hatten, hatte Addie ihre Situation erläutert und Trisha gesagt, daß sie darüber nachdachte, Mr. Tallman zu heiraten und mit ihm auf seine Ranch in New Mexico zu ziehen. Zuerst war das Mädchen strikt dagegen, daß Addie den *Passanten* heiratete, um sie vor den Renshaws zu retten. Aber dann hatte Addie erklärt, daß Ellis Renshaw einen gerichtlichen Antrag auf Colin eingereicht hatte und daß Pfarrer Sikes versuchen wollte, Dillon in die Obhut der Kirche zu geben, weil er sie für eine untaugliche Mutter hielt.

»Trisha, es wird eine lange, gefährliche Reise werden.«

»Das ist mir egal. Ich gehe dahin, wo Sie hingehen.«

»Glaubst du, ich tue das Richtige?«

»Ich sehe keinen anderen Ausweg, Miss Addie.«

Addie stützte die Hand ins Kreuz und zwinkerte mit den

trockenen, staubumrahmten Augen. Sie konnte sich nur an eine Nacht erinnern, in der sie nicht wenigstens ein bißchen geschlafen hatte, und das war die Nacht gewesen, in der ihre Eltern nicht nach Hause gekommen waren und man am nächsten Tag ihre Körper flußabwärts gefunden hatte.

Als John pfiff, hielt Colin das Gespann am Stadtrand in der Nähe eines Mietstalls an, wo der Wassertank mit einer Handpumpe gefüllt wurde. Nachdem er ihnen bedeutet hatte, still sitzenzubleiben, ging John hinüber und sprach ein paar Minuten lang mit dem Mann, dann kam er zurück zu den Wagen.

»Ich habe veranlaßt, daß die Gespanne Wasser und Futter bekommen.« John streckte seine Hand aus, um Addie herabzuhelfen. »Der Stallbesitzer wollte mit den Schafen nichts zu tun haben« – er lächelte – »aber wir werden uns später um sie kümmern.«

Addie stolperte beim Herabklettern. John faßte sie um die Taille und half ihr auf den Boden.

»Danke.«

»Nichts zu danken, Madam.« Er wirkte erstaunlich gut gelaunt für einen Mann, der die ganze Nacht keine Auge zugetan hatte. »Dort drüben gibt es eine Toilette für euch Damen.« Er deutete auf eine Bretterbude. »Dillon, Colin und ich werden hinter den Mietstall gehen. Wir treffen uns wieder hier.«

Trisha war schon vom Wagen heruntergeklettert, als John ihn erreichte. Er half Jane Ann herab, dann Dillon. Er nahm den Jungen bei der Hand und ging auf den Stall zu.

»Dillon hat sich ganz schön mit dem *Passanten* angefreundet, Miss Addie.«

Trisha hatte ihre Haube hervorgeholt und knotete die Bänder unter dem Kinn zusammen. Addie ließ ihre den Rücken hinunterhängen. John und die Jungen warteten schon, als sie zum Wagen zurückkamen.

»Wir haben nur eine Stunde, und es gibt viel zu tun.« John zog einen Beutel aus seinem Hemd und gab Colin etwas Geld.

»Addie und ich müssen etwas Geschäftliches erledigen. Geh solange mit Trisha und den Kindern zum Händler. Trisha, such Lebensmittel aus, die man unterwegs essen kann: Rosinen, getrocknete Pfirsiche, Käse, wenn sie welchen haben, und Zuckerstangen.«

»Ich habe Geld…« Addie wollte auf den Wagen klettern, um die Tabakdose zu suchen, in der das Geld von Mr. Birdsall war, doch dann spürte sie zwei Hände um ihre Taille und wurde weggehoben.

»Jetzt nicht, Addie.«

»Oh, aber –«

»Psst… Das sagst du doch zu Jane Ann, nicht wahr, wenn du willst, daß sie still ist?« Seine Hände lagen noch immer um ihre Taille, und er sah ihr in die Augen.

Sie sind blau, nicht schwarz. Addie durchfuhr dieser Gedanke, als sei es besonders wichtig. Er sah sie weiter an, und sie wußten beide, was er wissen wollte, aber vor den anderen nicht fragen mochte. Nach einem Augenblick nickte sie.

Er zog seine Augen zusammen und hob die Brauen. Sein Mund arbeitete, doch das einzige Wort, das er hervorstieß, war: »Sicher?«

Sie nickte wieder.

Er schnappte nach Luft, als ob er den Atem angehalten hatte. Seine Hand griff nach ihrer und hielt sie zärtlich fest.

»Colin, wenn du vor uns wieder hier bist – was wahrscheinlich ist –, dann laß die Schafe etwas grasen.«

»Kann ich mit euch kommen?« Dillon zog an Johns Hand.

John legte dem Jungen seine freie Hand auf den Kopf. »Diesmal nicht, kleiner Frosch. Geh mit Colin und Trisha.«

Addie ging mit John die staubige Straße hinunter. Als er

bemerkte, daß sie zwei Schritte machen mußte, wenn er einen tat, verlangsamte er sein Tempo.

»Wo gehen wir hin?«

»Zum Hotel. Der Stallbesitzer hat gesagt, daß dort ein Richter wohnt. Er kann uns trauen. Entweder er oder der Bürgermeister, aber wenn das so einer ist wie in Freepoint, dann würde ich den Richter vorziehen.«

»Warum haben Sie es so eilig? Wir könnten in Fort Smith getraut werden oder –«

»Wir kommen nicht nach Fort Smith. Und ich möchte, daß wir verheiratet sind, bevor wir meine Männer treffen.«

»Warum?«

»Weil ich dich als meine Frau vorstellen möchte.« *Oder bevor du es dir anders überlegst.*

»Ich bin nicht für eine Hochzeit gekleidet«, protestierte Addie. »Mein Gesicht ist schmutzig und --«

»Ich werde im Hotel darum bitten, daß du dich waschen und kämmen kannst, während ich mit dem Richter rede. Und, Addie, binde dein Haar nicht zu einem festen Knoten zusammen. Flechte es locker und laß es den Rücken hinunterhängen.«

»Aber das mache ich nie!« stotterte sie.

»Das weiß ich, aber tu es für mich. Es wäre ein Hochzeitsgeschenk.«

Sie stiegen auf die Veranda des Hotels und betraten es durch die Schwingtür. Der Mann an der Rezeption sah von seinem Hauptbuch auf. Sein Mund formte ein O. Der große schwarzhaarige Mann in Lederhosen war eine beeindruckende Erscheinung; sein Haar hing ihm auf die Schultern hinab, und sein von Natur aus dunkles Gesicht war durch einige Tage Bartwuchs noch dunkler geworden. Aber die Augen und die Haltung des Mannes bewirkten, daß der Angestellte auf die Füße sprang.

Die Frau sah blaß und müde aus. Sie hatte einen dreckigen Streifen im Gesicht, und Haarsträhnen hatten sich aus ihrem Knoten gelöst und hingen auf ihre Schultern herab. Sie hatte wundervolle violette Augen, aber sie waren stumpf und gerötet.

Der Angestellte nahm all das mit einem Blick zur Kenntnis, bevor der Mann seine Aufmerksamkeit in Anspruch nahm.

»Richter Carlson. Welches Zimmer hat er?«

»Wieso... äh... Nummer zwei. Gleich dort den Gang hinunter.«

»Ich brauche einen Raum, in den sich die Dame hier für ein paar Minuten zurückziehen kann.«

»Ja, Sir. Hier entlang. Zimmer Nummer eins.«

Sie folgten dem Angestellten zum Ende der Halle und in einen kurzen, schmalen Flur. Er öffnete eine Tür und trat beiseite. Addie und John betraten den Raum, in dem ein Bett, ein Stuhl und ein Waschtisch standen.

»Ich klopfe in ein paar Minuten an die Tür«, sagte John. Er sah aus, als wollte er noch mehr sagen, doch nach einem Blick auf den Angestellten, der mit unverhohlener Neugier zusah, drückte er ihren Arm, verließ das Zimmer und schloß die Tür hinter sich.

Addie stöhnte laut, als sie sich in dem kleinen gesprungenen Spiegel betrachtete, der über dem Waschtisch hing. Sie sah viel schlimmer aus, als sie erwartet hatte. Als sie sich vorbeugte, um sich genauer zu betrachten, erkannte sie, warum sich ihre Augen so kratzig angefühlt hatten. Ein Schmutzfilm bedeckte ihr Gesicht und hatte sich in ihren Augenwinkeln abgesetzt. Sie goß Wasser aus der Kanne in die Schüssel, befeuchtete ein Ende des Handtuchs und drückte es an ihr Gesicht.

O Gott. Das tat so gut.

Sie versuchte, nicht an das zu denken, was ihr bevorstand, rollte ihre Ärmel bis zum Ellbogen auf und wusch sich

Gesicht, Hals und Arme, so gut es ohne Seife ging, dann nahm sie ihre Haarnadeln heraus und steckte sie in die Tasche, aus der sie gleichzeitig ein Stück Kamm nahm. Johns Wunsch fiel ihr wieder ein, und sie ließ ihr Haar offen, glättete es mit dem Kamm und flocht es zu einem langen Strang. Sie hielt das Ende in der Hand und überlegte, womit sie es festbinden könnte, als John klopfte.

Sobald sie die Tür öffnete, kam er eilig in das Zimmer. Er hatte seinen Hut abgenommen und unter den Arm gesteckt. Ohne ein Wort zog er sein Messer aus der Scheide und schnitt einen dünnen Streifen von seinem Hirschlederhemd ab. Er steckte das Messer wieder ein und band den Streifen dann sorgfältig um das Ende ihres Zopfes.

Addie spürte, daß ihr das Herz in der Brust wie verrückt pochte, und sie erschauerte. Sie hob ihre Wimpern mit den goldenen Spitzen und verlor sich sofort in seinen schmalen dunkelblauen Augen. Er war so groß, seine Schultern so breit, daß sie glaubte, sie wäre vor der ganzen Welt geschützt, wenn sie sich an ihn lehnte. Einen unendlichen Moment lang sahen sie sich in die Augen, ihre Gesichter waren einander so nahe, daß sein Atem sich auf ihrem feuchten Gesicht warm anfühlte.

»Du wirst es nicht bereuen, Addie. Ich werde mein Bestes tun, damit es dir nicht leid tut, daß du mich geheiratet hast.«

»Sie werden es vielleicht bereuen –«

»Nein, das werde ich nicht. Wenn du mich besser kennenlernst, wirst du feststellen, daß ich nicht aus einer Laune heraus handle, vor allem nicht bei so wichtigen Dingen.«

»Sie sollten warten, bis Sie mich besser kennen. Die Kinder... vielleicht wird es Ihnen lästig, sie in Ihrem Haus zu haben.«

Einen flüchtigen Augenblick lang hatte er heute morgen gefühlt, daß sie bei ihm war, daß sie so fühlte wie er, daß sie auf ihn einging. Jetzt war er innerlich gehemmt. Er fand nie die richtigen Worte, wenn er tiefe Gefühle empfand, und irgendwie kam es immer dazu, daß er Unbedeutendes sagte und die Dinge, die er hatte sagen wollen, verschwieg.

Er wollte sein Herz ausschütten, doch alle Worte waren wie weggeblasen, als er ihr in die Augen sah. Es gab so viel, was ihm an ihr gefiel – ihre Haltung, ihr erhobenes Kinn, ihre geschwungenen Lippen, wenn sie lächelte. Wie sie die letzten vierundzwanzig Stunden überstanden hatte, hatte ihn mehr als alles davon überzeugt, daß sie die Frau war, die er wollte.

»Richter Carlson wird in wenigen Minuten hier sein. Ich muß mich waschen, bevor er kommt. Ich habe zehn Pfund Dreck im Gesicht.«

Er trat beiseite und ging zum Waschtisch. Unterwegs hängte er seinen Hut an den Bettpfosten. Addie hatte das Wasser, das sie benutzt hatte, in den Ausguß geschüttet. John füllte das Becken, tauchte seine Hände in das frische Wasser und benetzte sich Gesicht und Hals. Während er sein Gesicht mit einem Handtuch von der Stange abtrocknete, sah er Addie durchdringend an.

Diese Frau wird die Frau sein, die ich lieben und ehren werde, bis daß der Tod uns scheidet. Der Gedanke machte ihn glücklich. Er bezweifelte nicht, daß sie eine treue Frau sein würde, wenn sie einmal verheiratet wären; und vielleicht, nur vielleicht, würde sie ihn mögen oder sogar lieben, wie seine Großmutter den ersten John Gefleckter Elch geliebt hatte und seine Mutter seinen Vater liebte. Dann verdrängte er diesen Gedanken sofort. Es war zu früh, um an ein solches Wunder überhaupt zu denken.

Er sah sie lange an, dann ging er auf sie zu, legte seine Finger unter ihr Kinn, um es anzuheben, und küßte sie sanft auf die Lippen. Es war ein zärtlicher, sehnsüchtiger Kuß. Als er seine Lippen löste, war sein Gesicht ihrem so nahe, daß sie die gleiche Luft atmeten, so nah, daß sie ihm nicht in die Augen sehen konnte.

»Du siehst aus wie ein ängstlicher kleiner Hase, der in der Falle sitzt. Mach dir keine Sorgen, ich werde keine Forderungen an dich stellen. Wenn wir als Mann und Frau zusammenkommen, dann wird das geschehen, weil wir *beide* es wollen.«

»Danke«, flüsterte sie und blinzelte rasch, um ihre Tränen zurückzuhalten.

»Du hast nicht zufällig einen Kamm, oder?« fragte er, als er zurücktrat. Sie gab ihm das Stück, das sie benutzt hatte. Er mußte sich bücken, um in den Spiegel zu blicken. »Demnächst wirst du mir die Haare schneiden müssen, sonst muß ich es flechten.«

Addie war noch ganz durcheinander von dem Kuß, der so überraschend angenehm gewesen war. Sie hatte nicht gewußt, daß Küsse so zärtlich sein konnten. Kirbys waren zu Anfang sanft gewesen, doch später wurden sie hart und fordernd und überhaupt nicht so, wie sie es mochte.

O Gott, mache ich schon wieder einen Fehler?

Addie fiel plötzlich etwas ein, das ihre Mutter ihr vor vielen Jahren gesagt hatte: »Gräme dich nicht über Fehler von gestern. Jeder Morgen ist ein neuer Anfang. Fang neu an.«

Das Klopfen an der Tür klang wie ein Donnerschlag. Addie sprang auf, und ihr Herz begann zu rasen. John öffnete die Tür und ließ einen kleinen Mann mit weißem Haar und einem passenden Schnurrbart und Bärtchen herein. Er trug einen dunklen Serge-Anzug und ein weißes Hemd mit hohem Kragen. Er sah genauso aus, wie sie sich einen Richter vorgestellt hatte. Der kleine Mann schloß die Tür mit einem lauten Knall hinter sich.

»Wir müssen einige Papiere ausfüllen.« Richter Carlson nahm den Stuhl und trug ihn zum Waschtisch. »Räum diese Sachen hier weg, mein Sohn. Ich brauche eine Unterlage zum Schreiben.«

John nahm die Schüssel und den Krug weg, während der Richter Papiere, einen Federhalter und ein Tintenfaß aus seiner Tasche holte.

»Nun, junge Dame. Ihr vollständiger Name.«

»Addie Faye Johnson Hyde.«

»Witwe?«

»Ja, Sir.«

»Alter?«

»Vierundzwanzig.«

Richter Carlson war stolz auf seine Schreibkunst, die er mit vielen Schwüngen und Schnörkeln ausführte, als ob das Dokument gerahmt und an die Wand gehängt werden sollte.

»Jetzt zu Ihnen, junger Mann. Vollständiger Name.«

»John Gefleckter Elch Tallman.«

Der Richter sah auf. »Verwandt mit Rain Tallman?«

»Mein Vater.«

»Hmm. Witwer?«

»Nein.«

»Zum ersten Mal im Hafen der Ehe, was? Alter?«

»Dreißig.«

Addie kam es vor, als würden sie stundenlang warten, während Richter Carlson die Papiere ausfüllte, obwohl es nur Minuten waren; dann legte er die Dokumente beiseite und stand auf.

»Nimm ihre Hand«, sagte er zu John. Dann: »Wenn ich mir es überlege, sah dein Vater vor dreißig Jahren genauso aus wie du.«

»Haben Sie ihn gekannt?«

»Jeder in der Gegend kannte Rain Tallman. Wenn dieser Junge hier nur annähernd so ist wie sein Vater, Mädchen, dann haben Sie einen guten Mann abbekommen.«

Addies Augen blitzten, als der Richter John mit dem Wort *Junge* bezeichnete. Wie konnte man den großen Mann neben ihr nur einen Jungen nennen!

Die Zeremonie war so kurz, daß sie vorbei war, kaum daß sie begonnen hatte. Richter Carlson hielt nichts von Zeitverschwendung.

»Wollen Sie diese Frau lieben und schützen?«

»Ja.«

»Wollen Sie diesen Mann lieben und ihm gehorchen?«

»Ja.«

»Ich erkläre Sie hiermit zu Mann und Frau. Was Gott vereint hat, soll der Mensch nicht trennen. Sie dürfen die Braut küssen. Hier sind Ihre Papiere, Mrs. Tallman. Heben Sie sie sorgfältig auf, und wenn dieser Kerl hier auf Abwege gerät, halten Sie sie ihm unter die Nase. Ich werde die gesetzlichen Unterlagen bei den zuständigen Behörden einreichen.«

Der Mann sagte all das, ohne auch nur einmal Luft zu holen. Eine Sekunde später hatte er Federhalter und Tintenfaß wieder in seiner Tasche verstaut und eilte zur Tür, wo er stehenblieb und John ansah. Seine Augen funkelten, und zum ersten Mal lächelte er.

»Schätze, daß Sie jetzt allein sein möchten.«

»Vielen Dank, Sir.«

»Umpf!« schnaubte er, bevor sich die Tür mit einem lauten Knall schloß.

John sah auf Addies gerötetes Gesicht herab. »Jetzt sind wir wohl verheiratet.«

»So ist es wohl.«

»Er hat gesagt, ich dürfte die Braut küssen.«

Addie zuckte unverbindlich mit den Schultern, obwohl sie kaum zu atmen wagte.

John senkte sein Gesicht zu ihrem herab. Als sie seinen Schnurrbart sanft auf ihrer Wange spürte, war ihr zum Weinen zumute. Sie war für ihn nun eine Frau, die ihm Kinder schenken, den Haushalt führen und mit ihm arbeiten würde, während er ihr dafür Schutz für sie und ihre Familie bot. Als seine Lippen sie berührten, schloß sie die Augen.

Er legte seinen Mund auf ihren und holte Luft. »Addie... Addie – tu doch nicht so, als würde ich dich quälen. Mach die Augen auf, und sieh mich an.« Er hob den Kopf, und sie blickte zu ihm auf. »Wir werden ein schönes Leben haben.«

Sie nickte und schlang ihre Arme um seine Taille. Als seine Lippen sie erneut berührten, waren sie warm und sanft und bedeckten ihren Mund mit kleinen Küssen. Seine Umarmung wurde fester, als sie ihren Mund dem seinen näherte. Addie fühlte, wie sie dicht an die harten, muskulösen Oberschenkel gedrückt wurde, doch seine Stärke ängstigte sie in keiner Weise.

»Ich habe mein Gelübde nicht leichtherzig abgelegt.«

»Ich weiß.«

Sie spürte seinen kräftigen Herzschlag, roch den scharfen Rauch auf seinem Hirschlederhemd, spürte seinen warmen Atem auf ihrer Stirn. Er streichelte ihren Nacken, dann fuhr er mit dem Finger den Zopf entlang, der bis auf ihre Hüften hinunterreichte.

»Ich mag es, wenn dein Haar offen ist. Viele Frauen in New Mexico tragen es so«, murmelte er sanft.

Es war tröstlich, sich an ihn zu lehnen, in den Armen dieses Mannes geborgen zu sein. Sie legte ihre Stirn auf seine Schulter. Es war so lange her, daß sie sich an jemanden hatte lehnen können.

»Ich weiß, daß du müde bist«, flüsterte er in ihr Ohr. »Aber wir müssen los.«

Addie hob den Kopf und trat zurück. John nahm seinen Hut vom Bettpfosten und öffnete die Tür. Er legte seine Hand unter Addies Ellbogen und führte sie neben sich, als sie zurück in die Hotellobby gingen. Der Mann an der

Theke stand auf, als John eine Münze auf das Registrierbuch warf.

Als sie in die Sonne hinaustraten, sah John prüfend die Straße hinunter. Die gleichen Pferde standen vor dem Saloon, das gleiche Gespann vor dem Laden. Als sie an einem Eßlokal vorbeigingen, rochen sie starken Kaffeegeruch. John blieb stehen und sah Addie an.

»Mrs. Tallman, meinen Sie, wir könnten es wagen, mit unserer Familie hier zu frühstücken?«

»Sie sind der Fuhrmeister, Mr. Tallman.« Addie war von ihrer Antwort selbst überrascht. Dann fiel ihr etwas ein. »Oh. Aber wir können Trisha nicht zurücklassen. Man würde sie hier bestimmt nicht essen lassen.«

»Doch, allerdings. Trisha sieht indianisch oder mexikanisch aus. Nur in Freepoint, wo jeder wußte, daß sie farbiges Blut in sich hat, hat man es ihr verweigert.«

»In Ordnung.« Addie lächelte ihn an. »Tun wir's. Der Kaffee riecht wunderbar.«

»Ich mag Frauen, die etwas riskieren.«

Er lächelte und drückte sie fester an sich, als sie kameradschaftlich den Gehweg hinuntergingen.

Wenn er lächelte, sah er jünger aus, nicht so hart. Addie wurde klar, was ihr neuer Mann für eine stattliche Erscheinung war.

Dillon und Jane Ann spielten bei den Wagen Fangen. Trisha und Colin standen an ein Ende gelehnt und beobachteten die Schafe, die auf dem kurzen Wiesenstück neben der Straße grasten.

»Mama! Mama!« Dillon rannte auf sie zu. »Ich hab' Hunger. Trisha hat gesagt, wir müßten warten.«

John hob den Jungen hoch und setzte ihn auf seine Hüfte. Jane Ann umklammerte Addies Hand.

»Wir werden in dem Restaurant da drüben essen«, sagte John. »Trisha, leg das Gewehr unter den Wagensitz. Es wird nichts passieren. Die Wagen werde ich aus dem Fenster sehen können.«

Addie sah Trishas Gesichtsausdruck, und sie fühlte tiefes Mitleid mit dem Mädchen.

»Gehen Sie nur. Ich passe auf die Schafe auf.«

»Wir gehen nicht ohne dich, Trisha.« John ergriff das Gewehr. »Ich weiß, was du denkst. Aber eins kannst du mir glauben. Je weiter wir nach Westen kommen, desto weniger wird man auf deine Hautfarbe achten.«

»Ich bin, was ich bin, Herr *Passant*.« Trisha war bemüht, schnodderig zu wirken, aber Addie sah, daß ihre Lippen zitterten.

»Ja. Du bist eine sehr hübsche junge Dame. Eine der hübschesten, die ich je gesehen habe. Darum werfen die Männer dir Blicke zu. Ein paar Tropfen Negerblut haben Farbe in dein ganzes Leben gebracht. Jetzt komm. Mit deinem schwarzen Haar und meinen schwarzen Haar wird man glauben, daß du meine Tochter bist.«

Trisha sah ihn erstaunt an. »Würde Sie das nicht ärgern?«

»Ärgern? Zum Teufel!« John lachte. »Ich wäre außer mir vor Freude, wenn meine Töchter halb so hübsch wären wie du.«

In diesem Augenblick begann Addie, sich ein bißchen in ihn zu verlieben.

KAPITEL 12

Sie waren wieder unterwegs. Die Stadt, in der Addie und John geheiratet und in der sie als Familie im Restaurant gegessen hatten, lag jetzt hinter ihnen.

Plötzlich lachte John laut auf, dann grinste er Addie an, wobei er unglaublich selbstzufrieden aussah.

»Colin ist die Kinnlade ganz schön runtergefallen, als er erfahren hat, daß wir geheiratet haben und auf meine Ranch in New Mexico fahren.«

»Armes Kind. Er war sich nicht sicher, was das für ihn und Jane Ann und Trisha bedeuten würde. Seine Schwester und er sind ständig herumgeschubst worden, seit ihre Eltern tot sind.«

»Jetzt wird er es gut haben. In weniger als einer Stunde habe ich zwei Jungen und ein Mädchen bekommen.«

»Das gefällt Ihnen?«

»Und wie. Jeder Mann wünscht sich Söhne... und Töchter.«

Addie war es ein Rätsel, warum er so erpicht darauf war, die Verantwortung für die Kinder zu übernehmen.

»Aber es sind nicht... Ihre.«

»Doch, das sind sie. Als ich dich geheiratet habe, sind sie meine Stiefkinder geworden.« Er zog seine dunklen Brauen zusammen.

»Glaubst du, ich werde ihnen kein guter Vater sein?«

»Nein, das ist es nicht. Ich freue mich für Colin, daß Sie ihm Aufmerksamkeit schenken. Er ist so ein lieber Junge.«

John lächelte wieder. »Amy wird ganz schön überrascht sein.«

»Ist Amy Ihre Schwester?«

»Meine Mutter. Sie ist großartig. Du wirst sie mögen.«

»Wird sie mich mögen?«

»Natürlich. Sie wird dich lieben, wenn du gut zu *mir* bist und ihr Enkelkinder schenkst. Jetzt hat sie schon drei.«

»Wird sie sie wohl akzeptieren?«

»Aber sicher. Ich würde den Namen der Kinder gerne auf Tallman ändern, wenn du damit einverstanden bist.«

»Für Dillon kann ich entscheiden, aber Colin und Jane Ann müssen wir fragen.«

Nach einem kurzen Moment des Schweigens sagte Addie: »Danke, John.« Es war das zweite Mal, daß sie ihn beim Vornamen nannte.

»Wofür?«

»Daß Sie meine Kinder annehmen und dafür, wie Sie Trisha behandelt haben.«

»Trisha gehört zu deiner Familie – zu *unserer*.«

»Warum können Sie ihr Negerblut übersehen, während andere Männer dazu offenbar nicht in der Lage sind?«

»Mein Vater hat mir und meinen Brüdern und Schwestern beigebracht, daß alle Menschen unter der Sonne gleich sind. Zu Hause bin ich mit Indianern und Mexikanern aufgewachsen. Mein Vater erzählt manchmal von einem Neger namens Mr. Washington, der die Fähre über den Wabash unterhalb von Quill's Station betrieb. Er war ein Freund von Tecumseh, dem Häuptling der Shawnee. Seine Frau war eine Shawnee namens Süßer Baum. Mr. Washington wurde in Quill's Station äußerst respektvoll behandelt.«

»Die Weißen haben Trisha wegen ihres Negerbluts nie gleichwertig behandelt, und die Neger nicht, weil sie so weiß aussieht. Sie wurde ihr ganzes Leben lang mit Füßen getreten, benutzt und gedemütigt. Doch Sie haben ihr das Gefühl gegeben, daß sie zu uns gehört.«

»Ist sie schon lange bei dir?«

»Kurz bevor Dillon geboren wurde, habe ich sie in der Scheune gefunden, frierend und ganz schwach vor Hunger. Sie war weggelaufen. Sie hat mir erzählt, ihre Mutter sei eine schöne Achtelnegerin gewesen. Als sie starb, hat ihr Vater Trisha in das große Haus gebracht. Dann zog er in den Krieg, und seine Frau hat sie verkauft, als sie entdeckte, daß Trisha in der Küche arbeitete.«

Addie erzählte ihm, wie Trisha Holz gehackt, die Hausarbeit gemacht und sich um sie und Dillon gekümmert hatte, als er geboren wurde.

»Das Baby und ich hätten wohl kaum überlebt, wenn Trisha nicht gewesen wäre.«

»Du hast ganz schön viel durchgemacht.«

»Es hätte schlimmer sein können. Wir hatten ein Haus und zu essen, was andere nicht hatten. Im ganzen Süden haben die Yankees Häuser niedergebrannt und Lebensmittel und Tiere gestohlen.«

»Die Südstaatler haben im Norden wahrscheinlich das gleiche getan.«

»Zum Glück ist das vorbei.«

Obwohl es angenehm war, neben John zu sitzen und die Dinge mit ihm zu besprechen, die ihr wichtig waren, war sie sich bewußt, daß er ständig auf der Hut war. Einmal hatte Victor, sein Hengst, ihn vor einem Pferd gewarnt, das sich näherte. John nahm sein Gewehr vom Wagenboden und legte es Addie über die Knie. Dann setzte er sich so hin, daß er die Pistole, die er um die Hüften trug, leicht aus dem Halfter ziehen konnte. Als der Reiter näher kam, gab John die Zügel an Addie.

»Tag«, grüßte der Mann, als er vorbeiritt. Er zog den Hut vor Addie und auch vor Trisha.

John legte das Gewehr wieder auf den Boden und nahm die Zügel.

»Ich glaube nicht, daß das ein Renshaw war. Sein Pferd war zu gut. Wenn ich mich nicht irre, war es ein Tennessee Walker.«

Am späten Nachmittag kamen sie zu einer Holzbrücke, die über einen Fluß führte. Addies Pferde, die den ersten Wagen zogen, gingen direkt hinüber, aber die Maultiere scheuten. Sie hatten Angst vor dem Geräusch ihrer Hufe auf den Brettern. Nur Johns starke, erfahrene Hand an den Zügeln und die Peitsche auf ihren Rücken konnten sie dazu bewegen, die Bretter zu überqueren.

Colin hatte sein Gespann auf der anderen Seite der Brücke angehalten. John blieb neben ihm stehen und wickelte die Zügel um den Griff der Bremse.

»Wir werden den Tieren hier Wasser geben. Das wird genügen, bis wir das Lager erreicht haben.«

John stieg vom Wagen herunter und streckte seine Hände nach Addie aus. Er faßte sie um die Taille und hob sie auf den Boden. Dann nahm er Jane Ann und Dillon an.

»Bleibt auf der Straße, bis ich das Gras mit einem Stock abgeklopft habe«, warnte er sie. »So nahe am Fluß gibt es wahrscheinlich Schlangen, und sie werden in der Sonne liegen. Wir werden euch etwas zu trinken holen.«

Colin, der die Eimer trug, folgte John, als er einen Pfad zum Fluß hinunter abklopfte. Trisha trug eine Dose und einen Eimer für die Schafe.

Jane Ann zog an Addies Hand. »Ich muß mal.«

»Du kannst hier machen, während John und Colin unten am Fluß sind. Mußt du auch, Dillon?«

»Nee.« Er rannte los, um eine kleine Dosenschildkröte aufzuheben, die die Straße überqueren wollte, sich jetzt aber in ihren schützenden Panzer zurückgezogen hatte. »Guck mal. Ich hab' eine Schildkröte.«

»Laß das jetzt, Dillon. Du kannst sie dir holen, wenn du fertig bist. Komm hierher vor die Pferde, damit Jane Ann ungestört ist. Verrichte du auch dein Geschäft, junger Mann. Wir werden später nicht deinetwegen anhalten.«

»Ach, Mama!«

Sie tranken alle durstig aus der Dose und aßen eine Handvoll Rosinen, während die Pferde je einen Eimer Wasser hatten und die Schafe sich einen teilten. Dillon hob die Schildkröte auf und zeigte sie Colin und John.

John warnte den Jungen davor, seinen Finger in den Panzer zu stecken, als Victor wieherte und begann, nervös zu tänzeln. Der Hengst hatte die Ohren aufgestellt, und John reagierte sofort.

»Irgend jemand kommt schnell näher. Setz die Kinder in den Wagen. Hol dein Gewehr, Trisha. Addie, hol meines. Colin, stell dich mit der Büffelbüchse hinter den großen Wagen. Zeig sie ruhig, aber schieß um Gottes Willen nicht damit, sie würde dich sonst rückwärts in den Fluß schleudern. Wenn man sie sieht, macht das schon genug Eindruck. Ich hätte in der Stadt ein Gewehr kaufen sollen«, murmelte er.

Sie gehört das Geräusch eines galoppierenden Pferdes. Der Reiter bog um die Kurve in der Straße und überquerte die Holzbrücke.

»Das ist Simmons«, sagte John und trat hinter dem Wagen hervor. Das Pferd des Jägers war schweißnaß, und seine Flanken bebten. »Sie sind schnell geritten.«

»Ja. Die Renshaws sind etwa drei Meilen zurück. Ich bin quer über Land geritten, um einen Vorsprung zu gewinnen.«

»Wie viele?«

»Vier.«

Addie stöhnte leise auf. Alle Augen waren auf John gerichtet. In der Zeit, die Buffer brauchte, um vom Pferd zu steigen, hatte er seine Entscheidung getroffen.

»Addie und Colin kommen mit den Maultieren nicht zurecht. Holt die Schafe aus dem Wagen, damit er leichter wird.« Er eilte zum Wagen und ließ die Klappe herunter. Zusammen mit Buffer hob er die Schafe heraus, die blökten und dann begannen, am Straßenrand zu grasen.

»Steig mit deinem Gewehr hier hinein, Trisha.« John schwang sie auf den Wagen, schloß die Klappe und eilte dann zum anderen Wagen. Er hob die jammernde Jane Ann heraus und gab sie Buffer, dann nahm er Dillon auf den Arm. »Laß sie sich vorne unter dem Sitz verkriechen. Trisha«, sagte er im Vorbeigehen, »schieß auf alles, was die Straße hinunterkommt und wie ein Renshaw aussieht. Schieß auf das Pferd. Vielleicht bricht sich ein Renshaw den Hals, wenn er runterfällt.«

John legte Colin die Hand auf die Schulter. »Sohn, du bist hier der Mann. Ich verlasse mich darauf, daß du die Frauen und Kinder von hier wegbringst. Verstanden? Fahrt weiter, bis ihr das Frachtlager seht. Es liegt auf der rechten Seite auf einem Hügel.«

»Ja, Sir.«

»Addie, diese Stelle eignet sich am besten dazu, sie aufzuhalten.« Er faßte sie an den Schultern. »Simmons hält zu mir, sonst wäre er nicht hier.«

»Können wir nicht alle zum Lager fliehen?«

»Nein, Madam«, sagte Buffer. »Keine Chance, denen zu entkommen.«

Addie bat John: »Dann lassen Sie Colin die Kinder nehmen. Ich kann schießen, und Trisha auch.«

»Nein. Du gehst mit Colin. Wenn ihr das Lager erreicht, sagt meinen Männern, wer ihr seid.« Er faßte sie um die Taille und hob sie in den Wagen. »Ich will keine Renshaws töten, wenn es sich vermeiden läßt. Ich würde sie gerne in den kalten Fluß werfen und ihre Pferde verjagen.«

»Gute Idee.« Buffer lachte belustigt und begutachtete

zwei hohe Bäume, die auf beiden Seiten der Straße standen. »Ich weiß genau, wie wir das machen könnten.«

»Seid vorsichtig«, rief Addie, als der Wagen anfuhr und die Pferde losgaloppierten. Sie blickte zurück und sah, wie Buffer Simmons sein Pferd und Johns zurück zur Holzbrücke führte und John eine Rolle Seil aus dem Wagen holte.

Der Wagen hatte mehrere Meilen zurückgelegt, bevor Colin seine Füße gegen das Fußbrett drückte, um die rennenden Pferde erst in den Trab und dann in zügiges Schrittempo zu bringen. Addie fragte sich, wo der kleine Junge seine Kraft herhatte. Jane Ann wimmerte, und Dillon weinte laut. Addie blickte sich um und sah, daß Trisha an der Klappe kauerte und die Straße durch den Staub beobachtete, der von den Rädern aufgewirbelt wurde.

»Psst... Dillon, nicht weinen. Jane Ann, Liebes, alles in Ordnung?«

»Ich hab mir weh getan... als ich umgefallen bin.«

»Du kannst mit Dillon hier zu mir und Colin hinaufklettern. Trisha«, rief sie, nachdem die Kinder auf dem Sitz saßen, »alles in Ordnung?«

»Ja, außer daß ich in Schafsdreck sitze. Wenn ich einen Renshaw in die Finger kriege, muß er ihn fressen.«

Addie lachte, dann fing sie plötzlich an zu weinen. Sie drehte sich weg, damit die Kinder nicht sehen konnten, wie ihr die Tränen die Wangen hinunterströmten. Die schlaflose Nacht, die Anspannung des Morgens, die Angst und der harte Ritt verlangten ihren Tribut.

»Soll ich für eine Weile die Zügel übernehmen, Colin?« fragte sie, als sie die Fassung wiedergewonnen hatte.

»Nein, Madam.«

»Hast du... Schüsse gehört?«

»Nein, Madam. Keine Sorge, Miss Addie. Mit diesen Renshaws wird Mr. Tallman doch mit Leichtigkeit fertig.«

»Magst du ihn, Colin?«

»Ja, Madam!« Der Junge grinste sie an. »Er wird mir ein eigenes Pferd schenken. Er sagt, keiner darf es reiten, nur ich, und nur ich werde mich drum kümmern.«

»Bis nach New Mexico ist es noch weit. Wahrscheinlich kommen wir nie mehr zurück.«

»Ich will nie mehr dahin zurück. Traurig, Miss Addie?«

»Nein, eher ängstlich. Wir haben unser Schicksal in die Hand eines Mannes gelegt, den wir kaum kennen.«

»Wollten Sie Mr. Tallman nicht heiraten?«

Als sie Colins besorgten Blick sah, bereute Addie, daß sie ihre Lage so kraß geschildert hatte.

»Ich glaube, daß Mr. Tallman ein guter, anständiger Mann ist. Er hat ein Haus und wünscht sich eine Frau und Kinder«, sagte sie eilig und war erleichtert, daß Colin mit ihrer Antwort zufrieden war.

Colin schlug die Pferde mit der Peitsche, und sie liefen schneller. Addie horchte nach Schüssen, aber sie hörte keine. Dillon schlief auf ihrem Schoß ein und Jane Ann an ihrer Schulter. Ihr Rücken schmerzte, und ihre Augen brannten, weil sie nicht geschlafen hatte. Es kam ihr vor, als würde der Wagen eine Ewigkeit weiterrumpeln, bis sich ihr in der Ferne ein eindrucksvoller Anblick bot.

Eine Reihe von Güterwagen stand auf einem grasbewachsenen Hügel. Die Ladung, die über die sechs Fuß hohen Seitenwände hinausragte, war mit dunklen Planen abgedeckt. Zwei gedeckte Wagen standen in der Nähe, und innerhalb des Kreises graste eine große Anzahl von Maultieren und Ochsen auf einer Wiese.

Colin lenkte die Pferde von der Straße und auf einen ausgetretenen Weg zum Lager. Mehrere Männer erwarteten sie, als sie neben einem der gedeckten Wagen anhielten. Einer der Männer trat hervor und stellte sich neben das schwitzende, zitternde Gespann.

»Willst du die Pferde umbringen, Junge?«

»Ist das hier das Lager von John Tallman?« fragte Addie.

»Ja.«

»Mr. Tallman ist acht oder zehn Meilen hinter uns. Vier Männer haben uns gejagt, und er versucht, sie aufzuhalten. Er braucht Hilfe.«

»Vier haben Sie gesagt?«

»Ja. Vier Männer, die... böse sind.«

Ein O-beiniger Mann mit üppigem Schnurrbart trat an die Seite des Wagens. Seine hellblauen Augen taxierten die Gruppe.

»Nun, Madam, wenn es nur *vier* sind, dann braucht John keine Hilfe. Wenn es acht oder zehn wären, würden wir vielleicht hinreiten und mal nachsehen.«

»Sie wollen ihm nicht helfen?« Addie starrte den Mann erstaunt an.

»Wenn es nur so wenige sind, würde er nicht erfreut sein, wenn wir uns in seinen Kampf einmischen.«

»Es sind *vier*, Sie – Sie Holzkopf!« rief Addie. »Verstehen Sie mich nicht?«

»Doch, Madam.«

Dillon wachte auf und fing an zu weinen.

»Was meinst du, Rolly?« sagte der Mann mit dem buschigen Bart zu dem, der neben den Pferden stand.

»Nee! Die Sache ist vorbei, bis wir die Pferde gesattelt haben.«

Addie schob Dillon von ihrem Schoß und stand auf. »Ich traue meinen Ohren nicht. Sie weigern sich, Ihrem Arbeitgeber zu helfen? Also, so etwas habe ich noch nie gehört!«

»Wer sind Sie überhaupt, Madam?« fragte Bill.

»Das werde ich Ihnen sagen.« Addie zitterte vor Wut. »Ich bin *Mrs.* John Gefleckter Elch Tallman.« Sie beugte sich vor und ergriff die Pferdepeitsche. »Machen Sie sich auf den Weg, und helfen Sie ihm, oder – in drei Teufels Namen, ich ziehe Ihnen eins mit der Peitsche über.« Sie merkte nicht, daß Tränen sich einen Weg durch den Staub auf ihrem Gesicht bahnten.

Das Grinsen der Männer wurde breiter.

»Was wollen Sie hier veranstalten, Madam? Haben Sie vor, uns aus dem Lager zu vertreiben, damit Ihre Freunde hier die Waren stehlen können? Da sollten Sie sich aber eine bessere Geschichte einfallen lassen. Ich kann nicht glauben, daß John geheiratet hat, schon gar nicht eine Frau mit einer Horde Kinder.«

Addie war so schockiert von dem, was er sagte, daß sie den Mann gar nicht wahrnahm, der auf einem großen grauen Pferd angeritten kam.

»Was ist los, Bill? Wer ist das?«

»Sagt, sie wär mit John verheiratet. Sagt, John hätte acht oder zehn Meilen die Straße runter etwas Ärger. Will, daß wir da runter reiten. Sind angeblich bloß vier.«

»Sie sind uns seit Freepoint gefolgt«, erklärte Addie. »Mr. Tallman hat uns vorgeschickt und wollte auf sie warten.«

»Hat er gesagt, wir sollten ihm helfen?«

»Er hatte keine Zeit, uns überhaupt etwas zu sagen.«

»John weiß, was er tut. Er kann auf sich selbst aufpassen.«

Addie sah den Mann auf dem Pferd an, der genau wie die anderen einen amüsierten Gesichtsausdruck hatte. Ihr wurde klar, daß sie nur irgendeine Frau mit einer Schar Kinder in einem wackeligen alten Wagen vor sich sahen. Sie glaubten nicht, daß ihr Boss, John Tallman, sie geheiratet hatte! Sie glaubten, daß sie irgendwelche üblen Absichten hatte.

Diese Demütigung war mehr, als sie ertragen konnte. Sie konnte ihre Tränen nicht mehr zurückhalten, die plötzlich und heftig hervorbrachen. Sie sank auf den Wagensitz, bedeckte ihr Gesicht mit den Händen und schluchzte, wie sie es seit dem Tod ihrer Eltern nicht mehr getan hatte.

»Mama! Mama!« Dillon war entsetzt. Er hatte sie noch nie so verzweifelt gesehen. Er bekam einen Schreianfall und versuchte, seine kleinen Arme um sie zu schlingen. Jane Ann weinte an Addies Schulter.

»Weg von dem Pferd!« rief Colin und ließ die Peitsche über die Rücken der müden Tiere knallen. Sie zogen an. Er ließ sie eine Kehrtwende machen und lenkte sie wieder auf den Weg zur Straße hinunter.

Der Mann auf dem Pferd folgte ihnen. Er ritt neben den Wagen.

»Bleib stehen!« rief er.

Peng! Trisha schoß mit dem Gewehr in die Luft. »Weg!« schrie sie. »Weg, oder ich schieße Ihnen ein Loch in den Schädel!«

»Zum Teufel! Halt den Wagen an, Junge!«

Sie hatten das Ende des Weges erreicht und bogen auf die Straße, bevor der Mann den Seitenriemen des Zaumzeugs packen konnte.

»Was wollen Sie?« fragte Colin. »Wir werden nicht bleiben und zusehen, wie *die* Miss Addie beleidigen und sie zum Weinen bringen. Wir werden hier warten, bis Mr. Tallman kommt… wenn er kommt.«

»Hände weg von dem Pferd!« Trisha stand mit gespreizten Beinen hinten auf dem Wagen und zielte mit dem Gewehr an der Schulter auf den Reiter.

Er sah sie aus schmalen Augen zornig an.

»Nimm das Gewehr runter, Mädchen.«

»Ich nehm es nicht runter, *Junge,* bevor du nicht verschwindest. Mr. Tallman hat gesagt, ich soll auf das Pferd schießen, wenn uns ein häßliches Stinktier verfolgt. Das bist wohl du, du Schwein.« Sie bewegte das Gewehr, so daß es auf den Kopf des Pferdes zielte.

»Großer Gott!« Der Mann wendete das Pferd, entfernte sich vom Wagen und sah sie an.

Addie trocknete sich die Augen mit ihrem Rockzipfel. Sie fühlte sich, als hätte man ihr mit einem Knüppel auf den Kopf geschlagen. Ihr Körper schmerzte, der Kopf tat ihr weh; aber vor allen Dingen fühlte sie sich innerlich leer. Wie konnte sie diesen Männern, die sie so geringschätzten, jemals wieder gegenübertreten?

»Wein nicht, Mama.« Dillon schlang, noch immer wimmernd, seine Arme und Beine um sie.

»Das werde ich nicht. Versprochen. Wir brauchen einen Schluck Wasser.« Sie blickte sich um. »Trisha, ist da hinten ein Topf Wasser?«

»Schicken Sie Jane Ann nach hinten, um ihn zu holen.« Trisha ließ die Augen nicht von dem Reiter.

»Leg das Gewehr weg, Trisha. Er wird uns nichts tun. Allerdings wird er uns auch nicht helfen.« Addie hob Dillon von ihrem Schoß und kletterte über das Wagenrad hinunter.

»Sollen wir weiterfahren, Miss Addie?« Colins junges Gesicht war sorgenvoll.

»Die Pferde sind schrecklich müde.« Sie hob erst Dillon, dann Jane Ann hinunter. »Ignorier ihn einfach, Colin«, sagte Addie, als sie bemerkte, daß Colin den Mann, der sie beobachtete, feindselig ansah. »Ich gebe den Kindern etwas zu trinken, dann sollten wir die Pferde abreiben. Arme Tiere. Sie mußten die letzten beiden Tage hart arbeiten.«

* * *

John und Buffer Simmons waren auf die Renshaws vorbereitet, bevor sie ihre Stimmen und das Klappern von Pferdehufen in der nachmittäglichen Stille hörten. Sie hatten das Seil an einen Baum auf der einen Seite des Weges gebunden. Es führte über den Boden bis zur anderen Seite, wo es über einen niedrigen Ast gezogen war. Das Ende war an Buffers Sattel befestigt.

Rittlings auf seinem Pferd sitzend, wartete John, von

Büschen geschützt, auf der anderen Seite. Er konnte sich nicht vorstellen, daß die Renshaws so dumm wären, auf den alten Trick hereinzufallen. Kein Zehnjähriger im Grenzgebiet würde ohne Pistolen in einer Gruppe reiten, die einzigen Waffen in den Sattelscheiden. Simmons hatte sie beobachtet und gesagt, daß es kinderleicht wäre, sie aus dem Sattel zu werfen. Er freute sich sichtlich darauf, sie zu verprügeln.

John überließ nichts dem Zufall. Er überprüfte seine Pistole, dann nahm er den langen Ast zur Hand, den er sich als Knüppel ausgesucht hatte.

Als Simmons seinem Pferd die Sporen gab und das Seil sich hob, stieß er einen markerschütternde Schrei aus. Zwei Männer wurden durch das Seil aus dem Sattel gerissen. Ein Pferd bäumte sich auf und warf seinen Reiter in den Fluß, und in dem Durcheinander ging ein Pferd in die Knie.

John stürmte aus den Büschen und schwang den Knüppel. Der Mann, der noch im Sattel saß, wurde von seinem Pferd gestoßen und fiel rückwärts in den Fluß. Simmons, der noch immer schrie wie ein betrunkener Indianer, sprang in die Menge und schickte einen weiteren Renshaw mit einem wohlplazierten Tritt über die Böschung in das kalte Wasser.

»Ich nehme den Cousin!« schrie Buffer und packte den Mann hinten am Hemd und am Hosenboden. »Puh! Du stinkst immer noch nach Kuhscheiße«, sagte er und stieß ihn in den Fluß.

»Rein mit dir«, sagte John zum letzten Renshaw.

»Ich... kann nicht schwimmen!«

»So ein Pech.« John schlug ihm mit dem Knüppel in den Magen. Der Mann taumelte zurück und stürzte die Brücke hinunter.

»Ich kann nicht schwiiiiimmen...«

»Helft dem dummen Idioten«, schrie Buffer. »Wir wollen

nicht, daß ihr ertrinkt... noch nicht.« Einer der Männer eilte zu dem Mann, der auf dem Rücken lag und mit Armen und Beinen auf das Wasser einschlug, und half ihm auf.

»Ihr bleibt da.« John zielte mit seiner Pistole auf einen Mann, der versuchte, auf die Beine zu kommen. Er ließ sich wieder in das kalte Wasser fallen, das ihm bis zur Brust reichte.

»Was habt ihr vor?« fragte der jüngste von den Renshaws.

»Das überlegen wir uns noch«, antwortete John. Dann: »Was glaubst du, Buffer? Ist das nicht ein hübscher Anblick?«

»Aber wirklich. Selten was Schöneres gesehen! Sollten wir sie nicht einfach erschießen?«

»Wir könnten erst noch unseren Spaß haben. Es war kein großes Vergnügen, sie zu fangen. Das hätte ein Blinder machen können. Ich habe noch nie erwachsene Männer gesehen, die so dumm waren wie diese Renshaws.«

»Ihr könnt euch ruhig lustig machen. Unser Tag wird kommen. Wir Renshaws vergessen niemals, was die Hure uns angetan hat.«

»Und ich vergesse nicht, was du mir angetan hast«, rief der Cousin.

»Wenn sie nichts vergessen, werden wir ihnen noch etwas Unvergeßliches bieten.« John zog seine Pistole aus dem Halfter und spannte sie. »Ich habe den ersten Schuß. Hey, du. Steh auf, damit ich deine Kniescheibe sehen kann.«

»Nein! Bitte! Nicht...Bi...tt...e –«

»Hör auf zu betteln«, stieß ein Älterer hervor.

»Schieß ihm in den Kopf«, schlug Buffer vor.

»Würde der nicht zerplatzen wie ein Kürbis?«

»Wahrscheinlich, aber es ist nicht christlich, sie so dreckig zur Himmelspforte zu schicken. Laß sie ein bißchen da sitzen und den Renshaw-Gestank abwaschen.«

»Gute Idee. Hütet euch vor Zitterschlangen. Das ist

eine grausame Art zu sterben. Ich kümmer' mich um die Pferde.«

»Zitterschlangen? Ja, ich hab' gehört, daß es die in dieser Gegend im Fluß gibt. Die kommen aus den stinkenden Quellen unten in Rock Cave. Man sagt, sie mögen Gestank und vermehren sich wie die Kaninchen.«

»Schlangen! Verflucht!« Die Renshaws begannen, mit den Händen ins Wasser zu schlagen.

»Sie sind winzig klein«, sagte Buffer. »Man merkt gar nicht, daß sie einen gebissen haben, bis man anschwillt und einem das Blut aus Nase und Ohren kommt. Ha-ha-ha!« Er zeigte auf den jüngsten Renshaw. »Der Kleine wird richtig hübsch aussehen, wenn er etwas anschwillt.«

KAPITEL 13

Die Sonne war untergegangen.

Zu dieser Jahreszeit waren die Tage lang, aber für Addie kam die Nacht viel zu schnell. Es waren mehr als sechs Stunden vergangen, seit sie Mr. Tallman an der Brücke zurückgelassen hatten. Für Addie war es noch zu früh, an ihn als John, ihren Ehemann, zu denken. Die letzten beiden Tage waren wie ein Traum vergangen – wie der Traum von jemand anderem, den sie selbst bloß aus der Ferne beobachtete.

Colin und Trisha hatten die Pferde ausgespannt und so angepflockt, daß sie am Straßenrand grasen konnten. Colin war Wasser aus einem Bach in der Nähe holen gegangen, und Addie hatte ein Tuch befeuchtet, mit dem sie sich alle den Straßenstaub von Gesicht und Händen gewaschen hatten.

Sie machte sich Sorgen. Sie war ständig den Tränen nahe, was sie auf die Erschöpfung und die lange Zeit ohne Schlaf zurückführte. Wie würde sie mit der Schuld leben können, wenn Mr. Tallman etwas zugestoßen sein sollte? Er hatte ihre Probleme auf sich genommen. Es wäre möglich, daß er verletzt war und blutete und der skrupellosen Renshaw-Sippe ausgeliefert war.

Sie dachte an etwas anderes. Sie und die Kinder mußten vielleicht die Nacht hier verbringen, mit nur einer Decke und einem Tuch für sie alle. Zum Glück hatte Trisha heute morgen Rosinen und getrocknete Pfirsiche gekauft. Damit hatte Sie den gröbsten Hunger der Kinder stillen können.

Im Lager auf dem Hügel brannte ein Feuer, und der Geruch von bratendem Fleisch wehte zu ihnen hinunter. Einmal hatte sich der Mann auf dem grauen Pferd genähert und versucht, ein Gespräch anzufangen. Aber sie hatten ihn ignoriert und waren auf die andere Seite des Wagens gegangen. Schließlich hatte er sich wieder zu den Männern am Küchenwagen gesellt, die Addie wie eine ganze Armee vorkamen.

Addie zweifelte keinen Moment, worüber sie sprachen.

»Was machen wir, wenn Mr. Tallman nicht kommt?« fragte Trisha. Es war das erste Mal, daß jemand von ihnen die heikle Frage aussprach.

»Er ist auf dem Weg. Wenn er verletzt wäre, würde Mr. Simmons uns Bescheid sagen.«

»Den Bärtigen kann ich nicht ausstehen. Er starrt mich an wie eine Katze den Vogel.«

»Hat er irgend etwas Unhöfliches gesagt?«

»Nein. Aber er hat gehört, was in der Stadt geredet wurde, und er weiß, daß ich farbig bin. Er denkt sicher wie die anderen geilen Böcke, daß ich leicht ins Bett zu kriegen bin.«

Addie sah sich um, um sicherzugehen, daß die Kinder nicht zuhörten. Colin hatte eine Kaulquappe aus dem Bach mitgebracht. Sie waren um den Eimer versammelt, und Colin versuchte zu erklären, daß sie sich in einen Frosch verwandeln würde. Einen Moment lang vergaß Dillon die Schildkröte, die er zurückgelassen hatte.

»Vielleicht denkt Mr. Simmons gar nicht so.«

»Warum hat er uns dann mit dem Fernglas beobachtet?«

»Das weiß ich nicht. Aber ich weiß, daß er uns beim Packen geholfen und die Renshaws aufgehalten hat, um uns einen Vorsprung zu verschaffen. Und er hat uns gewarnt.«

»Er will was«, behauptete Trisha hartnäckig. Sie hatte sich ein Tuch um die Schultern gelegt. Das dunkle Haar lockte sich um ihr Gesicht und fiel ihr schwer auf den Rücken hinab. Sie streifte es ungeduldig zurück. »Wenn wir nach New Mexico gehen, gehen wir dann mit denen?« Sie deutete mit dem Kopf auf das Lager.

»Ich glaube schon. Sie sind nicht im geringsten so, wie ich sie mir vorgestellt hatte.« Addie fragte sich, ob Trisha ihr Mißtrauen gegenüber Männern jemals überwinden würde.

»Wir könnten auch weglaufen... in eine Stadt.«

»Dafür ist es jetzt zu spät. Ich habe Mr. Tallman *geheiratet*. Ich habe das heilige Gelübde abgelegt.«

»Was glauben Sie, warum er Sie heiraten wollte?«

»Ich habe dir schon letzte Nacht gesagt, er glaubt, es wäre Zeit, daß er eine Familie gründet. Er will Kinder in seinem Haus.«

»Ich bin aber kein Kind.« Trishas Stimme hatte einen argwöhnischen Unterton.

Als es dunkel wurde, nahm Addies Sorge um Tallman zu. War es den Renshaws gelungen, sich anzuschleichen und ihn und Simmons aus dem Hinterhalt zu überfallen? Sie begann, auf und ab zu gehen, wobei sie darauf achtetet, außerhalb der Sichtweite der Fuhrleute auf der entgegengesetzten Seite des Wagens zu bleiben. Sie traute sich kaum, die Augen von der Straße abzuwenden, auf der sie vor so vielen Stunden gekommen waren.

Trisha saß auf der Wagenklappe und ließ die Füße baumeln, dann sprang sie plötzlich herab.

»Hören Sie«, zischte sie. »Da sind Schafe.«

Addie blieb stehen und lauschte, den Blick fest auf die Straße gerichtet.

»Bääh... bääh...«

»Ich höre es auch. Unsere Schafe!«

Sie versammelten sich am Ende des Wagens und warteten. Dann sahen sie im Dunkeln, wie der Wagen um eine Kurve bog, während das Blöken der Schafe lauter wurde.

Addies Herz hüpfte vor Erleichterung, als sie den Lederhut mit der flachen Krone sah, den der Mann auf dem Wagensitz trug. Die Kinder drängten sich dichter an Addie und Trisha, als der Wagen näher kam.

Colin, der freudig grinste, trat vor und begrüßte John.

»Ein Glück, daß Sie hier sind, Mr. Tallman. Alles in Ordnung?«

»Bei uns schon. Und bei euch?«

»Auch.«

John ließ die Maultiere anhalten, und Buffer Simmons, der eins der Schafe auf dem Schoß hatte, ritt neben den Wagen.

»Nehmt mir dieses verdammte Schaf ab, bevor ich ihm seinen blökenden Kopf abreiße. Es gibt nichts Blöderes als Schafe, ausgenommen die Renshaws.«

John hob das Schaf herunter. Es trabte sofort zu Addie.

»Wo sind die anderen?«

»Hinter dem Wagensitz angebunden. Es hat ewig gedauert, bis wir sie eingefangen hatten. Darum kommen wir so spät. Was zum Teufel macht ihr hier? Warum seid ihr nicht im Lager?«

»Wir haben uns entschlossen, hier auf Sie zu warten. Haben die Renshaws –«

»Wir hatten keine nennenswerten Schwierigkeiten. Warum seid ihr hier unten und nicht oben im Lager?« wiederholte John. Er legte ihr die Hand auf die Schulter und schüttelte sie leicht.

»Wir *waren* dort. Diese Mistkerle haben Miss Addie ausgelacht...«

»Trisha! Das reicht!«

»...Und sie haben gesagt, daß Sie keine Frau mit einer ›Horde‹ Kinder heiraten würden.« Trisha warf wütend den Kopf zurück. Sie hatte sich schützend neben Addie gestellt.

»Sie haben Miss Addie zum Weinen gebracht«, stieß Colin hervor. »Und ich habe sie hier runtergeführt.«

»Ich hasse sie!« heulte Jane Ann und verbarg ihr Gesicht in Addies Rock.

»Das reicht. Das gilt für euch alle.« Addie blickte auf und sah Johns finsteren Gesichtsausdruck. »Die Männer, mit denen wir gesprochen haben, haben uns nicht verstanden. Ich habe sie gebeten, Ihnen zu Hilfe zu kommen, aber sie waren sich sicher, daß Sie dort hinten allein zurechtkommen würden.«

»Sie haben gesagt, wir wären gekommen, um sie wegzulocken, damit jemand die Sachen aus ihren Wagen stehlen könnte.«

»Colin, ich bitte dich! Dein Mundwerk ist genauso lose wie Trishas.«

»Es ist aber nun mal die Wahrheit, Miss Addie.« Colin ließ den Kopf hängen.

Addie sah den Jungen an, so daß sie zunächst nicht bemerkte, wie Johns dunkles Gesicht vor Zorn glühte. Als aber seine Hand auf ihrer Schulter so fest zugriff, daß es beinahe schmerzte, blickte sie überrascht auf. Er hatte die Luft angehalten. Seine Lippen waren zusammengepreßt, sein Kiefer angespannt und seine Augen zwischen den dunklen Wimpern nur noch schmale Schlitze.

Addie legte ihm die Hand auf den Arm. »John, wir möchten nicht, daß es wegen uns zu Schwierigkeiten mit deinen Männern kommt. Wie wir aussahen, der wackelige alte Wagen – ich kann es ihnen nicht verübeln, daß sie uns für eine dahergelaufene Truppe gehalten haben –«

Er strich ihr mit der Hand über die Schulter, dann zog er sie beschützend an sich.

»Das wird nicht wieder vorkommen«, sagte er sanft und sah ihr in die müden violetten Augen, unter denen dunkle Ringe waren. »Meins ist jetzt deins. Deins ist jetzt meins.«

Er ließ sie abrupt los und kletterte auf den Wagen. Er hob die Schafe nacheinander zu Buffer hinunter, der sie auf die

Füße stellte. Wie Kinder liefen sie auf Addie zu. Sie bückte sich und kraulte ihnen die Köpfe.

»Alles in Ordnung, Mr. Jefferson? Lauf und kümmer dich um Eimer und Dolly.«

»Gib mir die Kleinen an, Simmons.« John streckte seine Arme nach Dillon und Jane Ann aus und setzte sie auf den Sitz. Dann kletterte er vom Wagen herunter. »Das Gespann und der Wagen können ruhig hierbleiben, Colin. Willst du dich mit Trisha hinter den Sitz quetschen oder lieber zum Lager laufen?«

»Sie können mit mir reiten.« Buffer kletterte wieder auf sein Pferd und stützte sich mit einem wölfischen Grinsen auf das Sattelhorn.

»Ich reite nicht mit diesem Warzenschwein.« Trisha warf ihm einen vernichtenden Blick zu, kletterte auf den Wagen und zwängte sich hinter den Sitz.

»John« – Addie legte ihm die Hand auf den Arm – »warum bleiben wir nicht heute nacht hier unten und geben ihnen... eine Chance, um –«

»Nein. Die Kinder und du, ihr bekommt jetzt eine warme Mahlzeit und ein Dach über dem Kopf.« Er ergriff Colin und setzte ihn hinter Buffer, dann half er Addie, über das Rad auf den Sitz zu klettern.

»Mir wäre es lieber, wenn wir nicht viel Aufhebens darum machen würden. Die Männer werden uns noch weniger mögen.«

John antwortete nicht, sondern senkte die Peitsche auf den Rücken der Maultiere und lenkte sie auf den stark ausgefahrenen Weg zum Lager.

Addie versuchte erneut, John zu beschwichtigen. »Vielleicht hat sie die Art mißtrauisch gemacht, wie ich gefordert habe, daß sie dir helfen. Ein Mann auf einem großen grauen Pferd ist heruntergekommen und wollte mit uns reden.«

»Was hat er gesagt?«

»Trisha hat ihn mit dem Gewehr verjagt.«

»Gut gemacht, Trisha. Ich werde dir beibringen, wie man mit dem Ding schießt und trifft, worauf man zielt.«

Als sie das Lager erreichten, fuhr John direkt in die Mitte des Kreises, der von dem großen Lagerfeuer erleuchtet war. Ein halbes Dutzend Männer standen herum. Einer ging auf den Wagen zu.

»Hallo, John. Wie ich sehe, hast du es geschafft.«

John ignorierte den Gruß, ging herum und hob erst Addie, dann die Kinder und Trisha herunter. Buffer ritt heran, und Colin glitt von seinem Pferd.

»Leg deine Sachen da hin, wo du übernachten willst, Simmons, und nimm dir von dem, was Bill in seinem Kochtopf hat. Rolly«, sagte er zu dem Mann, der ihn am Wagen begrüßt hatte, »bring den Wagen da rüber, und stell ihn unter den Bäumen ab, mach die Maultiere los, und pflock sie bei den anderen Tieren an, damit sie sich aneinander gewöhnen. Paco und Huntley, ihr holt noch zusätzliche Leinwand und baut da drüben bei dem Wagen ein paar Zelte für meine Frau und die Kinder auf. Dann ladet alles ab, was auf dem Wagen ist, und stapelt es an einem hohen, trockenen Ort, und holt genug Leinwand, um alles abzudecken. Unter den Sachen sind einige Matratzen. Legt sie in die Zelte.«

Die Männer beeilten sich, seine Befehle auszuführen. Als der Wagen hinter Addie weggefahren wurde, fühlte sie sich nackt und allen Blicken ausgesetzt. Sie vermutete, daß es Trisha genauso ging, da das Mädchen sich hinter sie stellte.

»John –«

Addie war sich sicher, daß der Sprecher derselbe Mann wie der auf dem grauen Pferd war, obwohl er jetzt keinen Hut trug.

»Später, Cleve.«

»Wir –«

»Später.« Johns Tonfall duldete keine Widerrede. Er hob Dillon hoch und setzte ihn sich auf die Hüfte. Der Junge flüsterte ihm etwas ins Ohr. John hielt einen Moment inne, dann flüsterte er zurück: »Die Schildkröte ist im Wagen. Wir werden sie morgen holen.« Er führte die kleine Gruppe um das Feuer herum zu einigen Bänken.

»Bring ihnen etwas zum Abendessen, Bill.«

»Er muß uns nicht bedienen. Ich kann servieren«, protestierte Addie.

»Du fällst doch fast um vor Müdigkeit. Setz dich. Wo ist dein Helfer, Bill?«

»Ähm ... er ist –«

»Er ist was?«

»Betrunken.«

»Zu betrunken zum Arbeiten?«

»Ich fürchte ja.«

John sah Cleve an. »Wenn er wieder nüchtern ist, zahl ihn aus, und schick ihn weg.«

John setzte Dillon neben Addie auf die Bank. Trisha setzte sich dicht neben sie. Addie spürte, wie sie zitterte. Trisha wollte sich von den Blicken der Männer, die aus dem Licht getreten waren und in kleinen Gruppen zusammenstanden, nicht einschüchtern lassen, sondern hob das Kinn und starrte zurück. Nur als Jane Ann näher kam und sich gegen Trishas Knie lehnte, wandte sie ihren Blick ab.

Buffer stand im Dunklen, beobachtete Trisha und bewunderte ihren Mut. Es verwirrte ihn, daß er den Drang verspürte, sie zu beschützen, und die Männer dafür verabscheute, daß sie sie so begafften; er nahm sein Pferd und pflockte es außerhalb an.

Die Atmosphäre rund um das Lagerfeuer war äußerst angespannt. Addie hatte sich noch nie im Leben so unwohl gefühlt. Sie kam sich vor, als ob sie mit ihrer Familie in einem Schaufenster säße, wo alle Leute sie anstarrten. Sogar die Kinder waren still und warfen den Männern, die sich im Dunkeln aufhielten, ängstliche Blicke zu.

John schnitt Scheiben von einem Fleischstück ab, das über den heißen Kohlen im Lagerfeuer gegrillt wurde. Er legte sie auf einen Teller. Bill gab Bohnen dazu und trug sie zu seinem Tisch, den er seitlich von einem Wagen heruntergelassen hatte. Die kleine Gruppe, die auf den Bänken saß, sprach und sah er nicht an. Addie stand auf, um ihm zu helfen. Sie war es nicht gewöhnt, sitzen zu bleiben und bedient zu werden.

»Setz dich und iß, Addie«, sagte John, als er die letzten beiden Teller zum Tisch trug.

»Setzen Sie sich auch?«

»Gleich.« Er füllte einen Teller für sich selbst und ließ sich dann neben Colin nieder.

»Bääh… bääh…« Addie steckte gerade den ersten Bissen in den Mund, als sie die Schafe hörte.

»Was zum Teufel?«

»Großer Gott –«

»Zum Kuckuck!«

»Von wegen Kuckuck! Das sind Schafe!«

Der laut blökende Mr. Jefferson kam gefolgt von Dolly und Eimer ins Lager und lief schnurstracks auf Addie zu. Sie stießen gegen Dillon. Die Bohnen auf seinem Teller rutschten ihm auf den Schoß, und er begann zu brüllen, den mit Essen gefüllten Mund weit geöffnet.

Durch seine Schreie hindurch hörte Addie das Gelächter der Männer im Schatten. John hob das Kind hoch und setzte es auf seinen Schoß. Addie stand schnell auf; ihr Gesicht war puterrot, und sie wünschte sich, weit weg am anderen Ende der Welt zu sein. Die Schafe folgten ihr aus dem Feuerschein heraus.

»Gregorio,« rief John.

»Sí, señor.«

»Du kennst dich mit Schafen aus. Kümmer dich um sie, damit Mrs. Tallman in Ruhe ihr Abendessen zu sich nehmen kann.«

Der mexikanische Junge, der aus dem Schatten heraustrat, hatte einen breiten Hut auf dem Rücken, der durch ein Band um seinen Hals festgehalten wurde.

»Warten Sie, *señora*. Ich hole etwas Mais, dann folgen sie mir bestimmt.«

Addie rieb den Schafen die Köpfe und sprach leise auf sie ein, während sie wartete, denn sie wußte, daß die Umgebung die Tiere genauso verwirrte wie sie selbst. Gregorio kam mit einer flachen Pfanne zurück. Er hielt Mr. Jefferson den gemahlenen Mais unter die Nase und ließ den Bock daran schnuppern. Dann ging er rückwärts, und die Schafe folgten ihm. Addie wartete, bis die Schafe in der Dunkelheit verschwunden waren, bevor sie zurück zum Tisch ging.

Dillon war auf Johns Schoß eingeschlafen.

Addie war körperlich und geistig erschöpft. Sie war sich sicher gewesen, daß sie wie eine Tote schlafen würde, sobald sie die Augen geschlossen hätte, aber es gelang ihr nicht. Hinter den Lidern sah sie das Gesicht eines großen Mannes mit dunklem, schulterlangen Haar und dunkelblauen Augen. Ihre Gedanken drehten sich im Kreis, als sie neben Jane Ann und Trisha auf der Matratze lag.

Seit Dillons Geburt war dies die erste Nacht, in der er nicht neben ihr schlief, und sie fragte sich, wieso sie Johns Bitte so leicht nachgegeben hatte. Nein, dachte sie jetzt, es war keine Bitte gewesen, sondern eine Entscheidung.

»Du kannst mit den Mädchen hier schlafen.« Mit dem schlafenden Dillon auf der Schulter hatte John sie zu den Zelten geführt, die in der Nähe des Hauptlagers aufgestellt worden waren. »Colin, Dillon und ich schlafen im anderen.«

»Dillon kann hier bei uns schlafen. Es ist genug Platz.«

»Ihr habt mehr Platz, wenn er bei Colin und mir ist.«

»Aber... er ist nachts immer bei mir gewesen. Er wird aufwachen und Angst haben.«

»Wenn das passiert, bringe ich ihn zu dir.«

»Es könnte sein, daß er... mal nach draußen muß.«

»Colin und ich werden uns um ihn kümmern. Du mußt etwas schlafen, Addie. Morgen werden wir Vorbereitungen für die Fahrt treffen.«

Trisha und Jane Ann waren sofort eingeschlafen. Addie lag mit dem Kopf am Eingang, damit sie das Zelt sehen konnte, in dem ihr Sohn schlief. Sie hatte sich innerlich darauf vorbereitet, mit ihrem neuen Ehemann zu schlafen, wenn er es verlangte. Sie war jetzt Addie Faye Tallman. Kirby Hyde war nicht mehr ihr Mann. Sondern John Tallman. Würde er morgens, mittags und abends auf seinem *Recht* beharren, wie Kirby es nach ihrer Hochzeit getan hatte? Sie hatte diesen Teil der Ehe verabscheut, sich jedoch gefügt, wie sie es auch mit anderen lästigen Pflichten getan hatte.

Sie hatte beobachtet, wie John mit Dillon und Colin das Zelt betreten hatte. Kurze Zeit später hatte sie gesehen, daß er herausgekommen und zum Küchenwagen zurückgegangen war, wo noch immer ein kleines Feuer brannte.

Morgen werden wir die nötigen Vorbereitungen für die Fahrt treffen. Die Worte ihres neuen Mannes gingen Addie nicht aus dem Kopf, ebensowenig wie der Gedanke, daß die Zeit zu schnell vorbeiraste. Sie hätte sie eine Weile anhalten wollen, bis sie über alles, was ihr widerfahren war, nachgedacht und sich daran gewöhnt hatte.

Willst du diesen Mann lieben und ihm gehorchen? Gehorchen? Bis auf die beiden kurzen Monate, die sie mit Kirby zusammengelebt hatte, hatte sie niemandem gehorchen müssen, seit ihre Eltern gestorben waren. Jetzt war dieser Mann ihr rechtmäßig angetrauter Ehegatte, und sie hatte versprochen, ihm zu gehorchen.

John Tallman, wer bist du? Ich kenne dich überhaupt nicht!

John legte das schlafende Kind auf die Matratze und zog ihm die Schuhe aus. Der kleine Kerl war völlig erledigt, nicht anders als seine Mutter. Unter ihren violetten Augen waren dunkle Ringe gewesen, und sie hatten müde geglänzt. Sie hatte sich tapfer bemüht, die Schultern gerade und den Kopf oben zu halten, aber als sie neben ihm zum Zelt ging, war sie fast getaumelt. Noch einige Stunden mehr ohne Schlaf, und sie wäre zusammengebrochen.

Als er auf das schlafende Kind hinuntersah, dachte John kurz an den Mann, der es gezeugt hatte. Kirby Hyde hatte vielleicht den Samen gesät, aber *er* würde es ernähren und diesen Jungen zu einem besseren Mann als seinen Vater erziehen. Dillon war jetzt sein Sohn, in jeder Hinsicht. John deckte den Jungen zu und strich ihm mit dem Handrücken über die runde Wange, bevor er sich erhob.

»Ich gehe eine Weile zum Küchenwagen, Colin.«

»Wir kommen schon zurecht, Mr. Tallman. Ich kümmer' mich um Dillon.«

»Du mußt mich nicht siezen, Colin.«

»Äh... ich... Miss Addie erlaubt nicht, daß ich Erwachsene duze.«

»Da mach dir mal keine Sorgen. So was erledigt sich meist von selbst.«

»Die Renshaws waren hinter mir her, nicht wahr?«

»Sie wollten Trisha holen, weil sie auf ihren nichtsnutzigen Verwandten geschossen hat.«

»Trisha hat das nur gemacht, um mich zu retten.«

»Ich weiß. Ich habe es gesehen. Sie ist ein mutiges Mädchen.«

»Aber... aber Miss Addie mußte wegen mir ihre Farm verlassen.« Die Stimme des Jungen klang wirklich betrübt. »Sie hat gesagt, das stimmt nicht, aber ich glaube doch.«

»Zum Teil war es wohl wegen dir. Aber auch, weil Pfarrer Sikes ihr Dillon wegnehmen wollte. Er war der Meinung, daß sie nicht in der Lage wäre, ihn aufzuziehen, wegen der Männer, die zu ihrem Haus kamen.«

»Das war nicht ihre Schuld... oder Trishas. Sie hat nie jemand reingelassen.«

»In der Stadt wurde geredet, daß sie es doch tat. Der Pfarrer hat mit dem Bürgermeister gesprochen, nachdem Addie ihm die Meinung gesagt hatte, weil du zu Renshaw solltest, und nachdem er erfahren hatte, daß Dillons Vater nicht zurückkommt.«

»Glauben *Sie* es?«

»Hätte ich sie zur Frau genommen, wenn ich glauben würde, daß sie keine anständige Frau ist?«

»Ich... wollte es nur wissen.«

»Ist schon in Ordnung. Du kannst mich alles fragen.«

»Miss Addie hat mir nicht gesagt, daß der alte Mistkerl Dillon wegnehmen wollte.«

»Ich glaube, sie wollte nicht, daß du dir Sorgen machst.«

»Sie hat sich schreckliche Sorgen um Sie gemacht. Was ist mit den Renshaws passiert? Haben Sie sie erschossen?«

»Nein. Wenn es einen anderen Weg gibt, erschießt man besser niemanden. Wir haben sie in den Fluß gestoßen, sie drin sitzenlassen und ihre Pferde verjagt. Buffer hatte recht damit, daß sie ein dämlicher Haufen sind. Sie würden im Indianerterritorium nicht durchkommen. Innerhalb einer Woche würden ihre Skalps von einem Pfosten baumeln.«

»Äh... Sir?« Colins zögerliche Stimme ließ John stehenbleiben, als er gerade gehen wollte. »Ich habe mich gefragt, ob... Jane Ann und ich –«

»Deine Schwester und du, ihr könnt so lange bei uns wohnen, wir ihr wollt.«

John war in der Geborgenheit einer liebevollen Familie aufgewachsen, stets in dem Bewußtsein, daß er sich auf seine Mutter und seinen Vater verlassen konnte, doch er konnte Colins Unsicherheit verstehen.

»Als ich Addie gebeten habe, mich zu heiraten, hat sie mir gesagt, daß sie drei Kinder und Trisha habe. Es war für mich eine Ehre, daß sie mir nicht nur ihr Leben, sondern auch das ihrer Kinder und Trishas anvertraute. Addies Kinder sind jetzt meine Kinder, Colin. Damit meine ich dich und Jane Ann genauso wie Dillon. Ihr werdet bei mir und Addie in unserem Haus leben, bis ihr alt genug seid, für euch selbst zu sorgen.«

»Ich werde mich bemühen... keinen Ärger zu machen.«

»Bemüh dich nicht zu sehr, mein Sohn. Das verdirbt den ganzen Spaß.« Trotz seiner Erschöpfung grinste John breit. Er packte die Schulter des Jungen. »Ich weiß noch, daß mein Vater, als ich in deinem Alter war, immer gesagt hat, er sei sich sicher, ich hätte nicht genug Verstand, um bei Regen ins Haus zu kommen.«

»Lebt er noch?«

»Und wie. Er wird dich mögen.« John lachte leise. »Als erstes wird er dir beibringen, wie man einen Truthahn oder einen Hasen mit Pfeil und Bogen erlegt. Er wird dir zeigen, wie man einen Angelhaken aus einem Truthahnknochen macht und wie man sich an einen Hirschen anschleicht und eine Klapperschlange häutet. Er ist bei den Shawnee aufgewachsen und versteht mehr von der Wildnis als jeder andere Mann, den ich kenne.«

»Meine Güte«, flüsterte Colin ehrfürchtig.

»Ich werde noch viel Zeit haben, dir von ihm zu erzählen, bevor wir nach Hause kommen. Geh jetzt ins Bett. Ich komme bald zurück.«

KAPITEL 14

Der Kaffeetopf, der durch viele Feuer geschwärzt war, stand auf einem flachen Stein in den Kohlen. John nahm eine Blechtasse aus einem Beutel, der an der Seite des Küchenwagens hing, und füllte sie mit starkem schwarzen Kaffee. Neben dem Feuer warteten nur drei Männer. Die anderen hatten ihre Decken genommen und waren in der Dunkelheit verschwunden, weil sie wußten, daß der Boß alles andere als glücklich darüber war, wie sie seine Frau behandelt hatten.

John sah über das Lagerfeuer hinweg die schweigenden Männer an. Sie waren eine ausgesuchte Gruppe, ausgewählt aufgrund ihrer Erfahrung und ihrer Fähigkeit, die Mühen und Herausforderungen einer gefährlichen Reise auf sich zu nehmen, und weil sie absolut vertrauenswürdig waren. John würde jedem einzelnen von ihnen sein Leben anvertrauen, und gelegentlich hatte er das bereits getan.

Cleve Stark war ein schmaler Mann mit kaltem Blick, dreißig Jahre alt, der nichts und niemand fürchtete außer Gott. Seine Waffe führte er, als sei sie eine Verlängerung seines Armes, und er war die Sorte Mann, die in jeder Gefahr besteht. Ein hartes Leben und harte Kämpfe hatten jede Weichheit aus seinem kräftigen, sehnigen Körper gezogen. Haar und Schnurrbart waren dunkelrot, was ihm bei den Apachen und den Navajo den Spitznamen Roter Hund eingebracht hatte.

Er war beständig auf der Hut, wie das bei Männern seiner Art üblich war. Ohne diese Eigenschaft hätte er das

Massaker an seiner Familie während der schlimmen Überfälle durch mexikanische Ganoven und die endgültige Zerstörung seiner Ranch durch die Chiricahua-Apachen nicht überlebt. Er war zäh wie Leder und widerstandsfähig und daher zweiter Befehlshaber des Ochsentrecks.

Der Anführer der Ochsentreiber, Dal Rolly, stand auf, um seine Kaffeetasse zu füllen. Er war für die Ochsentreiber und die Ochsen verantwortlich. Jedem der sechzehn Wagen war ein Mann zugeteilt, und es gab sechs Ersatzleute für den Fall von Unfällen oder Krankheit. Die Ersatzleute arbeiteten mit den Hirten, um die zusätzlichen Tiere zu treiben, und als Nachtwächter. Wenn für die Fahrer der Tag begann, legten sie sich in den Proviantwagen schlafen. Rolly erwartete, daß jeder Mann seine Arbeit ohne Klagen verrichtete.

Rolly, mit der Statur eines Grizzlybären, hatte kaum Haare auf dem Kopf, während sein Gesicht von einem braunen Bart bedeckt war. Er war gleichzeitig der Stellmacher. Mit ordentlichen Werkzeugen und einem Vorrat von abgelagertem Eichenholz hielt er die Wagen in gutem Zustand. Als geschickter Packer glich Rolly das Gewicht und den Umfang von Gütern in den Wagen aus, um zu verhindern, daß sich Pfützen bildeten oder die Ladung verdorben wurde, falls Wasser in den Wagenkasten eindrang, wenn ein Fluß durchquert wurde. Er war knapp einen Meter achtzig groß, wog aber fast zweihundert Pfund. Er war wortkarg, geduldig und, wie viele kräftige Männer, freundlich und ausgeglichen. Ständig trieb er seine Männer an, ihren Rekord zu brechen, in weniger als sechzehn Minuten nach dem Ruf »anspannen« loszufahren.

Der Koch, Bill Wassall, hatte den Spitznamen Sweet William, weil er es liebte, alles, von Bohnen über Maisbrot bis zum Büffelsteak, mit Melasse oder Honig zu übergießen. Er stand jeden Morgen vor Tagesanbruch auf und schob die

Asche von den Kohlen seines Feuers, wobei er manchmal einen Kessel mit roten mexikanischen Bohnen herausfischte, die er die Nacht über hatte köcheln lassen. Nachdem er Holz nachgelegt hatte, mahlte er ein Pfund Kaffeebohnen und ließ die Töpfe kochen.

Wenn das Frühstück fertig war, weckte er die Männer, indem er eine Kuhglocke schüttelte und rief: »Raus aus den Federn! Kommt essen, oder ich werfe alles weg.« Manchmal stimmte er ein Lied an, für gewöhnlich seine eigene unanständige Version von »The Yellow Rose of Texas«.

Er war die Autorität im Lagerbereich. Mit seinen grauen Haaren und dem schielenden Blick wirkte er langsam und ungeschickt, aber er wußte, wie er seine Sachen zu erledigen hatte. Er war stolz auf seine Arbeit und galt als erstklassiger Koch, was einer der Gründe dafür war, daß John und Rain Tallman ihn für die Fahrt angeheuert hatten. Gut verpflegte Männer waren zufriedener und besser in der Lage, die Arbeiten zu verrichten, für die sie angestellt worden waren. Ein weiterer Grund war, daß Bill Wassall ein zäher alter Vogel war, der in fast jeder Situation zurechtkam.

Die drei Männer warteten darauf, daß John zu sprechen begann. Sie wußten alle, daß er verärgert genug war, um einer Klapperschlange den Kopf abzubeißen. Als stiller Mensch wurde John nicht sehr häufig wütend, aber wenn es doch geschah, reagierte er entweder mit kühler, bissiger Ruhe oder heißem, heftigen Zorn.

Als John schließlich sprach, wandte er sich an Cleve.

»Hast du meine Nachricht bekommen, bevor du Saint Louis verlassen hast?«

»Ich weiß Bescheid. Wir sollen einen Richter und seine Truppe hier treffen, und sie werden mit uns nach Santa Fe ziehen.«

»Der Mann, der mit mir angeritten kam, wurde von Richter Van Winkel als Jäger für seine Gruppe angeheuert.«

»Um Himmels willen, wie groß ist seine Gruppe denn?« fragte Rolly.

»Er hat sechs Wagen, alle in erstklassigem Zustand, insgesamt vierzehn Leute, einschließlich des Richters und seiner Nichte – fünfzehn, wenn man Buffer Simmons mitrechnet.«

Rolly schnaubte verächtlich. »Keine Kinder in Windeln?«

John richtete seinen kalten, harten Blick auf den Ochsentreiber.

»Würden die Kinder dich daran hindern, deine Arbeit zu?«

»Nein. Es ist nur... also –« Als Rolly bemerkte, daß er sich auf gefährlichem Boden befand, geriet er ins Stocken.

»Ich glaube, die Truppe des Richters wird nicht lange mit uns ziehen. Sie wollen bestimmt keinen Staub schlucken«, sagte Cleve in der Hoffnung, einen peinlichen Moment zu überbrücken. »Wir werden eher mit denen ziehen.«

»Mein Cousin Zachary Quill hat mit dem Schwager des Richters, Harold Read, im Krieg gedient. Hauptmann Read hat Zack das Leben gerettet, später seines verloren. Um Zack einen Gefallen zu tun, habe ich eingewilligt, den Richter und Reads Tochter mit uns nach Santa Fe ziehen zu lassen. Sie werden eine vollkommen von uns getrennte Gruppe sein, die nur aus Sicherheitsgründen in unserer Nähe reist.«

»Von Buffer Simmons habe ich schon gehört.« Cleve zog einen brennenden Zweig aus dem Feuer, um sich eine dicke Zigarre anzuzünden. »Er könnte sie ohne unsere Hilfe durch das Indianerterritorium bringen – und auch schneller. Weiß der Richter, daß wir höchstens zehn bis zwölf Meilen pro Tag schaffen, daß unser Tag zwischen drei und vier Uhr früh anfängt und daß wir mittags rasten, um die Tiere ausruhen zu lassen?«

»Wenn Zack ihm das nicht gesagt hat, werde ich es tun.«

Bill Wassall hatte bisher geschwiegen, doch seinem wissenden Blick war nicht entgangen, wie John zu den Zelten hinübersah, in denen die Neuankömmlinge schliefen.

»Morgen und übermorgen«, sagte John, »werde ich in Van Buren ein Fuhrwerk für meine Frau und meine Kinder besorgen. Sieh dir mal den Wagen an, mit dem wir gekommen sind, Rolly, und bring ihn so gut wie möglich auf Vordermann, bevor wir ihn für die Reise wieder beladen.«

»War diese Hochzeit... ähm... nicht ein bißchen plötzlich, Boß?« fragte der Koch.

John richtete seine kalten dunklen Augen auf Bill. »Selbst wenn es so war, das macht sie nicht weniger gesetzmäßig.«

»Als Witwe mit Kindern... da hat man ein schweres Leben.« Bill beendete den Satz lahm, denn er hatte sagen wollen, daß die Witwe Glück gehabt hatte, einen Mann wie John zu erwischen.

»Der kleine Junge ist ihrer. Die beiden anderen Kinder sind Waisen, die sie zu sich genommen hat. Das Mädchen lebt seit langer Zeit bei ihr. Sie sind ihre Familie. Jetzt auch meine. Falls ihr irgendwelche Einwände dagegen habt, daß meine Frau und meine Familie bei uns sind, dann habt ihr jetzt Gelegenheit, das zu sagen.«

»Zum Teufel!« rief Bill. »Das geht uns doch nichts an, wenn du eine Witwe... heiratest. Es ist nur – nun, wir waren überrascht. Keiner wußte, daß du heiraten wolltest.«

»Stimmt, das geht wirklich weder euch noch sonst jemanden was an.«

»Die Männer begaffen das Mädchen. So was Hübsches hab' ich noch nie gesehen«, sagte Rolly. »Könnte sein, daß sie für Ärger sorgt, wenn wir erst mal unterwegs sind.«

»Wenn irgendeiner der Männer sich dem Mädchen in unhöflicher Weise nähert, dann kriegt er es mit mir zu tun.« Johns Tonfall ließ keinen Zweifel daran, wie ernst es ihm war.

»Wegen heute... als sie angekommen sind –« Rolly wollte den unangenehmen Teil der Unterhaltung hinter sich bringen.

»Ja. Was ist damit?« fragte John mit schmalen Lippen.

Rolly sah die anderen beiden Männer hilfesuchend an. Cleve hob seine Brauen mit einer Geste, die Rolly sagte, er habe seinen Kopf in die Schlinge gesteckt und müsse ihn nun selbst wieder rausziehen. Bill blickte interessiert zum Mond hinauf, der über den Baumwipfeln hing, und war nicht bereit, ihn anzusehen.

»Sie... ähm... kam reingestürmt, Pferde schaumbedeckt und so weiter, und sagte, du hättest in der Nähe eine kleine Schlägerei mit ein paar Typen aus Arkansas. Sie hat nicht mal gefragt, weißt du, sondern uns befohlen, da runterzureiten und dein Fell zu retten. Natürlich wollten wir die Wagen nicht verlassen.«

»Und das habt ihr ihr erklärt?« fragte John ruhig.

»Nun, wir haben nur gesagt, daß du keine Hilfe brauchst...«

»...und daß ich keine Frau mit einer ›Horde‹ Kinder heiraten würde.«

»Ich weiß nicht, wer das gesagt hat. Sie hat unser Nein nicht akzeptiert. Wollte mit der Peitsche auf uns los.« Rolly grinste, bevor ihm klar wurde, wie gefährlich das war.

»Ihr habt sie ausgelacht. Ich glaube, das war, als ihr ihr vorgeworfen habt, sie wolle euch weglocken, damit ihre Freunde die Ladung stehlen könnten.«

»Wenn du hiergewesen wärst und gesehen hättest...«

»Wie war das, Cleve?« fragte John ruhig.

»Ich war nicht hier, als sie ankamen, aber es ist so, wie Rolly sagt. Die Frau...«

»Mrs. Tallman«, unterbrach John.

»Ich habe sie gefragt, ob du sie geschickt hättest, uns zu holen. Sie sagte nein. Wir dachten uns, daß du um Hilfe gebeten hättest, wenn du welche gebraucht hättest. Als klar wurde, daß wir nicht gehen würden, ist sie zusammengebrochen und hat angefangen zu heulen. Wir dachten, daß wäre ihre Art... nun... uns dazu zu bringen, das zu machen, was sie wollte. Dann hat der Junge das Gespann angetrieben und ist verschwunden.«

»Ihr habt sie den ganzen Nachmittag ohne Nahrung und Wasser da unten sitzen lassen. Wenn ich nicht zurückgekommen wäre, wären sie die ganze Nacht dort geblieben.« Johns Stimme wurde ruhiger und ruhiger, ein Zeichen dafür, daß seine Wut zunahm.

»Ich wollte mit ihnen reden. Das Mädchen hat mich mit dem Gewehr verjagt. Die ist aggressiv wie ein Floh auf dem Rücken eines Hundes.«

»Sie hätte dich erschossen, da kannst du dir sicher sein. Sie hat in Freepoint auf einen Mann geschossen, der Colin, den älteren Jungen, wegholen wollte. Die Sippe dieses Kerls war hinter uns her.«

»Wir wollten nicht unhöflich gegenüber Mrs. Tallman sein«, sagte Cleve. »Aber du hättest unter den gleichen Umständen genauso gehandelt.«

Cleve Stark war der Mann in der Gruppe, der sich gegenüber den Tallmans behauptete. Er war nicht bereit, klein beizugeben, wenn er sich im Recht glaubte. Wenn es böses Blut wegen der Art und Weise gab, wie die Frau behandelt worden war, dann wollte er es jetzt wissen.

Er sah den Mann, den er wie einen Bruder liebte, direkt an. John wurde in New Mexico rasch zu einer Legende. Die Cowboys, die auf seiner Ranch arbeiteten, schworen darauf, daß er Ziele traf, die sonst niemand sehen konnte, und daß er fähig war, in tiefster Nacht bei strömendem Regen ein Pferd aufzuspüren. Außerdem war er ein harter, aber gerechter Mann. Rain Tallman hatte nicht nur dafür gesorgt, sondern seinem Sohn auch einen kräftigen Körper, großes

Mitgefühl für Benachteiligte, tiefverankerten Respekt gegenüber Frauen und eine sture Hartnäckigkeit mitgegeben. Von seiner Mutter, Amy Tallman, hatte John den feurigen Stolz und die unauslöschliche Loyalität gegenüber Familie und Freunden geerbt.

John studierte das vertrauensvolle, tapfere, wettergegerbte Gesicht seines Freundes Cleve; und obwohl er sich sicher war, daß er *nicht* so wie sie gehandelt hätte, wenn eine hilfesuchende Frau ins Lager gekommen wäre, entschied er, daß es an der Zeit war, die Sache beizulegen. Wichtig war, wie Cleve und die anderen Männer seine Familie in Zukunft behandeln würden. Er drehte den Kopf und sah den Koch an.

»Gibt es hier jemanden, den du als Ersatz für Harrison nehmen würdest?«

»Hab' noch nicht drüber nachgedacht. Harrison ist ein guter Mann, er schaut nur gerne zu tief ins Glas.«

»Viel zu tief. Ich werde auf der Fahrt keine Trinkerei und keine Männer dulden, die sich so betrinken, daß sie ihre Arbeit nicht verrichten können. Harrison geht. Morgen früh.«

Der Koch zuckte die Schultern. »Paco wäre in Ordnung.«

John nickte. »Meine Frau möchte vielleicht ihr eigenes Feuer zum Kochen haben. Sie und die Kinder werden den Zug nicht aufhalten oder den Ablauf stören. Jeder von euch hat seine Verantwortungen. Um *sie* kümmere ich mich«, sagte er mit fester Stimme, die keinen Widerspruch duldete. Er stand auf, spülte seine Tasse in dem Wasserkübel neben dem Lagerfeuer aus und legte sie zurück in den Beutel. Zu Cleve sagte er: »Wir suchen uns zwischen hier und Fort Gibson lieber noch ein paar Männer mehr.«

»Was denkst du, Cleve?« fragte Rolly, einige Minuten nachdem John das Lagerfeuer verlassen hatte.

»Worüber?«

»Du weißt schon. Daß John die Frau so plötzlich geheiratet hat und sie und die Kinder mit nach Hause nimmt.«

»John macht so was Wichtiges wie heiraten nicht überstürzt und nicht, ohne es gründlich überlegt zu haben. Er muß sie als Frau gewollt haben.«

»Ich weiß noch, daß er mal davon gesprochen hat, seine Hazienda mit Kindern zu füllen. Ich dachte, er würde von seinen *eigenen* Kinder reden.« Rolly rieb sich das bärtige Kinn.

»Sie haben Freepoint in aller Eile verlassen.« Bill schüttete getrocknete Pfirsiche in einen Topf mit Wasser, in dem sie über Nacht einweichen sollten. »Dieser Wagen, den er mitgebracht hat, wurde nicht für eine weite Reise gepackt, das steht fest.«

»Das geht uns nichts an, Bill«, sagte Cleve, als er die brennende Spitze seiner Zigarre abklopfte und vorsichtig dagegendrückte, um sicherzugehen, daß sie erloschen war; dann steckte er sie wieder in die Tasche. »John wird dafür sorgen, daß uns seine Familie nicht in die Quere kommt. Du wirst nicht mal für sie kochen müssen.«

»Das wäre mir auch egal«, entgegnete Bill gereizt.

»Er ist empfindlich, wenn es sie betrifft.« Rolly stand auf und reckte seine mächtige Gestalt. »Dem geht es nicht nur darum, der Frau an die Wäsche zu gehen. Zum Teufel! Die muß schon was ganz schön Besonderes sein, wenn man drei Kinder und ein Mädchen mitnimmt und sie achthundert Meilen weit durch Indianerterritorium schleppt, während man zu Hause eine ganze Auswahl an Frauen hat.«

»Es ist wohl besser, wenn du deine Ansichten für dich behältst«, sagte Cleve, als er sich entfernte.

»Genau das habe ich auch vor. Darauf kannst du wetten. Trotzdem würde ich gerne wissen, wo er diese Frau getroffen hat und warum er sie unbedingt heiraten wollte.«

»Dillon! Bleib in Sichtweite.« Addie und Trisha sortierten den Inhalt des Wagens, der zu den Zelten gezogen worden war, und packten ihn neu zusammen. »Wenn ich eine Linie aufzeichnen muß, werde ich das tun«, drohte sie.

Eine mit einem Stock in den Dreck gezogenen Linie diente als unsichtbarer Zaun. Ein Schritt über diese Linie bedeutete, eine halbe Stunde früher ins Bett zu müssen. Einmal hatte Dillon seine Mutter testen wollen und war immer wieder über die Linie gelaufen – und war um drei Uhr nachmittags ins Bett gegangen, ohne Abendessen. Es war eine gefürchtete Bestrafung, die bei den kleineren Kindern große Wirkung zeigte.

»Zieh keine Linie, Mama. Ich wollte nur meine Schildkröte holen.«

»Wolltest du nicht!« sagte Jane Ann gehässig. Dann, zu Addie gewandt: »Er hat hinter einem Baum gepinkelt.«

»Du... sei still!« schrie Dillon.

»Das reicht. Jane Ann, du sollst nicht petzen. Es ist in Ordnung, wenn Dillon sich hinter einem Baum erleichtert. Hier gibt es keine Toilette.«

»Aber ich hab' gesehen, wie er... es gemacht hat.« Jane Anns Lippen zitterten.

»Du hättest dich schnell abwenden sollen, als du gesehen hast, was er tat.«

»Sie kam hinter mir her. Als ich sie gesehen habe, konnte ich nicht aufhören«, jammerte Dillon.

»Von jetzt an sag mir Bescheid, wenn du ins Gebüsch gehst, und ich passe auf, daß Jane Ann bei mir bleibt. Geht jetzt spielen. Lauft nicht in die Nähe des Küchenwagens, und bleibt in Sichtweite. Trisha, du sollst die Truhe doch nicht alleine hochheben.«

Addie packte ein Ende der Truhe, und die beiden Frauen hoben sie vom Waschtisch.

»Wenn wir den Milchkrug nicht zum Koch gebracht hätten, hätten wir etwas Buttermilch trinken können und müßten zum Abendessen nicht da hoch gehen wie Bettler, die auf Almosen hoffen.« Trisha war widerwillig zum Frühstück gegangen, als John sie abgeholt hatte. »Können wir nicht selbst was machen?«

»Ich hoffe, wir können das einrichten. Hast du jemals über einem Lagerfeuer gekocht?«

»Nein. Aber wir haben das im Handumdrehen raus. Ich glaube, der Koch will nichts mit uns zu tun haben. Und ich will nichts mit *ihm* zu tun haben. Miss Addie, ich habe das Gefühl, daß wir... Leuten aufgedrängt werden, die uns nicht wollen. Als ob wir... Müll wären. Aber Colin hat sich trotzdem ganz schön mit dem *Passanten* angefreundet. Er hängt an ihm wie eine Klette. Wo sind sie jetzt hin?«

»Colin ist da drüben bei Mr. Rolly. Er nimmt die Räder von unserem Wagen ab.« Addie blickte auf, als sie sah, daß sich ein Mann näherte. »Da kommt Mr. Stark, den wir heute morgen kennengelernt haben. Sei freundlich, Trisha.«

»Ich werde ihn nicht beißen, auch wenn mir danach zumute ist.« Trisha warf Cleve Stark einen wütenden Blick zu, dann ging sie zur Seite und wandte ihm den Rücken zu.

»Tag.« Cleve zog seinen Hut. Sein Haar hatte graue Strähnen, wodurch er viel älter wirkte als mit Hut.

»Mr. Stark«, antwortete Addie höflich.

»Ich habe mit John über die Schafe geredet. Er sagte, ich solle mit Ihnen sprechen.«

»Was gibt es?«

»Haben Sie vor, sie mitzunehmen?«

»Nun, ich – hatte es gehofft. Mr. Tallman hat mir nicht gesagt, daß ich sie nicht mitnehmen könnte.«

»Man müßte ganz schön auf sie aufpassen. Ein Wolf würde bei der ersten Gelegenheit eins reißen.«

»Um Himmels Willen! Daran habe ich nicht gedacht. Sie waren für mich ein Teil meiner Familie.«

»Ja. Manchmal zahlt es sich nicht aus, wenn man sein Vieh zu Haustieren macht.« Er sah sie mit einem seltsam erwartungsvollen Gesichtsausdruck an.

»Wir wollen Ihnen nicht zur Last fallen, Mr. Stark.«

»Das ist es nicht, Madam. Wenn John es anordnet, werden wir einen Mann für sie abstellen...«

»Nein! Das möchte ich nicht. Aber wenn sie hinten am Wagen angebunden werden, könnten Trisha, Colin oder ich doch neben ihnen herlaufen.«

»Es ist eine weite Strecke, Madam. Wir werden zwölf bis vierzehn Meilen pro Tag zurücklegen. Ich glaube, sie werden kaum mithalten können. Die Nachthirten halten die Ochsen zusammen, und die Maultiere werden angepflockt. Wie wollten Sie ihre Schafe einsperren?«

»Ich werde mit Mr. Tallman darüber reden.«

Als Cleve mit seinem Hut in der Hand dastand, fiel sein Blick auf Trisha, die ihm den Rücken zugewandt hatte, dann zurück auf Addie.

»Wegen gestern. Wir wollten nicht unhöflich sein. Wir waren nur völlig überrumpelt, sonst hätten wir uns nicht so verhalten. Wir hatten nicht die geringste Ahnung, daß John eine Frau hatte.«

»Das war gestern, Mr. Stark. Ich will mich nicht über Dinge grämen, die ich nicht ändern kann.«

»Ja, Madam.« Er setzte den Hut auf und lüpfte ihn höflich.

»Mir ist klar, daß Sie und die anderen Männer nicht vorhatten, bei dieser Reise Frauen und Kinder dabeizuhaben. Wie ich schon gesagt habe, wir werden uns bemühen, nicht zu stören.«

»Jawohl, Madam.«

KAPITEL 15

Addie saß neben John auf dem Sitz des alten Wagens, den ihre Familie seit Jahren besessen hatte. Die müden, schwankenden Pferde, die ihn zogen, waren für sie wie liebe Freunde. Sie war mit ihrem neuen Mann auf dem Weg nach Van Buren, um den Wagen und das Gespann gegen einen gedeckten Wagen einzutauschen, der sie und die Kinder über Hunderte von Meilen zu ihrer neuen Heimat in New Mexico bringen sollte.

Sie sah zurück und winkte der kleinen Gruppe zu, die neben den Zelten stand.

»Es wird ihnen nichts passieren, Addie. Trisha kann sich voll und ganz um die Kinder kümmern.«

»Ich weiß… aber über Nacht…«

»Bei Cleve, Rolly und den anderen sind sie sicherer als bei uns.«

»Trisha hat sich gefürchtet, weil ich wegfahre, aber sie wollte es nicht zugeben.«

»Mach dir keine Sorgen, daß die Männer sie belästigen könnten.«

»Ein bißchen sorge ich mich schon, ich kann nicht anders. Sie ist mir eine treue Freundin.«

»Ich weiß. Das hast du mir erzählt.«

»Ich habe ihr versprochen, daß sie so lange bei mir bleiben kann, wie sie will, und zwar nicht nur, weil ich ihr eine Menge schuldig bin, sondern weil ich sie liebe.

»Das weiß ich auch. Sie wird in unserem Haus willkommen sein.«

»Sie spielt die Tapfere, aber innerlich wird sie fast verrückt vor Angst.«

»Sie ist sehr mutig. Sie wird schon zurechtkommen.«

»Sie hat Angst, sie könnte in einem… Bordell landen.«

»Wenn das passiert, dann nur, weil sie sich selbst dafür entscheidet. Sie kann nicht ihr ganzes Leben lang an deinem Rockzipfel hängen.«

»Sie hängt nicht an meinem Rockzipfel!«

»Wie würdest du es denn nennen? Sie folgt dir wie ein Schatten.«

»Sie hat sonst niemanden. Sie hat viel durchgemacht.«

»Genau wie du, und deine Sorgen haben dich stark gemacht. Laß uns jetzt nicht über Trisha reden. Eines Tages wird sie heiraten und ihre eigene Familie haben.«

»Das bezweifele ich.«

»Buffer Simmons himmelt sie an.«

»Viele Männer *himmeln sie an*.«

»Es ist mehr als das. Ich glaube, er hat es wirklich auf sie abgesehen.«

»Hat er das gesagt?«

»Nein. Aber wenn ein Mann so viele Fragen über eine Frau stellt wie er, dann hat er gewisse Absichten.«

»Wahrscheinlich führt er wirklich Absichten, und zwar nicht, sie zu heiraten. Er weiß, daß sie farbiges Blut hat. Pfarrer Sikes hat dafür gesorgt, daß jeder in der Stadt es wußte.«

»Ich glaube nicht, daß das für Simmons ein Hindernis wäre, wenn er sie heiraten wollte.«

»Er will nur, was andere Männer vor ihm gewollt haben, die gesehen haben, wie hübsch sie ist.« Addie warf einen Blick auf John, um zu sehen, wie er auf ihre Aussage reagieren würde. Er sah nach vorne. »Sie hatten alle *gewisse Absichten*«, sagte Addie trocken.

John schwieg. Das Gespräch über Trisha hatte ihre

Gedanken beschäftigt, während sie losgefahren waren. Aber jetzt war das Lager außer Sichtweite, und endlich hatte er seine Frau für sich. Er wollte diese Zeit nutzen, um mit ihr vertrauter zu werden, um sie wirklich kennenzulernen. Er wollte wissen, woran sie dachte, wovon sie träumte – wie sie zu ihm stand. Und noch wichtiger, er wollte wissen, wieso sie so einen Taugenichts wie Kirby Hyde geheiratet hatte.

Er wandte seinen Kopf leicht zur Seite, um sie zu betrachten. Sie trug das gleiche blaue Kleid wie an dem Tag, als er sie zum ersten Mal in der Stadt gesehen hatte. Die Morgensonne schien jetzt auf ihr helles Haar, das aufgerollt und im Nacken festgesteckt war. Ihre Augen waren groß und traurig. Die dunklen Ringe unter ihnen betonten ihre leuchtende Farbe noch. Auf dem Schoß hielt sie eine Sonnenhaube mit steifem Rand.

»Hast du die Fußabdrücke der Kinder genommen, damit wir ihnen feste Schuhe kaufen können?« fragte John im Bemühen, das Gespräch fortzusetzen.

»Ja. Auch von Trisha. Ich habe ein Blatt aus einem alten Katalog gerissen und jeden Fuß mit Bleistift nachgezogen, dann habe ich den Umriß ausgeschnitten. Wir können das Geld, das ich für die Farm bekommen habe, nehmen, um Schuhe zu kaufen. Ich möchte, daß Sie die Hälfte von dem nehmen, was übrig bleibt, wenn wir den Wagen und die Maultiere und die Vorräte für die nächsten paar Wochen gekauft haben.«

»Das Geld, das du für die Farm bekommen hast, ist deins. Ich kaufe alles, was wir für die Reise brauchen.«

Addie wandte ihren Kopf langsam um. »Warum sollten Sie?«

»Weil du meine Frau bist. Ich sorge für alles, was mir gehört.«

»Wie für Ihr Pferd? Ihren Hut? Ihr Frachtgespann?« Ihre Stimme klang gereizt.

»So habe ich das nicht gemeint, Addie. Wenn die Zeit kommen sollte, daß wir etwas von deinem Geld brauchen, dann würde mein Stolz mich nicht daran hindern. Ich hoffe, daß wir beide gemeinsam für das Wohl unserer Familie zusammenarbeiten können.«

»Es tut mir leid, daß ich undankbar geklungen habe.«

John schlug mit dem Zügel auf die Rücken der Pferde, und der Wagen rollte die Straße hinab.

Addie blieb ruhig und lächelte nicht, als sich ihre Blicke kreuzten, während in ihr eine panische Unbehaglichkeit wütete. Sie fühlte sich wie in einer anderen Welt. In so kurzer Zeit war so viel passiert. Ihre Kinder und Trisha hatte sie bei Fremden zurückgelassen. Der Mann neben ihr war ebenfalls ein Fremder. War es möglich, daß weniger als eine Woche vergangen war, seit sie ihn zum ersten Mal gesehen hatte? Dennoch war er ihr Mann und würde erwarten, heute nacht mit ihr zu schlafen, sie intim zu berühren.

Eine Frau ist verpflichtet, ihren Mann zu beglücken, wann immer und wo immer er es verlangt. Das hatte Kirby gesagt.

Würde dieser Mann grob oder sanft zu ihr sein? Sanft, wie Kirby zu Anfang gewesen war, oder grob, wie Kirby nach ihrer Hochzeit?

Sie wandte sich um und sah, daß John sie anblickte.

»Machst du dir Sorgen wegen heute nacht, Addie?«

Um Himmels willen! Kann er Gedanken lesen? Sie wollte seinem Blick ausweichen, aber seine dunklen Augen blieben auf ihre gerichtet. Sie öffnete den Mund in der Absicht, es zu leugnen, aber sie konnte nicht sprechen. Sie konnte ihn nicht anlügen.

»Es… ist lange her.«

»Ich will Kinder von dir, Addie. Aber ich werde mich dir nicht aufzwängen, um welche zu bekommen.«

Sie riß ihren Blick los und sah geradeaus. »Ich bin bereit zu tun, was… äh, von mir erwartet wird.«

»Du wirst deine Pflicht tun? Meinst du das?« Als sie nicht antwortete, fragt er: »Hast du Kirby Hyde geliebt?«

»Das haben Sie mich schon einmal gefragt.«

»Und du hast mir nicht geantwortet.«

»Ich werde jetzt auch nicht antworten. Das geht Sie nichts an.«

»Alles, was mit dir zu tun hat, geht mich etwas an, Addie. Aber ich werde nicht darauf bestehen. Wir werden noch unser ganzes Leben zusammen verbringen. Ich will wissen, was du willst, und wenn ich kann, werde ich es dir geben. Ich will die guten und die schlechten Zeiten mit dir teilen.« *Ich will, daß wir sind wie meine Mutter und mein Vater. Wenn sie ein Zimmer betritt, sieht sie als erstes meinen Vater an. Sie sprechen mit den Augen. Sie denken und reden wie ein Mensch.*

Nach einem unbehaglichen Schweigen fragte Addie: »Was wollen Sie wissen?«

»Erzähl mir von deinen Eltern.«

Die Spannung löste sich, als Addie davon erzählte, wie ihre Mutter und ihr Vater sich kennengelernt hatten, als sie von einem Farmer in Tennessee aufgenommen wurden, um für ihre Unterkunft zu arbeiten, beinahe so wie Colin und Jane Ann. Beide hatten keine Eltern mehr; Addie wußte nicht genau, woran sie gestorben waren. Als ihr Vater sechzehn war, entschloß er sich, zu gehen und seinen eigenen Weg zu machen. Er nahm ihre Mutter mit. Sie machten den Bruder ihrer Mutter bei einer anderen Familie ausfindig, und er kam mit ihnen. Sie waren fast noch Kinder, als sie heirateten. Obwohl ihr Leben hart war, gelangten sie schließlich nach Arkansas und bezogen ihr Stück Land.

»Warst du ihr einziges Kind?«

»Sie hatten vor mir zwei, die nur wenige Tage nach ihrer Geburt gestorben sind, und eines nach mir, das nur ein Jahr alt geworden ist.«

»Hast du Colin und seine Schwester aufgenommen, weil deine Eltern Waisen waren?«

»Zuerst vielleicht schon. Dann habe ich sie liebgewonnen. Sie brauchten mich«, sagte sie beinahe entschuldigend.

Die Vormittagssonne war heiß. Addie fächelte sich mit dem steifen Rand ihrer Haube Luft zu. Als sie an einen schmalen, klaren Bach kamen, hielten sie an, um das Gespann trinken zu lassen. John sprang vom Wagen hinab und streckte seine Arme nach Addie aus. Als sie ihm die Hände auf die Schultern legte, umfaßte er ihre Taille und schwang sie mit Leichtigkeit auf den Boden.

»Vertritt dir die Beine. Ich hole dir etwas zu trinken.«

Als er mit einer Blechtasse voll Wasser vom Bach zurückkam, trank sie durstig, wobei sie die runde Tasse neugierig ansah. Sie bestand aus Blechringen, die sich teleskopartig ineinanderschoben, wenn sie geschlossen wurden.

»So eine Tasse habe ich noch nie gesehen.«

»Ich habe sie aus Saint Louis.« Er drückte auf Ober- und Unterseite. Die Tasse schob sich zusammen. »Zusammengefaltet ist sie nur zwei Zentimeter hoch. Man kann sie leicht in seiner Tasche oder in der Satteltasche verstauen.«

»Zeigen Sie sie Dillon lieber nicht.« Addies violette Augen funkelten fröhlich, als sie ihn ansah. »Er würde sie andauernd auseinanderziehen und zusammenfalten und sie ruinieren.«

»Gut, daß ich das weiß. Wenn ich ihn mal ruhigstellen will, werde ich die Tasse hervorzaubern.« Seine lächelnden Augen blickten sie verschwörerisch an.

Sein Lächeln ließ Addies Herz flattern. Sie fuhr sich mit der Zungenspitze über die Lippen und sah, daß sich seine Augen auf ihren Mund richteten. Bei ihm zu sein und mit ihm aus der gleichen Tasse zu trinken hatte sie vollkommen verwirrt und durcheinandergebracht. Es war ein anderes Gefühl, mit ihm allein hier auf der einsamen Straße zu sein.

Er wirkte nicht mehr so ernst. Er war herzlicher, freundlicher. Sie fragte sich, ob er genauso über sie dachte.

»Wie weit ist es noch?«

»Noch eine Stunde.« Er blickte zur Sonne hinauf. »Wir können dort in einem Restaurant essen«.

Er sah sie an, sein schlanker Körper war entspannt, weder in Eile, weiterzufahren, noch gleichgültig. Während er darauf wartete, daß sie etwas sagte, schienen sich Zeit und Raum auf diese Stelle am Bach zu reduzieren.

»Dann werde ich Hunger haben.«

»Ich habe noch nie jemanden gesehen, der Augen von der Farbe wie deine hatte. Wußtest du, daß sie stets deine Stimmung widerspiegeln?«

»Darüber habe ich noch nie nachgedacht.«

»Warum sind sie jetzt so traurig?« Sein Tonfall war sanft, vertraulich. Sie dachte, er würde sie necken, aber er lächelte nicht.

Sie wandte sich ab und sah den funkelnden Bach hinauf und hinunter. Sie wußte, daß sie sprechen mußte, und zwar leichthin sprechen. Als sie ihn wieder ansah, beobachtete er sie so eingehend, daß sie ihren Blick rasch senkte. Ein seltsames Gefühl überkam sie, als ob ihr die Luft wegbleiben würde.

»Ich weiß nicht, warum sie traurig sind. Ich bin nicht direkt traurig.« Sie machte eine Pause. »Nun, vielleicht ein bißchen.« Sie neigte den Kopf zur Seite, um ihn anzusehen, denn er war einen Schritt nähergetreten. »Sind Sie jemals traurig?«

»Manchmal. Ich bin auch müde, hungrig, wütend, einsam und ängstlich, genau wie du.«

»*Sie* sind ängstlich?« sagte sie spöttisch, wobei sie sich wünschte, seine Nähe wäre ihr nicht so deutlich bewußt.

»Natürlich. Nur Idioten haben niemals Angst. Du hattest schon oft Angst, nicht wahr?«

»Ja. Ich hatte in der Nacht Angst, als Sie zur Farm gekommen sind und die betrunkenen Dreckskerle verjagt haben! Warum haben Sie das getan?«

Er strich sich mit dem Zeigefinger den Schnurrbart entlang und sah sie plötzlich lüstern an.

»Vielleicht hatte ich vor, dich selbst zu *verschlingen*. Grrrr...« Er fletschte die Zähne wie ein hungriger Wolf.

Addies Gesichtsausdruck veränderte sich augenblicklich von ernster Konzentration über Überraschung zu Freude. Sie erstickte fast an dem fröhlichen Gelächter, das aus ihr heraussprudelte.

»Mr. Tallman! John!« Sie lachte laut auf. »Wenn du mir Angst einjagen wolltest, dann ist es dir nicht gelungen! Ohhh!« quiekte sie, als er sie wie ein Kind in die Arme schloß.

»Du solltest lieber Angst haben«, sagte er und hielt sie über das strömende Wasser. »Ich könnte dich hier direkt in den Fluß werfen.«

»Oh... oh, bitte nicht...« Sie umklammerte seinen Nacken.

»Wenn du richtig Angst hast, setze ich dich wieder in den Wagen.«

»So gerne ich ja ein Bad nehmen würde, ich habe Angst vor kaltem Wasser!« Er trug sie zum Wagen. »Und ich habe Angst, weil mich noch nie jemand so gehalten hat. Um Himmels willen! Laß mich runter. Ich bin zu schwer.«

»Schwer, ach du meine Güte«, sagte John und ließ sie auf den Sitz hinab. »Du wiegst ungefähr soviel wie ein Sack Futter.«

Er kletterte das Rad hoch, setzte sich neben sie und ließ das Gespann loslaufen. Es stieg durch das steinige Flußbett und das Ufer hinauf zur Straße.

»Es ist nicht gerade schmeichelhaft, mit einem Sack Futter verglichen zu werden.« Sie rümpfte die Nase in gespieltem Hochmut; plötzlich hatte sie das Gefühl, sie würde sich wie ein Idiot benehmen.

»Ich hätte ein Sack Kartoffeln sagen können, aber die sind klobig. Du bist... weich.«

Addie mußte ihn einfach ansehen. Sie hatte ihn noch nie so strahlend lächeln sehen. In den Winkeln seiner blauen Augen, die amüsiert funkelten, waren Lachfältchen. Sie sahen einander an, und Addies leises Kichern mischte sich mit Johns tiefem herzlichen Gelächter.

Die Stadt Van Buren lag verschlafen in der Mittagssonne. Sie erschien Addie größer als Freepoint und viel älter. Am Ufer des Flusses Arkansas gegenüber von Fort Smith gelegen, war Van Buren der Ausgangspunkt für Frachtwagen, Siedler und Armeeregimenter, die ins oder durch das Indianerterritorium zogen.

John, der die heitere Kameradschaftlichkeit genoß, erzählte Addie ein wenig über die Stadt, als sie sich dieser näherten.

»Thomas Martin, ein Freund meines Vaters, kam 1818 an diese Stelle am Arkansas und errichtete einen Handelsposten. Als Siedler nachkamen, entstand ein Ort namens Phillips Landing, weil ein Mann namens Phillips ein großes Stück Land gekauft hatte. Später wurde der Name der Stadt in Van Buren abgeändert, wegen des Präsidenten.«

»Kennt man dich hier?«

»Ein wenig. In den zwanziger Jahren haben sich meine Eltern etwa hundert Meilen nördlich von hier niedergelassen. Ich wurde dort geboren und bin dort aufgewachsen. Wir kamen etwa zweimal im Jahr her, um Vorräte zu kaufen.«

»Es ist hier hügeliger, als ich erwartet hatte.«

»Ja, es ist eine hügelige Gegend. Die Geschäfte sind gut, aber für die Menge von Waren, die wir zu Hause brauchen, müssen wir nach Saint Louis. Die Eßlokale und Hotels sind mäßig, die Saloons ausgezeichnet.« Er grinste sie an.

»Und du weißt das natürlich!« sagte sie frech.

John konnte sich nicht erinnern, sich jemals besser amüsiert zu haben. Die Zeit war ihm wie im Flug vergangen, seit sie das Lager verlassen hatten, aber in Wirklichkeit waren sie schon den halben Tag unterwegs. Er war von Addie Tallman – nie wieder wollte er den Namen Hyde mit ihr in Verbindung bringen – begeistert. Sie war nicht nur hübsch, sondern auch intelligent. Sie hatte einen wachen Verstand und einen wunderbaren Sinn für Humor. Wenn sie wütend wurde, war sie außerdem eine richtige Furie. Er lachte leise, als er an die Standpauke dachte, die sie dem Pfarrer gehalten hatte.

»Worüber lachst du?« Addie wandte ihren Kopf und sah ihn an.

»Du ärgerst dich wieder, wenn ich das sage.« Er konnte nicht aufhören zu grinsen.

»Jetzt hast du mich neugierig gemacht. Sag es mir besser, oder ich befürchte das Schlimmste.«

»Ich habe daran gedacht, wie du auf der Straße gestanden, mit den Füßen gestampft und dem Pfarrer jedes Schimpfwort an den Kopf geworfen hast, das dir einfiel.« Er schüttelte sich vor Lachen. »Nachdem ich das gesehen habe, ist es nicht meine Absicht, dich jemals vor irgend jemanden in Rage zu bringen.«

Addies Gesicht wurde feuerrot. »Ich kann mich gar nicht mehr erinnern, was ich gesagt habe. Trisha sagte, es wären Dinge gewesen, die sie mich noch nie hätte sagen hören. Ich war *so* wütend! Na, allein der Gedanke daran, daß... der alte Dreckskerl glaubt, er könnte Colin an dieses verkommene Stinktier von Renshaw geben! Natürlich wußte ich damals noch nicht, daß er auch Dillon wegholen wollte. Ich... ich hätte ihm eher seinen häßlichen Kopf weggeschossen als ihm meine Jungen gegeben!«

»Beruhige dich, Liebes. Ich wollte dich nicht schon wieder auf die Palme bringen.«

Als ihr der Kosename bewußt wurde, verspürte sie das wunderbare Gefühl, zu ihm zu gehören – ein Gefühl der Sicherheit. Sie sah ihn an und bemerkte plötzlich, daß sein Kopf ständig in Bewegung war und sich von einer Seite auf die andere bewegte, aber so langsam, daß die Bewegungen kaum merklich waren. Er war ein äußerst wachsamer Mann, bemerkte sie, und unter seinem ruhigen Äußeren lag etwas, das so unbeugsam war wie der Stiel einer Axt.

»Glaubst du, der Bürgermeister hat eine Nachricht hierher geschickt, daß Trisha wegen der Schüsse auf Ellis Renshaw verhaftet werden soll?«

»Wenn ja, dann werden wir es rausfinden. Mach dir keine unnötigen Sorgen. Ich verspreche dir, wir werden Trisha mit uns nach New Mexico nehmen.«

Er hielt den Wagen am geöffneten Tor des Mietstalls an.

»Hallo, Tallman.« Der Stallbesitzer hatte einen langen weißen Bart und trug den grauen Hut der konföderierten Armee. Er starrte Addie neugierig an, als John ihr vom Wagensitz hinunterhalf. »Gute Reise nach St. Louis gehabt?«

»Sicher. Paß auf den Wagen und die Tiere auf, Wally. Ich komme nachher zurück.«

John nahm Addies Arm, als sie zur Hauptstraße der Stadt hinuntergingen, während der alte Mann hinter ihnen herstarrte, bevor er neugierig den klapprigen Wagen und das altersschwache Gespann betrachtete. Er schüttelte den Kopf und wunderte sich, daß ein Mann wie John Tallman mit solcher Ausrüstung in die Stadt kam.

»Nach dem Essen«, sagte John, als sie den Gehweg erreichten, »bringe ich dich ins Hotel, damit du dich ausruhen kannst. Ich selbst werde versuchen, uns einen Planwagen zu besorgen.« Er preßte ihren Arm an sich und lächelte stolz auf sie herab.

Addie stand am Fenster des Hotelzimmers und sah auf die Straße hinunter. Sie war zu nervös, um sich auszuruhen. Noch nie in ihrem Leben, außer wenn sie krank gewesen war, hatte sie sich am hellichten Tag hingelegt. Sie sah sich im Zimmer um. Dies war erst das zweite Mal, daß sie in einem Hotel war. Das Zimmer war fast genauso wie dasjenige, in dem sie und John geheiratet hatten – eisernes Bettgestell, Waschtisch, Krug und Schüssel aus Porzellan, ein Tisch mit einer Öllampe. Ihre Haube hing am Knauf eines Stuhls, und die Stofftasche mit ihrem Nachthemd, Kamm, Bürste, Waschlappen und Handtuch stand auf dem Sitz.

Sie vermied es, das Bett anzusehen. Es erschien ihr schrecklich schmal. Sie versuchte, nicht daran zu denken, wie sich die große Gestalt ihres Mannes auf der einen Seite ausstrecken würde und sie sich auf der anderen. Statt dessen dachte sie daran, wie besonders sie sich vorgekommen war, als er sie in das Restaurant geführt, ihren Stuhl zurechtgerückt und dann das Essen bestellt hatte.

Eine leise Stimme in ihrem Inneren erinnerte sie daran, daß Kirby auch aufmerksam gewesen war. Aber das war vor ihrer Hochzeit gewesen. Das hier war etwas anderes, argumentierte ihr Verstand. Sie und John waren schon verheiratet. Er hatte es nicht mehr nötig, um sie zu werben. Er hatte bereits das gesetzliche Recht, ihr Bett zu teilen.

Addie sah zurück auf die Straße, als ein stattlicher Mann in einem schwarzen Serge-Anzug und mit Zylinder und einer goldenen Uhrenkette über der Brust aus der Bank kam, eine junge Dame am Arm. Sie trug ein modisches rosa und weiß gestreiftes Kleid und eine Spitzenhaube. Ihre schmale Taille wurde durch die vielen Meter von Stoff für den üppigen Rock betont. Neben dem großen Mann wirkte sie winzig, und sie ging mit zierlichen Schritten, wobei sie ihren Rock, wenn nötig, mit behandschuhten Fingern anhob.

Nicht nur Addie beobachtete das Paar. Männer starrten

sie an; Frauen gafften. Ein Mann, der auf einem Wagen die Straße hinunterfuhr, wandte sich auf dem Sitz um, um sie besser sehen zu können. Das Paar schien nicht zu merken, daß es Aufsehen erregte, und ging weiter zum Hotel am Ende der Straße, in dem es verschwand.

Addie, die nicht besonders an dem gut gekleideten Paar interessiert war, zog sich einen Stuhl ans Fenster und setzte sich, um auf John zu warten.

Van Buren war nicht nur der Ausgangspunkt für den Westen, es war auch eine Stadt am Fluß. Die Straßen wimmelten von verschiedensten Menschen: Schiffern, Indianern, Soldaten, Farmern, Rumtreibern und ein paar Negern. Deserteure sowohl von der Armee der Nordstaaten als auch von der der Südstaaten kamen aus den Hügeln herbei. Während des Essens hatte John erklärt, daß einige Richtung Süden nach Texas unterwegs waren, andere weiter in den Westen.

»Immer, wenn es Krieg gibt«, hatte John gesagt, »gibt es auch Abtrünnige. Nach der Niederlage von Santa Anna sind sie über Texas hergefallen: sie haben gestohlen, alle Überbleibsel mitgenommen, getötet, wenn es ihnen in den Sinn kam. Nach diesem Krieg wird es genauso sein. Es wird eine Weile dauern, bis sie verschwunden sind.«

»Werden wir ihnen auf dem Weg nach New Mexico begegnen?«

»Es kann passieren, ist aber eher unwahrscheinlich. Sie finden sich meistens in Trupps von vier bis zwölf Mann zusammen und überfallen Gehöfte oder kleine Trecks. Darum will der Richter auch mit uns ziehen. Mach dir keine Sorgen«, hatte John gesagt, als er Addies Gesichtsausdruck bemerkte. »Um gegen uns anzukommen, braucht es schon eine kleine Armee.«

Addies Aufmerksamkeit wurde wieder auf die Gegenwart gelenkt, als vier Reiter vom entlegenen Ende der Stadt in die

Straße einbogen. Selbst aus der Entfernung konnte Addie erkennen, daß die Männer außergewöhnlich gute Pferde ritten. Das glatte schwarze Fell glänzte; die Mähnen waren gekämmt und lagen auf einer Seite der hochgewölbten Hälse. Sie hatten lange, ausladende Schweife, die ordentlich gestriegelt waren. Die Männer auf den Pferden trugen die blaue Uniform der Nordstaaten-Armee. Sie saßen mit erhobenen Köpfen und geraden Schultern aufrecht im Sattel, wie bei einer Parade.

Als sie am Hotelfenster vorbeikamen, sah Addie, daß die Männer genauso gepflegt waren wie die Pferde. Ein Mann zog ihre Aufmerksamkeit besonders auf sich. Unter dem dunklen Hut hatte er helles, lockiges Haar, das beinahe bis auf seine Schultern reichte. Er hatte einen schönen blonden Bart und erinnerte Addie an Bilder von General Lee, die sie gesehen hatte. Sie war nicht im geringsten überrascht, als die Soldaten vor dem Hotel am Ende der Straße anhielten und ihre Pferde ans Geländer banden. Drei der Männer betraten das Hotel, und der vierte stellte sich vor die Pferde, als befürchtete er, jemand könne sie stehlen.

Addie hörte ein leises Klopfen an der Tür und wandte sich vom Fenster ab. Als John das Zimmer betrat, stand sie auf und sah ihn an, und wieder einmal fiel ihr auf, wie groß er war. Er trug keinen Hut, doch sein Kopf reichte fast bis an den Türrahmen.

Hätte sie klar denken können, so hätte Addie sich gefragt, wieso seine Größe und die Tatsache, daß sie allein in diesem kleinen Raum waren und er das Recht hatte, alles mit ihr zu tun, sie nicht einschüchterte. Es kam ihr jedoch keiner dieser Gedanken in den Sinn.

»Hast du einen Wagen bekommen?«

»Einen wunderbaren.« Er warf seinen Hut aufs Bett. »Wir haben Riesenglück, daß wir heute gekommen sind.« Er goß Wasser aus der Kanne in die Schüssel und benetzte sein Gesicht. »Wally vom Mietstall hat mir von einem Holländer erzählt, der gestern mit einem außergewöhnlich guten Wagen in die Stadt gekommen war und ihn verkaufen wollte. Wally sagte, der Mann sei auf dem Weg nach Texas gewesen, als seine Frau starb. Mit vier Kindern ohne Mutter wollte er nicht weiterfahren.« Nachdem er sein Gesicht abgetrocknet hatte, hing John das Handtuch wieder über den Halter und sah in den Spiegel über dem Waschtisch. »Ich muß zum Barbier, um mich rasieren und mir die Haare schneiden zu lassen.«

»Was wird der arme Mann jetzt machen?« fragte Addie. »Sind welche von den Kindern groß genug, um auf die anderen aufzupassen?«

»Danach habe ich nicht gefragt. Er wird die Kinder zurück nach Indiana bringen, wo er Verwandte hat.«

»Er hat nicht nur seine Frau verloren, sondern auch seinen Traum, in einem neuen Land ein neues Leben anzufangen.«

»Manchen Leuten ist es nicht gegeben, neue Wege zu beschreiten. Für sie ist es besser, sich irgendwo niederzulassen und dort zu bleiben. Der Holländer ist ein ausgezeichneter Handwerker. Der Wagen, den er gebaut hat, ist der Beweis dafür. Aber mit Reisen kannte er sich nicht aus, und bei der Wahl seiner Begleiter war er nicht klug gewesen. Es ist gut möglich, daß er es nicht bis Texas geschafft hätte, und wenn doch, so hätte er dort nicht durchgehalten.«

»Woran ist seine Frau gestorben?«

»Schlangenbiß. Sie hat im Fluß Wäsche gewaschen, und eine Wassermokassin hat sie erwischt.«

»Ohh...« Addie erschauerte.

»Einen so stabilen Wagen habe ich noch nie gesehen. Der Holländer räumt gerade seine Habseligkeiten heraus. Wir können morgen früh aufbrechen und gegen Mittag wieder im Lager sein.«

»Warum habt ihr das Lager so weit weg von Van Buren aufgeschlagen?«

»Die Tiere hatten die Ladung von Saint Louis hinuntergezogen, und sie brauchten Zeit zum Ausruhen und Grasen. Die Gegend um Van Buren ist zu dieser Jahreszeit meistens abgegrast, weil so viele Trecks hier Station machen. Wir wollen nur für einen Tag hier bleiben, wenn wir die Truppe von Van Winkle treffen. Übrigens, der Richter ist in der Stadt. Ich werde ihn aufsuchen, nachdem wir eingekauft haben.«

Addie setzte ihre Haube auf und hing sich ihre Geldbörse über den Arm. Dann öffnete John die Tür und folgte ihr in die Halle.

»Addie, wir haben eine große Auswahl von Kleidungsstücken bei den Waren, die wir zum Geschäft meines Vaters bringen, du wirst also nichts mehr brauchen. Aber ich möchte, daß du alles kaufst, von dem du glaubst, daß du es für dich selbst, Trisha oder die Kinder benötigst.« Er lächelte sie an. »Ich denke nicht, daß du Socken kaufen mußt. Ich werde nur noch die tragen, die meine Frau strickt. Meine Füße haben sich noch nie so wohl gefühlt.«

»Du hast die Socken von Mr. Cash gekauft?«

»Aber sicher. Ich habe zwei Vierteldollar pro Paar bezahlt, und sie sind jeden Cent wert.«

»Fünfzig Cent?« Sie riß die Augen erstaunt auf.

»Jetzt weißt du, warum ich dich geheiratet habe: damit ich ein Leben lang mit Addie Tallmans Stricksocken versorgt werde.«

Als er ihren Arm drückte, warf er ihr einen neckischen Blick zu. Sie ging neben ihm die Treppe hinunter, als würde sie auf einer Wolke der Glückseligkeit schweben.

Er war anders als jeder Mann, den sie je getroffen hatte.

In der Hotellobby blieb John stehen und sprach mit dem Mann am Tresen, dann gingen sie zusammen die Straße entlang zu dem großen Geschäft an der Ecke.

KAPITEL 16

Addie war überwältigt von den vielen Waren, die auf den Theken lagen, an den Wänden standen und sogar von der Decke des großen Ladens herabhingen. Das Geschäft war bestimmt doppelt so groß wie das in Freepoint, dachte sie. Es war später Nachmittag, und es war eine Reihe von Kunden im Laden, die Addie aber wegen der auf den Tischen gestapelten Waren nicht sehen konnte. An den meisten Stellen reichten die Sachen bis über ihren Kopf. Als sie die schmalen Gänge entlangging, hörte sie jedoch Stimmen murmeln.

»In Freepoint war während des Krieges alles knapp«, sagte Addie zu John.

»Die Waren hier kommen seit Kriegsende größtenteils aus dem Norden.«

Ein junger Mann mit weißer Schürze um den Bauch eilte auf sie zu. Sein Haar war in der Mitte gescheitelt und an den Seiten angeklatscht. Ein gewichster Schnurrbart zierte seine Oberlippe.

»Mr. Tallman, es ist mir ein Vergnügen, Sie zu sehen. Wir haben schon gehört, daß Sie in der Stadt sind.«

»Addie, das ist Ron Poole. Seinem Vater gehört das Geschäft. Ron, meine Frau, Mrs. Tallman. Wir möchten Schuhe für unsere Kinder kaufen.«

»Ihre Kinder? Äh… ja, hier entlang bitte.« Er führte sie zu mit Schuhkartons gefüllten Regalen. »Schuhe für Kinder sind auf den oberen Regalen, für Damen hier unten. Am Ende des Ganges finden Sie Stiefel für Jungen. Also, was darf ich Ihnen zeigen?«

Addie wählte Schuhe für Trisha und die Kinder aus, indem sie die Papierumrisse ihrer Füße an die Schuhsohlen hielt, um die Größe zu überprüfen. Dann suchte sie, weil John darauf bestand, ein Paar für sich selbst aus, praktische schwarze Schuhe, die bis über die Knöchel geschnürt wurden. Nachdem sie für die Jungs Hüte mit Krempen und ein Paar schwere Segeltuchhosen für Colin ausgewählt hatte, zögerte Addie, ob sie für Trisha einen Reitrock nehmen sollte.

»Trisha reitet liebend gern«, sagte sie zur Erklärung, als sie den Rock zu den Sachen legte, die sie kaufen wollten. »Der Besitzer der Plantage, auf der sie aufgewachsen ist, hatte einen großen Stall. Sie hat mir erzählt, sie sei nachts zum Reiten auf die Weide geschlichen, weil man sie tagsüber nicht in die Nähe der Pferde gelassen hat.«

»Reitest du gerne?«

»Ich weiß nicht. Ich bin bisher nur auf Arbeitspferden geritten.«

»Nimm auch einen Rock für dich. Du wirst reichlich Gelegenheit zum Reiten haben, wenn wir nach Hause kommen.«

Nach Hause. Zum ersten Mal hatte er das Wort im Zusammenhang mit ihr benutzt, und zu ihrer Überraschung begann sie zu zittern, als würde sie mit tausend Nadeln gepiekst.

John ging an den Tischen und Regalen entlang und wählte viele Dinge aus, was den Sohn des Ladenbesitzers sehr erfreute, der hinter ihm hereilte und die Artikel zum Tresen trug und sie auf seine Rechnung schrieb. Addie blieb neben dem Tisch mit Kreidetafeln und *McGuffey*-Büchern stehen. Sie fuhr mit den Finger über die *Fibel,* das *Erste* und *Zweite Lesebuch* und das *Buchstabierbuch.*

»Willst du sie für die Kinder nehmen?« John stand direkt hinter ihr und sprach leise in ihr Ohr.

»Colin hat noch nicht die Gelegenheit gehabt, zur Schule

zu gehen. Jane Ann und Dillon könnten jetzt anfangen. Ich könnte sie mit diesen Büchern unterrichten, aber der Preis... sie sind ziemlich teuer.« Ihre Stimme war genauso leise wie seine.

»Unterricht ist unbezahlbar. Nimm sie, und das *Fünfte* und *Sechste Lesebuch* auch.«

Addie hielt die vier Bücher wie Schätze an sich gedrückt. Sie sah sie an, dann hinauf zu John. Ihre violetten Augen blickten ihn fragend an.

»Kann ich die von dem Geld für die Farm bezahlen?«

»Ich dachte, das hätten wir geklärt. Was meins ist, ist deins, und was deins ist, ist meins.« Er umfaßte sie, drückte seine Brust gegen ihren Rücken und nahm ihr die Bücher aus der Hand. »Du brauchst auch Schiefertafeln und Kreidestifte. Nimm ruhig reichlich Kreide.«

Während Addie die Tafeln auswählte, ging John zu dem Tisch, auf dem Messer von verschiedener Schärfe und Größe in ordentlichen Reihen lagen. Auf dem schmalen Gang kam ein Paar auf ihn zu. Der Mann trug die Uniform der Union, die Frau ein modisches rosagestreiftes Kleid. John warf ihnen nur einen kurzen Blick zu und vergaß sie wieder. In einem Sekundenbruchteil hatte er den Mann als ausstaffierten Dandy beurteilt, der den Krieg jetzt genoß, wo er vorüber war. Der Soldat hatte seine ganze Aufmerksamkeit auf die Frau gerichtet. Sie war jung und hübsch und sah zu ihm auf, als sei er der einzige Mann auf der Welt.

Nach sorgfältiger Überlegung wählte John ein Klappmesser für Colin aus, brachte es zur Theke und ging dann zurück zu Addie, die noch immer bei den Büchern stand.

»Kannst du dich bei den Tafeln nicht entscheiden?«

»Die Tafeln habe ich schon ausgesucht, aber ich weiß nicht, wieviel Kreide ich nehmen soll.«

»Zwei Schachteln. Die wird nicht schlecht.« Dabei schaute er so ernst, daß sie lachen mußte, und ihr Gelächter steckte ihn an. Ihre hellen Töne mischten sich mit seinem tieferen, herzlichen Brummen. »Ich höre dich gerne lachen, Addie.«

John war von dem Funkeln in Addies Augen und dem Lächeln auf ihren Lippen fasziniert. Er sah weder, daß der Offizier der Union und die Frau am Ende des Ganges stehengeblieben waren, noch bemerkte er, daß der Mann am Boden festgewachsen zu sein schien, während er hinüberstarrte. Dann drehte er die Dame um und drängte sie zur Tür.

»Komm, laß uns jetzt bezahlen«, sagte John. »Im Hotel wartet eine Überraschung auf dich.«

»Eine Überraschung? Gut oder böse?«

»Was wäre denn eine böse Überraschung?«

»Wenn Pfarrer Sikes oder Ellis Renshaw dort auf mich lauerten.«

John lachte.

Der Ladenbesitzer warf seinem Sohn einen bedeutungsvollen Blick zu. John Tallman, für gewöhnlich finster und ernst, war ganz hingerissen von seiner Frau und gewährte ihr alles, was sie sich wünschte. Zu schade, dachte der Besitzer, daß sie sich relativ bescheiden gab.

Auf dem Weg zur Theke nahm John noch einen Satz Spielzeugsoldaten, einen Beutel Murmeln und eine kleine Puppe mit glänzendem Kopf mit.

»John! Nein!«

»Addie! Doch!« Er lachte wieder.

Plötzlich merkte er, daß er an diesem Tag mehr gelacht hatte als während des ganzen letzten Monats. Der Gedanke ernüchterte ihn für einen Augenblick. Hatte er sich in diese Frau verliebt? Er mochte sie, bewunderte sie und hatte sie geheiratet, weil er zu diesem Zeitpunkt in seinem Leben eine eigene Familie wollte. Aber Liebe, wie sein Vater sie definierte, war etwas Seltenes und Wunderbares und Dauerhaftes. War John zufällig darauf gestoßen?

Es dämmerte, als sie den Gehsteig vor dem Geschäft betraten. Entlang der Straße wurden Lampen angezündet.

»Wir holen unsere Einkäufe morgen früh ab, wenn wir die Stadt verlassen«, sagte John und hielt ihre Hand fest, als sie ihre Haube aufsetzen wollte. »Laß sie ab. Du hast wunderschönes Haar, Addie.«

»Es schickt sich nicht, ohne Haube auf der Straße zu sein.«

»Wir werden uns nicht darum scheren, was sich *schickt*. Sollen wir etwas essen, bevor wir zurück ins Hotel gehen?«

»Ich weiß nicht. Ich bin viel zu aufgeregt wegen der ganzen Sachen, die wir gekauft haben und... wegen der Überraschung.«

»Es freut mich, dich glücklich zu sehen. Du hattest nicht viel Freude im Leben, oder?«

»O, doch!« Sie sah ernst zu ihm auf. »Ich war an dem Tag sehr glücklich, als ich Trisha in der Scheune gefunden habe, und an dem Tag, an dem mein Sohn geboren wurde und als Colin und Jane Ann zu mir gezogen sind. Ich hatte ein schönes Leben, John. Ich möchte nicht, daß du oder sonst irgend jemand Mitleid mit mir oder meinen Kindern hat.«

John fand es merkwürdig, daß sie im Zusammenhang mit glücklichen Tagen Kirby Hyde nicht erwähnte.

»Ich habe kein Mitleid mit dir, Addie. Ich bewundere deinen Mut. Nicht viele Frauen haben durchgemacht, was du durchmachen mußtest, und kaum eine hat es so unbeschadet überstanden wie du.«

»Manchmal glaube ich, daß ich nicht ganz richtig bin. Vor einer Woche habe ich meinen Garten bearbeitet, meine Baumwollfelder gehackt, die Schafe versorgt und mich um meine Familie gekümmert. Und jetzt bin ich hier in einer fremden Stadt und habe vor, meine Kinder in ein fremdes Land zu bringen. Und ich bin...«

»Du bist was?« fragte John ruhig.

»Ich bin überhaupt nicht besorgt, daß du dich plötzlich nicht mehr um uns kümmern könntest.« Addie ließ den Worten freien Lauf, solange sie Mut genug hatte, sie auszusprechen.

»Ich werde mein Bestes tun. Das schwöre ich.« John fühlte, wie sich ihm die Kehle zusammenzog. Niemals im Leben hatte er etwas so ernst gemeint.

In der Lobby des Hotels, in dem sie wohnten, waren die Lampen angezündet. Zwei Männer räkelten sich in den lederbezogenen Sesseln und lasen Zeitung.

»Laß uns in einem Lokal essen, das ich kenne. Wenn wir zurückkommen, wird deine Überraschung hier sein.«

»Bist du sicher?«

»Ganz sicher.«

Sie gingen an der Bank vorbei, bogen in eine Seitenstraße ein und steuerten auf eine kleines Steinhaus mit hölzerner Veranda zu. An einen Verandapfosten war ein verwittertes Brett mit der Aufschrift BUNG FODDER genagelt.

Addie las sie laut und sagte dann: »Was hat das zu bedeuten?« John beugte sich vor und flüsterte ihr ins Ohr: »Besser, wenn du das nicht weißt. Da hat jemand einen merkwürdigen Humor.«

Sie gingen die Stufen hoch in einen Raum, in dem zwei lange Tische mit Bänken auf jeder Seite standen. Eine Wand war von dem farbenfrohen Gemälde einer mexikanischen Hazienda mit blühenden Kaktuspflanzen bedeckt. Die hintere Wand hatte zwei Türen, eine war von einem Vorhang verdeckt, und die andere führte in die Küche. Das kleine Haus war von einem köstlichen Duft erfüllt.

»Lupe!« rief John. »Zeit fürs Abendessen.«

»Erzähl mir nicht, wofür es Zeit ist, du schlitzohriger Sohn eines Maultiers. Setz dich hin. Ich komme raus und serviere, wenn ich fertig bin. Es dauert nur... Oh, heiliger

Vater! John-ny! John-ny, mein Liebling! Du kommst Lupe besuchen!«

Die Frau, die durch die Tür mit dem Vorhang geschossen kam, war fast so breit, wie sie groß war. Sie trug einen weiten schwarzen Rock mit einer schwarzen Borte am Saum, ein weißes Hemd und zahlreiche bunte Halsketten verschiedenster Farbe. Das schwarze Haar, das ihr bis zur Taille reichte, wurde im Nacken von einem breiten roten Band zusammengehalten.

Sie versuchte, ihre Arme um John zu schlingen, aber der üppige Busen war ihr im Weg. Ihr Kopf reichte ihm nur bis zur Brust.

»Hallo, Lupe.« John sah Addie lachend an.

»›Hallo, Lupe‹ – ›Hallo, Lupe‹! Ist das alles, was dir einfällt? Sag mir, daß ich noch immer deine Liebste bin, du Rumtreiber!«

»Wenn ich das täte, Lupe, würde ich mit meiner Frau gehörig Ärger kriegen.« Er schob die kleine Frau ein wenig zurück und lächelte in ihr rundes, freundliches Gesicht.

»Deine Frau? Du hast einfach eine andere Frau geheiratet? Yi, yi, yi!« jammerte sie. »Du hast mich umgebracht, damit du es weißt.« Sie preßte sich die Hände gegen die Brust und sah Addie mit dunklen, bekümmerten Augen an. »Du hast mein Herz gestohlen«, sagte sie dramatisch.

»Das tut mir leid«, sagte Addie, die sich verzweifelt bemühte, ernst zu bleiben. »Ich wußte nicht, daß er schon vergeben war.«

Dann strahlte Lupes Gesicht auf einmal vor Lächeln, und sie ergriff Addies Hand.

»Ich sag dir die Wahrheit, mein Liebes, ich hatte Angst, ich würde ihn eines Tages heiraten müssen. Er hat mich schon seit Jahren belästigt. Ich werde langsam zu alt, um ihm die vergnügungssüchtigen Weiber vom Leib zu halten. Du scheinst jung und kräftig zu sein. Ich hoffe, du hast einen ordentlichen Schlag.« Sie schlug mit der Faust in ihre andere Hand. »Das wird er von Zeit zu Zeit brauchen.«

»Nimm von ihr bloß keinen Ratschlag an, Addie. Ich kenne sie, seit ich ein Dreikäsehoch war.«

»Hör lieber gut zu, was ich sage, John Gefleckter Elch Tallman. Wenn ich dich nicht kriegen kann, bin ich nur froh... Wie heißt du, Liebes?«

»Addie.«

»Ich bin froh, daß Addie dich abgekriegt hat. Du wirst gut sein zu ihr, oder ich verhau dir den Hintern«, sagte Lupe frech. Dann: »Wie geht es deiner Mutter?«

»Amy geht es bestens. Jetzt, wo der Krieg vorbei ist, kommen Rain und sie nächstes Jahr vielleicht mal zu Besuch.«

»Ich würde sie gerne wiedersehen. Jetzt erzähl mir von deiner neuen Frau hier. Wie hat ein häßlicher alter Kerl wie du sie nur dazu gebracht, sich mit dir einzulassen?«

»Das war nicht leicht, Lupe. Wie wär's, wenn du uns was zu essen auftischen würdest, bevor die hungrigen Männer reingeströmt kommen?«

Das Hühnchen mit Reis war ausgezeichnet. John zeigte Addie, wie man eine heiße Tortilla buttert und zu einer fetten Zigarre aufrollt.

»Schmeckt es dir?« fragte er, nachdem sie einen Bissen probiert hatte.

»Sehr.«

»Mexikaner tun Fleisch, Chili oder Pfefferschoten hinein. Sie essen Tortillas wie wir Brot.«

Bald wurde es zu laut, um sich zu unterhalten. Die Tische waren alle besetzt, und Kunden warteten auf der Veranda. Lupe brachte große Platten mit Essen. Die Männer nahmen sich Teller aus einem Regal und bedienten sich, während sie die lustige kleine Frau beständig neckten.

Als John und Addie ihre Mahlzeit beendet hatten, ließ

John neben ihren Tellern Geld zurück. Lupe folgte ihnen auf die Veranda, umarmte John wieder und schlang dann ihre kurzen, dicken Arme um Addie.

»Du hast einen guten Mann, Addie. Wenn sein Vater mich nur einmal angeschaut hätte, hätte ich Amy in einen Brunnen geworfen und ihn genommen«, scherzte sie. »Laß das nicht Amy hören, Junge«, sagte sie dann schnell zu John.

»Das werde ich nicht. Paß auf dich auf, Lupe. Wenn du Lust bekommst, von hier wegzugehen, dann pack deine Sachen, schließ dich einem Gütertreck an und komm runter. Du bist uns immer willkommen.«

»Vielleicht mache ich das wirklich. Geht jetzt. Ich muß wieder rein, oder die Männer fangen an, am Tischbein zu nagen.«

»Hat es dir gefallen?« fragte John auf dem Rückweg zum Hotel.

»Sehr, und ich fand sie sehr nett.«

»Sie ist direkt nach dem texanischen Unabhängigkeitskrieg mit ihrem Mann aus Texas hergekommen. Obwohl ihr Mann mit einer Reihe texanischer Mexikaner mit Sam Houston in San Jacinto gekämpft hat, hassen viele Leute da unten die Mexikaner.«

»Ist ihr Mann gestorben?«

»Schon vor einigen Jahren. Meine Familie hat ihr vorgeschlagen, nach New Mexico zu kommen, aber sie hat hier irgendwo einen nichtsnutzigen Sohn, den sie nicht verlassen will.«

Sie betraten das Hotel und gingen die beiden kurzen Treppen zu ihrem Zimmer hinauf. Addies umherwirbelnde Gedanken dämpften ihre Müdigkeit. Sie hatte einen schönen Tag verlebt und hatte sich an Johns Gesellschaft gewöhnt. Das Bewußtsein, daß sie ihn immer mehr mochte, ließ das, was vor ihr lag, weniger bedrohlich erscheinen.

John schloß ihre Tür auf und ging ins Zimmer, um die

Lampe anzuzünden, während Addie in der Tür wartete. Sobald das Zimmer erleuchtet war, sah sie die große Zinnbadewanne.

»So eine habe noch nie gesehen«, stieß sie hervor. »Außer auf Bildern.«

Sie fuhr mit den Fingern über den Rand der erhöhten Rückseite und berührte dann die weichen Handtücher, die Seifen und Puder auf dem niedrigen Stuhl daneben.

»Ich habe gehört, daß ein Wannenbad zu den Dingen gehört, die Frauen am liebsten mögen. Meine Schwester lag meinem Vater jahrelang in den Ohren, bis er so eine wie diese hier bringen ließ.«

»Ich habe bisher immer nur in einer Wäschewanne gebadet«, gestand Addie.

»Das Wasser ist unterwegs. Ich warte, bis die Wanne voll ist, dann besuche ich den Richter, während du badest.« John zeigte ihr den dicken Schlauch, der über dem Wannenrand hing, und wies auf eine verdeckte Öffnung in der Wand. »Hier wird das Wasser durch ein Rohr entleert, wenn du fertig bist; es muß also nicht rausgeschöpft und die Treppe hinuntergetragen werden.«

John öffnete auf ein leises Klopfen hin die Tür. Drei Jungen kamen herein, jeder trug zwei große Eimer mit Wasser. Dampf stieg auf, als das Wasser in die Wanne geschüttet wurde. Ein voller Eimer blieb auf dem Boden stehen, als die Jungen hinausgingen, ohne John oder Addie auch nur einen Blick zuzuwerfen.

»Wenn du willst, daß die Wanne ausgeleert und weggebracht wird, bevor ich wieder da bin, dann zieh an dem Seil am Waschtisch.«

»John. Danke für die Überraschung.«

»Es war mir ein Vergnügen. Ich bin nicht sehr erfahren mit Überraschungen für Damen, aber ich dachte mir, mit dieser könnte ich nicht falsch liegen.«

»Es war sehr aufmerksam von dir.«

»Laß dir Zeit. Ich werde eine Weile weg sein. Schließ die Tür ab, wenn ich gegangen bin, und häng den Schlüssel dort an den Haken. Ich habe einen zweiten Schlüssel.«

Vor dem Hotel blieb John stehen, um sich eine dünne Zigarre anzustecken, dann ging er auf das Hotel am Ende der Straße zu. In Gedanken war er bei der Frau, die er im Zimmer zurückgelassen hatte. Er war sich nicht sicher, wie er sich gegenüber seiner neuen Frau verhalten sollte. Schon bei dem Gedanken daran, ihren weichen, warmen Körper im Bett zu haben, geriet er in Wallungen. Es bestand kein Zweifel daran, daß er sie begehrte – nicht irgendeine Frau, sondern *sie*. Er würde langsam vorgehen. *Zum Teufel, ich bin kein geiler Ziegenbock*, versicherte er sich. Er blieb beim Barbier stehen und steckte seinen Kopf zur Tür hinein.

»Ich komme ungefähr in einer halben Stunde wieder. Heißes Wasser da?«

»Tag, Mr. Tallman. Keine Sorge, jede Menge.«

John nickte und überquerte die Straße.

Das Hotel gehörte zu den modernsten in Arkansas. John hatte für sich und Addie das weniger vornehme Hotel ausgesucht, weil er glaubte, bei solchem Luxus würde sie sich unbehaglich fühlen. Was ihn selbst betraf, so hatte er in vielen eleganten Häusern gewohnt, und es war ihm völlig gleichgültig, ob die Angestellten wegen seiner Trapperkleidung die Nase rümpften. Selbstbewußt öffnete er die Hoteltür. Die facettierte Glastür, die mit einem eingravierten Hirschen verziert war, klapperte, und ein Bediensteter am Tresen sah auf.

»Welches Zimmer hat Richter Van Winkle?« fragte John.

Der junge Mann mit dem hohen steifen Kragen sah ihn mit hochgezogenen Brauen mißtrauisch an.

»Der Richter ist beim Essen.«

»Wo?« fragte John.

»Wieso… im Speisesaal. Wo sonst?«

»›Wo sonst?‹« echote John um seine Zigarre herum. »Er hätte doch zu Lupe runtergehen können.«

Der Bedienstete formte mit seinen dünnen Lippen ein entsetztes O, dann preßte er sie mißbilligend zusammen.

John drehte ihm den Rücken zu und lehnte sich für einen Augenblick gegen den Tresen, dann nahm er den Hut ab, schob ihn unter den Arm und ging durch die Lobby in den Speisesaal. In dem Augenblick, in dem er den Raum betrat, stand der Geschäftsführer direkt neben ihm.

»Sir?«

»Wer ist Richter Van Winkle?«

»Der Richter? Er steht dort neben dem Tisch mit dem Yank… äh, mit dem Nordstaatler. Er wollte gerade aufbrechen, als der Soldat kam.«

»Danke.« John kehrte in die Lobby zurück, um auf den Richter zu warten.

Als Van Winkle durch die Tür kam, ging er hinter einer jungen Dame und einem Yankee-Hauptmann her, dem Paar, das John schon in Pooles Laden gesehen hatte. Der Mann war wie für eine Parade gekleidet, sein blondes Haar, sein Schnurrbart und sein Bärtchen waren ordentlich gebürstet. *Ein eitler, nichtsnutziger Pfau*, dachte John. Diesmal trug die Frau ein lavendelfarbenes Kleid, das mit Spitzen und Bändern verziert war.

Das Paar stand dicht beieinander und sah sich in die Augen, während sie sprachen. John beobachtete, wie der Mann die Hand des Mädchens an seine Lippen hob und küßte. Dann, während er die Hand des Mädchens noch immer hielt, sprach er mit dem Richter, der ihm freundschaftlich auf die Schulter schlug. Der Richter und das Mädchen brachten den Hauptmann zur Tür.

John trat von der Wand weg, als sie wieder in die Lobby kamen.

»Richter Van Winkle. Ich würde gerne mit Ihnen sprechen.«

»Ja, ja«, sagte der Richter ungeduldig und runzelte die Stirn. »Was kann ich für Sie tun?«

»Gar nichts«, antwortete John genauso ungeduldig. »Es geht darum, was ich für Sie tun soll. Ich bin John Tallman.«

»Tallman?« Er sah John an, als würde er ihm nicht recht glauben.

Der Richter war ein großer, stattlicher Mann mit spärlichem weißen Haar und einem dichten weißen Bart. Die Weste unter seinem dunklen Serge-Anzug war kunstvoll mit Schnörkeln verziert. Eine schwere goldene Uhrenkette erstreckte sich über seine ausladende Statur. Jetzt zog er die Uhr hervor und blickte darauf, als hätte er einen dringenden Termin.

»Tallman«, wiederholte er.

»John Tallman. Zachary Quill ist mein Cousin«, ergänzte John, um dem Gedächtnis des Richters auf die Sprünge zu helfen.

»Ich weiß. Ich weiß. Ich habe nur nicht erwartet... Ach ja, ein feiner Herr, Hauptmann Quill.«

»Ich glaube schon«, sagte John trocken.

»Das hier ist meine Nichte, Miss Cindy Read.«

»Madam.« John nickte.

»Sehr erfreut. Ich habe Sie heute im Laden gesehen.« Die großen kornblumenblauen Augen des Mädchens richteten sich interessiert auf John.

»Wie nett von Ihnen, daß Sie sich an mich erinnern«, sagte John höflich, bevor er sich wieder an den Richter wandte. »Der Jäger, den Sie angeheuert haben, ist in unserem Lager. Ich soll Ihnen ausrichten, daß er sich Ihnen in einem oder zwei Tagen anschließen wird.«

»Der Jäger. Oh, ja. Eine Truppe, die so groß ist wie meine, braucht jemanden, der frisches Fleisch jagt.«

»Es ist Ihre Sache, ob Sie einen Jäger anheuern oder nicht. Einer meiner Männer wird morgen vorbeikommen und überprüfen, ob Ihre Wagen und Ihre Vorräte für die Fahrt geeignet sind, und sich vergewissern, ob Sie genügend Ersatzteile für Reparaturen haben. Ich will nicht durch zusammengebrochene Fuhrwerke oder aufgebrauchte Vorräte aufgehalten werden.«

»Geh schon in dein Zimmer, meine Liebe.« Van Winkle tätschelte mit der Hand ihren Arm. »Mr. Tallman und ich müssen ein paar Dinge klären.«

»Ach! Immer schickst du mich weg, wenn es gerade interessant wird.« Sie lächelte John affektiert an. »Gute Nacht, Mr. Tallman.«

»Gute Nacht, Madam.«

Als das Mädchen auf der Treppe verschwunden war, ging der Richter in die entlegenste Ecke der Lobby, damit sie ungestört waren. John folgte ihm und wartete dann, bis der Mann sich seine Zigarre angesteckt und das Streichholz in ein Gefäß mit Sand gedrückt hatte, das in der Nähe stand.

»Meine Wagen und meine Vorräte sind allein meine Sache«, sagte der Richter in einem Ton, der deutlich zeigte, daß er nicht erfreut war. »Ich habe nur eingewilligt, mit Ihnen zu fahren, damit meine Nichte unter besonderem Schutz steht.«

»Es mag sein, daß sie jetzt noch Ihre Sache sind, aber wenn Sie liegenbleiben und wir auf Sie warten müssen, werden sie auch zu meiner. Wie viele Männer haben Sie?«

»Dreizehn, ohne mich und meinen Mann.«

»›Ihren Mann?‹«

»Ein Neger. Schon sein ganzes Leben in unserer Familie.«

»Dreizehn Männer und sechs Wagen. Wie viele Ihrer Männer sind schon im Westen gewesen?«

»Hören Sie, Tallman. Ich muß mich vor Ihnen für meine Männer nicht rechtfertigen.«

»Buffer Simmons ist der einzige erfahrene Mann, den Sie haben. Ist es so?«

Der Richter wurde rot. »Nach den neuesten Berichten, die ich erhalten habe, ist die Fahrt nicht mehr so gefährlich wie noch vor ein paar Monaten. Dem Süden wurde das Rückgrat gebrochen. Die Indianer lassen sich nieder. Sie wissen, wo es ihnen gutgeht. Sie werden sich benehmen, oder sie werden zusammengetrieben und eingesperrt.«

John schwieg einen Augenblick lang, seine Miene war nicht zu deuten. Als er glaubte, sprechen zu können, ohne daß seine Wut aus ihm herausbrechen würde, sagte er: »Ihre Berichte stimmen nicht.«

»Das ist egal. Ich habe sechs kampferprobte Soldaten, die alle die blaue Nordstaatenuniform tragen.«

»Die Uniformen werden die Abtrünnigen, die Ihre Truppe angreifen, wirklich unheimlich beeindrucken«, sagte John trocken und schüttelte ungläubig den Kopf.

»Der Hauptmann der Patrouille ist der Verlobte meiner Nichte, ein hoch angesehener Mann, der im Hauptquartier des Quartiermeisters in Illinois gedient hat. Er wurde nach Albuquerque überwiesen.«

»Ein echter Kämpfer.«

Der Richter ignorierte Johns Sarkasmus. »Ich wurde vom verstorbenen Präsident Lincoln abgeordnet, mich in Santa Fe um die Indianerangelegenheiten zu kümmern.

Gott stehe den Indianern bei. »Ich sage es Ihnen klipp und klar, Richter. Ich habe einundzwanzig Wagen, zweiundfünfzig Männer, zwei Frauen und drei Kinder. Ich erwarte nicht, daß wir Schwierigkeiten haben werden, wenn wir das Indianerterritorium durchqueren. Mein Vater ist bei den Shawnee aufgewachsen, und ich spreche die Sprache der Choctaw, der Cherokee und der Creek. Ich werde ihr Land durchqueren und nicht versuchen, es ihnen wegzunehmen oder ihnen zu sagen, wie sie zu leben haben.«

Der Richter schnaubte verächtlich. »Es ist eine allgemein bekannte Tatsache, daß jemand ihnen das sagen muß.«

»Zweifellos bekannt bei den Weißen, die ihnen ihr Land rauben und jeden Vertrag gebrochen haben, der unterzeichnet wurde.« John stieß seine Worte wütend hervor. »Es gibt in Oklahoma und in den Ebenen von Texas Hunderte Meilen Land, die Niemandsland genannt werden. Dort herrscht das Recht des Stärkeren. Komantschen und Chiricahua-Apachen ziehen in diesem Land umher. Beide Stämme können gefährlicher sein als ein Schwarm gereizter Hornissen. Aber sie sind harmlos im Vergleich zu den Abtrünnigen, Deserteuren, Banditen und den Banden von Guerilleros der Konföderierten, den schlimmsten von allen, die nicht nur aus Habgier plündern, rauben und töten, sondern aus Vergnügen.«

»Verdammte Rebellen, allesamt. Wollen nicht zugeben, daß sie fertiggemacht wurden, und zwar ordentlich.«

»Ich komme übermorgen hier vorbei. Sie können sich mir anschließen, wenn Sie wollen. Wenn nicht, viel Glück.«

John stülpte sich den Hut auf den Kopf und schritt dann rasch auf die Tür zu. Als er den Bürgersteig erreichte, war der Richter schnaufend und prustend hinter ihm.

»Tallman.«

John drehte sich um. »Sie brauchen meine Hilfe nicht, Richter. Ihre kleinen Soldaten werden sich um alles kümmern. Aber eines sage ich Ihnen wegen der Dame, die bei Ihnen ist – hören Sie auf Ihren Jäger, Buffer Simmons. Wenn irgend jemand eine kleine Gruppe durchbringen kann, dann er.«

»Es tut mir leid, wenn Sie mich mißverstanden haben, Tallman. Ich werde morgen aufbrechen und Sie in Fort Gibson treffen.«

»Ich fahre nicht über Fort Gibson. Es liegt nicht auf meiner Strecke.«

Der Richter riß sich die Zigarre aus dem Mund. »Die

Abordnung, die mir zugeteilt wurde, hat sich darauf gefreut, ein Grenzfort zu besichtigen.«

»Dann um alles in der Welt lassen Sie sie doch das Grenzfort *besichtigen*. Ich bin im Frachtgewerbe tätig; ich veranstalte keine Führungen. Zeit ist Geld.«

»Es würde nur ein paar Tage dauern.«

»Ich fahre nicht über Fort Gibson«, beharrte John.

»Hauptmann Quill hat gesagt, daß Sie für gewöhnlich ein paar Tage in Fort Gibson bleiben.«

»Bei anderen Fahrten habe ich das getan. Zack hat vielleicht vermutet, daß ich diese Route nehmen würde, aber nicht zu dieser Jahreszeit. Ich durchquere das Indianerterritorium auf der schnellsten und sichersten Route, die ich kenne, also den Arkansas entlang bis zum Canadian und dann westlich den Canadian entlang.«

»Ich kann Ihnen einen anderen Weg zeigen. Er soll...«

»...Hören Sie, Richter, ich nehme diese Route. Ich habe hundert Kopf Arbeitstiere, für die ich für Futter und Wasser sorgen muß. Sie müssen fressen, um zu arbeiten. In einem Monat wird das Gras in der heißen Sonne von Oklahoma welken und austrocknen. Ich habe eine Woche verschwendet, in der ich auf Sie gewartet habe.«

»Schon gut, schon gut. Wenn Sie nicht einlenken, bin ich gezwungen, mich zu fügen.«

»Niemand zwingt Sie, sich mir anzuschließen. Nur damit Sie es wissen, es wäre mir lieber, Sie täten es nicht – und ich würde Sie nicht mitnehmen, wenn es nicht für meinen Cousin Zack wäre.«

»Wir werden übermorgen fertig sein.«

»Gute Nacht, Richter.«

Der Richter sah zu, wie der Grenzer die Straße überquerte und den Barbiersalon betrat. *Unverschämter Kerl!* Er fragte sich, wie so ein arroganter Flegel mit dem freundlichen, höflichen Zachary Quill verwandt sein konnte.

KAPITEL 17

Colin saß neben Trisha, fest entschlossen, sie nicht mit Buffer Simmons allein zu lassen. Der Junge war den ganzen Tag über in ihrer Nähe geblieben. Sie hatte versucht, ihn mit den Kleinen zum Abendessen zum Küchenwagen zu schicken, aber sie hatten sich geweigert, ohne sie zu gehen, obwohl der Koch ihnen gut zugeredet hatte. Sie vermißten Addie und klammerten sich schüchtern an Trisha.

Der Koch wollte ihnen Essen hinunterschicken, als Buffer Simmons mit zwei kleinen Kaninchen aufgetaucht war, die bratfertig und bereit zum Aufspießen waren.

Mit Einbruch der Dämmerung wurde zwischen den beiden Zelten ein kleines Lagerfeuer entfacht. Dillon und Jane Ann sahen mit unverhohlener Neugier zu, wie Buffer die Kaninchen über die niedrige Glut hing. Er war mit den Kinder wunderbar geduldig und erlaubte ihnen, abwechselnd den Spieß zu drehen, damit das Fleisch von allen Seiten gleichmäßig gar wurde.

Nachdem sie die Kaninchen gegessen und die Buttermilch, die der Koch geschickt hatte, getrunken hatten, waren die kleineren Kinder eingeschlafen, und Trisha hatte sie zu Bett gebracht.

Jetzt stocherte Buffer mit einem Stöckchen im Feuer herum, ohne direkt in die Flamme zu sehen. Seine Augen schweiften im Lager umher, immer auf der Hut, wachsam, darauf bedacht, im Blickfeld der Männer zu bleiben, die um das Feuer am Küchenwagen saßen. Er wollte nicht, daß Cleve Stark oder Dal Rolly herkamen und Trisha Angst einjagten, so daß sie ins Zelt gehen würde. Buffer hatte vorgehabt, heute nach Van Buren zu reiten, um mit dem Richter Kontakt aufzunehmen, aber als er erfuhr, daß Trisha und die Kinder ohne Miss Addie und Tallman alleine hier im Lager bleiben würden, hatte er seinen Plan aufgeschoben.

Seit die Kleinen ins Bett gegangen waren, hatte Buffer Colin, und, wie er hoffte, auch Trisha mit Geschichten unterhalten, ein beliebter Zeitvertreib von Männern, die am Lagerfeuer saßen. Einige der Geschichten waren wahr. Andere nicht.

»Einmal habe ich einen Jungen aus Galveston kennengelernt. Er war ein schlaksiger Kerl, etwa in deinem Alter, Colin. Er bestand nur aus Armen und Beinen und Ellenbogen. Ich hab' ihn unten am Red River getroffen. Er half einem Typen, einer Kuh das Fell abzuziehen. Offenbar hat er seine Sache nicht gut gemacht, oder zumindest fand der Typ das. Er ist einfach aufgestanden und hat dem Jungen direkt auf den Ar... – hat ihn einfach niedergehauen.« Buffer sah Trisha an. Sie blickte in die Ferne, hörte aber zu. »Stand einfach auf und hat dem Jungen einen Schlag verpaßt, und das hat ihm noch Spaß gemacht. Das ging mir einfach gegen den Strich, daß ein Mann einem Jungen so etwas antut.«

»Was haben Sie gemacht?« fragte Colin.

»Nun, ich hab' den Jungen aufgehoben, hab' gesehen, daß er nicht verletzt war, hab' ihn hinter mich auf meinen Sattel gesetzt und bin weggeritten.« Buffer warf den Stock ins Feuer. Trishas goldene Augen waren jetzt auf ihn gerichtet.

»Sie haben den bösen Mann ungeschoren davonkommen lassen?«

»Es hätte nichts gebracht, ihn windelweich zu schlagen. Aus einem erwachsenen Mann kann man die Boshaftigkeit nicht rausprügeln. Als ich den Jungen mitgenommen habe, mußte er die Kuh ganz alleine häuten. Der Junge und ich haben in den Bergen von Wichita überwintert, zusammen mit einem halbverrückten Trapper namens Claytrap Throddle. Der verrückte Alte war ein unglaublicher Koch. Er machte Waschbärfleisch, gebackenes Stinktier und Süßkartoffeln. So was Gutes hab ich nie wieder gegessen.

Na ja, der Junge war wild wie ein Stier und hatte ungefähr soviel Verstand wie Kuhmist. Als der Frühling kam, hat er dem alten Claytrap etwas Geld gestohlen und hat sich verdrückt. Das letzte, was ich von ihm gehört habe, war, daß er Postkutschen ausraubte und Pferde stahl. Ich glaube, ich hätte dem Kuhhäuter ruhig erlauben sollen, aus *ihm* die Boshaftigkeit rauszuprügeln.«

Der Feuerschein beleuchtete Buffers rötliche Gesichtszüge unter seinem dichten braunem Haar, das sich bis tief in die Stirn und um die Ohren herum lockte. Es war unmöglich, sein Alter zu bestimmen, da sein Gesicht fast vollständig von einem dichten Bart verdeckt war. Seine Zähne waren weiß und gleichmäßig, was darauf hinzudeuten schien, daß er noch keine vierzig war.

Buffer wartete, in der Befürchtung, Trisha würde im Zelt verschwinden, bevor Colin aufgab und zu Bett ging. Seit dem Morgen war der Junge wie ihr Schatten gewesen. Buffer beobachtete, wie der Kopf des Kleinen zur Seite fiel. Er war todmüde, aber er versuchte durchzuhalten und das zu tun, was er für seine Pflicht hielt: Trisha zu bewachen.

Sie saß auf dem Boden, die nackten Füße am Feuer, den Rücken an Addies Truhe gelehnt. Buffer konnte kaum die Augen von ihr abwenden. Dichte schwarze Locken umrahmten ihr Gesicht und fielen ihr auf die Schultern. Seit sie im Lager war, hatte sie ihr Haar nach hinten gestrichen und bedeckt getragen, aber heute abend hatte sie das Tuch abgenommen und ihre Finger im Haar vergraben, um sich die Kopfhaut zu massieren. Ihre Wimpern waren so lang, daß Buffer sich vorstellte, sie könnten sich verheddern, wenn sie ihre goldenen Augen schloß.

Er sah Colin an. Der Junge war eingeschlafen, sein Kopf ruhte auf einem Baumstumpf. Jetzt war die Zeit gekommen, da Trisha Colin aufwecken und ins Bett gehen würde – wenn sie das vorhatte. Ein grausames, hartes Leben hatte Buffer gelehrt, Geduld zu haben und mit Enttäuschungen zurechtzukommen. Wenn er heute abend nicht mit ihr sprechen konnte, würde es andere Abende geben.

»Warum gucken Sie mich so an, Bürstengesicht?« Trisha sprach leise, nachdem sie einen Blick auf den schlafenden Jungen geworfen hatte.

Buffer lebte auf. Er entschied, daß Ehrlichkeit der beste Ansatz wäre.

»Weil Sie das Hübscheste sind, was es hier anzusehen gibt.«

»Verdammt noch mal! So einen Schwachsinn habe ich schon oft gehört.«

»Vielleicht lüge ich ja.«

»Lügen hab ich auch schon oft gehört. Wie sehen Sie unter diesem Mist in Ihrem Gesicht aus?«

»Ich weiß nicht genau. Es ist lange her, daß ich ein glattes Gesicht hatte.« Buffer fing automatisch an, sich mit den Fingern über den Bart zu streichen.

»Wahrscheinlich haben Sie ein fliehendes Kinn. Darum verstecken Sie es. Ein Mann mit einem fliehenden Kinn ist das Pulver und Blei nicht wert, das man braucht, um ihn zu erschießen.«

»Da haben Sie vielleicht recht. Haben Sie mal einen Mann mit einem fliehenden Kinn gekannt?«

»Ich kenne sie alle. Fliehendes Kinn, immer auf der Flucht, außer wenn's um eins geht. Da gehen sie ran wie Bullen.« Sie hob ihr Kinn und starrte ihn an. »Lungern Sie hier rum, um unter meinen Rock zu kommen, Bürstengesicht?«

»Ich wäre wohl kein normaler Mensch, wenn ich nicht

daran denken würde. Aber zum Teufel, ich bin kein brünstiger Elch«, sagte er und schnaubte angewidert.

»Es wird Ihnen nicht gelingen, das steht fest. Wenn *ich* Sie nicht erschieße, dann Colin. Wenn Colin nicht, dann Mr. Tallman. Er hat mir gesagt, ich muß mir von keinem Mann etwas gefallen lassen, den ich nicht will.«

»Großer Gott, Miss Trisha. Ich würde jeden Mann umbringen, der versuchen würde, Sie zu... entehren.«

»Warum sagen Sie das? Ich bin doch nur ein Nigger.«

»Sagen Sie das nicht! Sagen Sie das nie wieder! Sie sind so weiß wie ich. Auch wenn Sie das nicht wären, würde das keinen Unterschied machen. Unter unserer Haut sind wir alle gleich.«

»Sie meinen unter einer Decke...«

»Das habe ich nicht gesagt, zum Teufel! Sie sind mir zuerst aufgefallen, weil Sie das hübscheste Ding waren, daß ich je gesehen hatte. Dann war es mir egal, wie hübsch Sie sind, weil ich gesehen habe, wie Sie mit Colin und den Kleinen umgehen, wie Sie sich gegen den alten Renshaw zur Wehr gesetzt haben. Das bedeutet mehr als Hübschsein.« Er stocherte wütend im Feuer, und Funken stoben auf.

Nach längerem tiefen Schweigen sagte Trisha: »Das ändert gar nichts. Warum bleiben Sie hier? Warum gehen Sie nicht weg?«

»Ich... ich dachte, ich könnte mich vielleicht mit Ihnen unterhalten. Das hatte ich vor, seit ich Sie in der Stadt gesehen habe. Damals wollte ich... Ihnen den Hof machen. Jetzt ist es raus, und Sie können sich ruhig kaputtlachen«, schloß er seinen Satz wütend ab.

»Kommen Sie runter von Ihrem hohen Roß. Ich lache ja gar nicht. Aber ich will auch nicht, daß ein Bürstengesicht mir den Hof macht. Außerdem bin ich kein großer Redner, und ich glaube, darum geht es dabei.«

»Puh! So einem schwatzhaften Mädchen bin ich noch nie begegnet.«

»Ich bin kein Mädchen. Ich bin eine Frau.«

»Du siehst aus wie ein *Mädchen*.«

»Im Juli werde ich zwanzig Jahre. Da ist man kein Mädchen mehr. Da, wo ich her bin, ist das zu alt dafür, daß einem der Hof gemacht wird.«

»Wo kommen Sie denn her?«

»Orleans«, sagte sie und schloß dann abrupt den Mund.

»Wie lange sind Sie schon bei Miss Addie?«

»Geht Sie nichts an.«

»Ich frage Colin.«

»Wenn Sie das tun, schieße ich Ihnen den Fuß weg!«

»Das würde Ihnen ähnlich sehen.« Er nahm einen Stock und legte ihn auf das heruntergebrannte Feuer.

»Wie alt sind Sie denn?«

»Warum wollen Sie das wissen?«

»Ich versuche, mich mit Ihnen zu unterhalten, Bürstengesicht. Sie müssen es mir nicht sagen. Von mir aus könnten Sie so alt wie die Hügel da sein.«

»Ich bin fünfundzwanzig. Fünf Jahre älter als Sie.«

»Das glaube ich nicht.«

»Die Hälfte meines Lebens war ich auf mich gestellt. Das kann zwei Auswirkungen auf einen Mann haben. Entweder macht es ihn stark wie einen Ochsen, oder es bringt ihn um. Und, *Fräulein*, ich bin nicht tot.« Zur Bestätigung klopfte er mit der Faust gegen seine Brust.

»Was regen Sie sich so auf? Ärgern Sie sich, daß Sie nicht tot sind?« Plötzlich entwich ihr ein leises Kichern. Sie bedeckte den Mund mit der Hand, um es zu unterdrücken.

Buffer war einen Augenblick lang verwirrt. Dann lachte er.

»Sie bringen mich schneller auf die Palme als sonst irgend jemand, und ich würde Ihnen am liebsten den Hals umdrehen.«

Trisha beruhigte sich. »Versuchen Sie das lieber nicht. Ich habe mir ein Stilett besorgt, damit könnte ich Ihnen die Leber rausschneiden.« Sie hob ihren Rock an und zeigte ihm kurz die dünne Klinge, die an ihre Wade gebunden war.

»Gütiger Himmel! Wenn Sie auf das Ding fallen, schneiden Sie sich das Bein ab. Sie brauchen eine Scheide dafür.«

»Es ist schon in Ordnung so.«

Buffer zog sein Messer aus der Scheide, die er um die Taille trug. Er hielt es in der Hand, dann balancierte er es auf seinem Zeigefinger. Er nahm seinen Hut, drückte die Krone ein und warf ihn in Trishas Schoß.

»Werfen Sie meinen Hut dahinten hin, weg von den Zelten.«

Trisha schleuderte den Hut weg, als wäre er eine Scheibe. Buffer zog sein Messer zurück. Sobald der Hut in der Luft war, ließ er die Klinge pfeilschnell lossegeln. Sie durchbohrte den Hut und fiel zu Boden. Als er den Hut zu Trisha zurückbrachte, steckte die Messerklinge noch immer in der Krone.

»Verdammt!« rief sie aus. »Sie haben Ihren Hut ruiniert.«

»Er brauchte sowieso ein Luftloch.«

»Könnte ich das wohl lernen?«

»Aber klar. Sie könnten besser werden als ich, und ich bin schon gut. Sie sind leichter und schneller – das macht einen guten Messerwerfer aus. Ich werde Ihnen ein paar Tricks zeigen – eines Tages.«

»Tun Sie mir bloß keinen Gefallen, Bürstengesicht.«

»Keine Sorge, *Schandmaul*. Wenn Sie ein Messer werfen können, könnten Sie vielleicht mal eins der Kinder vor einem Schlangenbiß retten.« Er knurrte, schlug sich den Hut auf den Kopf und stampfte weg zu der Stelle, an der er seine Decken hingelegt hatte.

Er lächelte.

Addie blieb in der Wanne, bis das Wasser kühl wurde. Sie hatte sich von Kopf bis Fuß mit süß duftender Seife eingeseift und ihr Haar gewaschen. Nachdem sie sich abgetrocknet und die Haare abgerubbelt hatte, zog sie ihr Nachthemd an und das Kleid darüber. Es war so weit, daß sie das Oberteil nicht zuknöpfen konnte, darum hielt sie es mit der Hand zusammen, als die Jungen kamen, um die Wanne auszuleeren und wegzubringen. Sie stand halb hinter der Tür und war erleichtert, als sie diese hinter ihnen schließen konnte.

Das warme Wasser hatte ihre Nerven entspannt und beruhigt, und sie fühlte sich jetzt auf das vorbereitet, was ihr bevorstand, wenn John zurückkam. Sie hatte keine Angst vor ihrem neuen Ehemann, aber sie dachte mit Unbehagen an den Akt, den er ihrem Körper antun würde. Sie würde ihn empfangen, dachte sie jetzt, als sie mit dem Handtuch ihr Haar bearbeitete. Sie war diesem Mann sehr viel schuldig. Es war nicht so, daß sie es noch nie zuvor getan hatte. Sie hoffte nur, es würde schnell vorbei sein.

Die Lampe bis auf einen schwachen Schein heruntergedreht, saß Addie am Fenster und beobachtete das Treiben auf der Straße. Das war neu für sie. Sie war die Ruhe auf der Farm gewöhnt, und es war seltsam, die Leute herumlaufen zu sehen und die Musik aus den Saloons unten an der Straße zu hören.

Der Klang eines Klaviers und einer Geige mischte sich mit Männerstimmen und betrunkenem Gelächter. Gelegentlich hörte sie laute, prahlerische Stimmen und das Kratzen von Stiefelabsätzen auf dem Gehsteig, wenn Männer einen Saloon verließen und ihre Pferde bestiegen oder zu einem anderen Saloon weiterschwankten. Sie dachte an Trisha und die Kinder im Lager und fragte sich, was sie wohl von den Geschehnissen hier denken würden.

Sie vermißte sie. Aber nicht so sehr, wie sie erwartet hatte. Es hatte ihre ganze Willenskraft gebraucht, nicht zu weinen, als sie die kleine Gruppe, die neben den Zelten stand, verlassen hatte. Es war erst die dritte Nacht seit Dillons Geburt, in der sie nicht die Hand ausstrecken und ihn berühren konnte – um sicher zu sein, daß er atmete. Mrs. Sikes hatte ihr erzählt, daß Babys in der Nacht manchmal aufhörten zu atmen. Sie hatte sich deswegen Sorgen gemacht, bis Dillon so alt war, daß er laufen konnte.

Als sie dort im Dunkeln saß, stellte sich Addie vor, wie sich die Kinder über die Geschenke von John freuen würden. Jane Ann hatte noch nie eine Puppe gehabt. Dillon wußte gar nicht, daß es so etwas wie Zinnsoldaten gab, und Colin würde überglücklich über sein Klappmesser sein. Addie hatte gesehen, wie John eine Dose Zuckerstangen dazugeschoben hatte. Sie wollte protestieren, doch dann sah sie den Wink, den er dem Angestellten gab, und verstand, daß er sie genauso wie die Kinder überraschen wollte.

Sie kämmte ihr beinahe trockenes Haar glatt, bevor sie es flechten wollte, als sie ein leises Klopfen an der Tür und dann einen Schlüssel im Schloß hörte. Ihr Puls wurde schneller, als sie aufstand, die Augen auf die Tür gerichtet.

John trat ein, entdeckte Addie im schwach beleuchteten Zimmer und drehte sich dann um, um die Tür wieder abzuschließen.

»Riecht wunderbar hier.«

»Das ist die Seife… und das Puder.«

»Die Wanne ist ja weg.«

»Ja. Ich habe das Seil gezogen, und die Jungen sind gekommen und haben sie abgeholt. Vielen Dank für das Bad.«

»Du mußt dich nicht bedanken, Addie.« Er hing seinen Hut an den Bettpfosten und ging auf sie zu.

»Ich habe aus dem Fenster gesehen«, sagte sie rasch und wandte sich der Straße zu. »Ich kann von hier aus das andere Hotel sehen.«

John trat dicht an sie heran. Sie spürte, wie seine Hand

ihr Haar berührte, und trotz ihrer guten Vorsätze begann sie zu zittern.

»Dein Haar ist fast trocken.«

»Ich wollte es gerade flechten.«

»Muß das sein?«

»Es wird morgen früh ganz verfilzt sein, wenn ich es nicht tue.« Addie war so atemlos, als sei sie eine Meile gerannt.

»Wenn du es offen läßt, helfe ich dir, es zu entknoten.« John legte seine Hände auf ihre Schultern und zog ihren Rücken an sich. »Sei nicht nervös, Addie.«

»Das bin ich nicht.«

»Doch, das bist du. Ich spüre, wie du zitterst und wie dein Herz ängstlich schlägt.« Er hatte seinen Kopf gesenkt, bis seine Wange an ihr Ohr gedrückt war. Er legte seine Arme um sie, verschränkte sie unter ihrem Busen und drückte Addie an sich.

Sie standen lange Zeit schweigend da, während Addie aus dem Fenster starrte, ohne etwas wahrzunehmen.

»Würdest du gerne hier sitzen, bis dein Haar ganz trocken ist?« fragte John; und ohne ihre Antwort abzuwarten, sagte er: »Du hast dein Kleid über deinem Nachthemd. Ich mache das Licht aus, und du kannst es ausziehen.«

Als er wegging, zog Addie die Arme aus den Ärmeln und ließ das Kleid zu Boden fallen. Sie hob es auf und hing es an einen Haken an der Wand. Ihr Nachthemd war sehr bescheiden. Die Ärmel reichten bis zum Ellenbogen. Sie vergewisserte sich, daß es bis zum Hals zugeknöpft war.

Das einzige Licht im Zimmer kam jetzt durch das Fenster herein. Addie ging darauf zu. John saß auf dem Stuhl. Er nahm sie an der Hand und zog sie auf seinen Schoß herab. Sie war sich deutlich darüber im klaren, daß nur seine Hose und ihr Nachthemd zwischen seinen harten Schenkeln und ihrem Gesäß waren. Zuerst saß sie aufrecht, dann ließ die Steifheit ihrer Wirbelsäule allmählich nach, und sie lehnte sich an ihn. Er fuhr ihr durchs Haar und breitete es über seinen Arm und seine Schulter aus.

»Leg den Kopf an meine Schulter. Das ist bestimmt bequemer.«

»Ich habe… noch nie bei einem Mann auf dem Schoß gesessen.«

»Ich hatte noch nie eine Frau auf dem Schoß, da haben wir also etwas gemeinsam.«

Als sie den Kopf auf seine Schulter legte, strich sie mit der Nase über seine Wange. Sie nahm den scharfen Geruch wahr und merkte, daß er sich in einem Barbiersalon hatte rasieren lassen. Sie erinnerte sich daran, daß Kirby fast ihr letztes Geld dafür ausgegeben hatte, sich die Haare schneiden und rasieren zu lassen. Sie mußten ohne Kaffee auskommen, bis Addie eine Mütze und einige Fäustlinge gestrickt hatte, um sie in Mr. Cashs Laden einzutauschen.

Johns Hände waren unter ihrem Haar, seine Finger streichelten ihren Nacken. Es war so angenehm, daß Addie beinahe anfing zu schnurren.

»Du hattest einen anstrengenden Tag.« Er murmelte diese Worte, als er seine Beine übereinanderschlug und so ein Nest formte, in das sie sich kuscheln konnte. »Ich hatte gehofft, dich so zu beschäftigen, daß du keine Zeit hast, die Kinder zu vermissen.«

»Ich habe sie nicht so sehr vermißt, wie ich erwartet hatte.«

»Dann hast du dir also keine Sorgen gemacht?«

»Nicht wirklich. Ich habe hauptsächlich an Trisha gedacht. Sie hat mich gefragt, ob Mr. Simmons dableiben würde, wenn wir weg wären. Ich glaube, weil er mit uns von der Farm hergekommen ist, würde sie bei ihm Hilfe suchen, falls etwas passieren sollte.«

Er senkte den Kopf und flüsterte ihr ins Ohr: »Sie müssen sich daran gewöhnen, daß sie dich mit mir teilen müssen.«

John holte tief Luft. Diese weiche, süß duftende Frau in

den Armen zu halten war eine schwere Prüfung für seine Selbstbeherrschung. Ein Teil von ihm pulsierte und war sich schmerzhaft bewußt, wogegen es gedrückt war.

»Hast du den Richter getroffen?«

»Ja. Wenn er nicht eine junge Dame bei sich gehabt hätte, wäre ich versucht gewesen, ihm zu sagen, er solle sehen, wo er bleibt.«

»War er dir nicht sympathisch?«

»Er ist ein arroganter Besserwisser.«

»Ist die Dame seine Frau?«

»Seine Nichte. Sie war recht nett, aber die Sorte, die noch nie im Leben einen Handschlag getan hat.«

»Schäm dich«, sagte Addie mit einem Lächeln in der Stimme. »Nur weil sie nicht pflügen oder einem Eichhörnchen ein Auge ausschießen kann, muß sie noch lange nicht zu nichts zu gebrauchen sein.«

»Kannst du diese Dinge?«

»Natürlich kann ich pflügen. Was glaubst du, wie Trisha und ich unsere Felder bestellt haben? Und« – sie lachte leise – »einmal habe ich einem Eichhörnchen ein Auge ausgeschossen, aber das war ein Versehen. Ich hatte auf ein anderes Eichhörnchen gezielt.«

John lachte. Addie konnte die Bewegung in seiner Brust und das heftige Klopfen seines Herzens spüren.

»Addie, du bist ein Wunder.« Als wollte er seine Äußerung unterstreichen, drückte er seine Lippen an ihr Haar. »Ich habe dem Richter gesagt, daß wir übermorgen hier vorbeikommen und daß er mitziehen kann, wenn er will.«

»Hat er immer noch vor, mit uns zu kommen?«

»Heute abend wollte er das. Warte erst mal ab, bis er erfährt, daß wir um drei Uhr morgens das Lager auflösen und von sechs bis acht Uhr fahren, die Tiere mitten am Tag ausruhen lassen und dann bis Einbruch der Dunkelheit weiterziehen. Er wird schimpfen wie ein Rohrspatz.«

»Warum hast du ihm das nicht schon heute gesagt?«

»Ich mußte ihm andere Dinge sagen, von denen ich glaubte, sie würden ihn abbringen. Wenn er es herausfindet, wird er vielleicht nach Fort Gibson eilen und auf einen anderen Treck warten.«

Mit Emotionen beladenes Schweigen machte sich zwischen ihnen breit. John konnte kaum begreifen, daß diese Frau seine Ehefrau war. *Ehefrau*. Sie war sein, und er würde sie für immer lieben und schützen, oder bis daß der Tod sie schied. Er wollte sie, wollte sich selbst in ihrem weichen Körper verlieren, bei ihr Trost suchen und ihr dafür Trost spenden. Er wollte nicht einfach seine Gier stillen. Er wollte sie lieben und die ganze Nacht lang festhalten. Und noch mehr als das wollte er, daß sie ihn lieben *würde*. Zum Teufel noch mal! Das wünschte er sich mehr, als er jemals etwas gewünscht hatte.

Als er sprach, war aus seiner Stimme nichts von seinen Gedanken herauszuhören. Er hatte gedankenverloren ihr Haar gestreichelt. Wenn nicht diese Bewegung seiner Hand und sein lauter Herzschlag gewesen wären, hätte Addie geglaubt, er sei eingeschlafen.

»Willst du jetzt ins Bett gehen?«

Sie hob den Kopf von seiner Schulter und sah ihm ins Gesicht. Sie hatte ihn noch nie absichtlich berührt. Jetzt tat sie es, indem sie ihre Handfläche an sein Gesicht legte und mit den Daumen seinen seidigen Schnurrbart berührte.

»John, ich bin kein junges Mädchen mehr. Ich weiß, was im Ehebett erwartet wird. Du hast mir alles gegeben, was mir im Leben lieb ist, und...«

John umfaßte ihre Handgelenke und nahm ihre Hände von seinem Gesicht weg.

»Ich will nicht, daß du aus Dankbarkeit zu mir kommst. Ich habe nichts getan, das ich nicht tun wollte. Ich werde warten, bis die Zeit kommt, daß du mich willst, mich suchst, ohne den Gedanken daran, was ich für dich getan habe.«

Addie rutschte von seinem Schoß und stellte sich neben ihn. Ihr war zum Weinen zumute. Sie hatte sagen wollen, daß sie glücklich war, ihn zum Mann zu haben. Es hatte ganz falsch geklungen. Dankbarkeit war eine Last. Nachdem sie sich in acht genommen hatte, wenn sie dieses Wort benutzte, schwor sie sich jetzt, es nie wieder zu tun. Aber sie hatte es gesagt, und nun herrschte angespanntes Schweigen zwischen ihnen.

KAPITEL 18

Addie, die sich elend fühlte und nicht wußte, wie sie ihre Worte ungeschehen machen sollte, ging um das Bett herum und schlüpfte unter die dünne Decke. Sie streckte den Rücken und starrte an die Zimmerdecke, während sie zuhörte, wie John sich entkleidete. Schließlich kam er ins Bett und legte sich neben sie.

»Ich habe kein Nachthemd an, Addie. Ich habe keins. Unterwegs schlafe ich in meinen Hosen. Zu Hause schlafe ich nackt.«

»Ich erwarte nicht, daß du dich meinetwegen änderst«, sagte sie leise.

»Ich wollte nicht, daß du denkst, daß ich mich dir aufdrängen will.«

»Das habe ich auch nicht gedacht.«

»Es wird eine lange Nacht werden, wenn wir hier liegen und Angst haben, wir könnten uns berühren. Ich würde dich gerne umarmen …«

»Ich auch.«

Er schob einen Arm unter ihre Schultern. Mit der anderen Hand drehte er sie zu sich. Er zog sie sanft an sich, bis sie der Länge nach an ihn gedrückt war. Ihre Zehen berührten sein Bein über dem Knöchel, und ihre Schenkel lagen an seinen. Sie kuschelte den Kopf an seine Schulter.

»Besser, oder?«

»Ich hätte mein Haar flechten sollen. Es wird dir ins Gesicht geraten.«

Er faßte die langen, seidigen Strähnen in ihrem Nacken

zusammen und zog sie herüber auf seine nackte Brust. John fand ihre Hand, legte sie auf sein Herz und bedeckte sie mit seiner eigenen.

»Macht es dir... etwas aus, hier so bei mir zu sein?«

Addie realisierte plötzlich, wie nah sie seinem starken, nackten Körper war, und lag unbeweglich da. Sie atmete seine pure Anwesenheit ein und fühlte nichts von der Angst, die sie erwartet hatte.

»Es ist... schön«, sagte sie schließlich.

»Ich bin mir sicher, daß wir ein schönes Leben haben werden, Addie.« Sie spürte, wie sein Schnurrbart über ihre Stirn strich, wenn er sprach.

»Ich hoffe es. Ich hoffe, daß ich dich niemals enttäuschen werde.«

»Es könnte passieren, daß wir uns eines Tages in einander verlieben.« Er wartete gespannt auf ihre Antwort.

»Eine liebe Freundin, die schon seit langer Zeit tot ist, hat mir gesagt, daß man einen Mann erst *mögen* und sich dann mit ihm anfreunden muß. Wenn die Liebe kommen soll, dann kommt sie danach.«

»Das erscheint mir sinnvoll. Ich mag dich, Addie. Ich mag viele Dinge an dir.«

»Ich mag dich auch.«

»Was magst du an mir? Ich bin nicht gutaussehend, und ich bin auch keiner, der ein großes Theater veranstaltet. Es können Tage vergehen, ohne daß ich mehr als drei Worte sage.«

»*Das* hätte ich nicht von dir gedacht. Mit mir hast du viel geredet.«

»Vielleicht läßt es sich mit dir einfach leicht reden. Was magst du an mir?« fragte er wieder.

»Nun... ich mag, wie du aussiehst«, flüsterte Addie und drückte ihr Gesicht gegen die warme Haut an seinem Hals, weil es ihr peinlich war.

»Du willst mich veräppeln!« Stummes Lachen ließ seine Brust erbeben.

»Nein, das stimmt nicht. Du bist ein attraktiver Mann. Du stichst aus der Menge hervor.«

»Das ist wegen meiner Kleidung. Wenn wir nach Hause kommen, werde ich nicht mehr so auffallen.«

»Du magst Kinder, und du bist nett zu ihnen«, fuhr sie fort. »Manchmal wirkst du ernst, aber in Wirklichkeit bist du das nicht. Ich mag den Gedanken, jemanden wie dich an meiner Seite zu haben, falls ich in Schwierigkeiten gerate. Nicht, daß ich dich nur *deswegen* mag«, fügte sie hastig hinzu. »Du bist zuverlässig und... ein guter Pferdehändler, sonst hätte ich niemals die beiden Maultiere von Mr. Birdsall bekommen.«

»Addie, bist du dir sicher, daß du von mir redest?« In seiner Stimme schwang Lachen mit – erfreutes Lachen.

»Steigt dir das zu Kopfe?«

Er lachte laut. *O Gott. Wo ist diese Frau nur hergekommen? Amy wird sie lieben.*

»Vielleicht kann ich morgen meinen Hut nicht aufsetzen.«

Er lachte wieder und drückte sie an sich, wobei er das Körperteil vergaß, das auf ihre Weiblichkeit reagierte, bis es ihren Schenkel berührte. Sie schien es nicht zu bemerken, aber er zog sich zurück.

»Weißt du, an *wen* ich denke, wenn ich dich ansehe?« Im Dunkeln war es leicht für sie, mit ihm zu reden.

»Ich traue mich gar nicht zu fragen.«

Sie fing an zu lachen und konnte nicht aufhören. Sie preßte den Mund gegen seine Schulter. Johns Hand schob sich hinter ihren Kopf. Er streichelte ihr Haar. Sie lachte leise weiter. War sie nervös?

»Ich habe das Gefühl, daß mir das nicht gefallen wird«, sagte er mit den Lippen an ihrer Schläfe. »An wen erinnere ich dich, daß es dich so belustigt?«

»Ich wollte Quasimodo sagen. Um... um dich zu ärgern. Es kam mir lustig vor, denn wenn irgend jemand *nicht* wie Quasimodo ist, dann du.«

»Quasimodo? Der Glöckner? Oh, Esmeralda, wie nett von dir.« *Ich habe wirklich einen Schatz gefunden!* John fuhr mit den Fingern ihre Rippen entlang, und sie kicherte wie verrückt. »Du hast nicht erwartet, daß ich weiß, von wem du sprichst, oder?«

»Ich... habe nicht erwartet –«

»Ihr Ehemann ist kein ungebildeter Rüpel, Mrs. Tallman. Du solltest wissen, daß wir zu Hause Victor Hugos gesammelte Werke haben. Meine Mutter hat sie uns vorgelesen, und dann mußten wir sie selbst lesen, als wir alt genug waren.«

»Bist du... mir böse?« fragte Addie, als sie endlich aufgehört hatte zu lachen.

»Nein. Ähm, doch. Ich war mir sicher, du würdest Sam Houston, Jim Bowie oder Heathcliff sagen«, sagte er mit einem leisen, fröhlichen Lachen.

»Auf keinen Fall Heathcliff! Vielleicht Sam Houston. Wenn ich dich ansehe, denke ich an Hawkeye aus *Der letzte Mohikaner*.«

»Wirklich? Hawkeye? Er ist ein Held. Er rettet Fräuleins aus der Not. Und kitzelt sie niemals. Andererseits kitzel' ich dich ziemlich gerne.«

»Tu das nicht! Bitte! Ich tue schreckliche Dinge, wenn ich gekitzelt werde.«

»Tust du auch schreckliche Dinge, wenn du geküßt wirst?« fragte er plötzlich mit angespannter Stimme. Entweder absichtlich oder zufällig lag seine Hand seitlich an ihrer Brust.

»Nicht so, wie wenn ich gekitzelt werde.«

Ihre Stimme erstarb, und sie hob ihr Gesicht. Ihr Herz schlug jetzt schneller. Der Rest ihres Körpers bebte. Mit der

Hand, die zwischen der seinen und seiner Brust gefangen war, konnte sie seinen Herzschlag spüren. Sie zog ihre Hand hervor und schob sie hinauf zur Biegung seines Halses. Ihre Finger glitten in sein Haar.

Er hielt sie mit sanfter Kraft fest. Die Wirklichkeit verschwamm. Es wirkte wie eine Ewigkeit, bevor seine Lippen ihre Wange entlangglitten und ihren Mund erreichten. Er stöhnte leise, als er ihre weichen und leicht geöffneten Lippen küßte. Er küßte sie zärtlich, liebkoste ihre Lippen, streichelte sie. Sein weicher Schnurrbart strich seidig über ihre Wange. Dann, als könne er nicht genug von ihr bekommen, preßte er seinen Mund gierig auf ihren und schloß seine Arme um sie.

Auf die Wärme und Kraft seines kräftigen, muskulösen Körpers, die langen Beine an ihren, die gewaltigen Arme unter ihr und um sie herum war sie nicht vorbereitet.

»Du bist so angenehm zum Küssen, Addie Tallman«, sagte er heiser, als er seinen Mund von ihrem hob. »Du riechst und schmeckst wie ein Blumengarten.«

Sein hungriger Mund suchte und fand wieder den ihren und nahm ihn heftig, aber sanft in Besitz. Seine Hand glitt hinunter auf ihr Gesäß und drückte es an seinen Schenkel.

Sie wollte sprechen, ihm sagen, daß sie kein Mädchen mehr, sondern eine Frau war, daß sie keine Angst hatte, sich hinzugeben. Sie öffnete den Mund, aber es war zu spät. Er bedeckte ihre geöffneten Lippen, seine Zunge drang heiß in ihren Mund und wieder heraus, forschende Lippen zitterten unter seinem fordernden Kuß. Sie stöhnte leise und rang nach Atem.

»Addie, Liebling!« flüsterte er unter Küssen. Er wollte ihrem weichen Körper näher kommen, ihn so fest an sich pressen, daß ihr Fleisch miteinander verschmolz. *Sie ist keine Hure,* sagte er sich streng. *Sie kennt dich noch nicht einmal eine Woche.* »Ich versuche aufzuhören.« Er schnappte nach Luft.

»Aber du bist so süß... eine süße, weiche Frau. Ich will dich berühren... überall.«

»Das kannst du.« Sie drückte sich fest an ihn.

»Nein.« Er löste sich von ihr. »Ich habe dir versprochen, daß ich dich zu nichts zwingen würde.«

Noch während er sprach, zog sie ihn mit den Händen näher, ihre Bauchmuskeln spannten sich, und ihr Atem und Herzschlag waren völlig durcheinander. *Oh, lieber Himmel!* dachte sie wild. *Ich liebe ihn! Wie konnte das so schnell geschehen?*

Sie stützte sich auf, damit sie ihm ins Gesicht sehen konnte.

»Wenn ich dich nicht wollte, würdest du es verdammt schnell merken«, sagte sie wütend, dann ließ sie den Kopf auf seine Schulter fallen, ballte die Faust und schlug ihm gegen die Schulter. »Siehst du, was du angerichtet hast? Du hast mich dazu gebracht, mich zum Narren zu machen.«

Zu sagen, John war erstaunt, wäre noch vorsichtig ausgedrückt. Er wußte nicht, daß sie weinte, bis er ihre Tränen auf der Haut spürte. Er versuchte, ihren Kopf anzuheben, aber sie hielt ihn an seine Brust gedrückt.

»Addie, Liebling. Ich weiß nicht, wovon du sprichst.«

»Ich habe dich... abgestoßen«, sagte sie unter stummen Schluchzern.

»Wie um alles in der Welt kommst du auf so eine lächerliche Idee?« Er strich ihr mit zitternden Fingern das Haar aus dem Gesicht.

Es herrschte langes Schweigen. Als sie sprach, schien sie fest entschlossen, alles zu sagen.

»Weil... weil ich mich wie... eine läufige Hündin benommen habe. Darum! Anständige Damen machen so was nicht. Nur Huren.«

John holte zitternd tief Luft, während er versuchte zu begreifen, was sie sagte.

»Wie kommst du denn darauf?« fragte er wieder. »Zum Teufel, mein Schatz. Ich habe aufgehört, weil ich mich dir nicht aufdrängen wollte, ich wollte nicht, daß du dich zu irgendwas verpflichtet fühlst. Ich möchte, daß du mich genauso willst wie ich dich.«

»Ich... wollte nicht, daß du aufhörst. Aber...«

»Liebling...« Er küßte ihre Stirn, als wäre sie ein Kind. »Warum hattest du Angst, mich wissen zu lassen, daß du gerne geküßt, berührt und geliebt wirst? Das ist doch nichts, wofür man sich schämen muß.« Ihr Schweigen sprach für sich. »Hat Kirby Hyde dir gesagt, daß eine *Dame* wie ein Fleischklumpen daliegt und erduldet, daß ein Mann sich an ihrem Körper befriedigt?« Als Addie stumm blieb, verspürte John wütenden Haß auf diesen Mann. »Wenn er dir diese Dinge erzählt hat, dann war er ein dummer, ignoranter Hurensohn!«

Johns Arme schlossen sich um sie, und er hielt sie so fest, daß sie kaum atmen konnte. Als er mit den Fingern ihr Kinn anhob, kuschelte sie ihre Wange an seine Schulter. Johns Daumen strichen über die feuchten Stellen an ihren Augen.

»Du hast so wunderschöne Augen. Ich habe noch nie so schöne gesehen. Und ich möchte nicht, daß sie voller Tränen sind. Liebling, es ist für Frauen genauso natürlich, sich mit ihrem Mann vereinigen zu wollen, wie für Männer. Ein Mann, der eine Frau hat, die ihn begehrt und die genauso Freude mit ihm hat wie er mit ihr, kann sich wirklich glücklich schätzen.«

Addie hielt die Augen fest geschlossen. Sie lagen ruhig da, und Addie spürte wieder das Klopfen seines Herzens an ihrer Handfläche. Als sie sprach, kamen schluchzend Worte hervor, die sie nicht hatte sagen wollen.

»Ich... weiß nicht, was mit mir nicht in Ordnung ist. Ich glaube, ich... liebe dich.«

John rang nach Atem. »Mein Liebling! Ich hatte gehofft, das würde passieren... irgendwann.«

»Aber es ist noch zu früh!«

»Manchmal passiert es so. Ich habe mich vielleicht in dich verliebt, als ich dich an jenem Tag im Geschäft gesehen habe. Etwas hat mich zu deiner Farm gezogen.«

»Du kannst nicht...«

»Dich nicht lieben? Warum nicht?«

»Weil ich... gewöhnlich bin. Und ich habe drei Kinder.«

»Addie, meine Geliebte, du bist alles andere als gewöhnlich. Ich habe noch nie eine Frau getroffen, die so auf mich gewirkt hat wie du, oder mit der ich zusammensein wollte... für immer. Und die Kinder sind nur ein zusätzlicher Bonus.«

Er umarmte sie so fest, daß sie anfing zu glauben, es könne wahr sein. Sie hob ihr Gesicht zu seinem empor. Ihre Lippen trafen sich. Addies waren weich, während Johns fest und beharrlich waren. Sie reagierte sofort auf den Kuß. Ihre Lippen öffneten sich, ihr ganzer Körper zitterte, und ihr Arm schob sich um seinen Hals. Pure Hitze stieg in ihnen auf. Er atmete den Duft ihrer Haut, ihres Haars ein, spürte, wie er in Wallung geriet und hart wurde. Seine Arme und Beine begannen zu beben.

Seine Hände glitten über ihren Körper, knöpften ungeduldig das Nachthemd auf und schoben es beiseite, ohne daß sie es richtig wahrnahm. Sie erwiderte seine Küsse mit unschuldigem Hunger. Die lange, harte Männlichkeit, die gegen ihren Bauch gedrückt war, erregte sie. Die rauhen, suchenden Berührungen seiner schwieligen Finger, die ihre Hals, Schultern und Rücken streichelten und schließlich ihre Brust umfaßten, ließen sie wohlig erschauern. Sein Mund war hart, aber dennoch wundervoll warm und süß. In ihr brannte seliges Verlangen. Sie schloß ihre Augen in Ekstase.

»Berühr mich, Liebling«, flüsterte er sanft und legte ihre Handfläche auf seinen Bauch.

Das Verlangen nach ihm fuhr ihr durch Körper und Seele. Sie strich ihm vom Hals über die Schulter bis zu seinem mageren Brustkorb, dem flachen Bauch und dem angespannten Gesäß. Sein Atem wurde schnell und unregelmäßig, als ihre sanfte Hand über sein Fleisch glitt. Er flüsterte Worte, die erstickten, als er ihre Lippen küßte, und seine Zunge spielte in ihrem Mundwinkel. Er hielt ihre Brust in der Hand, senkte dann seinen Kopf, um sie zu liebkosen und die süßen Spitzen in den Mund zu nehmen.

Das alles war so schön, so viel besser, als sie es sich jemals vorgestellt hatte. Er war sanft und hatte keine Eile, seine streichelnden Hände und sein warmer Mund sandten Wellen der erwachenden Leidenschaft durch ihre Wirbelsäule. Sie bog sich ihm entgegen, hielt sich an seinem starken Körper fest, als seine Hände sich unter sie schoben. Sie öffnete ihre Schenkel, um ihn zu empfangen. Langsam glitt er in sie hinein, erfüllte sie mit seiner Größe. In ihrem Kopf war ein wildes Singen, und es wuchs so rasch an, daß die Worte in ihrem Schädel hämmerten: »Ich liebe dich... ich liebe dich...«

Wie aus weiter Ferne hörte sie sein unterdrücktes Stöhnen; dann nahm die Leidenschaft unermeßliche Ausmaße an, daß sie nur noch ihre eigenen Empfindungen spürte. Sie klammerte sich an ihn, als sie von einer mächtigen Welle des Gefühls überrollt wurde.

»Addie, Liebling, ich...«

Was er sagen wollte, blieb für immer ungesagt. Er begann, sich mit wildem Rhythmus in ihr zu bewegen, jeder Atemzug war ein leises, erregtes Stöhnen.

Im Höhenflug klammerten sie sich aneinander fest, als sie sich der Ekstase näherten.

»O Gott!« schrie er und preßte sie an sich.

Addies Herz raste, ihre Gedanken wirbelten umher. Ihre Arme und ihr Körper waren auf wunderbare Weise von ihm erfüllt. Johns Kopf war auf ihre Schulter gefallen, und sie genoß das Gewicht seines Körpers auf dem ihren. Die Liebe zu ihm erfüllte ihr Herz. Sie teilte seine Leidenschaft, und er hatte recht – es war keine Schande, nur Freude.

John drehte sich zur Seite, nahm sie mit sich, schlang seine starken Arme um sie und zog ihren Schenkel über seinen, so daß sie vereint blieben. Die unerwartete Ehrlichkeit, mit der sie sich ihm hingegeben hatte, überwältigte ihn. Ihm fehlten die Worte, um ihr zu sagen, was es für ihn bedeutete, daß sie diese süße Intimität mit ihm teilte.

»Liebling, wirst du diesen Teil unseres Ehelebens mögen? O Gott, mein Herz rast wie verrückt. Ich wollte, daß du das gleiche fühlst wie ich.«

»Es war so schön. Es war, als hätte ich meinen Körper für eine Weile verlassen. War es das, was ich fühlen sollte? Ich habe nicht gewußt, daß es so schön sein kann.«

»Laß mich immer wissen, wie du dich fühlst. Und wenn du mal nicht willst, mußt du es mir sagen. Ich kann warten.«

Seine Hand legte sich auf ihre Hüfte und drückte sie leicht an seinen Schritt. Er spürte, wie er in ihr wieder anschwoll und hart wurde. Er zögerte einen Moment, einen langen Moment, um zu sehen, ob sie sich wegziehen würde. Dann nahm er mit einem raschen Atemzug und gierigen Vorwärtsbewegungen der Hüften den langsamen, ekstatischen Rhythmus der Liebe wieder auf.

Addies Mund war genauso begierig wie seiner. Mit der Zungenspitze drang sie in seinen Mund ein, und ein leiser Ton der Leidenschaft entwich seiner Kehle. Als sein Stoß sie traf, wurde das Feuer in ihrem Inneren neu entfacht. Die Flamme brannte weiter und weiter. Der weite Kreis der Leidenschaft war so tief, daß sie in einen wirbelnden Strom gezogen wurde, in dem sie zu ertrinken drohte. Sie schluchzte seinen Namen, als sie sich gemeinsam gehen ließen und in eine andere Welt vordrangen.

Erschöpft drehte sich Addie zu ihm, als er sich von ihr löste. Voller Verwunderung dachte sie darüber nach, was geschehen war. Sie konnte nicht begreifen, welch wilde Emotionen er in ihr geweckt hatte und wie sanft er dieses Feuer gelöscht hatte.

Sein Herz war jetzt ruhiger, sein Atem langsamer. Sie lag in seine Arme gebettet, den Arm um seinen Hals geschlungen, während seine Hände ihren Rücken und ihr Gesäß streichelten, und sie fragte sich, ob sie jemals im Leben glücklicher gewesen war. Sie hatte vorgehabt, diesem starken, wunderbaren Mann für das, was er für sie getan hatte, Liebe zu schenken. Es war so ganz anders geworden, als sie erwartet hatte.

Sie hatte das Paradies gefunden.

KAPITEL 19

John und Addie trafen den Holländer bei Tagesanbruch, um den Planwagen zu übernehmen, den er als fahrendes Heim für sich, seine Frau und seine sechs Kinder gebaut hatte. Er war einen Meter breit, vier Meter lang und mit einer Kiste ausgestattet, die etwa einen Meter über das hintere Ende hinausragte. Eine Klappe von der gleichen Größe wie die Vorderseite der Kiste war an der Unterseite eingehängt. Wenn man sie anhob, verschloß sie die Kiste, und wenn sie heruntergelassen wurde, bildete sie einen Tisch.

Die Kiste enthielt alles Kochgerät, das eine Familie brauchte: einen eisernen Topf, der acht Liter Wasser faßte und zwei Henkel hatte, so daß er über ein Lagerfeuer gehängt werden konnte, eine eiserne Bratpfanne, einen holländischen Ofen mit schwerer Eisenklappe zum Backen und eine Kaffeekanne. Es gab Platz für Eßwaren und Vorräte und sogar eine eingebaute Salzkiste.

Oben auf den ein Meter hohen Seitenwänden des Wagens waren Bretter angenagelt. Diese Querbretter begannen hinter dem Wagensitz und erstreckten sich über zwei Meter. Auf ihnen lag eine Matratze. John erklärte, daß man dies Overjet nannte. Unter dem Overjet war Platz für eine weitere Matratze. Am Wagenbett waren auf allen Seiten schwere Leinwandbahnen befestigt, die aufgerollt und festgebunden waren.

Diese Leinwandbahnen konnten heruntergelassen und mit Pflöcken befestigt werden, um unter dem Wagen ein gemütliches Zelt zu bilden.

Über dem Wagen krümmten sich vier Bögen, die von vorne bis hinten von einer schweren Segeltuchbahn abgedeckt waren, welche am Ende zusammengezogen werden konnte.

An der Außenseite des Wagens waren Bretter für Wasserkanister, Eimer, Kerosinlaterne, Axt, Waschbrett, Wäschewanne und andere nützliche Dinge.

Ihre gestrigen Einkäufe aus Pooles Laden waren schon zum Wagen gebracht worden, ebenso wie die Vorräte von der Liste, die Bill Wassall John mitgegeben hatte.

Addies Augen leuchteten vor Freude, als sie den Wagen betrachtete. Sie kam zurück und trat neben John. Er stellte sie dem Holländer vor, und sie sagte ihm, wie leid es ihr täte, daß er seine Frau verloren habe.

Nachdem der Holländer gegangen war, ergriff John Addies Hand und zog sie in seine Armbeuge.

»Gefällt er dir?«

»Er ist großartig. Aber der arme Mann. Man sieht genau, daß er für diesen Wagen sein Bestes gegeben hat.«

»Wir haben ihm einen guten Preis gemacht. Er kann mit seiner Familie dorthin zurückkehren, wo er Freunde und Verwandte hat, und er wird genug übrigbehalten, um neu anzufangen. Weißt du, was mir an der Ausstattung am besten gefällt?«

»Die Kiste?«

»Die habe ich gar nicht bemerkt.« John grinste. »Es gefällt mir, daß ich dich nachts ganz für mich haben werde. Die Familie kann im Wagen schlafen, und wir beide darunter. Wenn wir die Seiten herunterlassen, haben wir unser eigenes Zelt.«

Addies Wangen erröteten. Sie schloß die Augen, bis er mit Daumen und Zeigefinger an ihrem Kinn wackelte. Dann lächelte sie ihn mit ihren violetten Augen an.

Auf dem Weg zu ihrem Frühstück bei Lupe gingen sie am Pferdestall vorbei, damit Addie sich von den beiden treuen Tieren verabschieden konnte, die so lange ein Teil ihres

Lebens gewesen waren. Sie rieb ihnen die Nasen und klopfte ihren Hals.

»Was wird der Stallbesitzer mit ihnen machen?« fragte sie.

»Irgend jemand wird vorbeikommen, der gute alte Pferde für leichte Arbeiten sucht. Sie werden es gut haben.«

»Mach's gut, Betsy. Tschüß, Martha.« Addie drehte sich schnell weg und ging mit John zu dem Lokal.

Lupe war an diesem Morgen genauso ausgelassen wie am Abend zuvor.

»Yi, yi, yi. Meine Augen sind entzückt von dem, was sie sehen. Johnny, du siehst aus wie ein Fuchs, der aus einem Hühnerstall geschlichen kommt.«

»Du siehst auch gut aus, Lupe.« Er grinste die kleine Frau an. »Wie steht es mit Tortillas und Eiern?«

»Tortillas und Eier für das Liebespaar«, neckte sie ihn und verschwand in der Küche. Sie kam mit einer Platte zurück und setzte sie ihnen vor. »Eßt«, befahl sie. »Ich muß meine Babys füttern.«

»Meine Frau ist auch eine Schafliebhaberin, Lupe.«

»Yi, yi, yi. Bevor ihr geht, müßt ihr meine Tierchen ansehen.«

Später, nachdem sie sich verabschiedet hatten und auf dem Rückweg zum Mietstall waren, an dem der neue Wagen auf sie wartete, sagte John: »Wenn du dich entscheiden würdest, deine Schafe nicht mitzunehmen, Addie, wären sie bei Lupe gut aufgehoben. Du siehst ja, wie sie die Tiere verhätschelt.«

»Ich habe schon darüber nachgedacht, was ich mit ihnen machen soll. Ich will nicht, daß Wölfe sie holen. Was meinst du, soll ich tun?«

»Es sind deine Schafe. Wenn du sie mitnehmen willst, werden wir versuchen, sie mit dem zusätzlichen Vieh zu treiben. Aber ich muß dir sagen, es wird hart für sie. Wahrscheinlich werden sie es nicht schaffen.«

Sie gingen schweigend weiter. Addie sprach erst, als sie den Stall fast erreicht hatten.

»Es ist mir lieber, daß Lupe sie hat, als daß sie sterben.«

»Wenn das deine Entscheidung ist, werden wir sie absetzen, wenn wir morgen hier vorbeikommen.«

Ein paar große graue Maultiere wurden vor den Wagen gespannt. Während John um die Maultiere herumging und die Geschirre inspizierte, wartete Addie neben dem Wagen und beobachtete ihn. Dieser wunderbare Mann war ihr Ehemann. Alles war so schnell geschehen, daß sie kaum glauben konnte, daß es Wirklichkeit war. Sie bewunderte seine Geduld und seine Findigkeit, sein Selbstvertrauen. Schon wenn sie ihn nur ansah, begann ihr Herz zu singen.

Lieber Gott, du bist so gut zu mir gewesen, daß du mir sicher vergeben hast, was ich zu Pfarrer Sikes gesagt habe.

Heute morgen war sie aufgewacht, weil etwas an ihrem Ohr knabberte und eine große, warme Hand ihre Brust umfaßte und streichelte. Ihr Rücken war fest an die nackte Brust ihres Mannes gedrückt. Ihr Gesäß lag in dem Nest, das sein Leib und seine Schenkel bildeten. Sie konnte sein starkes Drängen spüren.

Als sie sich schläfrig räkelte, vergrub er sein Gesicht in der Biegung ihres Halses.

»Wer ist diese schöne Frau in meinem Bett?«

»Wer sind Sie, Sir? Ein *Passant*?« antwortete sie schläfrig und bedeckte die Hand auf ihrer Brust.

»Nein, süße Lady. Ich bin Adlerauge, der nach Fräuleins in Not Ausschau hält.«

»Such nicht weiter, mein Geliebter.«

Sie drehte sich um, lachte ihn an und vergrub die Finger in seinem Haar. Sie schlang die Arme um seinen Nacken, schob ihre Beine zwischen seine und hob den Mund. Seine Küsse waren warm, gierig, wild vor Leidenschaft. Ihr abgerissener Atem wurde von seinen Lippen in ihrem Mund gefangen. Nach langen, hungrigen Küssen hob er den Kopf und sah ihr ins Gesicht, die Hand sanft auf ihrem Hinterkopf.

»Du bist mir sehr lieb geworden«, flüsterte er.

»Ich werde treu und ergeben sein, mein Adlerauge, und dich lieben... für immer.«

Er liebte sie langsam, küßte ihre Schläfen, ihre Wangen, ihre Mundwinkel. Er verschloß ihr die Augen mit sanften Küssen. Sein großes, festes Geschlecht pochte an dem Schenkel, der zwischen seine geschoben war. Addie schob ihre Hand über das glatte Fleisch seines flachen Bauches. Finger, die ihre Schüchternheit verloren hatten, schlossen sich um seine Erektion. Ein leises, leidenschaftliches Stöhnen kam von seinen Lippen, als sie ihn berührte, seinen harten Schaft liebkoste und ihn dann in sich hineinführte.

Diese süße Willigkeit und die Leidenschaft, die hinter Addies ruhigem, schönen Gesicht verborgen war, hatte er nicht erwartet. Wie in der vorangegangenen Nacht verschwieg sie ihm nichts, und er verschwieg ihr nichts. Die unerwartete Ehrlichkeit, mit der sie sich ihm hingab, beglückte ihn. Die sanfte, ehrfürchtige Art, mit der er nahm, was ihm gegeben wurde, machte sie glücklich.

Das Geräusch von Pferden, die sich näherten, und plötzliches Gelächter holten Addie aus ihrem Tagtraum zurück. Sie sah, wie zwei Reiter, die nebeneinander her trabten, auf den Mietstall zukamen. Sie erkannte in ihnen die Yankee-Soldaten, die sie gestern vom Hotelfenster aus in die Stadt hatte reiten sehen.

Die Reiter passierten den Wagen an der anderen Seite, ohne sie zu bemerken. Addie ging um das Wagenende herum, damit sie die wunderbaren Pferde besser sehen konnte, als die Soldaten gerade abstiegen. Eines der Pferde war nervös und tänzelte unruhig. Der Yankee, der die Zügel hielt, sprach mit ihm und versuchte, es zu beruhigen.

»Ganz ruhig, mein Großer. Ganz ruhig ...«

Die Stimme und die Worte trafen Addie wie ein Schwall kaltes Wasser. Einen Moment lang war sie wie erstarrt.

»Na... na... ganz ruhig. Soll ich dich etwas abreiben?«

Ein Zittern überkam sie, als würde sie von tausend Nadeln gepiekst.

Ganz ruhig, meine Kleine, ganz ruhig. Die Stimme und die Worte klangen in ihrem Gedächtnis wieder. Sie hatte die Worte oft gehört, wenn sie Kirby bekniet hatte, ihr bei Arbeiten zu helfen, die verrichtet werden mußten.

Der Yankee-Soldat stand mit dem Rücken zu ihr. Sein blondes Haar war länger als Kirbys und fiel bis auf den Kragen seiner blauen Yankee-Uniform. In ihrer Erinnerung war Kirby kleiner als dieser Mann. Doch wenn sie die Augen schloß, hallte seine Stimme in ihren Ohren wieder.

Wurde sie langsam verrückt? Kirby war kein Yankee-Soldat gewesen; er war mit den Konföderierten in den Krieg gezogen. *Kirby war tot.* Sie hatte seine Stimme seit vier Jahren nicht mehr gehört. Wie konnte sie glauben, daß er es war?

Als sie die Augen öffnete, hatten die Yankee-Soldaten den Mietstall betreten, und John stand neben ihr, um ihr zu helfen, über das Rad auf den Wagensitz zu klettern.

»Alles in Ordnung, Liebes? Blendet dich das Licht?«

Addie lächelte. »Nur ein bißchen«, log sie.

Die Yankees kamen aus dem Stall, als der große Wagen anfuhr. Addies Kopf war John zugewandt, und sie sah nicht, wie der blonde Mann stehenblieb, um sie anzustarren. Seine Augen waren hart, seine Fäuste geballt. Sein Begleiter, der ihm ein paar Schritte vorausgegangen war, drehte sich um.

»Kommst du, Kyle?«

»Natürlich komme ich. Was glaubst du denn, wo ich hinwill?« fuhr er ihn an.

»Was zum Teufel ist in dich gefahren? Kennst du die Leute?«

»Der Mann in der Lederhose war gestern abend im Hotel. Ich frage mich, ob er der John Tallman ist, auf den der Richter wartet.«

»Der Fuhrmann? Könnte sein. Er sieht so aus – groß genug, um es mit einem Bären aufzunehmen. Keine Sorge, Hauptmann, er ist nicht Miss Cindys Typ. Außerdem hat er eine Frau. Für meinen Geschmack ist sie etwas zu alt, aber ich denke, zu dem Fuhrmann paßt sie ganz gut. Es ist ein weiter Weg durch das Indianerterritorium. Du wirst genug Zeit haben, um Miss Cindy den Hof zu machen.«

Der blonde Mann hörte nur Bruchstücke von dem, was sein Freund sagte. Die letzte Worte ließen ihn jedoch aufhorchen.

»Ja, ich habe genug Zeit«, murmelte er, aber seine Gedanken waren nicht bei Miss Cindy Read.

Der gefederte Sitz mit der hohen Rückenlehne machte die Rückfahrt zum Lager viel bequemer, als Addie es sich jemals erträumt hätte. Eine Stunde vor Mittag näherten sie sich dem Hügel, auf dem die Güterwagen standen.

Addie sah John fragend an, als er die Tiere stoppte und die Zügel um die Bremse wand.

»Komm her, Liebling.« Er legte die Arme um ihre Schultern und zog sie an sich. »Du bist schrecklich still gewesen. Habe ich dich letzte Nacht überanstrengt?«

Addie umschlang seine Taille und drückte ihn an sich, als sei er ein dicker Baumstamm, an den sie sich klammerte, um nicht von einem reißenden Strom weggerissen zu werden. Sie wagte nicht, ihm zu erzählen, daß der Yankee-Soldat am Mietstall Kirby so sehr geähnelt hatte, daß sie gefürchtet hatte, den Verstand zu verlieren, bis die Logik sie auf den Boden der Realität zurückgeholt hatte. Kirby würde bestimmt nicht als *Yankee* auferstehen, selbst wenn so etwas möglich wäre. Er verachtete Yankees, oder zumindest hatte er das gesagt. Natürlich war ihr schon lange bevor er sie verlassen hatte klargeworden, daß Kirby manchmal Dinge sagte, von denen er glaubte, daß man sie hören wollte – ob sie wahr waren oder nicht.

»Ich kann es kaum erwarten, die Kinder zu sehen«, murmelte Addie, die Lippen an Johns Wange. »Aber – ich habe jede Minute, die wir zusammen verbracht haben, genossen.«

John küßte sie sanft und liebevoll. »Ich auch, Addie, mein Mädchen. Von jetzt an werden wir nicht viel Zeit für uns haben. Ich werde alle Hände voll damit zu tun haben, dich und die Kinder und die Güterwagen nach Hause zu bringen. Küß mich noch einmal, dann werde ich diese Maultiere vorwärtstreiben.«

Er küßte sie auf die Nase; sie küßte seine Lippen wieder und wieder. Sie saßen da und sahen einander an. Sie konnte nicht aufhören zu lächeln. Er sah sie bewundernd an. Es war einfach zauberhaft, hier bei ihm zu sein, sich in den Armen zu halten, die Seelen im Einklang.

»Ich benehme mich wie ein unreifer Jüngling, der gerade erst entdeckt hat, daß es zwischen Jungen und Mädchen Unterschiede gibt«, gestand er.

»Ich benehme mich wie ein dummes Schulmädchen.«

Ihr leises Gelächter ging ineinander über, als sie sich ein letztes Mal küßten.

Das Lager wirkte fast verlassen, als sie darauf zu kamen. Der Koch und Paco traten hinter dem Küchenwagen hervor und winkten. John fuhr auf die Zelte zu, wo Trisha alleine stand und wartete, die Arme über der Brust verschränkt, die hübsche Stirn gerunzelt.

»Trisha!« rief Addie, bevor John den Wagen anhielt. »Alles in Ordnung?« Sie kletterte auf den Boden, sobald die

Räder zum Stillstand kamen. Ihr Herz begann, schmerzhaft zu pochen, als sie eins der Kinder weinen hörte. »Trisha, was ist los?«

»Ich bin froh, daß Sie wieder da sind, Miss Addie. Es ist Dillon. Ich komme mit ihm nicht zurecht. Zum einen ist die Schildkröte weg.« Trishas goldene Augen sahen traurig aus. »Und heute morgen hat eins von den dämlichen Maultieren... Eimer totgetreten. Dillon und Jane Ann haben gesehen, wie sie dahing und einer von den Mexikanern ihr das Fell abgezogen hat. Dillon ist auf ihn zugerannt und hat ihn getreten und geschlagen. Er ist furchtbar aufgeregt deswegen, und Jane Ann auch.«

»Ach, du meine Güte!« Addie verschwand im Zelt.

»Ist sonst was passiert, Trisha? Hat man dich und die Kinder gut behandelt?«

»Wir wurden behandelt, als hätten wir vor, klammheimlich zu verschwinden. Die Kerle haben so genau aufgepaßt, daß Jane Ann und ich uns nicht getraut haben, ins Gebüsch zu gehen.«

John grinste. »Ist Buffer Simmons noch hier?«

»Er ist heute morgen verschwunden. Hat die Fliege gemacht, wenn Sie mich fragen.«

»Hat er dich belästigt?«

»Nein. Er war okay. Gestern abend hat er für die Kinder Kaninchen gebraten. Das war für sie ein Riesenspaß.« Trisha betrachtete den Wagen. »Damit fahren wir?«

»Ja. Ich spanne die Maultiere aus und lasse ihn hier. Räum mit Addie die Sachen ein, die ihr für die Fahrt braucht. Der Rest« – er deutete auf den Stapel mit Haushaltsgegenständen – »kommt in den anderen Wagen.«

»Können wir alle da drin schlafen?«

»Aber klar. Addie wird es dir zeigen.«

Sie warf ihm einen Blick von der Seite zu. »Sie auch?«

»Nein. Addie und ich werden *unter* dem Wagen schlafen.«

Soll Trisha sich doch ihren Teil selbst denken, dachte John. »Wo ist Colin?«

»Da drüben mit diesem Gregorio. Er zeigt Colin, wie man ein Seil über einen Zaunpfahl wirft. Colin amüsiert sich prächtig.«

»Er ist ein ganz anderer geworden, jetzt, wo ihm nicht mehr droht, zu diesem verfluchten Renshaw zu müssen. Dafür kann er dir dankbar sein, Trisha.«

»Sie haben dafür gesorgt.« Trisha warf den Kopf in den Nacken und sah weg. »Ich hab' gar nichts gemacht.«

»Ich habe ein neues, leichtes Gewehr. Sobald wir unterwegs sind, werde ich dir beibringen, damit zu schießen und auch zu treffen, worauf du zielst.«

Die goldenen Augen des Mädchens wurden lebhaft. »Das alte Bürstengesicht wird mir beibringen, wie man ein Messer wirft, um eine Schlange zu töten. Sie zeigen mir, wie man mit einem Gewehr schießt. Meine Güte, ich werde noch zu einer dieser biblischen Heimsuchungen werden, wenn ihr nicht aufpaßt.«

John lächelte. »Das bist du schon.«

Trisha lächelte zurück. »Wenn Sie das sagen, wird es wohl stimmen.«

Im Zelt saß Addie mit Dillon auf dem Schoß auf der Matratze und drückte Jane Ann an sich. Das Schluchzen der beiden Kinder war zu leisem Schniefen geworden.

»Es ist sehr traurig, daß wir Eimer verloren haben, aber wir hätten sicher nicht gewollt, daß sie mit gebrochenen Beinen oder eingedrücktem Schädel weiterleben muß. Sie würde sich freuen, wenn sie wüßte, daß du ihr warmes Fell hast. Du kannst dich darin einkuscheln und an sie denken.«

»Dieser Paco hat gesagt, sie würden sie... essen.« Jane Ann begann wieder zu weinen.

»Wir essen auch Hühner, die wir gekannt haben. Erinnerst du dich noch an das Schwein, das wir gemästet haben, damit wir Speck und Schinken und Fett hatten?«

»Aber das Schwein hatte... keinen Namen.«

»Die anderen Schweine aber schon. Jetzt putz dir die Nase, und sieh dir unseren neuen Wagen an. John hat neue Kleider und Geschenke für euch alle mitgebracht.«

Beide Kinder setzten sich auf und wischten sich mit den Ärmel die Augen.

»Für mich auch?« fragte Jane Ann.

»Aber sicher. Du bist doch unser kleines Mädchen, oder etwa nicht?«

Es war Abend. Die Zelte waren abgebaut, die Leinwand aufgerollt und verstaut. Der neue Wagen war jetzt ihr Zuhause. Alle kletterten hinein, und Addie öffnete die Bündel aus dem Geschäft. Die Kinder und Trisha waren begeistert von ihren neuen Kleidungsstücken. Nachdem Addie in ihrer Kiste gewühlt und eine Anzahl neuer Socken hervorgeholt hatte, die sie im Laden hatte eintauschen wollen, wurden die Schuhe anprobiert. Die Geschenke versteckte sie, bis John Zeit hatte, sie zu überreichen.

Als der andere Wagen hergebracht wurde, um mit Addies restlichen Besitztümern beladen zu werden, saß Colin mit seinen neuen Schuhen, der Segeltuchhose und dem Strohhut neben dem Fahrer. Die neuen Kleider schienen ihn mit Stolz zu erfüllen. Er wirkte nicht mehr wie der ängstliche kleine Junge, der er auf der Farm gewesen war.

Der Boden des Wagens war mit Teer und Leinwand abgedichtet worden. Diesmal war durch die sorgfältige Anordnung von Addies Sachen sogar noch Platz übrig.

Dieser wurde rasch mit einigen Ersatzrädern, Eimern mit Teer, der zum Schmieren benutzt wurde, zusätzlichen Jochs und einigen Ersatzachsen gefüllt. Über die Last wurde eine schwere Plane gebreitet und fest verschnürt.

Gregorio erklärte in gebrochenem Englisch, daß unter jedem Wagen eine zusätzliche Feder angebracht war und daß sie an einer Seite jeweils einen Wasserkanister hatten, der an den Wasserstellen gefüllt werden würde. An einem Haken an der Seite jedes Wagens hing außerdem eine Spankiste; diese wurde mit Büffel- oder Kuhdung gefüllt, der tagsüber aufgesammelt und abends für das Lagerfeuer benutzt wurde.

Kurz vor Einbruch der Dämmerung tauchte Bill Wassall bei ihnen auf.

»N'Abend, Madam. Das ist wirklich ein prächtiger Wagen. So einen habe ich noch nie gesehen.«

»Mr. Tallman hat sich sehr gefreut, daß er ihn entdeckt hat.«

»Nun, wenn es jemanden gibt, der sich da auskennt, dann ist es John. Äh... Madam, ich möchte nur, daß Sie wissen, daß es mir unglaublich leid tut wegen neulich. Ich und die Jungs waren völlig überrumpelt. Wenn...«

»Vergessen wir das, Mr. Wassall. Ich bemühe mich immer, nicht zurückzublicken und mich über etwas zu grämen, was längst vorbei ist.«

»Ich möchte kein böses Blut zwischen uns.«

»Sie können sicher sein, daß es keins gibt.«

»Ich bin wirklich erleichtert, das zu hören. Und, Madam, Sie brauchen heute abend wirklich nicht zu kochen. Paco und ich haben einen Riesenberg Katzenfisch, der im Feuer bäckt. Paco hat einen Berg Tortillas vorbereitet und richtig dünn ausgerollt, und sie backen schon den ganzen Tag. Diese Mexikaner verschlingen unglaubliche Mengen von Tortillas. Sie müssen alle kommen und uns beim Essen helfen.«

»Danke für die Einladung, aber ich fürchte, das ist heute keine gute Idee. Jane Ann und Dillon sind noch ganz aufgebracht, weil unser Schaf tot ist. Es wäre eine Verschwendung gewesen, das Fleisch nicht zu verwerten, aber ich möchte, daß sie es nicht sehen müssen.«

»Das Viech hängt noch immer dort im Wald. Gregorio hat es gehäutet und die Haut an einen Wagen gespannt. Wir dachten, Sie möchten das Fell vielleicht haben. Später heute abend werde ich es absalzen, wenn es etwas abgekühlt ist.«

Addie zuckte zusammen wegen der sachlichen Art und Weise, mit der er über Eimer sprach, das süße kleine Lamm, das die ersten Wochen seines Lebens in Addies Küche verbracht hatte.

»Katzenfisch, Tortillas und Pfirsichspeise.« Bill klopfte sich auf den dicken Bauch und grinste.

Er war wirklich nett, dachte Addie. Er zwinkerte mit den Augen.

»Mr. Tallman hat mir gesagt, daß Sie Sweet William genannt werden. Wie um alles in der Welt konnten Sie über einem Lagerfeuer Pfirsichspeise kochen?«

»Das war überhaupt keine Sache. Ich habe eine große Eisenpfanne.« Er zeigte mit den Händen die Größe an. »Ich habe einfach die Pfirsiche, Mehl, Zucker, und...ach, ich muß es Ihnen irgendwann einfach mal zeigen.«

»Ich würde mich freuen. Ich kann nicht gut über Lagerfeuern kochen.«

John erschien hinter Addie und legte ihr die Hand auf die Schulter.

»Hast du dich eingerichtet?«

Bevor Addie antworten konnte, rannten Dillon und Jane Ann auf ihn zu.

»Guck mal, mein neuer Hut!« Dillon legte beide Hände an die runde Krempe. »Guck mal, meine neuen Schuhe!« Er streckte einen Fuß so hoch er konnte.

»Passen sie dir?« John hockte sich nieder und drückte mit dem Daumen auf die Schuhspitze.

»Ich habe auch neue Schuhe«, sagte Jane Ann, hob den Rock bis zu den Knien hoch und sah John ängstlich an.

»Tatsächlich. Sind sie richtig?«

»Sie sind etwas groß. Miss Addie sagt, ich werde noch wachsen.«

»Ganz bestimmt.« John nahm einen Zopf des Mädchens und kitzelte ihr damit an der Nase. Sie kicherte und wich zurück.

»Ich will solche Schuhe wie du.« Dillon hatte sich in den Dreck gehockt und spielte mit den Schnürsenkeln von Johns kniehohen Mokassins.

»Ich auch!« echote Jane Ann.

»Wenn wir nach New Mexico kommen, werden wir euch beiden welche besorgen. Für die Fahrt braucht ihr feste Schuhe.«

Die Kinder hüpften davon, um Trisha die Neuigkeit über die Mokassins zu erzählen.

»Die anderen Dinge habe ich noch zurückbehalten... damit du es ihnen geben kannst.« Addie wartete, bis Bill verschwunden war, um es ihm zu sagen. »Und ich dachte mir, du solltest vielleicht etwas damit warten. Sie sind schon so aufgeregt wegen der neuen Kleider und der Fahrt...«

»Du willst die Freude etwas aufteilen, was?«

»So ungefähr.«

»Das mit dem Schaf tut mir leid.«

»Ich weiß. Ich wollte sie nicht auf der Farm zurücklassen. Die Renshaws hätten sie aus reiner Boshaftigkeit umgebracht. Die Schafe haben uns durch den Krieg gebracht. Ich werde ihnen dafür immer dankbar sein.«

Bill läutete die Essensglocke.

»Rufen Sie die Kinder, Mrs. Tallman. Zeit fürs Abendessen.«

Später, als sie von den atemlosen Gipfeln der Leidenschaft zurückkehrte, lag Addie wie in Trance. Ihr Körper war an

Johns gekuschelt, einer ihrer weichen Schenkel lag zwischen seinen Beinen, ein Arm über seiner Brust. Johns starke Finger bearbeiteten die Muskeln an ihrem Rücken und ihren Schultern.

Er hatte eine Plane und ein Federbett mitgebracht und ihr gezeigt, wie die Leinwand herabgelassen und an den Rädern befestigt wurde. Er hatte auch in den Wagen gesehen und Trisha und Jane Ann, die im Overjet schliefen, und Colin und Dillon, die darunter lagen, gute Nacht gewünscht.

»Wo schläft Mama?« hatte Dillon gefragt.

»Sie wird mit mir unter dem Wagen liegen.«

»Unter dem Wagen? Das ist komisch«, hatte der Junge gerufen.

Dann hatte Trisha ihn zum Schweigen gebracht, und bald war alles ruhig.

John rieb jetzt weiter Addies Rücken. Sie streckte sich wie ein zufriedenes Kätzchen und ließ ein kehliges Stöhnen hören.

John lachte leise in ihr Haar.

»John, manchmal habe ich Angst.« Seine Finger hielten inne, und sie fuhr eilig fort: »Angst, daß das ein Traum ist und ich wieder auf der Farm mit den Renshaws und dem alten Pfarrer Sikes aufwache und mich nur trostlose Jahre erwarten.«

»Das ist kein Traum, Liebling. Obwohl du dir während der Fahrt manchmal wünschen wirst, es wäre einer. Es ist keine leichte Reise – Staub, Wind, Regen, Pannen, Flüsse, die überquert werden müssen…«

»Ich werde mir keine Sorgen machen, weil wir bei dir sein werden. Ich habe mir immer Sorgen gemacht, was wohl aus den Kindern und Trisha wird, wenn mir etwas passieren sollte.«

Er schüttelte sanft ihre Schulter. »Psst… Sag nicht so etwas.«

»Ich weiß, daß du dich um sie kümmern würdest oder zumindest dafür sorgen würdest, daß sich jemand um sie kümmert.«

»Natürlich würde ich das. Jetzt sei still und schlaf. Bei Sonnenaufgang geht es los.«

Addie kuschelte sich an ihn, aber sie konnte nicht einschlafen. Das Bild des Yankee-Soldaten, den sie im Mietstall gesehen hatte, ging ihr nicht aus dem Kopf, und ihr war unbehaglich zumute.

KAPITEL 20

Als Buffer Simmons das Lager verließ, ritt er am Fluß bis zu der Stelle zurück, an der er und Tallman die Renshaws hineingeworfen hatten, und suchte nach einer Spur von ihnen. Es mußte eine Weile gedauert haben, bis sie ihre Pferde eingefangen hatten; aber zwei Tage und zwei Nächte waren vergangen, und dumm wie sie waren, hätten sie sicher Spuren hinterlassen, wenn sie noch unterwegs wären. Buffer bezweifelte nicht, daß der eine oder andere von ihnen noch immer hinter Trisha her war.

Als er vor sich hinritt und nach Spuren von Pferden mit schlecht sitzenden Hufeisen Ausschau hielt, dachte Buffer darüber nach, daß so wertlose Menschen wie die Renshaws jemanden brauchten, den sie für noch wertloser als sich selbst hielten. In diesem Falle war es Trisha. Nach den wenigen Informationen, die er in Freepoint aufgeschnappt hatte, war es Pfarrer Sikes gewesen, der verbreitet hatte, Trisha sei eine Negerin. Er hatte behauptet, sie sei eine entlaufene Sklavin. Bis zu diesem Zeitpunkt hatten die Leute in der Stadt angenommen, sie sei eine entfernte Verwandte von Miss Addie.

Welchen Unterschied machte es nur, ob Trishas Urgroßmutter auf einem Sklavenschiff hierher gekommen war? Buffers eigenen Großvater hatte man aus dem Gefängnis von Newgate geholt und in die Neue Welt geschickt. Er dachte an die Zeit, die er mit Trisha verbracht hatte, als der Feuerschein auf ihr Gesicht fiel. Was er ihr gesagt hatte, war die Wahrheit gewesen. Sie war ihm zuerst aufgefallen, weil sie hübsch war, aber sie hatte mehr zu bieten als ihr Aussehen – viel mehr. Sie war feurig, treu, zuverlässig und zäh wie Leder. Sie war eine, mit der man überwintern konnte. Mit ihr würde es keine trüben Tage geben. Buffer lachte, als er daran dachte, wie sie ihn gefragt hatte, ob er ein fliehendes Kinn habe. *Bedecken Sie es deswegen mit diesen Borsten?*

Er befühlte seinen buschigen Bart. Wenn er nach Van Buren kam, würde er als erstes den Barbiersalon aufsuchen. Normalerweise ließ er seinen Bart im Winter wachsen und rasierte ihn im Frühjahr ab. Dieses Jahr war er irgendwie nicht dazu gekommen.

Buffer beendete den Rundritt, ohne eine Spur gefunden zu haben, die er den Renshaws zuschreiben konnte, daher ritt er am Fluß entlang nach Van Buren, wo er gegen Mittag ankam. Er aß Bohnen und Tortillas bei einer fröhlichen kleinen Mexikanerin in einem bunt bemalten Eßlokal. Als er es betrat, waren die beiden Tische bis auf einen Platz am Rand belegt. Er setzte sich und füllte seinen Teller aus dem Bohnentopf auf dem Tisch. Als er nach etliche scharf eingelegte Pfefferschoten griff und sie dazulegte, merkte er, daß ein Mann am anderen Ende des Tisches ihn durchdringend anstarrte. Buffer ließ die Augen wie zufällig über den Starrenden gleiten, als habe er das Interesse des Mannes nicht bemerkt.

Er war groß gewachsen, was Buffer aus der Tatsache schloß, daß die Schultern des Mannes diejenigen der anderen am Tisch überragten. Sein schwarzer Bart reichte bis zum dritten Knopf seines Hemds hinab, und seine schwarzen Augen, zwischen denen eine schnabelartige Nase hervorstand, waren kalt wie Eis. Er sah aus wie ein Geier, dachte Buffer. Der Mann aß nur Bohnen, schlürfte seinen Kaffee und sprach mit niemandem.

Als Buffer von seinen Tischgenossen gefragt wurde, woher er kam und wohin er wollte, antwortete er ausweichend. Sein Instinkt sagte ihm, daß der *Geier* allen Gesprächen lauschte, die um ihn herum geführt wurden.

Als er den Tisch verließ, scherzte Buffer einen Augenblick lang mit der Frau namens Lupe, dann verließ er das Gebäude in Richtung des Ladens und strich den *Geier* aus seinem Gedächtnis.

Einige Stunden später, nach einem Bad, einer Rasur und einem Haarschnitt, ging er in sauberen Lederhosen und mit einem neuen Hemd bekleidet wieder dorthin, wo er sein Pferd zurückgelassen hatte. Auf dem Weg aus der Stadt hielt er noch einmal bei Pooles Geschäft. Er kaufte für sich einen neuen Hut und das kleinste Paar Hirschlederhosen, das es gab, obwohl er glaubte, daß sogar dieses zu groß für Trisha sein würde. Er war sich gar nicht sicher, warum er die Hose oder die Messerscheide mit Gürtel überhaupt gekauft hatte. Bevor er auf sein Pferd stieg, steckte er die Sachen zu seiner Decke in das Bündel hinter dem Sattel.

Buffer hatte die Stadt fast verlassen, als der Mann mit dem schwarzen Bart aus einem Eingang kam und auf das Geschäft zuging. Er war sehr dünn, beinahe hager, mit schmalen Schultern und schlaksigen Armen und Beinen. Er hatte ein Gewehr mit langem Lauf bei sich und trug einen alten, schwarzen Hut mit hoher Krone. Er ging die Straße entlang und ignorierte die neugierigen Blicke derer, die er auf dem Gehsteig passierte.

Etwa drei Meilen vor der Stadt fand Buffer das Lager des Richters. Bevor er hineinritt, brachte er sein Pferd zum Stehen, stützte sich auf den Sattelknauf und betrachtete die Szene, die sich ihm bot. Er hatte geglaubt, schon jede Art von Treck gesehen zu haben, der das Indianerterritorium durchquerte, aber einer der sechs Wagen bot ihm einen vollkommen neuen Anblick. Es handelte sich um einen Wohnwagen mit hölzernen Seitenwänden und schindelgedecktem Dach, aus dem ein Blechschornstein hervorragte. An der

Seite war ein weißer Leinwandbaldachin angebracht, der sich über die gesamte Länge des Fahrzeugs erstreckte und an beiden Enden von Pfosten getragen wurde. Im Schatten des Baldachins saßen ein Mann und eine Frau, die einen kleinen Tisch zwischen sich hatten. Der Wohnwagen war hellgelb angestrichen und mit blauen und grünen Schnörkeln verziert. Zur Hintertür führten Stufen hinauf.

Zwei der Wagen waren große Planwagen, offenbar neu, nach der leuchtenden Farbe und der strahlend weißen Leinwand über den Bögen her zu urteilen. Neben einem von ihnen saß ein Neger und polierte ein Paar Stiefel.

Die nächsten beiden Wagen waren hoch beladene Transportwagen mit hohen Seitenwänden und dunkler Leinwand, mit der die Lasten abgedeckt waren. Der fünfte Wagen war von der Art, die bei der Armee zum Transport von Männern und Nachschub benutzt wurde. An der Hinterklappe war ein Reserverad angebracht. Der sechste war der Küchenwagen. Daneben arbeitete ein farbiger Mann über einem qualmenden Lagerfeuer.

Entsetzt schüttelte Buffer den Kopf, denn er war sich sicher, daß es im ganzen Lager nicht eine Achse, Wagenfeder oder Doppelschaft als Ersatz gab, und daß das am Armeewagen befestigte das einzige Reserverad war. Die Frachtwagen hatten auf jeder Seite zwei Wasserfässer, und an der Seite des Küchenwagens hing ein Wasserfaß; die Planwagen oder der Wohnwagen hatten keine Wasserfässer an der Seite.

Buffers Augen schweiften auf die Wiese, auf der die Tiere grasten. Auf der einen Seite standen Pferde, die zu den schönsten gehörten, die er je gesehen hatte. Nach dem glänzenden Fell, den langen, schlanken Beinen und den hohen, gebogenen Hälsen zu urteilen, waren sie Vollblüter. Neben den Vollblütern standen dort sechs Zugtiere und ein Dutzend Maultiere und Pferde.

Buffer nahm den Hut ab und kratzte sich am Kopf. Er ließ sich die warme Sonne aufs Gesicht scheinen, dessen unterer Teil ihm beinahe nackt vorkam, weil sein Bart ihn den ganzen Frühling über vor der Sonne geschützt hatte. Ihm kam der Gedanke, daß es leichter wäre, einen Sack Flöhe zu hüten, als diese auffällige Truppe heil an Abtrünnigen und anderen Leuten, die auf leichte Beute aus waren, vorbeizuführen.

Unter einem Pekano-Baum lungerten einige Yankee-Soldaten herum, und ein paar Männer auf Pferden umkreisten das grasende Vieh. Aus dem Wohnwagen kam eine farbige Frau, ging hinüber auf die andere Seite und schüttelte eine Art Decke aus. Sie trug ein schwarzes Kleid mit einer weißen Schürze um die Taille und hatte am Hals und an den Ärmeln weiße Aufschläge. Buffer hatte noch niemals eine gesehen, aber er nahm an, daß sie eine »Kammerzofe« war.

Er dachte daran umzukehren, zu Tallmans Lager zurückzureiten und ihn zu bitten, ihn anzuheuern. Verdammt noch mal, er könnte für sein Essen arbeiten. Er saß mehrere Minuten da und überlegte. Schließlich kam er zu dem Entschluß, daß er es den Leuten in Fort Smith, die ihn empfohlen hatten, schuldig war, wenigstens mit dem Richter zu sprechen und ihm die Chance zu geben, einen anderen Jäger anzustellen.

In Buffer kam ein Verdacht auf. Warum sollte der Richter für eine Gruppe von dieser Größe einen Jäger brauchen? Hätte nicht auch einer der Soldaten von Zeit zu Zeit für frisches Fleisch sorgen können?

Nachdem er die Krempe seines neuen Hutes vorne hochgebogen und mit der alten silbernen Nadel an der Krone festgesteckt hatte, stülpte Buffer ihn auf den Kopf und gab dem Pferd die Sporen. Langsam ritt er in das Lager. Bevor er sich den Wagen nähern konnte, kamen die Soldaten rasch unter dem Pekano-Baum hervor und fingen ihn ab. Einer trat neben sein Pferd und ergriff das Zaumzeug.

»Was haben Sie hier zu suchen, Mister?« fragte er im harten, abgehackten Akzent der Nordstaaten.

»Was geht Sie das an?«

»Wir haben gesehen, wie Sie dagesessen und unser Lager beobachtet haben. Was wollen Sie?«

»Haben Sie im Krieg gekämpft?« fragte Buffer sanft.

»Natürlich. Wieso?«

»Hat Ihnen niemals jemand gesagt, daß man nicht auf einen Mann auf einem Pferd zugehen und so das Zaumzeug nehmen sollte, wie Sie es gerade tun? Das läd geradezu dazu ein, Ihnen die Stiefelspitze unters Kinn zu stoßen. Hab' schon einige Kerle gesehen, die so Zähne verloren haben, und einer hat sich mal die Zunge abgebissen.«

»Ich habe gefragt, was Sie hier wollen.«

»Von dir gar nichts, mein Kleiner, das steht schon mal fest. Ich möchte den Richter sprechen.«

»Weswegen?«

»Verdammt noch mal!« Buffer verlor die Geduld. Sein Fuß fuhr aus dem Steigbügel. »Wenn du nicht bald den Weg freimachst, komm ich vom Pferd runter und trete dir so in den Arsch, daß dein Kopf darauf reiten kann.«

»Sie legen sich mit der Armee der Vereinigten Staaten an, Mister.«

»Ich lege mich mit einem aufgeblasenen, krakeelenden Wichtigtuer an, und mit den beiden anderen Idioten auch, wenn sie sich einmischen.«

»Laß ihn, Shipley. Der Hauptmann hat gesagt, daß der Richter einen Jäger angeheuert hat. Vielleicht ist er das.«

»Wenn ja, warum hat er es dann nicht gesagt?« Mit rotem Gesicht trat der Soldat zurück.

Sobald der Mann das Zaumzeug losließ, gab Buffer seinem Pferd die Sporen. Das Tier schoß vorwärts. Ein heftiger Zug an den Zügeln ließ es herumwirbeln. Wie Buffer erwartet hatte, hatte Shipley die Hand an seiner Seitenwaffe. Blitzschnell zog Buffer sein Messer aus der Scheide.

»Sollen wir wetten, ob du mich erschießen kannst, bevor dieses Messer in deiner Kehle landet?« Er sprach ganz ruhig, als er das Messer hochwarf und die Spitze der Klinge mit Daumen und Zeigefinger auffing.

»Der Richter ist drüben am Wohnwagen.« Der Sprecher hielt Shipley am Arm fest.

»Herzlichen Dank.« Buffer schob sein Messer wieder in die Scheide, ritt die kurze Strecke, stieg ab, nahm den Hut vom Kopf und ließ die Zügel zu Boden fallen. Das Pferd stand vollkommen still.

Der Mann, der auf ihn zukam, um ihn zu begrüßen, hatte weißes Haar und einen wehenden weißen Bart.

»Ich nehme an, daß Sie zu mir wollen.«

»Wenn Sie Richter Van Winkle sind, ist das richtig. Ich bin Jerr Simmons, mancherorts als Buffer bekannt.«

»Sehr erfreut.« Der Richter streckte seine Hand aus, und als Buffer sie schüttelte, fiel ihm auf, daß sie so weich war wie die einer Frau.

»Sie haben mit meiner Eskorte gesprochen?« stellte der Richter fest.

»Wenn Sie mit ›sprechen‹ meinen, daß ich ihm fast die Zähne eingetreten hätte, dann haben Sie recht.«

»Ich will auf dieser Reise Disziplin. Dem Kontingent der Armeeangehörigen wurde die vollständige Vollmacht erteilt, für Ordnung zu sorgen und diesen Troß zu schützen. Sie werden direkt dem Hauptmann dieser Abteilung unterstehen; und wenn es irgend etwas gibt, von dem ich wissen sollte, werden sie mich unterrichten.«

»Hören Sie, Richter, ich habe gehörigen Respekt vor einem Mann, der direkt auf den Punkt kommt. Ich glaube, da sind wir uns einig. Daher werde ich auch meine Karten auf den Tisch legen. Wenn diese angeberischen, dämlichen, grünen Soldaten, die Sie da haben, das Kommando führen, dann ist das hier nicht das richtige für Buffer Simmons, dann muß ich mich verabschieden, Richter.« Buffer setzte seinen Hut wieder auf und war auf halbem Weg zu seinem Pferd, bevor der Richter sich von dem Schrecken erholt hatte.

»Einen Moment noch. Sie haben für diese Arbeit angeheuert.«

Buffer drehte sich um. »Ich habe gerade gekündigt. Wenn Sie nach Van Buren fahren, haben Sie vielleicht Glück und finden einen Jäger, der vor den neunmalklugen Arschlöchern buckelt, die Sie Kämpfer nennen. Buffer Simmons wird es jedenfalls nicht sein, das steht fest.«

»Im Fort hat man mir gesagt, Sie wären ein vernünftiger Mann, auf den man sich verlassen könnte. Man hat mir gesagt, Sie würden die Strecke durch das Indianerterritorium und das Gebiet von Oklahoma so gut kennen wie kein anderer.«

»Ich kenne die Strecke. Sie brauchen keinen Scout oder Führer, Richter, wenn Sie sich an Tallmans Ochsentreck hängen. Meiner Meinung nach ist das der einzige Weg, wie Sie es schaffen könnten.«

»Unsinn. Ich habe die besten Wagen, die man für Geld kaufen kann, die besten Tiere, Fahrer und Hirten. Und sechs erfahrene Soldaten, die uns eskortieren.«

»Sechs kleine Soldaten? Ha-ha-ha! Dann brauchen Sie wirklich nichts zu fürchten, außer daß Ihnen das Haar ausfällt.« Buffer wandte sich zu seinem Pferd um.

»Warten Sie. Tallmans Ochsentreck wird nur zehn oder zwölf Meilen pro Tag schaffen. Man hat mir gesagt, daß man mit diesen Wagen, meinen Zugtieren und Maultieren noch einmal die Hälfte mehr schaffen könnte. Ich brauche einen Scout, der mich führt.«

Buffer fiel die Kinnlade herunter. »Sie haben vor, mit dieser Truppe auf eigene Faust loszufahren?«

»Zuerst war das nicht meine Absicht. Seit ich in Van Buren bin, habe ich mit Leuten gesprochen, die mit Ochsentrecks unterwegs waren. Sie sagen, daß man in dem Staub, den diese Trecks aufwirbeln, fast erstickt, und daß er an klaren Tagen zwanzig Meilen weit zu sehen ist. Sie sagen, daß alle Ochsentreiber und Nichtsnutze, die für die Trecks anheuern, Abschaum der schlimmsten Sorte sind und einem das letzte Hemd rauben. Sie sind angeblich nicht besser als Indianer und andere unerwünschte Personen, die Reisende ausrauben.«

»Glauben Sie etwa, Ihre Wagen wirbeln keinen Staub auf?« fragte Buffer, der wußte, daß man diesem Mann nichts von dem, was er gesagt hatte, ausreden konnte.

»Nicht so viel.«

»So etwas Verrücktes habe ich noch nie gehört.«

»Schauen Sie...«

»Richter, Sie haben noch nie so etwas Ekelhaftes gesehen wie einen Trupp Leute, der von einer Meute von Mördern und Halsabschneidern überfallen worden ist. Es gibt keinen Indianer, den ich kenne, der mit abtrünnigen Weißen und Mexikanern mithalten kann, wenn es um schlichte Grausamkeit geht. Die meisten Banditen sind unter Wölfen aufgewachsen. Das sind keine Menschen mehr.«

»Ich bin mir der Gefahren sehr wohl bewußt.«

»Gefahren, zum Teufel! Die Kerle werfen einen Blick auf die Frau und kriegen sie, komme, was wolle. Sie nehmen sie sich, bis sie aus jeder Öffnung blutet und nur noch ein Häufchen Knochen, Fleisch und Haar ist. Und das ist noch nicht alles, Richter. Sie schneiden Ihnen den Schwanz ab und stecken ihn Ihnen ins Ohr, das heißt, wenn sie ihn nicht über dem Feuer rösten, solange er noch an Ihrem Leib ist!«

»Das reicht! Solch obszönes Gerede werde ich mir nicht anhören!«

Buffer stieg auf sein Pferd. Die Frau war unter dem Baldachin hervorgekommen und sah einem Soldaten entgegen, der herankam. Sie war jung und hübsch, und es war ein Jammer, was sie erwartete, wenn der Richter einfach losfuhr, ohne auf Tallman zu warten. Ein reicher Trupp wie dieser hatte keinerlei Chance, durch das Indianerterritorium zu kommen, ohne angegriffen zu werden. Buffer hing zu sehr an seiner Haut und seinem Kopf, als daß er ein solches Risiko eingegangen wäre.

»Richter, ich rate Ihnen der Frau wegen, warten Sie auf Tallman. Vielleicht glauben Sie, daß die Ochsentreiber eine Horde Taugenichtse sind, aber es sind Kämpfer. Die meisten von denen würden ihr Leben geben, um zu versuchen, diese Frau vor einem Trupp Banditen zu retten.«

Der Richter trat zurück, seine ganze Körperhaltung spiegelte seine Verachtung wider. Er starrte Buffer durchdringend an.

»Sie Feigling! Verschwinden Sie aus meinem Lager.«

»Einen Mann einen Feigling zu nennen bedeutet eine Aufforderung zum Kampf. Wenn Sie nicht so ein dämlicher alter Idiot wären, würde ich sie annehmen.« Buffer wirbelte sein Pferd herum und ritt zur Straße, ohne die Soldaten eines Blickes zu würdigen.

Richter Van Winkle sah ihm nach, dann ging er zu dem Wohnwagen, an dem seine Nichte mit ihrem Hauptmann Forsythe wartete.

»Wer war der Mann, Onkel Ron?«

»Der Mann, von dem man mir gesagt hat, er könnte uns nach Santa Fe führen.«

»Warum reitet er weg?«

»Wir hatten Unstimmigkeiten in bezug auf die Disziplin.« Der Richter trat hinter seine Nichte und kreuzte den Blick des jungen Offiziers.

»Liebes, hat Ivy noch etwas Limonade?«

»Wenn nicht, wird sie welche machen.« Cindy umklammerte den Arm des Hauptmanns mit ihren weißen Händen und sah bewundernd zu ihm auf.

»Bitte kümmer dich darum, Süße. Ich werde mir die Hände waschen und komme gleich zurück.«

»Du und Onkel Ron, ihr wollt mich nur loswerden, damit ihr etwas besprechen könnt«, sagte sie schmollend.

»Das stimmt nicht, und das weißt du auch. Niemand, der ganz richtig im Kopf ist, würde so ein hübsches kleines Ding wie dich loswerden wollen.«

»Wenn es etwas Ernstes zu besprechen gibt, schickt ihr mich immer weg.«

»Mach schon, Cindy«, sagte der Richter schroff. »Ich muß mit Kyle reden.«

Kyle begleitete sie zu den Stufen des Wohnwagens und hielt ihre Hand, bis sie ihm einen Kuß zuwarf und hineinging. Dann gingen der Richter und er die Wagenreihe entlang und blieben schließlich neben dem farbigen Mann stehen, der die Stiefel polierte.

»Hol Hauptmann Forsythe Wasser zum Waschen, Saul.«

»Ja, Sir.« Saul nahm einen Eimer vom Ende des Wagens und eilte davon.

»Ich hab es den ignoranten Rüpel nicht merken lassen, Kyle, aber er hat mir schon etwas Angst eingejagt, was unseren Plan betrifft, dem Ochsentreck voranzufahren.«

»Was hat er gesagt? Das Übliche über Abtrünnige und wilde Indianer? Richter, ich habe mit Männern gesprochen, die die Strecke hinter sich gebracht haben und nur auf kleine Gruppen von Indianer getroffen sind, die mit Pfeil und Bogen bewaffnet waren.«

»Ich weiß nicht. Wir haben jetzt keinen Scout. Sie wissen, daß ich Simmons als Jäger angeheuert hatte, weil ich nicht wollte, daß sich herumspricht, daß wir vor Tallman losziehen wollen.«

»Wir können uns in Fort Gibson einen Scout besorgen.«

»Daran habe ich auch gedacht, aber Tallman weigert sich, über Fort Gibson zu fahren. Er ist ein arroganter Mistkerl.« Der Richter war nachdenklich. »Genauso wie dieser Simmons. Mir scheint, dieses Land bringt nur solche Typen hervor«, schloß er bitter und blickte argwöhnisch zu dem Neger hinüber, der mit dem Wasser zurückgekommen war und jetzt neben dem Wagen stand. »Hast du nichts zu tun, Saul?«

»Doch, Sir.«

»Dann tu es«, befahl er barsch und sah zu, wie der Mann weghuschte.

»Verdammte Farbige. Sie taugen nur für eine Sache: zuhören und wiederholen, was man ihnen gesagt hat.«

Kyle kämmte sich sorgfältig das Haar und glättete seinen Schnurrbart, bevor er sprach.

»Ist Tallman verheiratet? Nach Cindys Beschreibung glaube ich, daß ich ihn im Laden und heute morgen mit einer Frau gesehen habe.«

»Seine Frau und seine drei Kinder sind bei ihm.«

Kyle goß Wasser in die Waschschüssel und benetzte mit hohlen Händen sein Gesicht. Nachdem er sich mit dem Handtuch abgetrocknet hatte, warf er es neben dem Becken auf den Boden und wandte sich zum Richter. Seine attraktiven Gesichtszüge waren in besorgte Falten gelegt.

»Mir ist sehr daran gelegen, nach Albuquerque zu gelangen und meinen Posten anzutreten. Je eher ich mich dort eingerichtet habe, desto eher können Cindy und ich heiraten.«

»In drei Monaten trete ich mein Amt im Büro für Indianerangelegenheiten an. Wenn wir mit Tallman reisen, werden wir etwa zwölf oder fünfzehn Meilen pro Tag schaffen. Wenn wir von zwölf ausgehen, würden wir nur eine Woche vorher ankommen.«

»Das ist wirklich knapp«, antwortete Kyle. »Meine Männer und ich werden zwei Wochen danach erwartet.«

»Ein Posten wie dieser ist etwas, das ich mir schon mein ganzes Leben gewünscht habe«, gestand der Richter. »Wenn Cindy jedoch etwas zustoßen würde, könnte ich mir das niemals verzeihen. Sie ist alles, was ich habe.«

»Sie ist auch alles, was ich habe, Richter. Ich liebe sie sehr. Schon immer. Ich mußte warten, bis sie erwachsen war.«

»Kommen Sie, Kyle.« Der Richter klopfte ihm auf den Rücken. »Sie mußten herumziehen und sich die Hörner abstoßen.«

»Das auch, Sir.«

»Tallman wird morgen hier vorbeikommen. Ich glaube, es ist besser, wenn er für eine Weile glaubt, daß wir uns ihm anschließen. In der Zwischenzeit werden wir auf eine Gelegenheit warten, uns abzuseilen und nach Fort Gibson zu fahren. Dort werden wir gute Informationen über die Strecke bekommen und vielleicht einen anderen Scout anheuern.«

Die beiden Männer gingen zurück zum Wohnwagen. Der Richter war in Gedanken versunken, und Kyle Forsythe fragte sich, was zum Teufel er jetzt tun sollte. Seine »abgestoßenen Hörner«, wie der Richter seine Umtriebe vor dem Krieg genannt hatte, waren nämlich zurückgekommen, um ihn zu quälen.

KAPITEL 21

Addie war schon wach, als das Läuten der Kuhglocke einen neuen Tag ankündigte. Kurz vorher, als sie im Bett unter dem Wagen in Johns Arme gekuschelt gelegen hatte, hatte sie die sanfte Liebkosung seiner Lippen auf ihrer Wange gespürt und sich umgewandt, um ihre Arme um ihn zu legen und seinen Kuß zu erwidern.

»Morgen«, hatte er geflüstert. »Gut geschlafen?«

»Mmm... wie ein Stein.«

»Wie ein Stein fühlst du dich aber nicht an.« Eine Hand glitt ihren Rücken hinauf und hinunter, die andere umfaßte ihre weiche Brust und drückte sie leicht.

Sie verbarg ihr Gesicht im Bogen seines Halses. Sie liebte den männlichen Geruch seiner Haut, seinen Schnurrbart auf ihren Wangen, die kräftigen Arme, die sie festhielten.

»Mußt du jetzt aufstehen?«

»Ja, aber du kannst liegenbleiben, bis Bill die Glocke läutet. Das Anspannen dauert eine halbe Stunde.« Er küßte sie, dann rollte er unter der Decke hervor und zog sich Hemd und Hose an. Er kam zurück und beugte sich über sie. »Ich glaube, es gefällt mir, verheiratet zu sein. Du hast meine Socken gewaschen.« Er zog ihr die Decke über die Schultern, küßte ihre Nasenspitze und verschwand.

Addie lächelte noch immer, als die Kuhglocke erneut läutete. Sie zog sich rasch an, rollte die seitliche Leinwand auf und machte sie fest, dann faltete sie die Matratze und die Decken zusammen.

Trisha kam leise wie ein Schatten aus dem Wagen.

»Heute ist der erste Tag unserer Reise, Trisha. Bist du aufgeregt?«

»Ja, Miss Addie, aber ich habe mir Sorgen um Sie gemacht!«

»Warum?«

»Wegen ihm. Dem *Passanten*.«

Addie lachte. »Nennst du ihn immer noch so? Er hat sich mir nicht aufgedrängt, falls dir das Sorgen macht. Unter dem rauhen Äußeren verbirgt sich ein lieber und sanfter Mann. Ich wußte nicht, daß es Männer wie John Tallman gibt. Es ist ein Wunder, daß wir ihn gefunden haben, Trisha. Oder daß er uns gefunden hat. Ich liebe ihn.«

»Wie können Sie das jetzt schon wissen?«

»Ich weiß es einfach.« Addie hatte sich das Haar gebürstet und drehte es zusammen, damit sie es auf ihrem Kopf feststecken und mit ihrer Haube bedecken konnte.

»Geht es jetzt los?« Colin kletterte aus dem Wagen.

»Bald. Geh hinauf zum Küchenwagen, Colin. Mr. Wassall wird dir etwas kaltes Fleisch und Zwieback geben. John hat mir gesagt, daß die erste Mahlzeit des Tages gekocht wird, wenn wir kurz vor Mittag in Van Buren halten. Am späten Nachmittag brechen wir wieder auf und fahren bis nach Sonnenuntergang.«

»Das hat Gregorio mir auch gesagt.« Colin stülpte sich den neuen Hut auf den Kopf.

Addie sah, daß er die Krempe vorne hochgebogen und mit einer Fasanenfeder an der Krone festgesteckt hatte. Ob auch Trisha bemerkt hatte, daß der Junge Buffer Simmons kopierte, ließ sie sich nicht anmerken.

»Mr. Wassall hat mir gestern abend gesagt, daß es morgens Kaffee geben würde. Nimm den kleinen Sirupeimer, Colin, und bring Trisha und mir welchen mit.«

Als die Wagen losfuhren, führte John auf Victor den Treck zur Hauptstraße, während sein zweiter Mann, Cleve

Stark, die Reihenfolge angab, in der sie fuhren. Addies Wagen wurde von Huntley gefahren, einem kleinen O-beinigen Mann, der ein gewinnendes Lächeln hatte, obwohl seine Zähne vom Tabak ganz braun waren, und fuhr an zweiter Stelle hinter dem leichteren Wagen, der ihren Besitz transportierte. Colin saß neben Gregorio auf dem Sitz dieses Wagens.

Als sie sich umsah, konnte Addie nicht einmal das Ende der Kolonne sehen, so lang war sie. Die Ochsentreiber gingen neben dem Vieh und sangen laut vor sich hin. Das *pop! pop! pop!* der Ochsenpeitschen war in der ruhigen Morgenluft deutlich zu hören. Die Peitschenschnur wurde zusammengerollt, über dem Kopf des Ochsentreibers geschwungen, dann geradeaus geschlagen und mit einer raschen Bewegung zurückgeholt. Das Ergebnis war ein knallendes Geräusch wie der Schuß eines Revolvers.

Als Addie dies Huntley gegenüber erwähnte, sagte er ihr, jede Schnur sei aus fünfzehn bis dreißig Fuß geflochtenem Rohleder gemacht, und an einem Ende sei ein hirschlederner Knoten befestigt.

»Ein guter Ochsentreiber schlägt die Ochsen fast nie. Könnte das Fell wie mit einem Messer aufschlitzen, wenn er wollte. Das Knallen reicht aber meist aus, um sie in Gang zu halten.«

Auf dem Sitz gab es genug Platz für Trisha, aber sie wollte lieber auf dem Overjet dahinter bleiben, wo sie mit Jane Ann geschlafen hatte. Dillon war aus seinem Bett gekrabbelt, als der Wagen losgefahren war. Er und Jane Ann hatten sich angezogen und sahen mit großen Augen hinten aus dem Wagen hinaus.

Als der Treck einen Bogen machte, konnte Addie ein Feld überblicken, auf dem das zusätzliche Vieh hinter der Kolonne zusammengetrieben wurde. Sie war traurig darüber, Mr. Jefferson und Dolly zurückzulassen. John hatte ihr gesagt, daß sie in einem der Güterwagen einen Platz für sie gefunden hatten und daß einer der Männer sie zu Lupe bringen würde, wenn sie die Stadt erreicht hatten.

»Das ist wirklich ein prächtiger Wagen, Madam«, sagte Huntley. »Man sitzt ja wie in einem Schaukelstuhl.«

»Ich kenne mich mit Wagen nicht besonders aus. Mr. Tallman meinte, wir hätten Glück gehabt, daß wir ihn bekommen haben.«

»Allerdings. Schöne hohe Lehne. Gefederter Sitz.«

»Haben Sie die Fahrt schon mal gemacht?«

»Mein zweites Mal. Und auch das letzte Mal, das steht fest.«

»Warum?«

»Mag keine Städte oder Stadtmenschen. Sind zu viele. Schöne Gegend hier, aber zu Hause ist es schöner.«

John führte den Treck in weitem Bogen um Van Buren herum, als Buffer Simmons durch die Bäume kam und neben ihm herritt.

»Großer Gott! Ich habe dich nur an deiner Hutkrempe erkannt. Dein Gesicht ist ja so glatt wie ein Babypopo.«

»Wußtest gar nicht, wie hübsch ich bin, was?« Buffer fuhr mit den Fingern über sein glattes Gesicht. Sein dichtes braunes Haar war geschnitten, und unter seiner Rindslederweste trug er ein neues Hemd.

»Du bist so hübsch wie das nördliche Ende eines Maultiers, das nach Süden läuft.« Buffer war jünger, als John angenommen hatte. »Was machst du hier? Warum bist du nicht beim Richter und bereitest die Abfahrt vor?«

»Ich hab' gekündigt. Ich glaube, ich sollte dir sagen, warum – will hier anheuern und arbeiten, bis wir drüben sind.«

»Wegen Trisha?«

»Wer hat das gesagt?« Buffers freundliches Lächeln verschwand.

»Zum Teufel, ich bin doch nicht blind. Wenn du in ihrer Nähe bist, bist du hin und weg.«

»Wenn es dir nicht paßt, sag es lieber sofort.« Buffers Tonfall war scharf.

»Krieg dich wieder ein. Es steht mir nicht zu, dafür oder dagegen zu sein.« Johns Antwort war genauso barsch. »Sag, was du zu sagen hast.«

»Ich hab' Van Winkle nicht wegen Trisha verlassen. Ich könnte sie trotzdem sehen, wenn die Trecks nebeneinander herfahren. Die Sache ist die, daß der dämliche Hurensohn von Richter allein vorausfahren will. Ich habe sofort gemerkt, daß er mich nicht zum Jagen angestellt hat, sondern als Scout. Verdammt noch mal! Das bedeutet, ein Baby den Wölfen zum Fraß vorzuwerfen.«

»Hast du ihm das gesagt?«

»Allerdings. Ich hab' ihm gesagt, er wäre leichte Beute, und ich hab' ihm erzählt, was mit der Frau passiert, wenn er überfallen wird. Der Kerl hat nicht mit der Wimper gezuckt. Hat mich Feigling genannt und weggejagt. Ich hätte ihm sofort an Ort und Stelle eine geknallt, wenn er nicht so verdammt alt wäre.«

»Dort, wo er hinwill, kann so eine Bemerkung einen Mann das Leben kosten.«

»Er ist ein geschwätziger alter Mistkerl. Ich hätte sowieso gekündigt, schon bevor er mir gesagt hat, daß er es allein versuchen will. Er kam sofort an und sagte, daß die Soldaten das Kommando haben. Ich sollte ihnen unterstehen. Zum Teufel, Tallman, du hättest sie sehen sollen. Sie sind so dämlich, daß sie an einem heißen Tag in frische Scheiße treten würden.«

»Was hat er jetzt vor?«

»Das weiß ich genausowenig wie du. So eine Truppe habe ich noch nie gesehen. Warte ab, bis wir sie treffen, und dann sag mir, ob das nicht der blödeste Anblick ist, den man sich vorstellen kann.«

»Wie lange warst du nicht im Indianerterritorium?«

»Ein paar Monate. Habe am Wolfe Creek in Oklahoma überwintert. Texas füllt sich immer mehr mit Siedlern. Das Indianerterritorium ist voll von Banditen, die auf leichte Beute aus sind. Sie machen üble Sachen und schieben es auf die Indianer. Ich bin über Boggy Depot und die Shawnee-Strecke gekommen. Der Viehtreck, mit dem ich unterwegs war, ist ostwärts nach North Fork gezogen. Ich hatte dann genug davon, wilde Ochsen zu jagen, und bin nach Fort Smith gegangen. Ein Typ dort, den ich kenne, hat mir gesagt, daß der Richter einen Jäger brauche. Die Bezahlung sollte gut sein. Ich habe zwar schon was angesammelt, aber man kann immer noch mehr gebrauchen.«

»Mit Van Winkles Bezahlung kann ich nicht mithalten.«

»Das verlange ich auch gar nicht. Für keine Bezahlung der Welt würde ich vor diesen Armeetypen buckeln. Wenn ich das gewollt hätte, wäre ich für sie in den Krieg gezogen.«

»Wir brauchen noch zwei Männer. Sag Cleve Bescheid, daß wir einen schon angestellt haben.«

Auf einer saftigen Wiese eine halbe Meile hinter Van Winkles Lager ließ John seine Wagen einen Halbkreis bilden. Die Gespanne wurden ausgespannt und die Ochsen aus dem Joch befreit. Die Ausrüstung wurde in die Mitte gebracht, damit am späten Nachmittag wieder angespannt und angejocht werden konnte. Nachdem die Tiere getränkt worden waren, wurden sie zu einer Stelle getrieben, an der sie grasen konnten. Jeder Mann sorgte für die Tiere, die seinem Wagen zugeteilt waren. Erst als Huntley die grauen Maultiere wegführte, erlaubte Addie es den Kindern, den Wagen zu verlassen.

Bill Wassall und Paco begannen sofort, die erste Mahlzeit des Tages zu kochen. Eine große gußeiserne Platte wurde über das Feuer gelegt, und Fleischstücke begannen zu zischen. Paco rührte, während Bill die Zutaten für Pfannkuchen in einem großen Faß mischte. Addie konnte das gebratene Fleisch schon riechen, bevor es ihr überhaupt gelungen war, ein Feuer in Gang zu bringen.

John und Dal Rolly kamen die Reihe entlanggelaufen, um die Wagen und die Fracht zu inspizieren. Dillon lief auf John zu und rief: »Mr. Tallman, Trisha sagt…«

»Dillon!« Addie fing ihn rasch ab, bevor er John erreichte. »Er hat jetzt zu tun.«

»So viel habe ich auch nicht zu tun. Ich komme gleich zum Vorratswagen, Dal. Komm mal her, kleiner Frosch, was hast du mir denn Wichtiges zu sagen?«

»Trisha sagt, du bist mein Papa. Ich habe noch nie einen Papa gehabt. Mama sagte, ich hatte einen, aber der ist aus dem Krieg nicht wiedergekommen. Die verdammten Yankees haben ihn erschossen.«

»Dillon, um Himmels Willen! Er schnappt alles auf, was er hört.«

»Nur so lernt er.« John hob den Jungen auf seinen Arm. »Trisha hat recht. Als ich deine Mutter geheiratet habe, bin ich dein Papa geworden. Geht das in Ordnung?«

»Ja! Hattest du schon mal einen Jungen?«

»Nein, aber jetzt habe ich einen. Genaugenommen habe ich sogar zwei Jungen – dich und Colin.«

Jane Ann zog an seiner Hand. »Hast du ein kleines Mädchen?«

John sah hinab in das sehnsüchtige Gesicht des Kindes. Er bückte sich und hob sie auf seinen anderen Arm.

»Jetzt schon. Sie heißt Jane Ann.«

Jane Ann legte ihre Arme um Johns Hals und die Lippen an sein Ohr. »Kann ich dich auch Papa nennen? Colin hat gesagt, ich soll nicht fragen.«

»Ich wäre stolz, wenn du mich Papa nennen würdest – ihr alle.«

»Trisha auch?« fragte Dillon.

»Wenn sie das möchte.« John stellte die Kinder wieder auf ihre Füße.

»Ich sag es Trisha. Sie ist ins Gebüsch gegangen«, rief Jane Ann über die Schulter und rannte auf das Gebüsch zu, das die Lichtung umgab.

»Also, das wäre geklärt.« John stellte sich neben Addie. Er war noch immer überrascht von der Stärke seiner Begierde, bei ihr zu sein, sie zu berühren. Seit er sie getroffen hatte, hatte das Leben für ihn eine neue Bedeutung gewonnen.

Sie sah ihn an. In ihren violetten Augen standen Tränen. »Du bist ein wunderbarer Mann.«

John lächelte, sein Schnurrbart unterstrich seinen breiten, kräftigen Mund.

»Das finde ich auch.« Seine Worte hatten die erwünschte Wirkung.

»Ach, du!« Addie lachte und bohrte ihren Zeigefinger zwischen seine Rippen.

»Bill glaubt, daß du schlecht auf ihn zu sprechen bist und deswegen nicht zum Küchenwagen kommst.«

»Ich bin nicht schlecht auf Mr. Wassall zu sprechen. Ich...«

Ein durchdringender Schrei schnitt ihr das Wort ab. Ein zweiter Schrei folgte. John und Addie rannten am Wagen vorbei, als Jane Ann aus dem Gebüsch gelaufen kam und lauthals schrie.

»Tri...Tri...sha! Pa...pa! Tri –!«

John erreichte das Kind etliche Meter vor Addie und packte es bei den Schultern.

»Was ist mit Trisha?«

»Da... da hinten!«

»Geh zum Wagen, Liebes. *Sofort!*«

John stürzte ins Gebüsch. Bevor Addie ihn erreichte, war er schon auf einer kleinen Lichtung und kniete neben dem bewußtlosen Mädchen. Er hob sie hoch und löste rasch die dünne, enge Lederschnur von ihrem Hals. Ihr Gesicht war dunkel angelaufen. Blut floß aus einer Wunde über ihrer Stirn, und Arme, Beine und Gesicht wiesen Spuren einer Peitsche auf.

»Oh, mein Gott! Mein Gott! Mein Gott!« Addie konnte die Augen nicht von Trishas Gesicht abwenden.

John warf die Peitsche weg, streckte Trisha aus und begann, ihre Arme über den Kopf zu heben, um zu versuchen, Luft in ihre Lungen zu pumpen.

»Bitte, bitte, lieber Gott...« Addie merkte nicht einmal, was sie sagte. Sie fiel auf die Knie und zog Trisha das Kleid über die Beine, die über und über mit blutigen Striemen übersät waren.

»Wer könnte das tun? Wer könnte so etwas tun?« murmelte Addie wieder und wieder.

»Sie atmet! Sie atmet! Gott sei Dank.« John fuhr mit den Fingern leicht über Trishas Kehle. »Wir sind gerade rechtzeitig gekommen.« Er schob ihr Haar beiseite, um die Wunde an ihrem Kopf zu betrachten. »Sie blutet stark, aber das ist bei Kopfverletzungen meistens so. Sie wurde gepeitscht, als sie auf der Seite lag, nachdem er sie niedergeschlagen hat. So ein verfluchter Hurensohn!« murmelte er mit zusammengebissenen Zähnen.

»Trisha hätte wie eine Wildkatze gekämpft. Er muß sich von hinten angeschlichen haben.«

Buffer Simmons brach wie ein wütender Bulle durchs Gebüsch. Cleve war wenige Schritte hinter ihm.

»Was ist hier los? Jane Ann hat gesagt...« Buffer fiel neben dem Mädchen auf die Knie. »Wer hat das getan? *Wer zum Teufel war das?*«

»Das wissen wir nicht. Wir müssen sie zurück zum Wagen bringen, damit Addie sie pflegen kann.« Er wandte sich an Cleve. »Weiß das ganze Lager davon?«

»Simmons und ich haben dich gesucht. Das kleine Mädchen hat uns gesagt, du wärst hier. Ich glaube nicht, daß es sonst jemand weiß.«

Buffer hob Trisha sanft auf. Addie hatte ihn nicht erkannt, bis sie die Rindslederweste gesehen hatte. Sie führte ihn zurück zum Wagen. John hob die Peitsche auf. Zusammen mit Cleve suchte er den Boden sorgfältig nach Spuren ab, dann kamen sie nach.

»Ich brauche heißes Wasser«, sagte Addie, nachdem Buffer Trisha auf das Overjet gelegt hatte.

»Wird sie wieder in Ordnung kommen, Madam?«

»Die Wunden von der Peitsche werden verheilen, aber ich weiß nicht, wie schlimm die Kopfwunde ist... oder ob die Schnur um ihr Genick ihren Hals verletzt hat.«

»Eine Schnur ums Genick?«

»John hat sie abgemacht, damit sie atmen konnte. Er sagte, wir wären gerade rechtzeitig gekommen. Wir können Gott dafür danken, daß Jane Ann sie gesucht hat.«

Buffer nahm Trishas Hand und hielt sie fest umklammert.

»Ich werde den Mann töten, der dir das angetan hat«, flüsterte er, dann verließ er rasch den Wagen.

John zog die beiden kleineren Kinder unter dem Wagen hervor. Jane Ann schluchzte. Sie schlang die Arme um sein Bein. Dillon weinte, weil sie es tat.

»Jane Ann, Liebes. Hast du den Mann gesehen?«

»Ich... habe Trisha gerufen – und gewartet, daß sie etwas sagt. Aber sie war tot umgefallen.«

»Sie ist nicht tot. Hast du jemanden gesehen?«

»Nur Trisha. Sie sah tot aus!«

»Ist sie aber nicht. Sie wird sich wieder erholen. Weine nicht. Du hast genau das Richtige gemacht. Du hast Hilfe geholt.« John nahm den Saum von Jane Anns Kleid und wischte ihr damit über die Augen. »Buffer macht ein Feuer an. Schau mal mit Dillon nach, ob ihr ihm helfen könnt.«

Buffer schickte die Kinder, Zweige für das Feuer zu suchen, ermahnte sie aber, daß sie in der Nähe bleiben sollten.

Als die Kinder weg waren, sagte John: »Sieh dir mal diese Peitsche an, Cleve. Das ist keine Ochsenpeitsche.«

»Aufseher auf Plantagen haben solche Peitschen. Die ist nicht aus dem Lager. Ich kenne jeden Mann, der angeheuert hat, außer Simmons. Keiner von ihnen benutzt so eine Peitsche.«

»Buffer ist so verrückt nach dem Mädchen, daß er kaum geradeaus gucken kann.«

»Er war bei mir. Somit bleibt nur jemand von Van Winkles Truppe oder aus der Stadt.«

»Sag den Männern ruhig Bescheid. Erzähl ihnen, was passiert ist, und bitte sie, die Augen offen zu halten. Es ist offensichtlich, daß der Hurensohn die Wagen beobachtet hat, bis sich eine Chance bot, eine der Frauen zu bekommen. Er hatte die Gelegenheit, als Trisha ins Gebüsch ging.«

»Besorg den Frauen einen Nachttopf.« Cleve bemerkte Johns erstaunten Blick. »Ich kenne mich aus mit Frauen. Hatte selbst mal eine.«

»Das weiß ich«, sagte John, der sich an Cleves erschlagene Familie erinnerte, sanft. »Irgendwie glaube ich, daß der Mann auf Trisha gewartet hat.«

»Warum?«

»Es gibt Dinge, die du über dieses Mädchen nicht weiß, Cleve, Dinge, auf die sie keinen Einfluß hat. Sie ist ein gutes Mädchen. Addie hat sich dafür verbürgt.«

Cleve zuckte die Schultern. »Simmons hat mir gesagt, daß du ihn angestellt hast.«

»Wo willst du ihn einsetzen?«

»Er und ich können uns beim Auskundschaften und Hinterherreiten abwechseln. Dann kannst du in der Nähe des Trecks bleiben.«

»So etwas in der Richtung hatte ich mir auch überlegt. Ich glaube nicht, daß sich jemand von uns im Indianerterritorium so gut auskennt wie er. Er sollte eigentlich wissen, womit zu rechnen ist und von wo Gefahr droht.«

»Tallman!« rief Buffer herüber. »Du hast die Ehre, von den blöden Idioten besucht zu werden, die sich Kämpfer nennen.«

John drehte sich um und sah, daß sich die Soldaten der Union näherten: gerader Rücken, Ellenbogen nach innen gekehrt, glänzende Stiefel, strahlende Sättel. Ihre Gürtelschnallen waren poliert, und ihre Hüte saßen im vorschriftsmäßigen militärischen Winkel. Die Vollblutpferde, die sie ritten, sahen aus, als seien sie gerade erst gewaschen und gestriegelt worden. In den langen, wehenden Schweifen war nicht einmal ein getrockneter Grashalm.

Die Ochsentreiber hatten ihren Arbeit unterbrochen, um das Spektakel zu betrachten. Die beiden Soldaten, die sich der Aufmerksamkeit, die sie erregten, voll bewußt waren, hielten die Zügel gestrafft, um die Köpfe ihrer Pferde hochzuhalten, wobei die Tiere tänzelten und Seitenschritte machten.

»Großer Gott«, sagte John. »Sieh dir das an. Ich wette um einen Vierteldollar, daß man sich in den Stiefeln spiegeln kann.«

»Sind sie nicht ein toller Anblick?« Cleve lachte, was er selten tat. »Die sind gerade von der Militärschule für Jungs gekommen und geben jetzt damit an.«

John ging vom Wagen weg. Er stand mit gespreizten Beinen da, die Arme über der Brust verschränkt, den Hut tief in die Stirn gezogen. Die Soldaten brachten ihre Pferde zum Stehen.

»Sind Sie hier der Befehlshaber?« fragte einer knapp.

»Das bin ich.«

Der Soldat stieg von seinem Pferd und gab die Zügel an

seinen Begleiter. Als er auf John zukam, zog er seine Handschuhe mit den breiten Aufschlägen aus, legte sie zusammen und klemmte sie unter den Arm. Er stand in Grundstellung vor John, den Körper steif wie ein Brett, den Kopf zurückgelegt.

»Leutnant Bradford Shipley mit einer Nachricht von Richter Ronald Van Winkle.«

»Schieß los.« John sah den Mann direkt an und fragte sich, wie zum Teufel es dem Norden gelungen war, den Krieg zu gewinnen.

»Richter Van Winkle hat seine Anordnung in Schriftform abgefaßt.«

Der Leutnant zog ein zusammengefaltetes Blatt Papier aus seiner Tasche und übergab es John. John überflog es und gab es zurück.

»Sagen Sie dem Richter, daß ich bis heute Nachmittag um drei hier bin.«

»Die Nachricht besagt, daß der Richter heute Nachmittag um halb zwei ein Treffen in seinem Lager wünscht.« Shipley sprach, als sei er sich sicher, daß John die Nachricht nicht hatte lesen können.

»Ich glaube, Sie haben mich nicht verstanden, Mister. Ich habe gesagt, ich bin bis drei Uhr heute Nachmittag hier. Dann fahren wir los. Sagen Sie dem Richter, daß um genau halb zwei alle Mitglieder seiner Truppe hier sein müssen, wenn er sich uns anschließen will. Als Wagenführer werde ich dann ein paar Dinge klären, zum Beispiel die Regeln festlegen und die Bestrafung für diejenigen aufstellen, die sie brechen.«

Während John sprach, veränderte sich der Gesichtsausdruck des Leutnants allmählich. Seine Lippen zitterten, und er lief rot an. Als John geendet hatte, war der junge Mann so aufgebracht, daß er kaum den Mund zum Sprechen öffnen konnte. Er wollte eine wütende Antwort geben, aber als er in die dunkelblauen Augen unter der Krempe des Lederhuts blickte, war es ihm, als sehe er in ein doppelläufiges Gewehr. Das Gesicht des Leutnants war verzerrt vor Wut, doch eine vage Intuition sorgte dafür, daß er ruhig sprach.

»Ich glaube nicht, daß Ihnen die Situation klar ist, Mr. Tallman. Zum jetzigen Zeitpunkt ist Richter Van Winkle der höchste Regierungsbeamte in dieser Gegend. Somit ist er ein äußerst wichtiger Mann, ernannt vom staatlichen Ministerium für Indianerangelegenheiten.«

»Sie können sicher sein, daß mir die Situation völlig klar ist. Der Richter ist vielleicht *irgendwo* ein wichtiger Mann, aber nicht in diesem Lager. Hier bin ich wichtig. Ich leite diesen Treck. Diese Männer arbeiten für mich. Und ich nehme hier keine Befehle entgegen, ich erteile sie. Ist das klar?«

»Ist das Ihr letztes Wort?« Shipley bemühte sich, die Fassung zu behalten. Hinter ihm hatte sein angeblich perfekt erzogenes Pferd gescheut und tänzelte an den Zügeln. Das Durcheinander war der Sache nicht zuträglich.

»Es ist mein einziges Wort.«

»Sehr gut.« Der Leutnant zerrte seine Handschuhe unter seinem Arm hervor und zog sie an. »Ich werde Ihre Nachricht an den Richter weitergeben.«

»Tun Sie das.« John hob die Hand, als der Soldat einige Schritte nach hinten machte. »Paß auf, Yankee, daß deine glänzenden Stiefel nicht ganz schmutzig werden. Hinter dir liegt ein Haufen Pferdemist.«

KAPITEL 22

Addie hatte Trishas Wunden ausgewaschen und mit einer Salbe bestrichen, die Buffer ihr gegeben hatte. Sie war aus der Aloe-Pflanze gemacht, und er hatte sie von einer mexikanischen Frau bekommen, die in der Heilkunst ausgebildet war. Er schwor darauf, daß diese Salbe die Heilung von offenen Wunden beschleunigen würde. Addie war ihm sehr dankbar dafür.

John kletterte in den Wagen hinauf, als Addie gerade ein frisches feuchtes Tuch auf Trishas Kopf legte.

»Wie geht es ihr?«

»Sie ist noch immer bewußtlos. Ich habe das Haar um die Wunde herum abgeschnitten. Sie scheint nicht sehr tief zu sein.«

»Er hat sie mit einem stumpfen Gegenstand wie einem Gewehrschaft geschlagen. Mit dem Hieb hätte er sie töten können. Ich frage mich, ob sie den Schlag vorausgeahnt und ihren Kopf weggedreht hat. Sie hat auch Glück gehabt, daß das viele dicke Haar den Schlag abgedämpft hat.«

»Wer kann das getan haben?«

»Keiner von unseren Leuten, Addie. Die Schnur um ihren Hals war keine Ochsenpeitsche. Cleve sagte, es wäre die Sorte, die Aufseher auf einer Plantage für die Feldarbeiter benutzen.«

»Glaubst du, er wollte sie *umbringen*?«

»Ja. Ich glaube, er hatte die Schnur um ihren Hals geschlungen und wollte sie tiefer ins Gebüsch ziehen, als er Jane Ann rufen hörte. Er hatte dann nicht genug Zeit und ist wahrscheinlich genau in dem Moment verschwunden, als Jane Ann auftauchte.«

»Warum hat er sie nicht einfach erschossen, wenn er sie töten wollte?«

»Einen Schuß hätte man bemerkt.«

»Vielleicht hat er mir aufgelauert.«

»Ich glaube, es war einer von den Renshaws. Sie wollen Trisha, nicht dich.«

»Sie würden uns doch nicht weiter folgen, oder?«

»Das werden wir mit Sicherheit wissen, wenn wir ins Indianerterritorium kommen. Liebes, Colin wartet draußen. Er macht sich schreckliche Sorgen um Trisha. Kann er einen Moment hereinkommen?«

»Natürlich. Er kann den Wascheimer ausleeren und frisches Wasser holen. Wo sind Dillon und Jane Ann? Ich habe das Kochen völlig vergessen.«

»Cleve hat sie zu Bill gebracht. Er wird dafür sorgen, daß sie zu essen bekommen.«

»O nein! Die Männer haben genug zu tun. Ich will nicht, daß die Kinder ihnen in die Quere kommen.« Addie stand auf, aber John drückte sie wieder auf den Stuhl zurück.

»Sie stören nicht. Cleve kennt sich mit Kindern aus. Er hat mal selbst welche gehabt. Und Bill ist nicht so mürrisch, wie es scheint. Der alte Kauz hat wahrscheinlich eine Horde Kinder überall im ganzen Land verstreut, von denen er nicht einmal weiß.«

»Wie kannst du so etwas sagen.« Addie mußte lächeln.

»Dillon und Jane Ann sind gut versorgt. Wenn sie Ärger machen, werden Bill oder Cleve schon damit fertig.« Er hielt einen Moment inne.

»Wenn Trisha aufwacht, wird sie schreckliche Kopfschmerzen haben. Versuch, ihren Kopf ruhigzuhalten. Polster ihn auf beiden Seiten ab. Wenn wir losfahren, wird es die reinste Hölle für sie werden, aber das Laudanum wird ihr helfen. Ich habe ein wenig aus der Arzneibox gebracht. Gib ihr jeweils zwei Tropfen mit etwas Wasser. Das wird die Schmerzen betäuben und sie schlafen lassen.«

»Ich wünschte, sie würde aufwachen.«

»Das wird sie. Du tust im Moment alles, was möglich ist. Das nasse Tuch auf ihrem Kopf verhindert Schwellungen.«

»Sie hat sich so gefreut, in ein neues Land zu kommen – wo die Leute sie nicht kennen. Es ist nicht fair, John. Sie ist hübsch und lieb, und weil sie zugibt, daß sie Negerblut in sich hat, behandeln die Leute sie wie Dreck.«

»Hast du den Kindern und Colin gesagt, daß sie das niemandem sagen sollen?«

»Ja. Aber Buffer Simmons weiß es.«

»Er wird nichts sagen.«

»Sie ist so stolz«, sagte Addie und strich das Haar aus Trishas Gesicht. »Sie sagt immer: ›Ich bin was ich bin.‹«

»Dafür müssen wir sie bewundern. Liebes, ich werde etwas zu Essen besorgen. Ich sage Colin, daß er reinkommen kann.«

»Hat er etwas gegessen?«

John drückte ihre Schulter. »Wie immer die besorgte Mutter. Ja, er hat mit Gregorio und den anderen Männern gegessen. Schick ihn zum Küchenwagen, wenn er Trisha gesehen hat. Bill wird einen Teller für dich herrichten.«

»Glaubst du, daß der, der das getan hat, zurückkommen wird?«

»Wenn er das tut, erwartet ihn eine böse Überraschung. Von jetzt an werden wir genau aufpassen.«

Trisha wachte langsam auf. Ihre Augenlider flatterten, dann öffnete sie die Augen ganz und sah wild um sich.

»Hab keine Angst.« Addie beugte sich über sie, damit sie ihr Gesicht sehen konnte, und hielt ihre Hand fest. »Du bist hier mit mir im Wagen. Lieg still.«

»Addie... oh, mein Kopf.« Trishas Stimme war heiser, und mit ihrer freien Hand griff sie nach Addie.

»Ich habe mir Sorgen gemacht, weil du nicht aufgewacht bist. Möchtest du etwas Wasser trinken?«

»O ja.« Trisha leckte über ihre aufgesprungenen Lippen, als sei ihr nicht klar, daß sie von einer Peitsche verletzt worden waren.

Addie schob einen Arm unter das Kissen, hob Trishas Kopf an und hielt eine Tasse an ihre Lippen. Sie hatte schon zwei Tropfen Laudanum ins Wasser gegeben. Trisha behielt das Wasser eine Weile im Mund, bevor sie es langsam herunterschluckte. Ihre Augen waren fest auf Addie gerichtet, als sie zurück auf das Kissen sank.

»Trisha, Liebes, wer hat dir das angetan?«

»Ich weiß nicht, ob es Wirklichkeit war. Hatte einen Traum. Mein Kopf ist zerplatzt...« Ihre Stimme versagte, und sie hob die Hand an ihre Kehle.

»Jane Ann hat dich auf dem Boden liegend gefunden und uns geholt. Buffer hat dich zurück in den Wagen getragen.«

Trisha öffnete die Augen. »Das alte... Bürstengesicht?«

Addie lächelte. Das war die alte Trisha.

»Ja, das alte Bürstengesicht. Schlaf jetzt. Ich werde ein paar Kissen links und rechts neben deinen Kopf legen, damit er sich nicht bewegt. Schlaf jetzt, Liebes. Ich bleibe hier bei dir.«

»Gehen Sie nicht weg... Miss Addie... bitte...«

»Ich gehe nicht. Es ist immer jemand bei dir.«

Kurze Zeit später kam Buffer hinten an den Wagen.

»Miss Addie, ist sie schon aufgewacht?«

»Kommen Sie herein.« Der Wagen schaukelte leicht unter Buffers Gewicht. »Sie ist aufgewacht. Ich habe ihr zwei Tropfen Laudanum gegeben, und sie ist wieder eingeschlafen.«

»Wird sie wieder gesund?«

»John glaubt schon. Ihr Hals ist ganz wund. Sprechen oder Schlucken fällt ihr schwer.« Addie tauchte das Tuch in die Wasserschüssel und wrang es aus, bevor sie es auf Trishas Stirn legte.

»Hat sie … etwas gesagt?«

»Daß das, was sie gesehen hat, nicht die Wirklichkeit war. Es war ein Traum. Dann sei ihr Kopf ›zerplatzt‹, sagt sie. Aber vielleicht war sie auch nicht richtig wach.«

»Madam, kann ich ein wenig hier bei ihr sitzen? Ich kümmer mich um das Tuch auf ihrem Kopf.«

»Ich weiß nicht. Sie hat mich gebeten, sie nicht allein zu lassen. Trisha bittet selten um irgend etwas.«

»Wenn Sie glauben, daß es sich nicht schickt, mach' ich den Wagen hinten ganz weit auf.«

Addie sah ihn an und lächelte. »Das wäre etwas dumm, oder?«

»Ja, Madam.«

»Ich glaube, Trisha würde sich mit Ihnen hier sicher fühlen. Also gut, bleiben Sie bei ihr.«

»John bereitet sein Treffen vor. Vielleicht möchten Sie daran teilnehmen.«

Addie sah auf das schlafende Mädchen hinunter, dann wieder zu Buffer.

»Danke«, sagte sie mit aufrichtiger Wärme.

Addie trat hinaus in die Sonne und suchte ihren Sohn und Jane Ann. Als sie einen Zipfel von Jane Anns blauem Kleid entdeckte, ging sie rasch zum Küchenwagen und fand die beiden auf einer Kiste vor einem Tisch, auf dem der Koch einen wilden Truthahn bratfertig machte. Jedes der Kinder hatte einen Truthahnfuß in der Hand.

»Guck mal, Mama.« Dillon strahlte über das ganze sommersprossige Gesicht. »Guck, was Mr. Wassall mir gegeben hat.« Er hielt den gelben Fuß hoch, zog an der weißen Sehne und sah fasziniert zu, wie die Krallen sich zusammenzogen.

»Meiner kann das auch«, zwitscherte Jane Ann glücklich.

»Das ist sehr... interessant. Kommt jetzt mit mir. Ihr habt Mr. Wassall lange genug belästigt.«

»Das war überhaupt nicht lästig«, sagte Bill und zerteilte die Truthahnbrust mit dem Fleischmesser.

»Wie geht es dem Mädchen, Madam?«

»Sie hat Schmerzen, aber sie wird wieder gesund.«

Bill Wassall schüttelte den Kopf. »Ich kann nicht begreifen, wie man so etwas tun kann«, sagte er vorsichtig mit Blick auf die Kinder. Er trug die Truthahnhälften zu einer eisernen Bratpfanne, legte sie hinein und deckte die Pfanne mit einem eisernen Deckel ab. Nachdem er sich in einer Schüssel die Hände gewaschen hatte, zog er seine Taschenuhr hervor und ließ den Deckel aufspringen. »In Ordnung, Dillon, jetzt ist es Zeit.« Er griff in den Wagen und holte die große Kuhglocke hervor. »Ich habe versprochen, daß Dillon die Männer zum Treffen rufen darf.«

»Ich auch?« fragte Jane Ann.

»Jawoll, du auch, kleines Fräulein.«

Addie sah den dicken kleinen Mann jetzt mit anderen Augen. Die Bitterkeit, die sie seit dem Tag ihrer Ankunft ihm gegenüber empfunden hatte, war verschwunden. Sie trat zurück und sah zu, wie der grinsende Dillon heftig die Glocke schwang. Sie war schwer, und schon bald wurden seine Arme müde. Bill nahm die Glocke und gab sie Jane Ann. Sie konnte sie nur ein paar Mal läuten, bevor Bill sie ihr wieder abnahm und das laute Läuten weiterging.

Die Männer kamen von ihren verschiedenen Arbeiten her und sammelten sich. Addie, die mit den Kindern zurück zum Wagen ging, wurde durch einen Ruf von Colin aufgehalten.

»Miss Addie! Gucken Sie mal, was da kommt.«

Addie drehte sich in die Richtung, in die Colin zeigte. Der Anblick, der sie erwartete, war großartiger als die Parade, die zum Kriegsende in Freepoint stattgefunden hatte.

Die Prozession wurde von einem Mann in dunklem Anzug und einer Frau im Damensattel angeführt. Ihre Reitkleidung war jagdgrün, genauso wie der federgeschmückte Hut, den sie auf ihrem aufgetürmten blonden Haar trug. Hinter dem Paar waren sechs Nordstaaten-Soldaten, die jeweils zu zweit nebeneinander ritten. Dicht hinter den Soldaten war eine weitere kleine Gruppe von Reitern. Sie ritten auf die Lichtung bis zu der Reihe von Bäumen, hielten an und schienen kurz etwas zu diskutieren, dann stiegen sie ab.

Die Hirten und Ochsentreiber starrten die Neuankömmlinge an, als sie einige Schritte nach vorne machten und als gesonderte Gruppe stehenblieben. Es war so ruhig, daß man den Schrei eines Ziegenmelkers und in einiger Entfernung den klagenden Ruf einer trauernden Taube hören konnte.

John trat am Küchenwagen vor und hob seine Hand. Als er die Aufmerksamkeit der Versammlung hatte, begann er zu sprechen.

»Es ist üblich, daß ich zu Beginn jeder Reise über die Routine und die Regeln spreche, die wir einhalten werden, bis wir unser Ziel erreichen. Bis auf wenige habt ihr alle diese Reise schon einmal mit mir gemacht, und ihr wißt, daß ich nicht erlaube, daß unterwegs oder im Lager getrunken wird. Ein Betrunkener kann dazu führen, daß ein halbes Dutzend von euch das Leben verliert. Wenn ich also jemand beim Trinken erwische, wird er auf ein Pferd gesetzt und davongejagt, ganz gleich, wo wir gerade sind.

Wir werden acht oder zehn Meilen pro Tag reisen, bis die Ochsen sich daran gewöhnt haben; danach hoffe ich, zwölf bis fünfzehn zu schaffen. Die Nachthirten werden um drei Uhr morgens hereingeritten kommen und das Lager wecken. Dann schlafen sie, während wir anderen anspannen und innerhalb von dreißig bis fünfundvierzig Minuten aufbrechen. Um zehn Uhr errichten wir ein Lager und essen die erste Mahlzeit des Tages. Dann werden die Tiere getränkt und zum Fressen angepflockt. Falls nötig, werden während der Mittagspause Reparaturen durchgeführt.

Am späten Nachmittag spannen wir wieder an und fahren bis nach Sonnenuntergang. Die Wagen werden jede Nacht im Halbkreis aufgestellt, um für den Fall eines Angriffs ein improvisiertes Fort zu bilden, oder ein Gehege, in dem das Vieh während eines Sturms bleiben kann. Morgens, wenn wir anspannen, ist ein beliebter Zeitpunkt für Angriffe. Wegen dem Durcheinander hoffen feindliche Indianer oder Abtrünnige, daß wir abgelenkt und nicht vorbereitet sind. Am Abend, wenn der Treck ins Lager kommt, ist eine weitere günstige Gelegenheit für sie. Während dieser Zeiten müssen wir besonders auf der Hut sein.

Wir werden unsere vereinten Kräfte brauchen, um die Kolonne sicher durch das Indianerterritorium zu bringen. Wir haben die besten Wagen – Espenshieds aus Saint Louis, und den besten Führer von Ochsentreibern, den es gibt, Dal Rolly. Cleve Stark, der zweite Wagenführer, hat diese Fahrt schon öfter hinter sich gebracht als ich. Er weiß, was uns erwartet. Hört darauf, was er sagt. Wenn wir unser Ziel erreichen, ohne einen Mann oder einen Wagen verloren zu haben, erwartet euch ein Bonus.

Ich stehe jederzeit zur Verfügung, um mir eure Vorschläge oder Beschwerden anzuhören. Noch eine Sache. Wir haben für euch den besten Koch zwischen dem Mississippi und den Rocky Mountains besorgt. Von Zeit zu Zeit werdet ihr auf der Strecke Wild sehen. Wir töten nichts, was wir nicht essen. Bill wird Bescheid sagen, wenn er frisches Fleisch braucht.«

Als John seine Ansprache beendet hatte, fragte er sich, ob er Van Winkles Truppe hätte erwähnen sollen. Wenn sie sich der Kolonne anschlossen, hatten die Männer ein Recht darauf, das zu wissen. Während er noch darüber nachdachte, lösten sich die Männer in kleine Grüppchen auf und zogen sich zu den Wagen zurück, die ihnen zugewiesen worden waren. John entdeckte Addie und die Kinder und ging auf sie zu. Der Richter fing ihn ab.

»Muß mit Ihnen reden, Tallman.«

»Bitte.«

»Vertraulich, wenn es möglich wäre.«

John trat in den Schatten von einem der Güterwagen. Der Richter folgte ihm.

»Haben Sie sich entschieden, was Sie tun werden?« fragte John unverblümt.

»Ich habe keine andere Wahl als mit Ihnen zu kommen.«

»Sie können hier auf einen anderen Treck warten. Es kommen bestimmt noch einer oder zwei in dieser Saison.«

»Ich kann es mir nicht erlauben zu warten. Ich komme schon so zu spät zu meinem Termin.«

»Dann fahren Sie doch nach Fort Smith und heuern Sie einen Führer an.«

»Ich dachte, ich hätte einen.«

»Buffer Simmons? Sie haben ihn verloren, als Sie zugelassen haben, daß diese herausgeputzten, idiotischen Soldaten ihn beleidigten. Ohne meinen Treck hätte er Sie sowieso nicht geführt. Er kennt die Gefahren.«

»Habe ich richtig verstanden, daß Sie um drei Uhr morgens anfangen?«

»Allerdings. Jeder meiner Wagen wiegt drei Tonnen. Ich lasse meine Ochsen nicht in der Hitze des Tages arbeiten.«

»Sie machen es uns nicht gerade leicht, nicht wahr?«

»Warum sollte ich Ihnen gegenüber nachgeben, Richter? Für mich würden sie das auf keinen Fall tun.« John hob die Hand gab Addie ein Zeichen, als sie vorbeikam. »Komm mal her, Liebling.« Addie kam zu ihm. Er nahm ihren Arm und zog sie stolz an seine Seite. »Das ist meine Frau, Mrs. Tallman. Liebling, Richter Van Winkle.«

»Sehr erfreut, Sir.« Addie streckte die Hand aus.

»Madam.« Der Richter zog den Hut, als sie vorgestellt wurden, dann nahm er Addies Hand.

Obwohl sein Benehmen einwandfrei war, hatte Addie den Eindruck, daß das Interesse des Richters an anderer Stelle lag.

»Entschuldigen Sie mich.« Sie blickte zu John auf. »Dillon ist mir entwischt, und ich will nicht, daß er in die Nähe der scheuen Pferde gerät.«

»Such ihn ruhig. Ich komme gleich.«

Addie ging weiter. Dann sah sie, wie ihr Sohn auf die Soldaten der Union zurannte, so schnell ihn seine kurzen Beine tragen konnten. Sie eilte hinter ihm her und erreichte ihn genau in dem Moment, als er vor dem Offizier stehenblieb, der neben der Frau stand.

»Sind Sie ein verdammter Yankee?« fragte er und sah zu dem Mann auf. Seine Kinderstimme tönte bis zu einer Gruppe von Ochsentreibern hinüber, die vor Lachen brüllten.

»Dillon! Du sollst so etwas nicht sagen.« Addie ergriff seine Hand und sah dabei auf, eine Entschuldigung auf den Lippen. Alle Gedanken bis auf einen erstarben jedoch, sobald sie dem Mann ins Gesicht sah. Vor ihr stand Kirby, ihr Ehemann – ihr *toter* Ehemann. Er hatte die gleichen Augen, das gleiche Gesicht, bis auf den Schnurrbart und das Bärtchen. Das blonde, wellige Haar war länger. Seine Schultern waren breiter. Er war älter. Aber es war Kirby, und er sah sie an, als sei sie ihm vollkommen unbekannt.

»Machen Sie sich keine Gedanken wegen des Jungen, Madam. Seit ich im Süden bin, hat man mir schon schlimmere Namen gegeben als verdammter Yankee.«

Die Stimme mit dem leicht nördlichen Tonfall war Kirbys. Addie starrte ihn an. Er sah ihr direkt in die Augen, ohne einen Funken des Erkennens.

»Sie haben einen hübschen Sohn«, sagte er schließlich.

»Ja, das stimmt.« Addie drehte sich um, zog Dillon hinter sich her und eilte über die Lichtung, ihren düsteren, verzweifelten Blick auf den Wagen gerichtet, den einzigen Ort, wo sie sich verstecken konnte.

Hinter ihr lachte die Frau leise und sah den Mann mit neckendem Blick an.

»Du hast die arme Frau ganz verwirrt, Kyle. Sie konnte die Augen nicht von dir abwenden. Habe ich Grund zur Eifersucht?«

»Ich möchte, daß du auf jede Frau eifersüchtig bist, die mich ansieht«, sagte er sanft und drückte ihre Finger. »Dann weiß ich, daß du mich wirklich liebst.«

»Puh, Schatz. *Das* weißt du doch schon.«

Die beiden waren so ineinander versunken, daß sie den Richter erst bemerkten, als er sie ansprach.

»Kyle, können wir aufbrechen?«

»Fahren Sie mit ihm?«

»Vorerst jedenfalls. Ich hoffe, daß wir uns später absetzen und nach Fort Gibson fahren können. Bei Gott, wenn ich nach Santa Fe komme, werde ich meinen Einfluß geltend machen, um mit diesem Scheißkerl abzurechnen. Dann wird er feststellen, wer wichtig ist und wer nicht.«

Addie saß neben Trisha, als die Kolonne westwärts den Arkansas River entlangrollte. Das Zittern in ihr hatte nicht nachgelassen. Jetzt verspürte sie eine wilde Wut. *Wie kann Kirby Hyde es wagen, noch zu leben.* Alle ihre Instinkte sagten ihr, daß der Yankee-Offizier Kirby Hyde war, der Mann, den sie geheiratet hatte, der Vater ihres Sohnes. Aber die Logik warf bohrende Fragen auf. Kirby hatte sich der konföderierten Armee angeschlossen. Er war aus der Stadt nach Hause gekommen und hatte ihr gesagt, er habe sich gemeldet. Wie konnte er plötzlich als Yankee-Hauptmann auftauchen?

Der Kampf zwischen Addies Intuition und ihrer Vernunft nahm kein Ende. Sie versuchte verzweifelt, sich daran zu erinnern, ob irgend jemand zur gleichen Zeit zur Armee gegangen war wie Kirby. Sie war so unglücklich gewesen und hatte solche Angst gehabt, allein ein Kind zu erwarten, daß sie monatelang mit niemanden außer den Nachbarn, die gelegentlich vorbeikamen, gesprochen hatte. Die Vernunft sagte ihr, daß der Yankee-Hauptmann nur wie Kirby *aussah*. Sie hatte gehört, daß jeder irgendwo einen Doppelgänger hatte. Vielleicht hatte Kirby sogar einen Zwillingsbruder, von dem sie nichts wußte.

In der kurzen Zeit, die sie zusammengewesen waren, hatte Kirby immer behauptet, er habe keine Verwandten. Dann hatte er bei einer weitschweifigen Unterhaltung zufällig einen Onkel in Jonesboro erwähnt. Als sie ihn nach dem Onkel gefragt hatte, hatte Kirby gesagt, sie würden sich nicht besonders gut verstehen. Nach Jonesboro hatte sie auch den Brief geschickt, in dem sie Kirby von der Geburt seines Sohnes berichtete.

O Gott! Wenn der Offizier Kirby *war*, wie konnte er dann Dillon ansehen, sein eigen Fleisch und Blut, und ihn so vollständig ablehnen? Sie erinnerte sich, wie mürrisch Kirby geworden war, als sie ihm erzählt hatte, daß ihre Monatsblutung ausgeblieben war und sie vielleicht ein Kind erwartete. Sie war so glücklich gewesen und hatte die gute Nachricht teilen wollen. Wie damals wurde ihr wieder klar, daß Kirby kein guter Vater gewesen wäre. Er war egoistisch und falsch gewesen; und obwohl er zuerst hart gearbeitet hatte, um ihre Zuneigung zu gewinnen und sich seinen Platz auf der Farm zu sichern, war er später desinteressiert und faul geworden.

Sie überlegte hin und her, was sie tun sollte. Wenn der Yankee-Hauptmann Kirby Hyde war, bedeutete das, daß sie nicht mit John verheiratet war. Sollte sie es John jetzt sagen oder warten, bis sie Beweise hatte? *Beweise!* Wie konnte sie beweisen, daß der Yankee Kirby Hyde war? Sein Wort würde gegen ihres stehen. Er würde dafür sorgen, daß sie nicht nur vor John, sondern vor jedem anderen in der Kolonne lächerlich gemacht würde.

Bei Einbruch der Dämmerung bildeten die Wagen einen Kreis für die Nacht. Huntley hatte erklärt, daß die Lagerplätze für gewöhnlich früher am Tag vom Scout oder Wagenführer ausgesucht würden. Diesen hier erreichten sie mit Verspätung, weil es zusätzliche Zeit gekostet hatte, einen Nebenfluß des Arkansas River zu überqueren. Er sagte, die Güterwagen würden nicht im Kreis aufgestellt, weil sie in dieser Gegend einen Angriff fürchteten, sondern um das Vieh an das Manöver zu gewöhnen.

Trisha hatte den ganzen Tag geschlafen. Wenn sie aufgewacht war, hatte Addie ihr einen weiteren Tropfen Laudanum gegeben. Addie dankte Bill stumm für die Truthahnfüße, mit denen sich Dillon und Jane Ann den halben Nachmittag vergnügt hatten. Später hatten sie neben Huntley auf dem Wagen gesessen.

Jetzt, als der Wagen angehalten hatte, fürchtete Addie sich fast davor, ihn zu verlassen, aus Angst, dem Mann zu begegnen, den sie für Kirby Hyde hielt. Doch als sie heruntersteig, bemerkte sie, daß Van Winkles Truppe ihr Lager etwas entfernt aufgeschlagen hatte und daß es unwahrscheinlich war, daß sie mit dem Hauptmann zusammentreffen würde. Außerdem sah sie, daß Gregorio mit einem Gewehr in der Hand eine Stellung bezogen hatte, von der aus er die Rückseite ihres Wagens im Auge hatte.

Den ganzen Tag über hatten Addie und die Kinder den Nachttopf benutzt, den der umsichtige Holländer für seine Familie vorgesehen hatte. Er mußte vor Einbruch der Dämmerung ausgeleert werden. Dillon und Jane Ann hatten sich mit Colin davongemacht, der versprochen hatte, auf sie aufzupassen, so daß Addie einen Augenblick Zeit hatte. Sie nahm den Behälter aus dem Wagen und eilte durch das Laub, das den schmalen Fluß säumte.

»Miss Addie! Warten Sie!« Buffer Simmons' Ruf war eindringlich. Addie wandte sich um und sah, daß er sich auf seinem Pferd näherte. »Gehen Sie nicht ins Gebüsch, bevor ich nicht nachgesehen habe«, sagte er ernst und ritt dann in das Dickicht aus Stachelbeerbüschen, Immergrün und Weiden.

Addie setzte den Topf auf den Boden und versuchte, ihn unter ihrem Rock zu verbergen. Vor Scham war sie errötet, und ihr Puls hatte sich beschleunigt. Es kam ihr vor wie eine Ewigkeit, bis Buffer wieder auftauchte.

»Gehen Sie nicht weiter als zehn Fuß hinein, Madam. Ich warte hier.«

»Vielen Dank, Mr. Simmons.« Addie, die sich schämte, ihn anzusehen, eilte vorbei.

Als sie zurückkam, ging Buffer, sein Pferd am Zügel, mit ihr zurück zum Wagen.

»John hat einen Wachposten zum Wagen geschickt.«

»Das habe ich gesehen.«

»Ist Miss Trisha wieder aufgewacht?«

»Nein, aber wenn sie wach wird, möchte ich gerne, daß sie etwas ißt.«

»Glauben Sie, sie kann uns erzählen, was geschehen ist?«

»Ich weiß nicht. Ellis Renshaw war es nicht, das steht fest.«

»Es muß einer seiner Verwandten gewesen sein. Ich überlege schon, wer von diesen schwachköpfigen Idioten schlau genug wäre, sich hier anzuschleichen, ohne von jemandem entdeckt zu werden. Niemand im ganzen Treck hat einen Fremden gesehen.«

»Trisha sagte, das, was sie gesehen hat, bevor ihr Kopf

zerplatzt ist, sei ein Traum gewesen. Ich weiß nicht, was sie damit gemeint hat.«

Als sie den Wagen erreichten, holte Buffer ein Bündel hinter seinem Sattel hervor, während Addie den Nachttopf wieder in den Wagen brachte. Sie war sich unangenehm bewußt, daß der Wachposten sie beobachtete.

»Wenn Miss Trisha aufwacht, geben Sie ihr das hier.« Buffer streckte ihr den Gürtel und die Scheide entgegen, die er in Van Buren gekauft hatte. »Für das Schlachtmesser, das sie bei sich hat.«

Addie nahm es an und starrte in seine aufrichtigen braunen Augen. Ohne den Bart sah er viel jünger aus, und sein Gesicht war angenehm, wenn nicht sogar attraktiv. Er war ein Mann mit unglaublicher Kraft und trotzdem so sanft.

»Sie wissen, daß Trisha…«

»Ich habe das alles in Freepoint schon erfahren. Das spielt keine Rolle. Was hat die Abstammung schon zu bedeuten? Ist das Blut der Renshaws besser als Trishas?«

»Mögen… Sie sie?«

»Ja, Madam.«

»Würden Sie sie heiraten?«

»Wenn Sie mich will, wäre ich glücklich.«

»Sie ist stolz. Stolz wie ein Pfau.«

»Ja, Madam. Sie hat mehr Stolz als Verstand.« Wenn Buffer lächelte, erschienen Grübchen auf seinen Wangen. Addie legte ihm eine Hand auf den Arm.

»Ich wünsche Ihnen viel Glück, wenn Sie sich um sie bemühen.«

»Danke, Madam.«

KAPITEL 23

Addie dankte Gott für Colin und Bill. Colin hatte Dillon und Jane Ann zum Küchenwagen mitgenommen, und Bill hatte ihnen zu essen gegeben, obwohl er gleichzeitig die Abendmahlzeit für die Männer zubereitete. Als sie zurückkamen, brachte Colin Teller mit Essen für Addie und Trisha.

Trisha wachte mit solchen Kopfschmerzen auf, daß ihr übel war und sie nichts essen konnte. Addie hielt ihren Kopf über den Nachttopf, während sie das bißchen, was sie im Magen hatte, von sich gab. Als sie aufhörte, sich zu erbrechen, flößte Addie ihr wieder etwas Laudanum-Wasser ein, worauf sie wieder einschlief.

Eine Laterne, die hinten am Wagen hing, warf etwas Licht in den Innenraum, wo Addie die beiden kleineren Kinder gewaschen und zu Bett gebracht hatte. Nicht einmal sich selbst gegenüber gab sie zu, daß sie körperlich und geistig erschöpft war. Der erste Tag dieser ereignisreichen Reise hatte ihrer Kraft einen Tribut abgefordert, mit dem sie nicht gerechnet hatte.

Als Addie den Wagen verließ, wußte sie, daß irgendwo dort draußen im Dunklen Buffer und Colin aufpaßten. Dem stämmigen Mann hatte der Angriff auf Trisha sichtlich zugesetzt. Als er mit Addie darüber gesprochen hatte, hatte er gesagt, er habe geglaubt, die Renshaws hätten aufgegeben, nachdem sie in den Fluß geworfen worden waren. Sein Irrtum hatte Trisha in Gefahr gebracht, und er fühlte sich verantwortlich.

Unter den Ochsentreibern hatte sich die Nachricht von

dem Überfall verbreitet. Sie waren wütend und schämten sich, daß einer Frau in ihrem Lager so etwas widerfahren war. John sagte, wenn der Angreifer gefaßt würde, könne er nicht dafür garantieren, daß der Mistkerl nicht auf der Stelle gehängt würde.

Sie lehnte etwas abseits vom Lichtschein am Wagen und blickte durch die Dunkelheit zum hell erleuchteten Lager von Van Winkle hinüber. Buffer hatte ihr gesagt, daß die Frau ein farbiges Hausmädchen und der Richter einen farbigen Mann hatte, der für ihn persönliche Dinge verrichtete. Diese Leute entstammten einer Welt, die Addie unbekannt war – eine Welt mit Dienern, eleganter Kleidung und vornehmen Häusern. War Kirby aus dieser Welt gekommen? Wenn ja, warum war er auf der Suche nach Arbeit eine Straße in Arkansas hinuntergewandert?

Was Addie am meisten zu schaffen machte, war, wie sie John beibringen sollte, daß ihr erster Ehemann vielleicht gar nicht in der Nähe von Jonesboro begraben lag und daß in diesem Fall ihre Ehe mit ihm vor Gott und den Menschen nicht gesetzmäßig war. Obwohl es für sie so himmlisch gewesen war, hielt sie es für falsch, intim mit ihm zusammenzusein, solange sie vielleicht noch mit einem anderen Mann verheiratet war.

Mr. Cash hatte gesagt, daß der Mann, der die Nachricht von Kirbys Tod überbracht hatte, ein Offizier der Konföderierten gewesen sei. Nur ein schrecklich grausamer Mann hätte einer Witwe die Nachricht gebracht, ihr Mann sei tot, wenn er sich dessen nicht sicher gewesen wäre.

Addie kam der Gedanke, daß sie froh sein sollte, daß Kirby nicht tot war – um seinetwillen. Sofort kam ihr ein weiterer Gedanke: Wie konnte ein Mann seinem Sohn ins Gesicht sehen und ihn verleugnen? Die einzige Ähnlichkeit zwischen Vater und Sohn, die ihr auffiel, war das blonde Haar. Für ein erst vierjähriges Kind war es nicht ungewöhnlich, noch blond zu sein, obwohl das Haar später dunkler werden würde.

Addies Gedanken wurden durch Johns Stimme unterbrochen.

»Simmons?«

»Ja?«

»Geh jetzt ins Bett. Ich bleibe die Nacht über hier, sofern nichts passiert.«

»Wir hätten jeden einzelnen dieser verdammten Renshaws aufhängen sollen, als wir die Gelegenheit dazu hatten.«

»Wir hatten damals keinen Grund. Jetzt schon.«

»Ich hoffe, er taucht noch mal auf.«

»Vielleicht hat er die Fliege gemacht, als er merkte, mit wem er es zu tun hat.«

»Colin wird mit mir unter dem Wagen da schlafen. Mein neuer Partner hat unglaublich scharfe Ohren. Er kann eine Eule pissen hören…« Buffers Stimme wurde leiser.

Addie kam gerade aus dem Wagen, wo sie nach Trisha geschaut hatte, als John ihren Namen rief.

»Addie? Wie geht es Trisha?«

»Sie schläft noch.«

»Komm her, Schatz. Ich habe heute nicht viel von dir gehabt.« Die Hände um ihre Taille, hob er sie herunter und drehte am Lampendocht, um das Licht zu löschen. »Ich will nicht, daß jeder hier im Lager sieht, wie ich meine Frau küsse.«

Addie legte die Arme um ihn. Sie drückte ihr Gesicht an sein Hemd und genoß den vertrauten, rauchigen, männlichen Geruch. Er hielt sie fest; sie konnte seinen kräftigen Herzschlag spüren. Lange Zeit hielten sie einander einfach ruhig im Arm.

Als ihr die Ereignisse des Tages wieder in den Sinn kamen, umschlang sie ihn fester. Sie hielt ihn, als könne sie nicht nah genug an ihn herankommen. Früher am Abend hatte sie sich gefühlt, als sei sie in einem Wirbelwind gefangen und werde wie ein Blatt von einem Baum davongewirbelt. Hier in Johns Armen fühlte sie sich sicher und beschützt. Er war alles, was gewiß und sicher war.

Seine Lippen berührten ihr Ohr.

Sie hielt ihn mit aller Kraft fest. »Ich kann dich nicht loslassen! Ich kann dich nicht loslassen!« flüsterte sie an seinem Hals.

»Was hast du gesagt, Liebes? Wenn du mir liebe Worte sagst, will ich sie auch hören.« Er lachte leise in ihr Haar.

»Ich bin froh, daß du hier bist. Ich weiß, daß du eine schwere Verantwortung trägst und ich... bin dankbar für die Zeit, die ich bei dir sein kann.«

Ihre Stimme wurde immer leiser und erstarb dann vollständig.

»So wird es für die nächsten sieben oder acht Wochen sein. In einigen Nächten werden wir nicht einmal diese wenigen Stunden für uns haben. Hier in meinen Armen halte ich einen sehr wichtigen Grund dafür, daß ich den Treck sicher nach Hause bringen will.«

»Ich war heute... stolz auf dich.«

»Ich war auch stolz auf dich, Mrs. Tallman. Küß deinen Mann. Er hat sich den ganzen Tag über darauf gefreut.«

Er senkte seinen Mund auf ihre Lippen und küßte sie so gierig, daß ihr die Sinne schwanden. Ihr Körper zitterte; ihr Entschluß, sich von ihm fernzuhalten, wurde schwächer und verschwand schließlich, und sie gab seinem tiefen, hungrigen, unnachgiebigem Kuß nach.

»Komm mit mir ins Bett, Liebes. Ich will dich halten, und... dich lieben.«

»Ich... sollte bei Trisha bleiben.«

»Später. Ich brauche dich jetzt.«

»Ich werde dich immer lieben.« Ihre Stimme klang verzweifelt, ihr Herz war unentschlossen. In ihr flüsterte eine Stimme: *Er will dich. Er braucht dich. Nimm, was du kannst, und du hast schöne Erinnerungen.* Zu ihrer Überraschung und Verwirrung rollte eine Träne unbemerkt ihre Wange hinunter. Eine zweite folgte still.

»Trisha… könnte aufwachen.« Sie machte noch einen Versuch, das zu tun, was richtig war.

»Wir werden sie hören.«

Sie ließ zu, daß John sie hinunter auf das Bett unter dem Wagen zog, das sie für ihn bereitet hatte. Abwesend zog sie ihr Kleid und ihr Hemd aus, während er Hemd und Hose ablegte. Erst als sie sich hinlegten und er sie in die Arme schloß, bemerkte er die Tränen auf ihren Wangen. Er wurde still.

»Addie, Liebes. Warum weinst du?« fragte er hilflos. »Bereust du…«

»Niemals! Das wird niemals geschehen! Heute ist nur so viel geschehen.«

»Ich dachte, du bereust es vielleicht, daß du mich so überstürzt geheiratet hast.« Vor Erleichterung wurde seine Stimme immer leiser, bis sie nur noch ein Hauch von einem Flüstern war. »Ich werde dich so voll und ganz lieben, daß du alles vergißt, was heute geschehen ist. Du wirst alles vergessen außer mir.«

Addies Sinne jubilierten bald vor ungehemmter Leidenschaft. Sie löste ihren Mund von seinem und küßte dann seine Wangen, sein Ohr und sein Kinn. Ihre Lippen glitten beinahe verzweifelt über sein Gesicht, bevor sie wieder die seinen suchten und mit verstärkter Glut küßten. Sie schmeckte seinen Mund, genoß die Berührung seines Schnurrbarts, seine starken, rauhen Hände, die über ihre glatten Schultern und dann ihre nackten Arme hinunter über ihre Hüften strichen, dann zu ihren Brüsten zurückkehrten und sie streichelten und kneteten.

Angereizt durch die deutliche Erinnerung an das Entzücken, glitt ihre Hand zwischen ihren Körpern nach unten, um ihn zu finden, festzuhalten und zu fühlen, wie er durch die Erregung wuchs, die der ihren glich.

John, der auf einer Wolke der Verwunderung schwebte, genoß das Gefühl ihrer weichen Brust an seiner, ihre kleinen, starken Finger, die ihn liebkosten. Seine wundersame, liebende, gebende Frau erregte ihn, verwirrte ihn, entzückte ihn. Er liebte ihre erschauernde, plötzliche Reaktion auf seine Liebkosungen. Er stützte sich auf, drang in ihre zitternde Weichheit ein und ließ sie alles außer ihm vergessen.

* * *

Vier Tage hinter Van Buren erreichten sie das Nachtlager in einem langgezogenen Tal an einem kleinen Fluß, der in den Arkansas River mündete. Addie hatte sich mit der Tatsache abgefunden, daß sie für ihre Familie über einem Lagerfeuer keine Mahlzeiten zustande brachte, die mit denen von Bill Wassall auch nur halbwegs mithalten konnten. An den letzten beiden Tagen waren sie und Colin mittags und abends zum Küchenwagen gegangen und hatten versucht, Sweet William Wassall, dem rundlichen kleinen Mann, der rasch zu einem lieben Freund geworden war, zur Hand zu gehen. Im Mittagslager schälte sie Kartoffeln für die Suppe und machte Zwieback für Bread Pudding, den es abends geben sollte. Sweet William, wie sie ihn nun scherzhaft nannte, genoß ihre Gesellschaft unverhohlen. Colins Hilfe ließ dem dankbaren Paco Zeit für andere Aufgaben.

Trisha erholte sich körperlich schneller als geistig. Am zweiten Morgen nach dem Angriff stand sie auf, weigerte sich jedoch, Buffer zu sehen oder den Wagen zu verlassen, obwohl die Spuren auf ihrer Lippe und ihrer Wange nur noch dunkelrot waren. Als sie bemerkte, daß man sie gepeitscht hatte, während sie bewußtlos war, wurde sie von Scham überwältigt und erlaubte es nicht einmal Addie, die Striemen auf ihren Armen und Beinen zu behandeln oder anzusehen. Wenn man sie nach dem Angriff fragte, wollte sie nicht über das sprechen, was sie für einen Traum gehalten hatte, bevor sie auf den Kopf geschlagen worden war.

Es war dunkel, als Trisha vom Wagen herunterkletterte, das Gewehr in der Hand. Colin hatte ihr einen Teller mit Essen gebracht, den sie ohne Genuß geleert hatte, da ihr Hals beim Schlucken noch immer schmerzte. Wenn sie an die Peitsche dachte, die durch die Luft geschnellt war, um ihr Fleisch zu zerschneiden, oder an den Mann, der sie geschwungen hatte, überkam sie eine Angst, die sie nicht einfach abschütteln konnte.

Sie setzte sich ins Gras, den Rücken an das Wagenrad gelehnt, um etwas frische Luft zu schnappen. Sie saß schon eine Weile dort, als Buffer Simmons aus der Dunkelheit trat. Sie hatte gewußt, daß er da war, hatte ihn ausgemacht, bevor sie den Wagen verließ, und seine Anwesenheit hatte sie beruhigt und getröstet.

»Miss Trisha. Ich bin's, Buffer.«

»Ich weiß, daß Sie es sind. Keiner sonst kommt aus der Dunkelheit gestürzt wie ein geölter Blitz.«

»Wie geht es Ihnen?«

»Ich bin stark genug, um es mit einem Luchs aufzunehmen.«

»Das ist eine maßlose Übertreibung.«

»Wenn Sie es so genau wissen, warum fragen Sie dann?«

»Ich meine ja nur, daß Sie noch nicht wieder ganz gesund sind.«

»Sie wissen gar nichts über mich.«

»Ich weiß, daß Sie störrisch wie ein Maultier sind.«

»Und Sie haben überhaupt keine Fehler.«

»Sie sind ein Schandmaul, das steht fest«, sagte Buffer ungeduldig. »Und manchmal wie eine gereizte Wildkatze.«

»Wenn ich so ein Schandmaul und eine gereizte Wildkatze bin, warum sind Sie dann hier? Verschwinden Sie doch. Von mir aus müssen Sie nicht bleiben.«

»Ich bleibe, ob es Ihnen paßt oder nicht.«

»Warum haben Sie sich rasiert? Ich bin aufgewacht und hab' in ein nacktärschiges Gesicht geblickt, das mich ansah. Ich wollte schon mit meinem Messer reinstechen, aber dann hab' ich die dämliche Weste gesehen, die Sie immer anhaben.«

»Warum haben Sie nicht gezeigt, daß Sie wach waren?«

»Weil ich sehen wollte, ob es Ihnen so leid tut, wie ich vermutet habe.«

»Sie sind auch noch hinterlistig.«

»Und geschickt dazu.«

»Haben Sie geschlafen, als ich Sie geküßt habe?«

»Was?« Trisha warf den Kopf so schnell herum, daß ihr vor Schmerzen die Luft wegblieb.

»Jetzt regen Sie sich nicht auf«, sagte er lachend. »Ich wollte Sie nur reinlegen.«

»Das war ein schlechter Scherz.«

»Hat Miss Addie Ihnen die Messerscheide gegeben?«

»Ja.«

»Warum haben Sie sie nicht um?«

»Weil sie etwa dreimal so breit ist wie ich.«

»Zum Teufel. Ich kann sie doch abschneiden und ein paar mehr Löcher reinmachen.«

»Woher soll ich das wissen?« Sie richtete ihre goldenen Augen auf ihn. »Ich glaube, Bürstengesicht kann ich Sie nicht mehr nennen. Warum haben Sie sich rasiert?« fragte sie wieder.

»Weil ich wollte, daß Sie mein fliehendes Kinn sehen können!«

Sie stieß ein Schnauben aus, dann sagte sie: »Firlefanz.«

»Außerdem rasiere ich mich jedes Frühjahr. War nur noch nicht dazu gekommen.«

»Ich glaube, das ist auch das einzige Mal, daß Sie mal baden.«

»Nein. Wenn ich wirklich schlimm stinke, bade ich auch an Weihnachten.«

Er hörte einen Hauch von einem Kichern, das ihm den Mut gab zu sagen: »Holen Sie den Gürtel und die Scheide. Ich möchte, daß Sie Ihr Messer so tragen, daß Sie auch drankommen.«

Ohne ein Wort ging sie hinten an den Wagen und kletterte hinein. Buffer folgte ihr und wartete, den Rücken zum Wagen, während er mit den Augen die Dunkelheit absuchte.

Sie machte das hochgeschätzte Geschenk in der Dunkelheit mühelos ausfindig und war fast sofort zurück. Sie schleuderte es ihm an die Brust, als hätte es für sie keine Bedeutung.

»Hier. Ich tue Ihnen dafür keinen Gefallen.«

»Verdammt noch mal! Ich kann mich nicht erinnern, um Gefallen gebeten zu haben. Legen Sie ihn um Ihre Taille, so daß er bequem sitzt, damit ich weiß, wo ich ihn abschneiden muß.« Umständlich versuchte sie, den Gürtel umzulegen, während sie noch immer das Gewehr festhielt. »Und legen Sie das Gewehr weg! Sie werden noch sich selbst oder mich erschießen.«

»Ich habe nur zwei Hände«, sagte sie schnippisch.

Buffer lehnte sein Gewehr an den Wagen und riß ihr den Gürtel aus der Hand. Er kniete vor ihr nieder und schlang ihn um ihre schlanke Taille.

»Wo soll er sitzen?« fragte er mürrisch.

Sie schob den Gürtel bis knapp unter ihre Taille.

»Da... Dummkopf!«

»Ich brauche Licht«, schimpfte er.

»Hier gibt es nun mal keins, fertig.«

»Die Spuren auf Ihrem Gesicht habe ich schon gesehen, wenn Sie sich deswegen so anstellen. Sie glauben, Sie wären nicht mehr hübsch, und darum wollen Sie nicht, daß ich Sie sehe.«

Trisha stand stocksteif da. Buffer brauchte eine ganze Minute, um zu begreifen, daß keine bissige Antwort folgen würde. Er sah auf und bemerkte, daß sie ihr Gesicht abgewandt hatte. Sie hatte seine Worte nicht so leicht aufgenommen, wie er sie gemeint hatte. Ihr Schweigen wurde zu etwas Kaltem und Fremden, das ihn umklammerte und dazu führte, daß er sich fühlte, als habe er gerade einen jungen Hund geschlagen oder sei auf ein Küken getreten. Er stand eine oder zwei Minuten da, dann begann er zu sprechen, obwohl ihm kaum bewußt war, was er sagte.

»Ich mache hier ein Zeichen und mach' es morgen fertig. Rolly hat eine Lederstanze. Ich werde sie mir ausleihen und mehr Löcher reinmachen. Habe ich schon gesagt, daß ich mit einem Kerl um ein Wurfmesser feilsche, das genauso ist wie meins? Es ist nur ein bißchen kleiner und leichter. Genau richtig für Sie. Das Schlachtmesser, daß Sie da haben, ist für Nahkampf geeignet, aber nicht fürs Werfen. Es ist nicht schwer genug. Ich glaube, Messerwerfen wird Ihnen gefallen. Wenn wir Santa Fe erreichen, können Sie eine Fliege an der Wand erledigen.«

Sie bewegte sich nicht und sagte kein Wort. Buffer konnte nicht sagen, ob sie wütend war. Es war nicht seine Art, so loszurasseln, und es war nicht ihre Art, keine schlagfertige Antwort zu geben. Er scharrte mit den Füßen und sah sich kurz im Lager um. Noch immer sagte sie kein Wort und rührte sie sich nicht. Das Schweigen dauerte so lange, daß Buffer langsam verzweifelte.

»Trisha, du bedeutest mir mehr als alles andere auf der Welt«, stieß er hervor. »Ich würde mir lieber die rechte Hand abhacken, als etwas zu sagen oder zu tun, was dich verletzen könnte.«

Er wartete in der langen Stille, die auf seinen Ausbruch

folgte. Während ihm das Herz bis zum Hals schlug, wartete er darauf, daß sie lachte oder eine geistreiche Bemerkung machte. Dann hörte er ein leises Geräusch. Als es sich wiederholte, merkte er, daß es ein Schluchzen war. Zögernd legte er einen Finger an ihre Wange. Sie war feucht.

»Großer Gott, Trish. Ich bin einfach ein Idiot. Ich bin es nicht gewöhnt, mit Frauen zu reden. Ich wollte nur sagen, daß du hübsch bist. So etwas Hübsches wie dich habe ich noch nie gesehen.«

»Das ist es nicht. Ich wünschte, ich wäre so häßlich wie ein... Maultierarsch.«

»Was ist es dann? Warum bist du so traurig? Ich bringe es in Ordnung, wenn ich kann.«

Tief aus ihrem Inneren kam ein gequältes Schluchzen. Dann folgten die Worte, die den Mann neben ihr verblüfften.

»Ich habe... solche... Angst!«

»Oh... das brauchst du nicht! Das brauchst du nicht!« Buffer öffnete die Arme, und sie warf sich an seine Brust. Er hielt sie schützend fest, während sie leise, elende, erstickte Geräusche von sich gab.

»Liebes süßes Mädchen. Mein liebes süßes Mädchen...«, summte er. »Niemand wird dir etwas tun.«

»Er wird... zurückkommen. Er gibt nicht auf.«

»Niemand wird dir etwas tun. Niemand.« Buffers Arme hielten sie, seine Hand streichelte ihr dunkles Haar.

»Ich dachte, er würde mich nicht finden. Es ist so lange her...«

»Kannst du mir sagen, wer es war? Ich schneide dem Scheißkerl das Herz heraus.«

»Als ich die Spuren sah, wußte ich, daß er es war. Es war kein Traum.«

Über Trishas Kopf hinweg sah Buffer, daß John, Addie und die Kinder auf sie zukamen. Er hob sein Gewehr auf und hielt einen Arm um Trisha geschlungen, um sie am Wagen entlang zur Vorderseite zu führen.

»John und Addie kommen zurück«, flüsterte er ihr ins Ohr. »Bleib bei mir. Bitte bleib da.« Buffer wertete ihr Schweigen als Zustimmung und rief John zu: »Trisha ist bei mir. Wir machen einen kurzen Spaziergang.«

»Verstanden. Benehmt euch.«

Buffer wartete in der Befürchtung, Trisha würde sich weigern. Aber sie blieb in seinem Arm und ging neben ihm zu dem nächsten Wagen in der Reihe.

»Erlaubst du, daß ich dich auf den Sitz hebe?«

»Ich bin nicht behindert. Ich kann hinaufklettern.« Sie setzte einen Fuß auf eine Radspeiche und zog sich hoch.

»Das weiß ich doch. Ich hatte nur gehofft, ich könnte dich hochheben.«

»Wozu?« fragte Trisha und rutschte zur Seite, damit er sich neben sie setzen konnte.

»Zum Teufel! Ich weiß nicht.« Er legte sein Gewehr in Reichweite und stützte seinen mit einem Mokkassin bekleideten Fuß auf das Fußbrett.

»Mr. Tallman hat solche Schuhe.« Trisha beugte sich vor und wischte sich mit ihrem Rocksaum die Augen. »Wo hast du die her?«

»Von einem Indianer.«

»Hast du keine Angst vor denen?«

»Vor manchen. Es gibt gute und böse, wie bei Weißen. Wenn wir auf Choctaws stoßen, besorge ich dir welche.«

»Tu mir bloß keinen...«

»...Gefallen? Habe ich nicht vor. Tust du mir einen?«

»Welchen?«

»Erzähl mir, vor wem du Angst hast. Die Renshaws sind es nicht, oder?« Buffer wollte näher an sie heranrücken, den Arm um sie legen, aber er wagte nicht. »Erzähl mir, wo du herkommst. Wer deine Familie ist.«

»In Ordnung. Ich erzähle sogar das, wofür ich mich schäme. Manche von meinen Verwandten sind so tief gesunken, daß sie mit Hut unter eine Schlange herlaufen könnten.«

Sogar in der Dunkelheit konnte Buffer die Umrisse ihres Profils genau erkennen. Sie war so still. Wenn er mit dieser Frau zusammen war, dann lag etwas in der spannungsgeladenen Atmosphäre, was ihn dazu zwang, sie zu reizen und sich wie ein Idiot aufzuführen. Es war total verrückt, dachte er. Sie verdrehte ihm völlig den Kopf. Er wollte seine Hand ausstrecken und mit den Fingern über ihre Wangen und ihr Haar fahren. *Trisha, Trisha, mein süßes Mädchen…*

KAPITEL 24

Meine Großmutter war zu einem Viertel Negerin, meine Mutter zu einem Achtel. Mein Vater war weiß, aber was ich bin, weiß ich nicht.« Die Worte wurden heftig hervorgestoßen.

»Ich weiß, was du bist. Du bist ein mutiges kleines Mädchen, das eine Menge Ärger gehabt hat.«

Sie wandte ihm ihre großen goldenen Augen zu, dann sah sie zum Himmel empor und sprach langsamer.

»Mama und ich hatten ein hübsches kleines Haus in Orleans. Wir hatten sogar eine Negerin, die für uns gesorgt hat. Mama ist wie eine Dame aufgewachsen, und Daddy liebte sie abgöttisch. Wenn er kam, brachte er uns Geschenke mit und sagte, wir wären etwas ganz Besonderes. Mama spielte Spinett. Daddy setzte mich dann auf seinen Schoß, und wir sangen. Er war stolz auf sie. Manchmal ging er mit ihr aus, um mit ihr anzugeben, weil sie die schönste Frau in ganz Orleans war, wenn sie sich fein angezogen hatte.«

Trishas Augen waren auf den wolkenlosen, sternklaren Himmel gerichtet, während sie wie in Trance erzählte.

»Daddy sagte, er hätte diese Frau geheiratet, um einen Erben zu bekommen, weil Nigger kein Land besitzen dürfen. Es hat Mama gekränkt, aber sie wußte, wie es war. Danach hat er uns sogar noch öfter besucht. Dann ist Mama gestorben.«

»Wie alt warst du da?«

»Zehn. Daddy hat eine große Beerdigung für sie veranstaltet, dann hat er mich auf die Satinwood-Plantage gebracht. Die olle Amelia, Daddys Frau, wollte mich nicht dahaben. Ich bin bei Mammy Orkie in den Unterkünften geblieben und habe in der Küche gearbeitet. Miss Amelia hat mich gehaßt. Sie haßte Daddys Kinder alle, weil Daddy uns gut behandelte und einen Lehrer besorgt hatte, der uns das Lesen beigebracht hat. Ich nannte sie die Hexenfrau.

Amelias Sohn Hector war ein kränklicher, häßlicher Kerl. Ich hoffe, er ist gestorben!« Sie richtete ihre goldenen Augen auf Buffer. »Er war gemeiner als ein Hund, dem der Bauch voller Kletten hängt. Er hatte nichts von Daddy in sich, wenn du mich fragst.«

Buffer rührte sich nicht und sagte keinen Ton, aus Angst, sie würde aufhören zu erzählen.

»Daddy zog in den Krieg, und ich weiß nicht, was aus seinen Jungs geworden ist. Die Hexenfrau hat sie vielleicht an den Teufelsmann gegeben. Die beiden hingen zusammen wie Pech und Schwefel. Der böse Teufelsmann hat die Jungs die Drecksarbeit machen lassen. Amelia hat ihn immer gerufen, wenn einer von Daddys Jungs ihren Hector schräg angesehen hat. Er hat sie dann ausgepeitscht und ihnen nur Brot und Wasser gegeben. Die Jungs waren älter als ich. Ich hoffe, sie konnten weglaufen und der Teufelsmann hat sie nicht gefunden. Er hat sie ausgepeitscht und sie hart arbeiten und… hungern lassen.« Sie erschauerte. »Ihm gefiel es, wenn Nigger wegliefen.«

»Hast du das auch getan?«

»Ich hatte keine Gelegenheit dazu. Mammy Orkie hat meine Flucht vorbereitet, als die Hexenfrau mich an einen Flußschiffer verkauft hat, der ein Bordell hatte.«

»Verflucht!«

»Ich war aber keine Hure«, sagte sie rasch. »Ich bin ein Stück mit ihm auf dem Schiff gefahren, weil ich mußte. Bei der ersten Gelegenheit habe ich den Scheißkerl mit meinem Messer gestochen und bin in den Fluß gesprungen.« Trishas

Stimme war nur noch ein Flüstern. »Der Fluß war dunkel und kalt. Ein alter Neger hat mich rausgezogen. Ich bin bei ihm geblieben, bis ich gehört habe, daß der Flußschiffer mich suchte. Ich hatte Angst, er würde dem alten Neger was tun.

Viele Leute wußten nicht, daß ich ein Nigger war, und ließen mich für sie arbeiten, kochen oder waschen. Einmal habe ich Huren die Haare gemacht, die den Fluß hoch nach Little Rock fuhren. Als wir dort ankamen, wollten sie nicht, daß ich bei ihnen blieb, da bin ich gegangen. Als ich die Berge überquerte, habe ich gelernt, mir Essen zu stehlen. Das mußte ich, oder ich wäre gestorben. Und das hatte ich nicht vor. Schließlich bin ich in Miss Addies Scheune gelandet. Das Beste, was mir je passiert ist.«

»Und vor dem Teufelsmann hast du Angst?« fragte Buffer leise. »Glaubst du, er hat dich gefunden?«

Sie wandte sich ihm zu und starrte einen langen Moment in sein Gesicht, ohne zu versuchen, ihre nackte Angst zu verbergen. In gewisser Weise hatte sie sich verändert, seit sie begonnen hatte, ihre Geschichte zu erzählen. Ihr Körper blieb völlig unbeweglich, aber ihre funkelnden Augen sahen so hoffnungslos aus wie ein Tier, das in der Falle sitzt.

»Bevor mir auf den Kopf geschlagen wurde, habe ich kurz etwas gesehen. Ich wußte, es war kein Traum, als ich gesehen habe, wie er mich geschlagen hat. Miss Addie hat mir die Peitsche gezeigt. Es war seine. Er macht sie selbst.«

»Wenn er auch nur ein bißchen Verstand hat, ist er jetzt verschwunden. Hier gibt es Männer, die ihn in Stücke reißen, wenn sie ihn kriegen. Natürlich müßten sie ihn dazu vor mir erwischen.«

»Er verschwindet erst, wenn er weiß, daß ich tot bin. Er hat kein Grab gefunden, also ist er nicht weg.«

Ihre ruhige Stimmung erstaunte und irritierte Buffer.

»Gibst du auf?« fragte er.

Sie fuhr sich mit der Hand über die Augen, als wollte sie

sich zwingen, sie offen zu behalten. Sie sah ihn direkt an. Ihre Lippen bewegten sich. Buffer mußte sich sehr anstrengen, um sie zu verstehen.

»Du kennst ihn nicht.«

»Ich kenne mich, Buffer Simmons. Und ich weiß, daß der Scheißkerl dir kein Haar krümmen wird!« Wütend streckte er den Arm nach ihr aus, und ohne daß sie die Gelegenheit hatte, ihm zu entwichen, zog er sie an sich und legte die Arme um sie. »Er wird dir kein Haar krümmen!« Er spürte, wie ihr schlanker Körper zitterte, und legte seine Wange auf ihren Kopf. »Na... na... zitter doch nicht so, und sag mir, wie der Teufelsmann aussieht.«

Sie antwortete nicht sofort, aber Buffer wurde durch die kleine Hand ermutigt, die unter seine Rindslederweste kroch und sich unter seinem Arm vergrub. Eine Minute später fühlte er, wie ihr Körper sich entspannte, und hörte, daß sie tief Luft holte.

»Schwarze Haare. Bart im Gesicht. Seine Augen sind fies. Mammy Orkie sagt, es könnte sein, daß er Niggerblut hat und die Schwarzen darum so sehr haßt. Er hat immer damit geprahlt, daß noch nie ein Nigger lebendig von Satinwood entkommen ist.« Ihre Stimme war flach und tonlos.

»Wird dein Daddy dich suchen, wenn er aus dem Krieg zurückkehrt?«

»Er kommt nicht wieder. Er war Soldat an einem Ort namens Gettystown oder so. Sie wurden dort alle in Fetzen geschossen. Armer Daddy. Ich glaube, es hat ihm nicht viel ausgemacht.«

Rauhe Finger hoben ihr Kinn, sanft, aber bestimmt. Sie spürte seinen warmen Atem auf ihren Wangen.

»Sieh mich an, Trisha.«

Sie versuchte, ihr tränennasses Gesicht an seiner Schulter zu verbergen.

»Du brauchst dich nicht zu schämen, weil du weinst. Du

hast reichlich Grund zum Weinen. Du hast mehr Mumm als jede andere Frau, der ich je begegnet bin. Die meisten Frauen wären schon längst zusammengeklappt.« Buffer hielt sie an sich gedrückt und streichelte ihr Haar. »Ich werde von jetzt an für dich auf der Lauer liegen. Du mußt dir keine Sorgen machen wegen dem ollen Teufelsmann oder sonst irgend jemandem.«

»Meinst du… das ernst?«

»Allerdings. Wenn dieser Teufelsmann auftaucht, bringe ich ihn um, bevor du mit deinen schönen Augen zwinkern kannst.«

»Ich meine… du meinst doch nicht wirklich von jetzt an!«

»Aber sicher! Wenn du mich haben willst, werden wir einen Pfarrer finden…«

»Das… geht nicht!«

»Natürlich geht das, wenn du willst.« Er bog ihren Kopf zurück und sah ihr ins Gesicht. »Die Leute glauben vielleicht, daß ich nicht viel wert bin, weil ich viel rumgezogen bin. Ich habe keine großartige Bildung, aber ich kann auf dich aufpassen, wenn du es erlaubst. Ich hab' auch ein bißchen was gespart. Vielleicht reicht das dafür, daß wir uns in New Mexico einrichten können, damit du in der Nähe von Miss Addie bleiben kannst.«

Sie unterbrach ihn, indem sie die Finger auf seine Lippen legte. Sie spürte, wie sein Herz heftig klopfte, und hörte die Ängstlichkeit aus seiner Stimme heraus.

»Ich bin stolz. Unglaublich stolz, daß du mich gefragt hast. Aber es geht nicht.«

Schwere Wimpern hoben sich von gequälten Augen, die nur Zentimeter von seinen entfernt waren, und der Blick, den sie sah, war nicht der lüsterne, den sie von Männern gewohnt war. Es war ein Blick so voller Sehnsucht, daß es ihr das Herz brach, ihn zurückweisen zu müssen. Wenn Buffer sie in diesem Augenblick gefragt hätte, hätte sie ihm zehn Jahre ihres Lebens geschenkt, aber das, worum er sie bat, konnte sie ihm nicht geben.

»Magst du mich... nicht gern genug?« flüsterte er heiser.

Sie senkte ihr Gesicht auf sein Hemd, und als sie sprach, spiegelte ihre Stimme ihr Elend wider.

»Es geht nicht.« In verzweifelter Verneinung warf sie ihren Kopf hin und her. »Ich bin – ich bin... ein...«

»Sag das nicht!« Er ergriff ihre Oberarme und hielt sie von sich weg. »Es wäre mir auch egal, wenn du kohlschwarz wärst! Verstanden?« Er schüttelte sie und starrte ihr ins Gesicht. »Du bist so weiß wie ich oder wie Miss Addie. Dein Blut ist rot wie meins. Warum sagst du das immer wieder?«

»Weil es nun mal... so ist!«

»Das ist egal. Das schwöre ich dir.«

Er zog sie in seine Arme und küßte sie fest auf den Mund. Dann schien seine Wut nachzulassen. Er drückte sie an sich und küßte sie wieder, aber jetzt waren seine Küsse sanft und weich. Liebevoll streichelte er ihren Mund mit seinem.

Trisha hatte nicht gewußt, daß die Lippen von Männern auch *sanft* sein konnten. Die hoffnungslose Leere, die sie den Großteil ihres Lebens mit sich herumgetragen hatte, und die Gräben, die ihre Verzweiflung gegraben hatte, füllten sich mit Kraft. In ihrem Herzen keimte Hoffnung auf und begann zu wachsen. Er senkte seinen Kopf und küßte sie wieder, diesmal ehrfürchtig, als sei sie etwas Zerbrechliches und Wertvolles. Sie war voller Liebe für diesen großen Bären von einem Mann, der sie als das akzeptierte, was sie war.

Dann überkam sie plötzlich Angst um ihn. Sie sah ihn umgeben von Schwarzen, die herbeigerufen worden waren, um am Auspeitschen teilzunehmen. Er war bis zur Taille entblößt und hing mit zusammengebundenen Händen von einem Ast. Der Teufelsmann entrollte die Peitsche mit einem Grinsen auf seinem bösen Gesicht und holte aus. *Nein! Nein!*

schrie es in ihrem Kopf immer wieder. Sie schlang die Arme um ihn und hielt ihn mit fieberhafter Verzweiflung fest, bestrebt, ihn zu behüten und zu beschützen.

Buffer, der nicht wußte, was in ihr vorging, umarmte sie und flüsterte ihr liebe Worte zu.

»Wir werden einen schönen Ort zum Leben finden, kleines Vögelchen«, sagte er sanft, die Lippen in ihrem Haar. »Für viele hübsche kleine Kinder.« Er lachte glücklich. »Wir werden oben auf dem Berg unser Haus bauen...«

Buffer sprach weiter und weiter. Geborgen in seinen Armen, umgeben von der samtigen Dunkelheit einer Nacht in der Prärie, glaubte Trisha langsam, daß das, was er sagte, wirklich wahr werden könnte.

Im anderen Lager schritt Richter Van Winkle die abgestellten Wagen ab. Er war rastlos und ungeduldig und mäkelte an jedem herum, von seinem Diener Saul bis zum Koch, zum Fahrer und zu den Hirten. Den Leiter der Patrouille hatte sein Zorn allerdings noch nicht erreicht.

Die Fahrt war bislang nicht das Abenteuer gewesen, das er oder seine Nichte erwartet hatten. Es war heiß, staubig, unbequem, und manchmal richtig elend. Aber all das konnte noch ertragen werden, wenn nicht die Schmach gewesen wäre, Befehle von einem Geringeren annehmen zu müssen. Heute hatte er angeordnet, die Truppe müsse sich eine halbe Meile zurückfallen lassen. Der Staub war dennoch erstickend und das Tempo so langsam, daß er den Eindruck gehabt hatte, sie seien gar nicht vorwärts gekommen, als das Signal zum Errichten des Lagers ertönte.

Cindys Stimme, schrill vor Wut, brach die Stille.

»Du unseliges Ding!« Cindy riß ihrem Mädchen die Haarbürste aus der Hand und zog die blonden Haarsträhnen aus den Borsten. Sie wickelte sie um ihre Finger und stopfte sie dann in das Loch einer Porzellandose. »Ich habe in diesem Haarsammler genug Haar für eine ganze Perücke.

Seit Beginn dieser Höllenfahrt hast du mir jeden Tag eine ganze Handvoll ausgerissen.«

»Tut mir leid, Miss Cindy. Ist... ist so verfilzt.« Das Mädchen schluchzte, und ihr traten Tränen in die Augen.

»Heul nicht, Ivy«, befahl Cindy. »Verdammt noch mal, ich habe andere Sorgen, als mir jedesmal dein Geschluchze anzuhören, wenn ich dich zurechtweise. Sieh dir nur mein Gesicht an! Der Wind und der Staub ruinieren meine Haut. Oh... warum war ich nicht so klug, zu Hause zu bleiben? Zu Hause könnte ich baden, eisgekühlte Limonade trinken und zu Parties gehen.«

Der Richter stand neben dem Wohnwagen und hörte Cindy zu, die mit ihrem Mädchen schimpfte, weil ihre Bettdecke voller Staub war, und die fluchte, weil sie den Korken nicht aus der Flasche mit Olivenöl bekam, das sie auf ihr von der Sonne ausgetrocknetes Gesicht geben wollte.

»Ich schwöre dir, Ivy, ich weiß nicht, wozu du überhaupt gut bis. Ich hätte Bethel mitnehmen sollen. Die heult zumindest nicht den ganzen Tag herum.«

»Tut mir leid, Miss Cindy.«

»Wenn du das noch mal sagst, kriegst du eine geklebt! Ich weiß, wie leid es dir tut. Und ich bin es *leid* mit *dir*! Jetzt verschwinde hier, bevor ich mit dieser Haarbürste auf dich losgehe.«

Ivy kam weinend aus der Hintertür des Wohnwagens, die Hand über den Mund gelegt, um ihr Schluchzen zu unterdrücken. Sie verschwand in der Dunkelheit, um zu weinen und abzuwarten, bis sich Cindys Wut gelegt hatte.

Mit gesenktem Kopf ging der Richter die Wagen entlang bis zu der Stelle, an der Hauptmann Forsythe mit den Männer seiner Patrouille saß.

»Muß mit Ihnen reden, Forsythe.«

»Ja, Sir.« Der Hauptmann stand auf und folgte dem Richter zurück zum Wohnwagen.

»Ich habe nicht vor, noch einen Tag lang den Staub dieses Gütertrecks zu schlucken. Dieser unverschämte Bursche sollte einem Mann in meiner Position etwas Respekt entgegenbringen.«

Der Hauptmann wartete, daß der Richter weitersprach, weil er sich unsicher war, ob er antworten sollte.

»Nun?« herrschte der Richter ihn an. »Sind Sie nicht der gleichen Meinung?«

»Doch, absolut. Es gibt für uns zwei Möglichkeiten, Sir. Weiter zurückfallen oder vorneweg fahren.«

»Wir können es uns nicht leisten, zurückzufallen und Zeit zu verschwenden. Hat einer von den Männern, die Sie angeheuert haben, Erfahrung als Scout?«

»Wir müssen nach Fort Gibson, um einen Scout zu finden. Ich habe Nachthirten und zusätzliche Jäger für den Fall eines Angriffs angestellt. Beide Männer sind ausgezeichnete Schützen.«

»Freut mich, das zu hören. In wie vielen Tagen erreichen wir die Route nach Fort Gibson?«

»Bei unserem Tempo in drei oder vier Tagen. Das habe ich von einem der Ochsentreiber gehört. Ich würde Ihnen dringend raten, Richtung Norden nach Fort Gibson abzubiegen, Richter. Auch wenn das bedeutet, daß wir ein paar Tage später in Albuquerque ankommen.«

»Daran habe ich auch schon gedacht. Dieser Rolly schleicht um unsere Wagen herum und sagt den Männern, sie sollten dies fetten und das fetten. Das paßt ihnen nicht. Ich spüre, daß es Probleme mit unseren Leuten und dieser Truppe von elenden Ochsentreibern geben wird. Wir werden dann nicht mehr den Status von Bettlern haben, denen es *gestattet* wird, dem Treck zu folgen und Staub zu schlucken. Morgen werden unsere Wagen vorneweg fahren, oder ich tue alles, was in meiner Macht steht, um diesen Scheißkerl zu ruinieren, wenn ich nach Santa Fe komme.«

»Es wäre vielleicht besser«, sagte der Hauptmann zögernd, »wenn wir uns statt dessen etwas zurückfallen ließen, anstatt Tallman zu provozieren. Noch ein paar Tage, dann wird die Kolonne sich aufteilen. Morgen wird es mit dem Staub etwas besser werden. Der Wind hat sich heute am späten Nachmittag nach Süden gedreht. Das wird noch ein oder zwei Tage so bleiben.«

»Verdammt noch mal, Kyle. Was hat der Wind aus Süden damit zu tun? Cindy bekommt Schreikrämpfe. Wenn das so weitergeht, wird sie ein Wrack sein, wenn wir Fort Gibson erreichen, und wird darauf bestehen, daß wir nach Hause zurückkehren.«

»Halten Sie das für eine schlechte Idee? Ich könnte sie begleiten.«

»Natürlich ist das eine schlechte Idee. Ich will nichts davon wissen. Ich bin Cindys Vormund. Sie geht da hin, wo ich hingehe.«

Kyle Forsythe wagte es nicht, die Worte auszusprechen, die ihm in den Sinn kamen: *Cindys Vermögen geht da hin, wo Sie hingehen!* Der gierige alte Mistkerl wagte nicht, sie nach Hause zurückkehren zu lassen. Dann würde er die Kontrolle über Tausende von Yankee-Dollar verlieren.

»Ich werde mit ihr reden«, sagte Kyle und lenkte seine Gedanken wieder auf die Gegenwart. »Vielleicht kann ich sie dazu überreden, tagsüber im Wohnwagen zu fahren.«

»Das habe ich schon versucht. Wegen des Staubs will sie die Fenster nicht geöffnet lassen, und sie will nicht drinnen bleiben, weil es so heiß ist.« Der Richter drehte sich um und sah zum Frachtlager hinüber. Das einzige Licht war das kleine Lagerfeuer vor dem Küchenwagen. »Sogar hier, wo die Indianer friedlich sein sollen, hat er ein straffes Lager errichtet.«

»Unser Lager ist gut gesichert. Das einzige Licht kommt von Miss Cindy. Die Wachposten haben eine Schicht von drei Stunden, damit jeder Mann sich ausruhen kann und während der Wache aufmerksam ist. Richter, wir können voranfahren und diese Abkürzung nach Fort Gibson suchen. Ich möchte lieber keine Konfrontation mit diesem anmaßenden Wilden, wenn sich das vermeiden läßt. Wenn er wollte, könnte er uns eine Menge Ärger machen.«

»Zum Beispiel?«

»Zum einen hat er mehr als doppelt so viele Männer wie wir. Und zum anderen habe ich im Mietstall in Van Buren eine Menge über ihn gehört. Sein Vater ist Rain Tallman. Haben Sie von ihm gehört?«

»Ein wenig. Und Sie?«

»Rain Tallman ist bei Indianern aufgewachsen. Als seine Söhne, John und Mac, noch klein waren, sprachen sie Shawnee. Tallman schickte seine Jungen zu den Shawnee, bei denen sie mehrere Monate gelebt haben. Sie kennen die Sitten der Indianer. Die Tallmans können jagen, Fährten lesen und mit Bogen und Messer umgehen wie die Indianer. John ist als Gefleckter Elch bekannt, wie Rains indianischer Vater. Mac heißt Steinerne Hand. Ich vermute, beide sind so fies und hinterhältig wie die Indianer, die sie ausgebildet haben.«

Der Richter wandte sich langsam um und starrte Kyle an. »Haben Sie Angst vor ihm, Kyle?«

»Zum Teufel! Wie kommen Sie denn darauf?«

»Es ist offensichtlich, daß Sie es nicht mit ihm aufnehmen wollen.«

»Ich will keine unnötigen Schwierigkeiten. Ich schlage vor, daß wir uns arrangieren, bis wir die Möglichkeit haben, uns von ihnen zu trennen, wenn wir schon nicht vorneweg fahren können.«

»Wenn man diesen Leuten gegenüber hier draußen einmal nachgibt, verliert man seine ganze Autorität.«

»Eine Sache habe ich im Krieg gelernt, Richter, und zwar wann man sich stellt und wann man sich besser zurückzieht.«

»Das haben Sie gelernt, als Sie im Hauptquartier in Illinois Nachschub verteilt haben?« Die Stimme des Richters klang höhnisch.

»Bevor ich ins Hauptquartier kam, wurde ich zum Kämpfen ausgebildet«, sagte der Hauptmann mit unterdrückter Wut.

»Kyle, ich bin mir darüber im klaren, daß Sie vielleicht eine Grundausbildung erhalten haben, aber wenn Sie überhaupt Kampferfahrung haben, dann nur sehr wenig. Mir ist das egal. Cindy will Sie, und das habe ich akzeptiert. Sie übernehmen Ihre Patrouille, und ich erledige alles, was erforderlich ist, um uns an unser Ziel zu bringen.«

Kyle Forsythe war dankbar dafür, daß die Dunkelheit sein tiefrotes Gesicht und seine vor Wut zu Fäusten geballten Hände verbarg. Der fette alte Idiot hatte noch nie so geringschätzig zu ihm gesprochen. Er hatte sich erheblich beherrschen müssen, um dem Richter nicht klarzumachen, daß er seine Arroganz und Dummheit nur wegen Cindy und dem, was sie in die Ehe mitbringen würde, ertrug.

Zur Hölle mit ihm!

Kyle blieb, wo er war, als der Richter ihn verlassen hatte und die Reihe hinunter zu seinem Wagen ging. Er war hier auf unsicherem Boden, und das wußte er. Er hatte alles so sorgfältig geplant, und jetzt war plötzlich etwas, das er um des puren Überlebenswillen getan hatte, wieder aufgetaucht und bedrohte ihn.

Kyle starrte zur Lichtung des Frachtlagers hinüber, das im Mondlicht zu sehen war. Es war schon früher manchmal eng für ihn gewesen – recht häufig sogar –, und er hatte immer einen Ausweg gefunden. Es gab keinen Grund, warum es jetzt nicht wieder klappen sollte. Es lief alles darauf hinaus, daß *ihr* Wort gegen seins stand. Er mußte nur alles leugnen.

Mit dieser Lösung im Kopf schritt er auf sein Zelt zu,

nicht ohne am Wohnwagen anzuhalten und seiner Verlobten wie üblich eine gute Nacht zu wünschen.

KAPITEL 25

Es war der fünfte Tag der Reise. Die Sonne schickte Hitzewellen hinunter auf den Treck, der sich schwerfällig über das spärliche Gras und den ausgedörrten Boden der Prärie bewegte. Als John dem ersten Wagen das Signal für die Mittagsrast gab, erscholl der Ruf »Anhalten!« durch die ganze Reihe. Die Ochsentreiber führten ihre Ochsen in einem weiten Bogen und brachten sie zum Stehen, als der Wagenführer das Zeichen gab. Als der letzte Wagen angekommen war, waren die Ochsen, die die ersten Wagen zogen, schon ausgespannt und wurden zum Wasser geführt.

Addie und Colin gingen zu Bill, um ihm dabei zu helfen, die erste Mahlzeit des Tages zu bereiten, während Trisha den Wagen aufräumte und auf die beiden kleineren Kinder aufpaßte. Sie trug den neuen Reitrock, den Addie ihr gekauft hatte, und ein Hemd, das sie ordentlich in den Bund gestopft hatte. Ihr Haar war nach hinten gekämmt und im Nacken zusammengebunden. Addie verzichtete darauf, ihr Äußeres zu kommentieren, aus Angst, daß es Trisha peinlich wäre und sie wieder ihren alten zerschlissenen Rock und ihr loses Hemd anziehen würde.

Trisha war ungewöhnlich still, weswegen Addie glaubte, daß gestern Nacht etwas zwischen ihr und Buffer Simmons vorgefallen war. Heute morgen blieb sie außer Sicht im Wagen, als er vorbeikam, um sich die Zeit zu vertreiben.

»Dillon, ich muß dir Gesicht und Hände waschen.«

»Ah... Trisha...«

»Deine Mama hat gesagt, du darfst nicht essen kommen,

wenn du nicht gewaschen bist und dein Haar nicht gekämmt ist.«

Trisha wusch Dillons Gesicht, als Buffer herbeigeritten kam und vom Pferd stieg. Er wollte gerade zu ihr gehen, als er sah, wie ihre Augen sich senkten und sie ihre Hände einen Moment lang still hielt. Eine mächtige Welle von Selbstvertrauen erfüllte ihn, und er sah sie mit einem leisen Lächeln an. Er verstand, daß es nicht leicht für sie war, plötzlich ihre Verteidigung aufzugeben und ungezwungen mit ihm zu reden. Er blieb stehen und wartete darauf, daß sie ihn ansah.

»Hallo, Mr. Buffer.« Jane Ann kam aus dem Wagen. »Essen Sie mit uns?«

»Tag, Miss Janie. Sie scheinen sich ja pudelwohl zu fühlen.«

»Was heißt das? Meinen Sie, daß ich ein Hund bin?«

»Ja.« Er warf Trisha einen Blick zu und sah, daß sie lächelte. »Ein hübscher kleiner Welpe.«

»Hörst du, Trisha. Mr. Buffer hat gesagt, daß ich hübsch bin.«

»Dieses eine Mal glaube ich, daß er recht hat.« Trisha sah Buffer an, und in ihren Augen stand ihr Vergnügen geschrieben. »Vielleicht bringt er dir auch bei, wie man Männchen macht.«

»Das kann ich leider selber nicht.« Buffer schlug mit dem Gürtel, den er für Trisha zurechtgeschnitten hatte, leicht gegen seinen Oberschenkel.

»Wollen Sie jemanden prügeln?« fragte Jane Ann ängstlich. Sie wich vor ihm zurück.

»Nein. Das ist für Trisha.«

»Wollen Sie Trisha prügeln?« Jane Ann schlang ihre Arme um Trishas Taille.

»Du meine Güte«, murmelte Buffer.

»So ist das nicht gemeint, Liebes.« Trisha drückte das

kleine Mädchen an sich. »Er hat ihn in Ordnung gebracht, damit ich ihn tragen kann und mein Messer zur Hand habe, um dir einen Splitter aus dem Finger zu ziehen oder dir ein paar Blumen zu schneiden.«

Buffer kniete nieder und legte den Gürtel um Trishas Taille. Er steckte den Riemen in die Schnalle und richtete den Gürtel dann so, daß er auf ihren Hüftknochen saß und die Scheide auf ihrem Oberschenkel lag.

»Wo ist denn dein Schlachtmesser?«

Sie ging in den Wagen und kam zurück, das Messer ordentlich in der Scheide.

»So wird es erst mal gehen, bis ich dir ein gutes Wurfmesser besorgt habe.«

Buffer streichelte ihr Schulter und Arm. Er mußte das einfach tun. Er mußte sie heute morgen berühren, um sich zu vergewissern, daß das, was gestern abend zwischen ihnen geschehen war, Wirklichkeit und kein Traum war. Sie zuckte nicht weg, und ihm ging das Herz auf.

»Wo ist Dillon?«

»Da!« rief Jane Ann und zeigte zu der Stelle, an der das Vieh graste. »Da hinten ist er.«

»Gnädiger Gott!« entfuhr es Trisha. »Der kleine Teufel ist schnell wie der Wind! Bleib hier, Jane Ann...«

»Ich hole ihn.« Buffer stieg auf sein Pferd. »Halt die Kleinen in der Nähe des Wagens, Trisha. Es könnte gut sein, daß es hier Klapperschlangen gibt.«

Eine Minute später sahen Trisha und Jane Ann, wie Buffer sich im Sattel vorbeugte und den Jungen vor sich auf sein Pferd hinaufzog. Mit einem Arm hielt er Dillon an sich gedrückt.

»Schon mal eine Klapperschlange gesehen, Junge?«

»Eine Schlange? Colin hat eine mit der Hacke erschlagen.«

»Die Klapperschlangen hier in der Prärie sind so groß,

daß sie dich am Stück verschlingen können. Es gibt hier ganze Nester. Du bleibst bei den Wagen, verstanden? Schlangen halten sich von den Ochsen fern, weil sie nicht zertreten werden wollen. Wenn du noch mal wegläufst, sag ich es deinem Papa, der versohlt dir dann das Fell.«

Am Wagen setzte er Dillon wieder auf den Boden. Der Junge lief zu Trisha und schlang die Arme um ihre Beine.

Buffer saß auf seinem Pferd und sah sie an. Sein Herz quoll über vor Liebe und Stolz. Es war ein Wunder, daß sie jetzt dankbar zu ihm aufsah. Seit er in Colins Alter gewesen war, war er immer allein gewesen. Er hatte sich nur um sich kümmern müssen. Niemand hatte sich wirklich für ihn interessiert oder war auf ihn angewiesen gewesen, bis jetzt.

Trisha. Trisha. Mein ganzes Leben werde ich dich behüten.

»Bleib hier draußen, Süße«, sagte er sanft. »Ich passe auf.« Er ritt davon, wobei er sie über die Schulter noch immer ansah.

Trisha kämmte Jane Anns Haar und wartete darauf, daß die Glocke sie zum Küchenwagen rufen würde. Es war immer eine Qual für sie gewesen, sich unter die Männer zu begeben, aber heute morgen flatterte ihr Herz nur, wenn sie an Buffer Simmons dachte und an das, was er letzte Nacht zu ihr gesagt hatte.

»Tag, Missy. Wie geht's, ihr kleinen Racker? Holt euch einen Teller, und nehmt euch ein paar Pfannkuchen«, rief Bill fröhlich, als sie kamen.

Er goß Teig aus einem Krug auf ein flaches Eisenblech, das auf Beinen über dem Feuer stand. An einem zweiten Lagerfeuer drehte Colin mit einer langen Gabel Fleischstücke. Addie schenkte mit einem langen Schöpflöffel Kaffee aus einem großen runden Topf aus.

Dies war die Zeit, die Bill am meisten liebte. Er neckte die Männer, die mit ihren Tellern kamen, nannte sie gierig und sagte, sie seien Vielfraße. Sie grinsten, denn sie wußten, daß

Sweet Williams Ausdrucksweise weniger liebevoll wäre, wenn keine Damen anwesend wären.

Jeder Mann wusch seinen Teller, seine Tasse und seinen Löffel selbst mit einem Tuch in einem großen Topf mit warmem Seifenwasser ab, dann wurde das Geschirr mit einer Zange in heißem Wasser abgespült und auf einen Tisch gestellt, wo Addie es abtrocknete und bis zur nächsten Mahlzeit verstaute.

Die Männer hatten sich daran gewöhnt, daß sie und Colin da waren. Sie scherzten mit Colin und wechselten schüchtern ein paar Worte mit Addie. Heute blieben ein paar von ihnen stehen und sprachen kurz mit Trisha, dann eilten sie davon.

»Freut mich, daß es Ihnen besser geht, Miss.«

»Wir finden den Kerl, der Ihnen das angetan hat, und das wird er nicht überleben, das steht fest.«

»Ah... Señorita. Tut uns leid, was passiert ist.«

»Wir fangen den *perro,* dann töten wir ihn!« Der junge Mexikaner stieß das spanische Wort für »Hund« zwischen zusammengepreßten Lippen hervor.

Trisha blickte jeden Mann kurz an, murmelte ihren Dank und sah wieder auf ihren Teller.

Addie war zuerst besorgt gewesen und hatte gefürchtet, Trisha würde die Flucht ergreifen, als sich der erste Mann näherte, dann aber war sie erleichtert und stolz. Als der letzte Mann den Kochbereich verlassen hatte, suchten die goldenen Augen des Mädchens Addies Blick. Sie lächelte.

Sie wußten beide, daß Trisha in gewisser Weise eine Prüfung bestanden hatte.

Es war zwölf Uhr mittags. John machte mit Dal Rolly seine Runde die Wagen entlang und überprüfte die Fracht und die Räder, um Anzeichen für mögliche Pannen zu entdecken.

»Jetzt wird mir auch klar, warum Simmons angeheuert hat. Er hat es auf das Mädchen abgesehen.« Rolly schnitt sich ein Stück von einem Priem Kautabak ab und steckte es sich in den Mund.

»Man muß schon blind sein, um das zu übersehen. Simmons ist ein guter Mann. Ich bin froh, daß er bei uns ist.«

»Er ist verdammt gut im Spurenlesen, sagt Cleve. Der sollte es wissen, schließlich ist er selbst nicht ohne.«

»Irgendeine Idee, wie jemand in das Gebüsch gelangt sein könnte, um dem Mädchen aufzulauern, ohne gesehen zu werden?«

»Ich weiß nur, daß es keiner von uns war. Muß jemand aus der Stadt gewesen sein. Eins sag ich dir, die Männer würden ihn aufhängen und ihm das Fell abziehen, wenn wir ihn kriegen.« Dal spuckte ins Gras. »Es ist für sie eine Beleidigung, daß so was passiert ist.«

»Cleve ist zurückgeritten und hat keine Spuren gefunden. Simmons hat auch rumgeschnüffelt.«

»Verdammt! Da kommt der Richter und dieser dämliche halsstarrige Yankee-Hauptmann.«

»Sie wollen sich bestimmt über irgend etwas beschweren.«

»Sind die nicht die schlimmsten Besserwisser, die man je gesehen hat? Seit Van Buren haben die nicht ein Rad geteert. Als ich ihnen gesagt habe, daß Sand in die Radnaben kommt, haben sie keinen Finger gerührt. Haben einfach nur auf dem Arsch gesessen, als würde ich nicht wissen, wovon ich rede.«

»Ich hoffe, daß wir sie in ein paar Tagen los sind.«

»Ich bete dann«, murmelte Rolly, drehte sich weg und bohrte an der Felge eines Rades herum, als die Reiter sie erreichten.

»Muß mit Ihnen reden, Mr. Tallman.«

»Steigen Sie ab, Van Winkle.«

Der Hauptmann stieg ebenfalls ab, obwohl er nicht dazu aufgefordert worden war. Van Winkle nahm seinen Hut ab und wischte sich mit einem blütenweißen Taschentuch die Stirn.

»Heiß heute.«

»Wird noch heißer werden... und trockener.«

»Ich habe gehört, daß Sie in ein paar Tagen den Arkansas überqueren werden, um dem Canadian River nach Westen zu folgen. Hauptmann Forsythe und ich haben vor, Ihnen morgen voran und zum Fort zu fahren.«

»Morgen?« John hob die Brauen.

»Seit wir Van Buren verlassen haben, haben wir nichts gesehen, was darauf hindeutet, daß Feindseligkeiten drohen.«

»Haben Sie das erwartet?«

»Wir haben keine der umherziehenden Banden von Wilden und Banditen gesehen, von denen Sie gesprochen haben. Wenn sie hier sind, dann haben sie keine Spuren hinterlassen.«

»Sie haben Spuren hinterlassen. Gestern sind wir nur eine Meile an einem gerade erst verlassenen Lager vorbeigekommen. Kein Indianerlager. Indianer räumen ihre Lagerplätze auf, bevor sie verschwinden.«

»Es könnte sein, daß es ein Lager der Armee war – eine Patrouille aus Fort Gibson.«

John lachte. »Unwahrscheinlich.«

»Wer sonst?«

»Abtrünnige. Mexikanische Banditen. Banden von Konföderierten, die nicht einsehen wollen, daß der Krieg vorbei ist.«

»Wie viele Tage sind es von der Flußgabelung bis zum Fort?«

»Zwei. Vielleicht drei. Je näher Sie dem Fort kommen, desto geringer wird die Gefahr eines Angriffs.«

Während dieses Gesprächs hatte der Hauptmann geschwiegen, als würde ihn die Unterhaltung nicht interessieren. John richtete seine nächste Bemerkung an ihn.

»Es wäre klug, wenn Sie dem Richter raten würden, bei uns zu bleiben, bis wir zu dem Abzweig kommen, dann sollten Sie dem Arkansas folgen und so schnell wie möglich das Fort erreichen. Seine Truppe da ist wie ein Stück Brot, das einem hungrigen Mann vor der Nase baumelt. Sie können darauf wetten, daß sie bemerkt wird. Neuigkeiten verbreiten sich rasch, sogar hier draußen.«

»Wir haben keine Angst davor, von einem heruntergekommenen Haufen Gesindel angegriffen zu werden.«

John zuckte die Schultern.

Dal Rolly spuckte einen Schwall gelben Tabaksaft ins Gras und schüttelte angewidert den Kopf, dann ging er davon.

Mit einem Fuß auf der Wagendeichsel, stützte John seinen Unterarm auf das Bein und hoffte, der Richter und sein Hauptmann würden aufsitzen und verschwinden. Addie und die Kinder kamen vom Küchenwagen, und er wollte etwas Zeit mit ihnen verbringen.

Dillon riß sich von Addies Hand los und rannte auf ihn zu. John hob ihn hoch und setzte ihn auf seinen Arm. Dillon legte sein Gesicht an Johns.

»Papa! Mr. Buffer hat gesagt, du würdest mir das Fell versohlen...« Plötzlich bemerkte der Junge die Fremden und schämte sich, und er verbarg sein Gesicht an Johns Schulter.

Das Lächeln auf Addies Lippen erstarb, als sie und Jane Ann den Wagen umrundeten und sie den Richter und den Hauptmann sah, die im Schatten des Güterwagens standen. Sie hatte das Gefühl zu ersticken. Ihre Augen richteten sich auf das Gesicht des Hauptmanns. In Erinnerung sah sie es deutlich ohne Schnurrbart und Bärtchen vor sich. *Es war Kirbys Gesicht. Das Grübchen in seinem Kinn war durch das*

Bärtchen verdeckt. Lieber Gott! Er war es. Der Mann sah sie an und wieder weg, dann spielte er mit einem Riemen am Zügel seines Pferdes.

John sah den entsetzten Ausdruck auf dem Gesicht seiner Frau, sah, wie ihre Lippen zitterten, sah, wie sie mit offenem Mund nach Atem rang. Instinktiv wußte er, daß sie Hauptmann Forsythe in der Vergangenheit gekannt hatte oder glaubte, sie hätte ihn gekannt. Forsythes Gesicht deutete jedoch nicht darauf hin, daß er sie schon jemals gesehen hatte.

»Hauptmann Forsythe, habe ich Ihnen schon meine Frau und meinen Sohn vorgestellt?« Dillon noch auf dem Arm, streckte John den anderen aus und zog Addie an sich. »Und meine Tochter Jane Ann?« fügte er hinzu, als das Kind sich an seine Knie lehnte.

»Ja, ich habe Mrs. Tallman und den Jungen am ersten Tag getroffen. Freut mich, Sie wiederzusehen, Madam.« Kyle Forsythe sah Addie ins Gesicht und sprach ruhig, höflich. Seine Stimme zitterte nicht im geringsten. Aber Addie wußte, daß es Kirbys Stimme war, obwohl der Nordstaaten-Akzent stärker war.

Ohne ein Wort zu sagen, hob Addie Dillon von Johns Arm und stellte ihn auf den Boden. Sie nahm ihn und Jane Ann bei der Hand, ging um das lange, hohe Fahrzeug herum und eilte die Reihe hinunter zu Colin und Trisha, die im Schatten ihres Wagens saßen.

»Ich bin mir sicher, daß die Patrouille des Hauptmanns zusammen mit meinen Männern für unsere Sicherheit sorgen kann«, sagte Van Winkle und setzte die Unterhaltung fort, als sei sie gar nicht unterbrochen worden.

»Kommen Sie zum Punkt, Richter. Ist das alles, was Sie mir sagen wollten?« John wurde ungeduldig. In Gedanken war er bei dem erschütterten Gesichtsausdruck, den seine Frau angenommen hatte, als sie den Hauptmann gesehen hatte.

»Wir begleiten Sie bis zur Flußgabelung, dann folgen wir dem Arkansas River zum Fort.«

»Wie Sie wollen.«

»Aber...«

»Ja?« John hatte sich weggedreht, drehte sich jetzt aber zurück.

»Ich bestehe darauf, daß unsere Wagen nach vorne rücken. Ihr Staub erstickt uns.«

»Sie bestehen darauf?« John richtete sich zu voller Größe auf und verschränkte die Arme über der Brust. »Sie haben kein Recht dazu, darauf zu bestehen, daß ich irgend etwas tue.«

»Seit wir Van Buren verlassen haben, sind die gleichen beiden Wagen die ersten in der Reihe.«

»Ich bin nicht verpflichtet, Ihnen das zu sagen, aber ich tue es trotzdem«, sagte John, bemüht, seine Wut im Zaum zu halten. »Der erste Wagen in meiner Reihe gibt das Tempo vor.« Er sprach barsch und abgehackt. »Er wird von einem Mann gefahren, der diese Fahrt schon sechs Mal mitgemacht hat. Im zweiten Wagen ist *meine* Familie. Ich möchte Sie noch einmal daran erinnern, daß es Ihnen freisteht, auf eigene Faust loszufahren, wann immer es Ihnen beliebt.«

»Es ist nicht fair, daß Sie uns ans Ende verbannen. Meine Nichte ist sehr mitgenommen...«

»Was zum Teufel soll ich wegen Ihrer mitgenommenen Nichte unternehmen?«

»Ich will, daß unsere Wagen nach vorne in die Reihe gebracht werden. Wir sind schon seit fast einer Woche hinten. Die nächsten paar Tage sollten wir vorne fahren.«

»Nein! Ich werde meine Kolonne nicht auflösen, weil Sie es so wollen.«

Das Gesicht des Richters wurde dunkelrot, und sein Kiefer zitterte.

»Reden Sie nicht in diesem Tonfall mit mir... Sie Mist...«

»Vorsicht, Richter. Wenn Sie mich so nennen, mache ich Sie platt wie einen Pfannkuchen, ganz gleich, wie verdammt alt Sie sind.«

»Ich bin der höchste Regierungsbeamte in dieser Gegend, und ich verlange Respekt.«

»Verlangen? Zum Teufel!« Johns Ärger machte seine Stimme seltsam sanft. »Sie könnten von mir aus Jesus persönlich sein«, sagte er mit Buffers Lieblingsausdruck. »Ein Mann verlangt keinen Respekt. Er *verdient* ihn.«

»Sie sind unvernünftig und diktatorisch, weil Sie die Männer hinter sich wissen. Genau das habe ich von jemandem wie Ihnen erwartet.«

»Nennen Sie es, wie Sie wollen. Bei so einem Treck ist Staub immer ein Problem. Wenn Sie das nicht gewußt haben, bevor Sie losgefahren sind, dann tun Sie es jetzt. Sie können zur Seite ausweichen, Sie können vornewegfahren, oder Sie können sich weiter zurückfallen lassen. Mir ist das egal. Ich werde Ihre Wagen nicht mit meinen mischen. Das ist alles, was ich dazu zu sagen habe.«

Der Richter war so wütend, daß er wie ein aufgeplusterter Ochsenfrosch aussah.

»Diese Beleidigungen werden Sie bereuen.«

»Das sind keine Beleidigungen. Das ist gesunder Menschenverstand. Ihre Zugtiere und Maultiere haben nicht das gleiche Tempo wie meine Ochsen. Ganz einfach – sie passen nicht zusammen.«

Der Richter wandte sich zu seinem Pferd. »Das ist nicht das letzte Mal, daß Sie von uns hören werden. Ich habe Einfluß, und den werde ich geltend machen, wenn ich nach Santa Fe komme.«

»Im Moment bezweifle ich, daß Sie jemals dort ankommen werden«, kommentierte John trocken.

In diesem Augenblick kam Addie hinter dem Wagen hervor und trat dem Hauptmann gegenüber. Jede Faser ihres

Gesichts zeigte feste Entschlossenheit. Sie hatte zugesehen und auf den richtigen Augenblick gewartet, ihn anzusprechen.

»Kirby! Kirby Hyde!«

Der Hauptmann setzte einen Fuß in den Steigbügel und stieg auf.

»Ich weiß, daß du es bist, Kirby!«

»Reden Sie mit mir, Madam?« fragte der Hauptmann ruhig.

»Du weißt verdammt gut und genau, wer ich bin. Du bist Kirby Hyde.«

»Ich bin Kyle Forsythe, Mrs. Tallman. Sie müssen mich mit jemandem verwechseln.«

»Was ist denn los?« stieß der Richter hervor.

»Die Dame hat mich mit jemandem verwechselt.« Der Hauptmann legte seine Finger an die Hutkrempe. »Guten Tag, Madam.«

Richter Van Winkle blickte mit gerunzelter Stirn auf Addie herab, bevor er seinem Pferd die Sporen gab.

Addie starrte hinter ihnen her, die Fäuste geballt, die Augen zu trocken für Tränen. Sie war mehr denn je davon überzeugt, daß Hauptmann Kyle Forsythe der Union-Armee Kirby Hyde war, der von ihrer Farm weggeritten war, um in den Krieg zu ziehen.

»Addie… Liebes!« John stand neben ihr, den Arm um sie gelegt. »Was hat das zu bedeuten?«

»Oh, John! Es tut mir leid. Es tut mir… so leid!«

»Was?«

»Alles. Ich habe so ein Chaos angerichtet…«

»Nichts, was sich nicht in Ordnung bringen läßt. Was hat das mit Kirby Hyde zu bedeuten?«

Addie öffnete den Mund und schloß ihn, dann öffnete sie ihn wieder. Bevor sie die verhaßten Worte aussprechen konnte, verlangte der Ton einer schrillen Pfeife Johns ganze

Aufmerksamkeit. Cleve kam hutschwenkend auf seinem großen grauen Pferd angeritten. Er ließ das Tier neben John abrupt anhalten.

»Etwa dreißig oder vierzig Mann nähern sich. Ungefähr eine Meile oder etwas mehr hinter dieser Anhöhe.« Johns Augen folgten Cleves ausgestrecktem Finger.

»Indianer oder Weiße?«

»Indianer.«

»Welcher Stamm?«

»Kann ich nicht sagen. Waren zu weit weg.«

John wandte sich zu Addie und küßte sie fest.

»Liebling, hol die Kinder und bleib im Wagen.« Nach diesem knappen Befehl sprang er über die Wagendeichsel und lief zu seinem Pferd.

Cleve legte die Finger an den Mund und pfiff einen langen Ton, gefolgt von zwei kurzen. Einige Sekunden später wiederholte er das Signal. Männer rollten unter den Wagen hervor, wo sie sich ausgeruht hatten. Ochsentreiber riefen, und mit ihren langen Peitschen trieben sie das Vieh in den Halbkreis, der von den Wagen gebildet wurde. Nachdem er einen Mann zu Van Winkle geschickt hatte, um ihm zu sagen, er solle sein Vieh zusammentreiben und, falls nötig, eine Verteidigung errichten, ritt Cleve im großen Bogen um das Lager und erteilte den Befehl, zwischen den Wagen Ketten aufzuhängen, um das Gehege abzudichten.

Beide Lager waren plötzlich voller Betriebsamkeit.

Auf seinem Pferd blieb John neben dem Wagen stehen, an dem Colin mit Trishas Gewehr in der Hand stand. Die Kinder waren drinnen, und Addie gab Trisha den Wassereimer.

»Daß sie da draußen sind, heißt noch lange nicht, daß sie uns angreifen werden. Vielleicht sind sie freundlich gesonnen. Addie, Trisha, die Kinder und du, ihr bleibt außer Sichtweite. Wenn ihr Schüsse hört, legt euch auf den Wagenboden.«

»John, sei vorsichtig, und mach dir keine Sorgen um uns.«

»Paß auf unsere Frauen auf, Colin.«

John war weg, bevor der Junge antworten konnte, aber Addie sah den Stolz auf seinem jungen Gesicht, und sie hatte schon wieder einen Grund, John Tallman zu lieben.

Kapitel 26

John und Cleve vertrauten Buffer und Rolly die Verteidigung an und verließen das Lager. Sie galoppierten auf die Anhöhe, auf der sie stehenblieben, und John hob das Fernglas an die Augen. Höchstens eine halbe Meile entfernt studierten Indianer Spuren. Einige waren abgestiegen und führten ihre Ponies; die anderen folgten ihnen etwas abseits, um die Spuren nicht zu verwischen, falls die Fährtenleser sie zurückverfolgen wollten. Während John zusah, stiegen die Fährtenleser wieder auf, und die Truppe kam in ihre Richtung.

»Es sind Komantschen.« John gab Cleve das Fernglas. »Einer von ihnen heißt Wildes Pferd.«

»Ein Freund von dir?«

»Nicht direkt, aber auch kein Feind.«

»Das sind keine Jäger.«

»Wir können Sie genausogut begrüßen.« John schwenkte sein Gewehr über dem Kopf, um zu zeigen, daß er ihr Näherkommen bemerkt hatte, dann schob er es wieder in das Futteral.

Er zählte mehr als dreißig junge Krieger auf kleinen, flinken Pferden. Er erkannte Wildes Pferd als den Krieger wieder, den er einmal mit dem jungen Quanah Parker, dem Unterhäuptling der Quohada-Komantschen, getroffen hatte. Parker wurde nicht nur als Anführer immer bekannter, sondern auch, weil er Kavallerielager überfiel. Der Haß der Komantschen auf die berittenen Soldaten war wohlbekannt.

»Sie suchen jemanden, soviel ist klar«, murmelte Cleve.

Die Indianer kamen im Galopp heran. Als sie sich näherten, erhob Wildes Pferd seine Hand. Die Krieger blieben stehen. Die meisten von ihnen waren jung. Ihre dunklen Augen waren voller Mißtrauen, und sie sahen John und Cleve lange und durchdringend an.

Wildes Pferd kam allein mit seinem Pferd bis auf wenige Meter an die Stelle heran, an der John und Cleve warteten. Lange weiße Federn hingen in den dichten Haarsträhnen des Indianers, die ein wenig grau geworden waren, seit John ihn das letzte Mal gesehen hatte. Ein großes rundes Amulett hing an einem Riemen um seinen Hals.

»Wildes Pferd.« John erhob seine Hand, die Handfläche nach außen gedreht.

»Gefleckter Elch.« Der Indianer erwiderte den Gruß. »Du durchquerst mit deinen Wagen das Indianerterritorium.« Sein Englisch war besser, als John es in Erinnerung hatte.

»Mein Vater, Rain Tallman, bezahlt euer Volk für dieses Recht mit Vieh, Nahrungsmitteln und Medizin.«

»Das ist mir bekannt.« Die Augen des Indianers fixierten Cleve. »Du bist als Blutiges Messer bekannt. Steinerne Hand sagt, du bist ein Freund der Komantschen, aber nicht der Apachen oder Kiowa.«

»Das ist wahr.«

»Steinerne Hand ist mit Quanah auf großer Jagd.«

John lächelte. »Mein Bruder, Steinerne Hand, ist seit langer Zeit ein Freund eures jungen Häuptlings.«

»Steinerne Hand sagte, du kommst hier vorbei. Er sagte, Gefleckter Elch wird Wildes Pferd Kugeln und Tabak geben.«

»Ich werde das Versprechen meines Bruders einhalten.«

»Wir suchen weiße Männer, die unsere Pferde gestohlen und zwei unserer Frauen getötet und zwei weitere geraubt haben. Sie sind hier vorbeigekommen.«

»Vielleicht. Wir haben aber niemanden gesehen.«

Die Reiter hinter Wildes Pferd ließen ungläubiges Gemurmel hören. Er wandte sich um, sprach ein knappes Kommando, und das Gemurmel verstummte. Als er wieder sprach, war es an die Krieger gerichtet.

»Gefleckter Elch, Steinerne Hand und ihr Vater, Rain Tallman, lügen nicht. Er sagt, er hat niemanden gesehen. Dann hat er auch niemanden gesehen.« Er wandte sich zurück zu John. »Junge Krieger. Heißes Blut.«

John nickte verständnisvoll. »Wir werden rauchen und sprechen, während mein Freund« – er deutete mit dem Kopf auf Cleve – »Tabak und Kugeln aus den Wagen holt.«

Wildes Pferd nickte, und zu Johns Überraschung spornte er sein Pferd an und ritt voran zum Güterlager. Er warf Cleve einen Blick zu, doch der war so oft in kritischen Situationen gewesen, daß er sich nicht anmerken ließ, was er dachte.

John überlegte, wie er die Gruppe von Kriegern aus dem Wagenkreis heraushalten konnte, als der Anführer der Indianer einige hundert Meter vom Güterlager entfernt auf der offenen Prärie anhielt. Er sprach in Komantsche rasch mit seinen Männern. John konnte verstehen, daß er ihnen sagte, sie sollten hierbleiben und ein Feuer entfachen, und sie würden rauchen, wenn er mit Gefleckter Elch zurückkäme. Die jungen Krieger stiegen sofort vom Pferd, und Wildes Pferd ritt mit John und Cleve auf das Güterlager zu.

John suchte das Lager mit den Augen ab. Buffer oder Rolly hatte sie kommen sehen. Einige der Männer lehnten lässig an den Wagen, andere schienen an einem Rad oder einer Deichsel zu arbeiten. Zu Johns Erleichterung waren keine Schußwaffen zu sehen.

Wildes Pferd erfaßte die Szene innerhalb des Kreises, in dem Pferde, Maultiere und Ochsen herumliefen.

»Glaubst du, wir stehlen deine Pferde, Gefleckter Elch?«

John bemerkte den amüsierten Blick des Indianers.

»Wir wußten nicht, daß ihr Freunde seit, Wildes Pferd. Ihr hättet als Indianer verkleidete berittene Soldaten sein können.«

Der Mund des Indianers lächelte nicht, seine Augen schon. »Es ist weise, gut vorbereitet zu sein.«

Als sie die Wagen entlang auf denjenigen zuritten, der Waren für solche Gelegenheiten enthielt, kam Rolly, der auf dem Rücken eines Pferdes herumrutschte, auf sie zu. Es war ungewöhnlich, den großen Mann zu Pferd zu sehen. Er haßte reiten.

»Dal, dies ist mein Freund, Wildes Pferd, von den Quohada-Komantschen.«

»Wie geht's?« Dal streckte die Hand aus. Der Indianer ergriff und schüttelte sie.

Dal war sich nicht sicher, wie gut der Indianer sie verstehen konnte, aber das, was er John mitzuteilen hatte, mußte gesagt werden.

»Ich habe alle Hände voll mit diesen idiotischen Yanks im anderen Lager zu tun. Geh besser mal rüber, John. Sie treffen Vorbereitungen, aufzusitzen und... den Feind anzugreifen.«

»Feind?« Wildes Pferd hatte das letzte Wort verstanden. »Gefleckter Elch hat Feinde? Wir helfen beim Töten.«

»Die Männer, von denen wir sprechen, sind ihr eigener Feind. Sie sind dumme Männer, die unsere Sitten nicht kennen«, erklärte John.

Dann stöhnte er innerlich auf, als er die Yankee-Patrouille mit einem Gefolge von einem Dutzend bewaffneter Männer sah, die aus dem Lager des Richters geritten kamen und sich auf die heißblütigen jungen Krieger von Wildes Pferd zubewegten. Als sie die Soldaten sahen, liefen die Krieger zu ihren Pferden.

»Du hast berittene Soldaten!« Wildes Pferd stieß die Worte verächtlich aus.

»Sie gehören zu einem anderen Lager. Ich werde sie aufhalten.«

John gab seinem Pferd die Sporen, und Victor machte einen Satz nach vorne. Gleichzeitig sprang ein zweites Pferd über eine Wagendeichsel und raste auf die Patrouille zu. Auch Buffer Simmons versuchte, die Katastrophe abzuwenden.

Buffer ließ sein Pferd seitlich rutschen, damit es vor dem nervösen Tier des Hauptmanns anhielt.

»Was zum Teufel machen Sie hier?« rief der Hauptmann wütend, nachdem er sein Tier wieder unter Kontrolle gebracht hatte.

»Ich hindere Sie daran, mit den Komantschen einen Kampf anzufangen, der Sie das Leben kosten wird. Sie sind mir egal, ich denke nur an die anderen Leute in unserem Treck.«

»Aus dem Weg. Ich lasse Sie in Eisen legen, weil Sie einen Offizier der Armee der Vereinigten Staaten behindern.«

»Es ist offensichtlich, daß Sie noch nie mit Indianern gekämpft haben. Sie kesseln Euch ein, und im Handumdrehen liegt die Hälfte von Euch am Boden.«

John ritt herbei und brachte Victor zum Stehen.

»Sie verdammter Idiot! Bringen Sie Ihre Männer zurück ins Lager, und bleiben Sie da, bevor Sie umgebracht werden«, fuhr John ihn an.

Das Gesicht des Hauptmanns war dunkelrot. »Sie haben hier keine Befehlsgewalt. Gehen Sie aus dem Weg, oder ich werde meine Männer anweisen, Sie zu beseitigen.«

»Versuchen Sie es doch.« Buffer schnaubte verächtlich. »Zum Teufel. Sie könnten nicht mal eine kranke Hure von einem Pißpott wegziehen.«

»Der Richter ist für Indianerangelegenheiten zuständig…«

»Hier nicht. Die Indianer sind in ihrem eigenen Land, Sie dämlicher Affe. Sie kümmern sich um ihre Angelegenheiten. Sie würden sich nichts mehr wünschen, als daß auf sie geschossen wird. Dann hätten sie eine Entschuldigung, Sie auszulöschen.«

»Sollen Sie es doch versuchen. Das ist nur ein Haufen Wilder.«

»Sie *sehen* vielleicht wie Wilde *aus*, aber sie sind hartnäckige Kämpfer. Forsythe, Ihr Gehirn paßt in einen Fingerhut.« John zog sein Gewehr aus dem Futteral und zielte mit dem Lauf aus einigen Zentimetern Entfernung auf den Kopf des Pferdes des Hauptmanns. »Wenn Sie nicht wollen, daß ich diesem herumstolzierenden tollen Pferd hier, auf das der Richter so stolz ist, das Gehirn wegpuste, dann bringen Sie Ihre Patrouille wieder ins Lager, und bleiben Sie außer Sicht.«

»Sie haben nicht das Recht, sich einzumischen. Das hier ist Sache der Armee.«

»Es ist meine Sache, weil es bedeutet, daß meine Männer versuchen müssen, Ihren Arsch zu retten!«

Buffer ritt die Reihe von Reitern entlang, die hinter der Patrouille warteten. Er sah jedem von ihnen ins Gesicht.

»Laßt nicht zu, daß dieser aufgeblasene Schwachkopf euch skalpieren läßt. Diese Komantschen sind Kämpfer. Einer von denen nimmt es mit drei weißen Männern auf.«

»Für mich sehen sie nicht sehr nach Kämpfern aus. Sehen aus wie magere, verdreckte Jünglinge, die sich groß aufspielen.« Der Sprecher war groß und stämmig, mit fiesem Gesicht und einem großen Klumpen Tabak im Mund.

»Vielleicht sind sie mager und verdreckt, aber bevor du mit der Wimper schlagen kannst, hast du einen zweiten Mund unter dem Kinn. Dann mußt du das, was du da kaust, nicht mal ausspucken.« Buffer ritt weiter.

»Stimmt es, daß Indianer schlecht schießen?«

»Kann sein. Aber ich hab schon gesehen, daß sie aus vollem Lauf einen Hasen mit einem Pfeil erlegt haben. Für meine Begriffe ist das kein *schlechtes* Schießen.«

»Ich will nicht mit Indianern kämpfen, wenn es sich vermeiden läßt.« Der Sprecher hatte einen dünnen Bart und trug einen Strohhut, der schon bessere Tage gesehen hatte.

»Diesmal läßt es sich bestimmt vermeiden, es sei denn, ihr drängt sie dazu. Ihr Anführer ist mit Tallman befreundet.«

»Der alte Richter kriegt einen Anfall, wenn wir nicht mit den Blauen kämpfen.« Ein anderer Mann hatte das leise gemurmelt.

»Zum Teufel. Dieser Yank ist kein Indianerkämpfer. Das habe ich sofort gemerkt, als er nicht wußte, daß die Indianer Komantschen sind.«

»Wenn der Komantsche ein Freund ist, dann ist er ein Freund.« Buffer sah den Mann direkt an. »Aber wenn du sein Feind bist, ist er ein gemeiner Hundesohn. Sie hassen berittene Soldaten mehr als alles andere.«

»Ich glaube, wenn wir umkehren, werden wir in den Rücken geschossen.«

Buffer schnaubte verächtlich. »Der Richter wird euch nicht alle erschießen. Er braucht euch, um die Wagen zu fahren.«

Buffer ritt die Reihe entlang und sprach mit den Männern. Ganz am Ende war ein Mann auf einem langbeinigen schwarzen Pferd. Buffer sah ihn an und sah dann noch einmal hin, weil ihm etwas an ihm aufgefallen war. Es war weder der schwarze Bart noch der schwarze Hut, die waren nicht außergewöhnlich. Es war die Art, wie er auf seinem Pferd saß, aufrecht im Sattel, die schmalen Schultern, die langen Arme. Der Kopf des Mannes war zur Seite geneigt, das Gesicht weggedreht. Buffer ritt um ihn herum, um ihn besser sehen zu können, aber dann rief einer der Soldaten etwas. Der Mann wirbelte sein Pferd herum, genau wie die anderen in der Reihe, und ritt zurück zum Lager.

»Die dummen Mistkerle werden Santa Fe nicht lebend erreichen«, sagte John. »Er hat schließlich zugegeben, daß der *Richter* ihm gesagt hat, er solle die Indianer verjagen. *Miss Cindy* hatte einen Schreianfall. Großer Gott, werde ich mich freuen, wenn wir den North Canadian River erreichen und sie nie wiedersehen.«

»Ich hätte mich ja nicht eingemischt, aber ich habe befürchtet, jeden Augenblick würde das Signal zum Laden ertönen. Einer von diesen Idioten hat die Fahne ausgerollt. Unglaublich, oder?«

Die Mittagsrast dauerte zwei Stunden länger als gewöhnlich. Der Ruf »anspannen« ertönte, als die Komantschen ihre Ponies bestiegen und mit einem Pferd, das am Zügel geführt wurde und mit Geschenken aus den Güterwagen beladen war, davonritten.

Addie hatte einen langen, sorgenvollen Nachmittag verlebt. Ihre größte Sorge war es gewesen, die Kinder in ihrer Nähe zu behalten. Sie hatten im Wagen bleiben müssen, bis das Vieh erneut zum Grasen auf die Prärie gelassen worden war.

Die Tafeln und Stifte waren ein Segen. Obwohl Addie wußte, daß Trisha lesen und schreiben konnte, war sie überrascht, wie leicht es ihr fiel, den kleineren Kindern und später Colin das Alphabet beizubringen.

Dillons Aufmerksamkeit währte bis zum Buchstaben *B*. Danach wollte er nur noch die Schiefertafel mit weißen Kreidelinien bedecken und lenkte Jane Ann und Colin ab.

Addie nahm ihn mit auf den Wagensitz und gab ihm ein Buch zum Anschauen. Innerlich war ihr ganz elend und ängstlich zumute, und sie fürchtete sich davor, John von Kirby zu erzählen. Ihr Magen zog sich zusammen, wenn sie daran dachte. Sie hatte absolut keinen Zweifel daran, daß der »Hauptmann« Kirby Hyde war. Er hatte den Mund zusammengepreßt und seine Nasenflügel hatten gebebt, genau wie sie es vor vier Jahren getan hatten, wenn er wütend auf sie gewesen war. Oh, er war Kirby, und sie konnte es beweisen, wenn er sein Bärtchen abrasierte und das Grübchen an seinem Kinn zum Vorschein kam.

Es war beinahe eine Erleichterung für Addie, als der Ruf kam, daß sie weiterfuhren.

»Ich habe ein *A* und ein *B* und ein *C* gelernt, Miss Addie. Trisha kennt sie alle. Nächstes Mal wird sie meinen Namen schreiben.« Colin hatte viel größeres Interesse am Lernen als Jane Ann.

»Er lernt schnell«, meinte Trisha, nachdem Colin gegangen war, um Gregorio zu helfen, ihre Tiere vor den Wagen zu spannen. Sie wischte die Tafeln mit einem Tuch ab und verstaute sie. »Im Handumdrehen weiß er mehr als ich.«

An diesem Nachmittag durchquerten sie ein großes Stück Prärieland. Über der Wagenkolonne stieg eine große Staubwolke auf. Die Ochsen bewegten sich mit langsamen, schwerfälligen Schritten über die beinahe baumlose Prärie.

Addie hatte sich entschieden, hinten im Wagen zu bleiben. Trisha und Jane Ann saßen neben Huntley auf dem Sitz, Dillon mit Colin und Gregorio im vorderen Wagen. John, Buffer oder Cleve hatte sie nicht gesehen, seit der Treck aus dem Mittagslager aufgebrochen war.

Ihre Gedanken kehrten immer wieder zu der Begegnung mit Kirby zurück. Sie hatte geglaubt, ihn unvorbereitet zu erwischen, als sie seinen richtigen Namen nannte, aber er hatte nicht einmal eine Sekunde gezögert. Er war auf sein Pferd gestiegen und hatte sich erst umgedreht, als sie zum zweiten Mal rief. *Er hat erwartet, daß ich ihn konfrontiere.* Ihr Kopf war von so vielen Gedanken erfüllt. Was machte er in einer Yankee-Uniform? Wer lag in dem Grab, das angeblich seins war? Sie verstand, wieso er wollte, daß sie glaubte, er sei tot: Er wollte sie los sein.

Der Himmel wurde dunkel. Schon lange waren die Schatten, die dem Treck folgten, verschwunden. Die Luft war feucht, und es roch nach Bäumen und Wasser. Der Ruf zum Anhalten kam, und Cleve führte den ersten Wagen in einen großen Bogen. Die Reihe entlang erscholl der Befehl »aufschließen«. Die Fahrer ließen zwischen den Wagen nur so viel Platz, daß die Tiere ausgespannt werden konnten.

Addie fürchtete sich davor, zum Küchenwagen zu gehen und bei der Abendmahlzeit zu helfen. Sie war sehr erleichtert, als Bill ihr sagte, die lange Mittagspause habe ihm genug Zeit gegeben, alles vorzubereiten, und er müsse nur noch Kaffee kochen. Addie ging zurück zu ihrem Wagen und kam dort an, als Buffer gerade erschien. Sie gab Kopfschmerzen vor und bat ihn, Trisha und die Kinder zum Essen mitzunehmen, dann kroch sie hinten in den Wagen und saß dort im Dunkeln. Sie wußte nicht genau, wie lange sie schon dort saß, als John kam.

»Addie?«

»Ich bin hier.«

»Alles in Ordnung?«

»Äh, ja... und nein.« Nachdem er ihr herunter geholfen hatte, blieb sie eine Minute lang stehen und drückte die Stirn an seine Brust.

»Hast du zu Abend gegessen?«

»Nein, aber es wird mir nichts schaden, eine Mahlzeit auszulassen. Ich habe Buffer gebeten, bei Trisha und den Kindern zu bleiben. Komm mit. Ich muß mir dir reden.« Er hielt ihren Ellenbogen fest in der Hand und führte sie die Reihe entlang zu einem großen Güterwagen; die Räder reichten bis zu ihrem Kopf. John griff hinein, holte ein Stück zusammengerollte Leinwand heraus und breitete sie auf den Boden.

»Wir haben zugesehen, wie du losgeritten bist und der Patrouille den Weg abgeschnitten hast«, sagte Addie, als sie sich auf der Leinwand niederließ, verzweifelt bemüht, etwas zu sagen, bevor John seine Fragen stellte.

»Es ist lange her, daß ich einen so dummen Schachzug gesehen habe wie den, den sie vorhatten. Dem Himmel sei Dank, daß sie in ein paar Tagen Richtung Norden nach Fort Gibson abbiegen werden. Komm her, Liebes.« Er legte den Arm um sie und zog sie an sich. »Ich bin nicht lange genug mit dir alleine. Ich möchte keine Minute verschwenden.« Er senkte seinen Kopf und küßte sie so liebevoll, daß sie unmittelbar in Tränen ausbrach. »Was ist los? Tränen von meiner Addie?« Er hielt sie fest und ließ sie weinen.

Schließlich löste sie sich aus seinen Armen, hob den Saum ihres Rockes und trocknete sich die Augen. Sie lehnte sich an ihn und schlang die Arme um seine Taille.

»Ich hätte niemals gedacht, daß ich mal weinen würde, weil jemand *nicht* tot ist.« Ihr Gesicht lag an seinem Hals. »Ich liebe dich, John Tallman. Ich liebe dich so sehr.« Sie merkte, wie sich ihre Kehle zusammenschnürte, als sich ihre Augen wieder mit Tränen füllten.

»Ich liebe dich auch, Mrs. Tallman...«

»Oh, aber... das bin ich nicht!«

»Wie bitte, Addie?«

»Ich bin nicht Mrs. Tallman. Dieser... Hauptmann ist Kirby Hyde. Das bedeutet, daß ich noch immer... mit ihm verheiratet bin.«

»Ich weiß, daß du das glaubst, Liebes. Ich habe deinen Gesichtsausdruck bemerkt, als du ihn zum ersten Mal gesehen hast.«

»Es war nicht das erste Mal. Ich habe ihn an dem Tag gesehen, an dem wir Van Buren verlassen haben, und dann an dem Tag, an dem die Reise begann. Jedes Mal war ich mehr überzeugt. Er ist es. Ich weiß, daß es verrückt klingt, weil Kirby sich der *konföderierten* Armee angeschlossen hat.«

»Addie, er ist es nicht. Kirby ist tot. Kannst du mir das nicht glauben?«

»Ich wünschte, ich könnte es. Ich habe immer gefürchtet, er würde zurückkommen. Es war sündhaft, aber ich habe nicht um ihn getrauert, als ich hörte, er sei tot.«

»Willst du mir von ihm erzählen?«

»Ich war so einsam«, begann sie, und erzählte ihm, wie Kirby auf die Farm gekommen war und für sie gearbeitet hatte. Verschämt, aber entschlossen, alles zu erzählen, vertraute sie John an, wie sie Kirbys Charme verfallen war und wie sie ihm gestattet hatte, sie zu verführen. Weil sie sich schuldig gefühlt und befürchtet hatte, sie könne ein Kind erwarten, hatte sie ihn bekniet, bis er einwilligte, sich von Pfarrer Sikes trauen zu lassen.

Nach ihrer Hochzeit war er oft in der Stadt gewesen. Dann war er eines Tages nach Hause gekommen und hatte ihr aus heiterem Himmel erzählt, er habe sich bei den Arkansas Regulars eingeschrieben. Er verließ sie am nächsten Tag, und sie hatte ihn nicht wiedergesehen, bis zu dem Tag in Van Buren. Sie sagte John, wie schockiert sie gewesen war, als sie seine Stimme und die Worte »Ganz ruhig, meine Kleine« gehört hatte. Sie hatte zuerst geglaubt, ihr Verstand spiele ihr einen Streich.

»Er ist es, John. Ich weiß nicht, wie er in die Yankee-Armee geraten ist, und noch dazu als Offizier. Der einzige Verwandte, den er je erwähnt hat, war ein Onkel in Jonesboro. Dorthin habe ich einen Brief geschickt, in dem stand, daß er einen Sohn hatte. Ich glaube nicht, daß er den Brief je erhalten hat. Aber dieser Mann ist Kirby, und er weiß, daß Dillon sein Sohn ist. Mir ist klar, daß er mich verleugnen könnte, aber wie kann ein Mann seinen Sohn verleugnen?«

»Weil er *nicht* Kirby ist, Addie.«

»Warum bist du dir da so sicher? Du hast ihn nicht gekannt. Du hast nur das Wort des Richters, daß er Forsythe heißt.« Addie setzte sich auf und sah John ins Gesicht. »Ich wünschte, es wäre nicht wahr. Ich kann dir nicht sagen, was es mir bedeutet hat, mir dir zusammenzusein. Ich hätte mir nie erträumt, daß ein Mann mein Herz so ausfüllen könnte. Ganz gleich, was geschieht...«

»Nichts wird geschehen, mein Schatz.« John küßte ihre Lippen und versuchte, sie in seine Arme zu ziehen. Sie wehrte sich und umfaßte mit den Händen sein Gesicht.

»Bitte glaub mir.«

»Addie, dieser Mann ist nicht Kirby!«

»Woher willst du das wissen?«

»Weil ich ihn getötet habe, Addie. Ich habe Kirby Hyde getötet.«

Addie sperrte den Mund auf. Sie sah ihn mit verblüfftem Schweigen an. Als sich ihr Schock legte, stieß sie nur zwei Wörter hervor:

»Wann? Wo?«

KAPITEL 27

Er wachte mit einer kalten Messerklinge an der Kehle auf.

Seit er Quill's Station am Wabash verlassen hatte, war John auf Hunderte von Yankees und Republikaner auf dem Heimweg aus dem Krieg gestoßen. Jetzt wurde ihm klar, daß er hätte weiterziehen sollen, anstatt sich hier an dieser Kreuzung zur Ruhe zu legen, wo ein Dutzend Männer ihr Nachtlager errichtet hatten.

Für die armen Teufel, die von den Politikern zum Gemetzel verleitet worden waren, war er nur ein Trottel, und er hatte sein Essen und seinen Kaffee mit einigen von ihnen geteilt.

Zum Teufel! Er wollte keine kriegsmüden Mistkerle umbringen.

»Worauf wartest du? Bring ihn um. Er hat ein gutes Pferd, und er gibt es nur her, wenn er tot ist.« Die geflüsterten Worte kamen aus der Dunkelheit. »Willst du laufen, wenn alle anderen an dir vorbeireiten?«

»Ich habe noch nie kaltblütig jemanden umgebracht.«

»Großer Gott!«

»Es war deine Idee…«

»Du hast gesagt, du hast schon viele Yankees umgebracht.«

»Das ist was anderes.«

»Verdammt noch mal, das macht doch keinen Unterschied. Töten ist töten. Wenn du es nicht fertigbringst, dann laß mich ran.«

Diese Hundesöhne! Die verdammten Mörder!

John spürte wie eine eisige Kälte nach ihm griff. Er war sich ganz sicher, daß sie ihn seines Pferdes wegen umbringen würden. Er wartete einige Sekunden, um seine Nerven zu beruhigen und seine Sinne auf das einzustellen, was er vorhatte, um sein Leben zu retten.

Als er sich bewegte, war es in Sekundenschnelle. Er packte die Hand, die das Messer hielt, und schob sie von seiner Kehle weg. Im gleichen Augenblick riß er mit der anderen Hand sein Gewehr empor. Der Kolben krachte dem Mann so heftig an die Schläfe, daß er Knochen splittern hörte. Dann schwang John den Lauf herum und feuerte blindlings auf die zweite Gestalt, die mit einer Klinge in der Hand auf ihn zusprang. Der Schuß warf den Mann zurück.

John war auf den Beinen, bevor der Kerl auf den Boden fiel. Sein Blick glitt über die Lichtung, auf der die Männer von ihre Decken aufgesprungen waren. Er nahm nur vage wahr, daß der Schnitt unter seinem Kiefer brannte und Blut seinen Hals hinablief.

»Nicht schießen.« Etliche Männer traten vor. »Die gehören nicht zu uns.«

»Hab' sie noch nie gesehen, bevor wir uns hier niedergelassen haben.«

»Wußte ja immer schon, daß diese Südstaatler hinterhältige Burschen sind.«

»Bist du Südstaatler?« fragte einer.

»Nein.«

Der Mann lachte. »Also ein Yankee.«

»Nein.«

»Nein?«

»Hat einer von euch vor, mein Pferd zu nehmen?« John war bereit, sein Gewehr zu gebrauchen.

»Wir haben Pferde, aber wenn du es hergibst, nehmen wir es gern.«

»Ich könnte eine Schaufel gebrauchen. Ich muß ihn begraben – vielleicht alle beide.«

»Zum Teufel, Mann. Diese Südstaatler muß man nicht beerdigen. Die Wölfe und Kojoten können sie sich holen.«

In der Stille, die dann folgte, ließ John seinen Blick über die Yankee-Soldaten gleiten – oder das, was er von ihnen sehen konnte.

»Würdet ihr wollen, daß ein Rudel wilder Hunde euch anfrißt?« Johns Stimme war beinahe ein Knurren. »Es sind Menschen, selbst wenn sie verkommene, mordlustige Mistkerle sind. Ich werde sie begraben.«

Die stille Wut in seiner Stimme schien die Männer zu beeindrucken.

»Ich hol' eine Schaufel«, sagte einer schließlich.

»Danke.«

John sah auf den Mann hinab, den er mit seinem Gewehr niedergeschlagen hatte. Sein Schädel war eingedrückt, und seine Augen waren geöffnet und starrten ihn an. John tötete nicht gern, aber er wollte auch nicht getötet werden.

»Dieser hier ist auch tot.« Er ging zu dem Körper mit dem großen Loch und beugte sich vor, um die Kleidung zu durchsuchen. »Seht mal in den Taschen von dem anderen nach, ob ihr seinen Namen rausfinden könnt«, sagte er an alle gerichtet.

Einer der Männer kniete sich neben dem Körper nieder, und als er wieder aufstand, hatte er einen Brief in der Hand. Er entzündete an seinem Stiefelabsatz ein Streichholz, schirmte die Flamme mit seinem Hut ab und las vor.

»›An den Onkel von Kirby Hyde, Jonesboro, Arkansas. Von Mrs. Hyde.‹«

»Verflucht!« John riß dem Mann den Brief aus der Hand und stopfte ihn in seine Hemdtasche.

»Das stand da.« Die Stimme des Yankees war nicht ganz fest. »Ich bin froh, daß ich seiner Witwe nicht die Nachricht überbringen muß. Es ist eine Schande, den Krieg zu überleben und auf dem Heimweg ums Leben zu kommen.«

Ohne ein Wort nahm John die Schaufel, ging ein paar Schritte und begann, im weichen Flußsand zu graben.

Der Wind legte sich, als der Morgen graute. Die Stille war gespenstisch, als John den Brief las und ihn in die Tasche steckte. Dann schrieb er den Namen des toten Mannes sorgfältig in seinen Hut und band ihn an einen Stock, den er in den Boden steckte. Als er fertig war, lehnte er die Schaufel gegen einen Baum, wo sie leicht zu finden war, und ohne noch einen Blick auf die Männer zu werfen, die um ein kleines Feuer herum saßen, sattelte er sein Pferd und ritt davon.

Addie war still gewesen und hatte kaum geatmet, während John sprach. Jetzt bewegte sie sich unruhig.

»Addie, Kirby ist tot. Es tut mir leid, daß er sein Leben so verloren hat. Aber er wollte mich töten.«

»Ich kann mir nicht vorstellen, daß Kirby einen Mann mit einem Messer umbringen könnte. Er wollte nicht einmal Hühner töten. Tief in mir habe ich ihn immer für irgendwie… feige gehalten.«

»Ich glaube nicht, daß er es wollte. Ich glaube, der andere Mann hat ihn dazu überredet.«

»Wer war das?«

»Wir haben keinen Namen bei ihm gefunden. Nur ein Bild von einer Frau, die von der Taille aufwärts nackt war.«

»Das war der einzige Brief, den ich Kirby geschrieben habe. Er sollte doch wissen, daß er einen Sohn hat. Jetzt weiß ich wenigstens, daß er ihn wohl bekommen hat.«

»Ich wollte dir das nicht erzählen.«

»Warum?«

»Ich wußte nicht, ob… dir noch an ihm gelegen war. Du hast einen Sohn von ihm.«

»Ja. Ich habe einen Sohn von ihm, und nein, mir war nicht mehr an ihm gelegen... nach einer Weile. Er hat mich nur benutzt. Ich habe lange darüber nachgedacht, und ich glaube, er hat sich vor irgend etwas oder irgend jemandem versteckt, als er auf die Farm kam.«

»Da hast du vielleicht recht. Bist du jetzt davon überzeugt, daß der Hauptmann nicht Kirby ist?«

»Oh, John, ich weiß nicht. Der Mann, den du beschreibst, scheint nicht mit dem Kirby übereinzustimmen, den ich gekannt habe. Aber es ist so lange her, und der Krieg kann einen Mann verändern.«

»Ich habe den Brief bei meinen Sachen im Vorratswagen.«

Addie war still. Nach einer Weile wich sie etwas von ihm zurück, so daß sie ihn sehen konnte.

»Warum bist du nach Freepoint gekommen?«

»Ich hatte Zeit. Ich wollte, daß die Nachricht an die Familie Hyde weitergegeben wird, aber irgend jemand hatte schon im Laden Bescheid gesagt. Ich habe gehört, wie der Ladenbesitzer dir davon erzählt hat, als du an diesem Tag hereinkamst.«

»Du hast auch das Gerede über Trisha und mich gehört, nicht wahr?«

»Ja. Ich habe dich gesehen und kein Wort davon geglaubt.«

»Hast du mich geheiratet, weil es dir leid tat, daß du meinen Mann töten mußtest?«

»Addie, Liebes, ich habe dich geheiratet, weil ich fest entschlossen war, dich nicht von meiner Seite zu lassen.«

»Es fällt mir schwer zu glauben, daß du... mich... wegen meiner selbst gewollt hast.«

»Glaub mir, Liebes. Ich habe den Mann getötet, bevor er mich töten konnte. Ich habe den Gedanken gehaßt, daß er eine Frau und einen Sohn zurückließ, und das war vielleicht der Grund, wieso ich nach Freepoint gekommen bin. Ich wollte etwas Geld bei dem Ladenbesitzer hinterlegen, falls du in Not wärst.«

»Warst du deshalb im Laden?«

»Ich habe herumgeschnüffelt, um etwas herauszukriegen. Ich habe gehört, daß er dich Mrs. Hyde genannt hat. Nachdem du weg warst, bin ich noch geblieben und habe mit ihm geredet. Ich habe erfahren, daß er glaubte, du seist zu gut für Kerle wie Kirby Hyde.«

»Wenige Leute haben Kirby gekannt...«

»Mir hat gefallen, was ich an diesem Tag von dir gesehen hatte, und ich habe dich noch mehr gemocht, als ich hörte, wie du mit den beiden Betrunkenen umgesprungen bist, die in der Nacht zur Farm gekommen sind. Es war das erste Mal, daß ich gehört habe, wie jemand in so damenhafter Sprache verflucht wurde.« Er lachte. »Sogar als du in Fahrt kamst, ist dir nichts Schlimmeres eingefallen, als sie feige Stinktiere zu nennen.«

Addie verbarg ihr Gesicht an ihm. »Ich war so wütend!«

»Ich war fasziniert von dir, nachdem du mich zum Frühstück eingeladen hattest, und als ich hörte, wie du schließlich richtig geflucht hast, als du den alten Pfarrer fertig gemacht hast, war ich so verrückt nach dir, daß ich kaum von dir weg wollte, um in der Stadt mit dem Bürgermeister zu sprechen.«

Addie schlang die Arme um seinen Hals. »Ich liebe dich, das weißt du. Bitte laß mich nie allein.«

»Ach... meine Süße. Es wird dir kaum gelingen, mich loszuwerden.« Seine starken Arme drückten sie, seine Lippen küßten ihren Hals. »Du bist mein Mädchen, Addie. Für den Rest meines Lebens werde ich dir jeden Tag sagen, daß ich dich liebe.«

Am nächsten Morgen zuckten grelle Blitze über den düsteren Himmel. Als die Wagen zur Mittagszeit anhielten, schob ein kräftiger Wind dicke graue Wolken vor sich her, und der Donner war zu einem beständigem Grollen voll dunkler Drohungen geworden. Eine Reihe von Blitzen fuhr hinab, als wollten sie sich vom Himmel losreißen.

Die großen Wagen hatten einen engen Kreis gebildet, in dem das Vieh ausgespannt und vor dem Unwetter geschützt wurde. Die Wand aus weißen und grauen Wolken, die von Südwesten her auf sie zurollte, näherte sich immer rascher. Unter den wüsten Wolken war ein dichter Streifen Farbe, ein schmutziges Dunkelgrau mit etwas Grün.

Für Buffer Simmons, der mit den Hirten ritt, die die zusätzlichen Tiere einkreisten, bedeutete die grüngefärbte Wolke nur eines: Hagel. Das gewaltige Donnergrollen hallte wider und ließ den Boden erzittern. Die nervösen Tiere liefen planlos umher. Buffer hörte den Wind über seinem Kopf rauschen. Eine dicker Regentropfen klatschte auf seinen Hut. Er dachte an Trisha, die mit Miss Addie und den Kindern im Wagen war, und hoffte, daß sie keine Angst hatte.

Wind und Regen schlugen so rasch und unerwartet heftig zu, als wollten sie ihm die Kleider vom Leib reißen. Ein enormer Donnerhall ertönte über seinem Kopf, und ein greller Blitz leuchtete auf. Die Erde erzitterte. Es wurde dunkel, obwohl es noch nicht einmal Mittag war, und die heftigen Blitze unterstrichen die Dunkelheit noch. Der Regen prasselte herab. Das Vieh stob panisch davon, blieb dann wieder stehen, und plötzlich war es, als hätte es ein Zeichen bekommen: Die Ochsen brüllten, die Pferde wieherten, und die Maultiere ließen ängstliches Schnauben hören.

Ein Hirte, der in einen Poncho gewickelt war, kam an Buffer vorbei, die schützende Hutkrempe tief ins Gesicht gezogen. Buffer drehte sein Pferd, um entgegen dem Uhrzeigersinn um die Herde herumzureiten. Die vom Wind getriebenen Regentropfen fühlten sich auf seiner Wange so scharf wie Hagel an. Durch den Regen und die Finsternis bemerkte er, daß der Reiter, der an ihm vorbeigekommen war, zum Wagenkreis abschwenkte.

Sein Pferd hatte Buffer fünfzig Fuß weit getragen, als ein Gedanke sein Gehirn durchfuhr. Der Reiter, der an ihm vorbeigekommen war, hatte einen Poncho getragen, aber keinen breitkrempigen mexikanischen Sombrero. Großer Gott! Der Mann saß für einen Mexikaner zu aufrecht im Sattel.

Buffer riß sein Pferd herum, gab ihm die Sporen und raste auf die Wagen zu. Der Reiter war nicht zu sehen, aber sein Instinkt sagte Buffer, in welcher Richtung er suchen mußte. Kalte Angst umklammerte sein Herz. Trisha war sich sicher gewesen, daß der »Teufelsmann« nicht verschwinden würde, solange sie noch lebte.

Er hat kein Grab gefunden. Er wird nicht verschwinden, bevor er weiß, daß ich tot bin.

John kam zum Wagen, sobald angehalten und ausgespannt worden waren.

»Keine Angst. Dies ist ein guter, stabiler Wagen. Huntley und ich werden dafür sorgen, daß die Leinwand fest genug ist. Zünde ruhig die Laterne an, wenn du willst, Addie, aber mach sie aus, sobald Wind aufkommt.«

»Uns wird schon nichts passieren.«

»Papa, kommt ein Unwetter?«

»Ich glaube schon, mein Sohn, aber du mußt dich nicht fürchten. Colin ist nicht da, also bist du jetzt hier der Mann. Paß auf Jane Ann, deine Mutter und Trisha auf.«

»Das werde ich.« Dillon sah seine Mutter stolz an. Er vergötterte John geradezu.

»Soll ich ihnen die Geschenke geben?«

»Geschenke?« Beide Kinder blickten neugierig auf.

»Das ist eine gute Idee. Ich glaube, du könntest auch die Zuckerstangen herausrücken, Addie.«

»Zuckerstangen?« quietsche es zweistimmig.

Trisha und Addie lachten.

»Sie werden sich jeden Tag ein Unwetter wünschen, Mr. John.«

»Ich hoffe nicht, daß es so kommt. Ich werde den Wagen im Auge behalten.« John lehnte sich im Sattel vor und küßte Addie.

»Zieh deinen Regenmantel über...«

Er lachte. »Ja, *Mama.*«

Jane Ann war sprachlos, als Addie ihr die Puppe gab. Als sie endlich Worte fand, flüsterte sie: »Das ist meine?«

»Ja, Liebes. John hat sie für dich gekauft.«

Die Augen des Kindes funkelten wie Diamanten. »Er *ist* mein Papa, nicht wahr?«

»Ja, das ist er, Liebes.«

»Schau, Trisha. Schau mal ihre Hände an. Sie hat sogar Finger!«

Dillon interessierte sich für die Puppe, bis er die Zinnsoldaten sah. Sein Gesicht nahm einen ehrfürchtigen Ausdruck an. In der Schachtel waren zehn bunt bemalte Soldaten; fünf in der Uniform der Nordstaaten und fünf in der Uniform des Südens. Er griff einen Soldat der Union aus der Schachtel.

»Schau, Mama! Der ist wie dieser Mann.« Er war so aufgeregt, daß er kaum sprechen konnte. »Siehst du, Trisha?«

»Hat Papa für Trisha auch ein Geschenk gekauft?« fragte Jane Ann.

»Er hat ihr einige Bänder für ihr Haar gekauft. Ich hole sie später.«

»Das hat er nicht getan, Miss Addie«, flüsterte Trisha.

»Woher weißt du das, Miss Oberschlau?« Addie legte den Arm um ihre Freundin und drückte sie an sich. »Oh, Trish, es ist so ein Glück, daß wir John haben. Die Zeit auf der Farm kommt mir jetzt wie ein Alptraum vor.«

»Es war nicht schlecht, nur zum Schluß. Mr. John kam gerade rechtzeitig.«

»Und Buffer auch. Weißt du noch, wie wir ihn zum ersten Mal in der Stadt gesehen haben? Er hat die beiden Betrunkenen gepackt und sie auf die Straße geschleudert. Schon da hat er dich gemocht.«

»Aber... er hat gewußt...«

»Um so besser. Er hat dich trotzdem gemocht. Du magst ihn auch, oder?«

»Jetzt, wo er die Bürste nicht mehr im Gesicht hat, ist er ganz in Ordnung.«

»John sagt, daß er dich heiraten will.«

»Das... geht nicht!«

»Trisha, Stolz ist eine Sache, aber es ist etwas anderes, so halsstarrig stolz zu sein, daß man sich die Chance zerstört, glücklich zu sein. Ich weiß, daß du dich für dein farbiges Blut nicht schämst; aber du hast viel mehr weißes Blut als farbiges, also halte dich an das, wovon du am meisten hast.«

»Ich dachte, es wäre rot!« kicherte Trisha.

Addie lachte.

Der Wind traf den Wagen so heftig, daß er schwankte.

Addie machte rasch die Laterne aus. Trisha band die hintere Klappe fest. Ein enormer Donnerschlag ertönte über ihnen, und Jane Ann stieß einen leisen Schrei aus. Trisha griff nach dem Kind, als der windgepeitschte Regen auf die fest gespannte Leinwand traf. Addie hielt Dillon und seine geliebten Zinnsoldaten in den Armen und fragte sich, ob John und Colin wohl draußen in diesem heftigen Guß waren.

Der Wind ließ etwas nach, aber der Regen ergoß sich weiter aus den Wolken. Innen im dunklen Wagen konnten die beiden Frauen, die die Kinder hielten, sich gerade noch erkennen. An der Vorderklappe begann Wasser einzudringen. Trisha schob Jane Ann näher zu Addie hin, nahm schnell die Matratze aus dem Overjet und legte einen alten Teppich vor das Leck, um das Wasser aufzufangen. Dann setzte sie sich wieder mit Jane Ann auf die Kiste.

Das Geräusch des Regens, der gegen die Leinwand prasselte, verhinderte, daß Addie die Stimme hörte, die hinten vom Wagen her nach Trisha rief. Aber Trisha hörte sie, und wie eine sich windende Schlange ergriff sie kalte Angst. Sie packte Addies Arm, drückte ihn und legte einen Finger an ihre Lippen.

»Komm da raus, Mädchen!«

»Das ist er!« hauchte Trisha. Dann, als Jane Ann ein Geräusch hören ließ, preßte sie dem Kind die Hand auf den Mund.

»Psst... Liebes«, flüsterte sie ihr ins Ohr. »Geh unter den Overjet. Schnell!«

Die Frauen brauchten weniger als eine halbe Minute, um die Kinder unter den Overjet zu stecken und die Kiste hochzuheben und vor sie zu schieben. Trisha bedeutete Addie eindringlich, sich mit ihnen zu verstecken, aber sie schüttelte den Kopf.

»Ich schieß beide Läufe auf dich ab, wenn du nicht rauskommst.«

Addie suchte nach einer Waffe. Die alte Büffelbüchse war unter dem Wagensitz. Colin hatte Trishas Gewehr genommen. Die Messer waren in der Kiste, aber man konnte sie nur von außen erreichen.

Die Donner grollten jetzt ohne Unterbrechung. Addie sah zu Trisha hinüber. Sie stand bereit, eine Hand am Wagenbogen, in der anderen ihr Messer.

Ritsch! In dem langen Schnitt, der sich in der Leinwand auftat, erschienen Kopf und Schultern eines Mannes. Das vom Regen durchtränkte schwarze Haar klebte an seinem Kopf. Ein schwarzer Bart bedeckte sein Gesicht. Selbst in der Dunkelheit konnte man den Wahnsinn in seinen Augen schimmern sehen.

»Diesmal kommst du nicht davon.«

Trisha stürzte sich auf ihn, als er den Doppellauf seines Gewehrs anhob.

Aber sie kam zu spät.

Plötzlich wurde er von einem langen Arm weggerissen, der sich ihm um die Kehle legte. Das Gewehr, das er in der Hand hatte, ging los, die Kugel durchschlug die Wagendecke. Der Angreifer ließ die Waffe fallen und versuchte, das Messer zu erreichen, das in seinem Gürtel steckte. Dann traf ihn Buffers Faust mit solcher Gewalt, daß sein Kopf nach oben fuhr und sein Körper nach hinten geschleudert wurde. Er taumelte, doch als er sich aufrichtete, hatte er ein Messer in der Hand.

»Komm schon, du *Geier!*« brüllte Buffer und griff nach seinem eigenen Messer. »Ich schneide dir dein verdammtes Herz raus!«

Der riesige Mann war außer sich vor Wut. Der Bärtige wußte, daß dies ein Kampf auf Leben und Tod war.

»Sie ist nur eine entlaufene Niggerin!« höhnte er. Den heißen, irren Blick auf Buffer gerichtet, machte er einen Schritt zur Seite, um Buffer gegen die Deichsel zu drängen.

Das war ein Fehler. In dem Augenblick, in dem der Eindringling seinen Rücken dem Wagen zugekehrt hatte, stürzte Trisha sich durch die Öffnung in der Leinwand. Mit all ihrer Kraft stieß sie ihm ihr Messer in den Leib. Sie fiel zu Boden und sprang wie eine Katze wieder auf die Füße. Der schwarzbärtige Mann taumelte, blieb dann ein paar Sekunden bewegungslos stehen. Er drehte sich langsam um, die Augen wild, den Mund geöffnet.

»Niggerhure! Ich peitsch' dir das Fleisch von den Knochen!«

Trisha wich zurück. Undeutlich hörte sie, daß Buffer ihren Namen rief, dann zogen seine Arme sie zurück, und er beschützte sie mit seinem Körper.

Während der Bärtige sie anstarrte, gaben seine Beine nach, und seine Knie klappten zusammen. Seine haßerfüllten Augen blieben fest auf Trishas Gesicht gerichtet, als er langsam zusammensank, die Hand mit dem Messer auf sie gerichtet. Dann lag er auf dem Gesicht, und Trishas Messer ragte aus seinem Rücken heraus. Buffer machte einen Schritt nach vorne und trat ihm das Messer aus der Hand, dann bückte er sich und zog Trishas aus seinem Rücken.

Der Mann schrie auf.

»Mist!« murmelte Buffer. »Der Wurm ist noch nicht tot!«

Der Regen war zu einem leichten Nieseln geworden, aber niemand nahm das wahr.

Addie stand hinten im Wagen und blickte auf die Szene hinab. Sie konnte nicht glauben, daß Trisha es gewagt hatte, aus dem Wagen zu springen und dem Mann, der gekommen war, um sie zu töten, das Messer zwischen die Schulterblätter zu rammen.

Addie hörte einen Ruf und sah, daß John auf sie zurannte.

»Addie?« Seine Stimme klang besorgt. »Ich habe einen Schuß gehört. Alles in Ordnung?«

»Uns geht es gut. Sieh lieber nach Trisha.«

Buffer hatte die Arme um Trisha gelegt, ihr Gesicht war an sein nasses Hemd gedrückt. Sie war still und wirkte gefaßt.

»Ich wußte, daß er es war... der *Teufelsmann!* Ich wollte nicht, daß er dich aufschlitzt. Er ist... so böse.«

»Meine Süße. Du hast mir vielleicht einen Schrecken eingejagt.« Buffer wiegte sie in seinen Armen. »Tu das nie wieder!« sagte er. »Ich werde für uns beide kämpfen. Verstanden?«

»Ich wollte nicht, daß er dich aufschlitzt, Buffer«, wiederholte Trisha.

Sie stand still in Buffers Armen, während er John erzählte, was geschehen war. Buffer machte sich Vorwürfe, weil er nicht besser aufgepaßt hatte.

»Trish hat gesagt, er würde zurückkommen. Ich glaube, ich bin nachlässig geworden, weil ich nicht geglaubt habe, daß er uns so weit folgen würde.« Er schloß Trisha fester in die Arme. »Aber der verdammte Geier war die ganze Zeit im Lager des Richters.«

John kniete sich neben den Mann auf den Boden.

»Er ist nicht tot!«

»Das kann ich ändern!« Buffers Blut kochte noch immer.

John sah Buffer kalt an und sagte knapp: »Nein, das wirst du nicht. Das wäre Mord, und das dulde ich nicht.«

»Zum Teufel, John. Der Hurensohn wollte diese Schrotbüchse benutzen. Es war ihm egal, wen er sonst noch treffen würde, wenn er nur Trisha erwischte. Er hat versucht, sie zu töten... schon zweimal! Er verdient es nicht zu leben!«

John ignorierte Buffers Ausbruch und ließ sich nicht anmerken, wie sehr es ihn erschütterte, daß der Mann in den Wagen geschossen hatte.

»Breite eine Plane aus, Addie. Wir bringen ihn aus dem Regen unter den Wagen.« John band die hintere Klappe los und schwang sie auf.

»Steig in den Wagen, mein liebes tapferes Mädchen«, murmelte Buffer Trisha zu, als er sie hochhob und zum Ende des Wagens trug. »Zieh dir trockene Kleider an. John und ich werden diesen Haufen Pferdedreck im Auge behalten.«

Huntley, Paco, Colin und Cleve kamen rechtzeitig, um gemeinsam den Mann hochzuheben, den sie auf die Plane gerollt hatten. Sie legten ihn unter den Wagen. Cleve sah ihn an und schüttelte den Kopf.

»Eine Stunde macht er es noch, vielleicht zwei. Das Messer hat seine Lungen verletzt. Sie füllen sich mit Blut. Soll ich im anderen Lager Bescheid sagen?«

»Laß ihn erst sterben«, sagte John gefühllos. »Sie können ihn holen und begraben. Was macht das Vieh?«

»Es ist etwas aufgeregt, aber dicht beieinander. Das war vielleicht ein Guß. Der Fluß vor uns wird bis morgen über die Ufer getreten sein.«

»Ich glaube, heute werden wir nicht weiterziehen. Ist die Fracht naß geworden?«

»Rolly überprüft das gerade.«

Der sterbende Mann lag allein unter dem Wagen und rang nach Atem. John bückte sich unter den Wagen, um mit ihm zu sprechen, nicht aus Mitleid, sondern aus Anstand.

»Wie haben Sie sie gefunden?«

»War nicht schwer. In Freepoint hab ich sie verpaßt. Ein paar Typen... haben mir gesagt, daß ein Mädchen einen Mann verkrüppelt hat... sie wär mit einem Ochsentreck davon. Wußte, daß sie es war. Einmal... hatte ich sie fast.«

»Die Renshaws?«

»Hab' nicht nach... Namen gefragt. Hee-hee-hee! Haben gesagt, wenn ich ein Ohr mitbringe... würde ich... ein Pferd kriegen.«

»Sie werden nicht durchkommen, das wissen Sie. Gibt es jemanden, der benachrichtigt werden soll?«

»Hätte nie gedacht... daß eine verdammte Niggerhure... mich um die Ecke bringen würde!« Blut lief dem Mann aus den Mundwinkeln und verschwand in seinem dichten schwarzen Bart.

»Wenn Sie in den Wagen geschossen und meine Frau, meine Kinder oder Trisha verletzt hätten, würde ich nicht darauf warten, daß Sie sterben. Ich hätte Ihnen an Ort und Stelle das Leben aus dem Leib geprügelt.«

»Große Worte. Das würden Sie... gar nicht fertigbringen«, sagte er verächtlich.

»Sie haben in Van Buren versucht, Trisha zu töten. Was hat sie getan, daß Sie ihr bis hier draußen gefolgt sind, um es wieder zu versuchen?«

»Sie ist ein Nigger! Und sie ist weggelaufen!« Die schwarzen Brauen zogen sich zusammen. »Hab' niemals... einen verloren. Ich krieg' sie immer. Miss Amelia mußte...

dem Käufer sein Geld zurückgeben, weil die Hure weggelaufen ist.«

»Der Krieg ist vorbei. Sklaven sind jetzt freie Menschen.«

Das Gesicht des Mannes war aschfahl, doch seine Augen wirkten um so klarer. Seine Lippen verzogen sich wieder verächtlich.

»Sie haben nicht genug Verstand... um frei zu sein! Sie sind dumme Tiere. Nur gut zum... Arbeiten. Manche sind es nicht wert, daß sie Essen bekommen.«

»Sie sind das armseligste Stück Dreck, das ich in meinem Leben je getroffen habe. Wenn Sie nicht sowieso sterben würden, wäre ich versucht, Sie an Ort und Stelle zu töten.«

Der sterbende Mann ließ ein höhnisches Schnauben hören, und Blut kam aus seinem Mund.

»Miss Amelia wird jemand anderes schicken, um diese... Hure zu kriegen.«

»Soll sie es doch versuchen. Denen wird es genauso ergehen wie Ihnen.«

»Ich habe die... anderen Mistkerle... diese tollen Jungs... gekriegt. Ich habe dafür gesorgt... daß sie wußten... daß ich es war... der sie gefangen hat. Wenn ich *sie* gekriegt hätte, dann hätte Miss Amelias Hector die ganze Satinwood-Plantage, das beste... Baumwolland am Fluß.«

»Sie haben Trisha nicht erwischt. Trisha hat Sie erwischt.« Johns Stimme war voller Verachtung.

»Ich... hab Miss Amelia nie im Stich gelassen.« Die Stimme des Sterbenden wurde schwächer.

»Diesmal schon.«

»Gott! Ich hasse die weißen Nigger. Sie sind... so... hochmütig. Mr. Du Bois... hat sie gebumst und mit ihnen... noch mehr weiße Nigger gezeugt. Er hat die Hure *La* Trisha genannt... als ob sie... was Besonderes wäre.« Er hob seine knochige Hand und krallte sie in seine Brust.

»Ist Du Bois tot?«

»Im... Krieg.« Kopf und Schulter zuckten ihm, als er versuchte, Luft zu holen. »Hat Satinwood Hector und den... drei Niggerbastards hinterlassen. Das war nicht rechtens. Ah... arme Miss Amelia. Die Kerle hab' ich gekriegt. Die Hure beinahe. Sagen Sie Miss Amelia, ich habe... die –«

Blut schoß ihm aus dem Mund. Seine Augen waren starr geöffnet.

John wartete.

Um sicherzugehen, daß er tot war, bewegte John ein Augenlid des Mannes mit seiner Fingerspitze. Es blieb geschlossen. Das andere war offen. Er schloß es und legte den Hut des Mannes über sein Gesicht.

KAPITEL 28

Der Wind wehte die Wolken weg, und die Sonne kam hervor. Der Regen hatte den Staub von den weißen Leinwandplanen der Wagen gewaschen, so daß sie im Sonnenschein strahlten.

Colin nahm die beiden kleineren Kinder mit zu Bill, wo sie bleiben sollten, bis der Tote unter dem Wagen hervorgeholt werden konnte. Addie erinnerte sie daran, sich bei John für die Geschenke zu bedanken. Dann bestanden sie darauf, ihm dicke Küsse auf die Wangen zu geben. John lächelte zu Addie auf und genoß es sichtlich, daß sie ihn »Papa« nannten.

Nachdem die Kinder weg waren, wiederholte John seine Unterhaltung mit dem Toten Wort für Wort.

»Wie heißt er?« fragte Addie.

»Das habe ich ihn nicht gefragt.«

»Er heißt... David Blessing.« Trishas goldene Augen funkelten, als sie Buffer ansah. »Niemand außer Miss Amelia hat ihn jemals so genannt. Wir Sklaven haben nur »Ja, Sir, nein, Sir« gesagt. Aber wenn er nicht in der Nähe war, haben wir ihn Teufelsmann genannt.«

»Teufelsmann scheint in der Tat passender zu sein, nach dem, was du über ihn erzählt hast«, kommentierte Addie, bevor sie sich an John wandte. »Bedeutet das, daß Trisha die Hälfte einer großen Plantage gehört?«

»Ich glaube schon.«

»Ich gehe nicht dahin zurück!« Trishas Stimme wurde lauter. »Ich will nichts von Satinwood.« Mit flehendem Blick wandte sie sich an Buffer. »Du hast gesagt, wir würden uns ein Haus…«

»Das werden wir, wenn du es so willst.«

Trisha war den Tränen nahe.

»Ich gehe mit dir, Buffer. Hector und Amelia können alles haben. Die Leute, die dort arbeiten, hassen sie beide. Sie werden weggehen. Soll der böse alte Hector doch in der Sonne Baumwolle hacken, bis er so müde ist, daß er nicht mal mehr essen kann.« Ihre goldenen Augen heiterten sich auf. »Ich hoffe, er muß die Schweine tränken, Rohrzucker schneiden und die Nachttöpfe nach draußen bringen.«

»Wir werden uns ein kleines Zuhause einrichten, meine Süße.« Buffers Stimme war heiser vor Erleichterung. Einen Moment lang hatte er Panik verspürt, als ihm klar wurde, daß Trisha Anspruch auf einen Teil einer großen Plantage erheben könnte. »Wir werden kein *großes* Haus haben…«

»Ich will auch kein großes Haus, Buffer.« Sie umklammerte seinen Arm mit beiden Händen. »Ich gehe nie wieder zurück nach Orleans oder Satinwood. Ich dachte, du wolltest zurücknehmen, was…«

Buffer packte sie mit beiden Händen an den Schultern. »Ich nehme niemals zurück, was ich zu dir sage. Ich will nur sichergehen, daß es dir nicht leid tut, auf all das zu verzichten.«

»Dieses ganze Elend? All diese Leute, die auf mich herabschauen? *Das* werde ich niemals vermissen. Außerdem, Buffer, du hast mir versprochen, mir zu zeigen, wie man ein Messer wirft, damit… es leichter für mich ist, Leute abzustechen.« Es gelang ihr nicht, ihn zum Lächeln zu bringen.

»Das werde ich. Gott, ich habe mir fast in die Hose gemacht, als ich gesehen habe, was du vorhast.«

Als Buffer klar wurde, was er gerade gesagt hatte, wurde er feuerrot. Er spürte, daß das Mädchen in seinem Arm lachte, und wollte sie schütteln.

»Vielleicht kannst du deine Augen mal eine Minute von Trisha abwenden, Buffer, wir müssen noch eine Entscheidung treffen.« Johns ernster Tonfall erregte ihre Aufmerksamkeit. »Ich glaube nicht, daß irgend jemand außer uns Vieren und Cleve weiß, warum Blessing hinter Trisha her war. Ich habe es Cleve gesagt, nachdem sie überfallen worden war. Du kannst darauf vertrauen, daß er nichts sagen wird.« Er sah Trisha an, und sie nickte. »Ich glaube nicht, daß Blessing jemandem im anderen Lager davon erzählt hat, weil er sich davonmachen wollte, wenn er seine schmutzige Arbeit erledigt hätte. Er schien viel von Miss Amelia zu halten und wollte zu ihr zurück.«

»Sie waren ein Herz und eine Seele«, kommentierte Trisha trocken.

Addie runzelte die Stirn. »Das stimmt. Welchen Grund nennen wir dem Richter dafür, daß er Trisha verfolgt und wieder versucht hat, sie zu töten? Ihre Vergangenheit ist ihre Sache... und jetzt auch Buffers, glaube ich.«

Johns dunkelblaue Augen funkelten vor Liebe zu ihr. Seine Addie steckte alles im Handumdrehen weg. Sie, Trisha und die Kinder waren gerade erst dem Tod durch die Hand eines Verrückten entkommen. Kein Geschrei, keine Tränen. Ruhig... und wunderschön. Gott, wie konnte es sein, daß sie ihm so schnell so wichtig geworden war?

John zwang sich, seine Gedanken wieder auf das Gespräch zu konzentrieren.

»Da hast du Recht, Schatz. Warum sagen wir nicht einfach, der Mann sei von ihr besessen gewesen. In gewisser Weise ist das ja die Wahrheit. Sie werden denken, ihre Schönheit hätte ihn gefesselt, und als sie nichts von ihm wissen wollte, ist er durchgedreht.«

»Dem kann ich mich anschließen.« Buffer grinste Trisha an. »Ich kann mir vorstellen, wie sie einen Mann um den Verstand bringen kann.«

»Manche Männer haben gar keinen, die müssen sich keine Sorgen machen.« Trisha hob keck ihr Kinn und warf Buffer einen Blick von der Seite zu.

Buffer Simmons, der große Bär, war Wachs in den Händen dieses schmalen Mädchens. John schüttelte entgeistert den Kopf.

»Eines möchte ich noch sagen, dann können wir das Thema wechseln. Wenn du nach New Mexico kommst, Trisha, könnten sich ein paar Leute, sehr wenige, dafür interessieren, ob du reinrassig kaukasisch bist. Viele Weiße da unten sind zum Teil indianisch oder zum Teil mexikanisch. Bleib bei Buffer. Werde glücklich und sei stolz auf *dich selbst.*«

Es war, als sei Trisha eine Last von den Schultern genommen worden. Ihre Augen funkelten, als sie Buffer ansah. Er betrachtete sie, als sei sie das Wertvollste auf der ganzen Welt. Sie würden ein wunderbares Paar abgeben – wenn sie sich nicht gegenseitig umbrachten. Addie mußte bei dem Gedanken ein Kichern unterdrücken.

John stellte fest, daß seine Frau eine lausige Pokerspielerin abgeben würde. Er konnte ihr jede Stimmung im Gesicht ablesen. Sie wandte ihm ihre schönen violetten Augen zu, und er spürte, wie ihm warm ums Herz wurde. Er sah zur Sonne und fragte sich, wie lange es noch dauern würde, bis er mit ihr allein sein konnte. Als er sprach, waren seine Gedanken ganz woanders.

»Ich habe Blessings Taschen durchsucht. Er hatte ein wenig Geld und einige Papiere. Nichts Interessantes. Aber er hatte das hier.« John zog eine schwere Golduhr aus seiner Tasche. »Der Name Paul Du Bois ist eingraviert. Ich dachte, Trisha sollte sie haben.«

»Daddys Uhr.« Trisha nahm sie ehrfürchtig. »Wenn er Mama und mich besuchen kam, durfte ich damit spielen.« Sie hielt die Uhr in beiden Händen und sah sie liebevoll an, bevor sie auf den Knopf drückte. Der Deckel auf der Vorderseite sprang auf, und sie las die Worte, die auf der Innenseite eingraviert waren. »›*Ich werde dich immer lieben.*‹ Mama hat das einmal dort hinschreiben lassen, als Daddy seine Uhr bei uns vergessen hatte. Er war... so geschmeichelt.« Trisha blickte in die Ferne, ihre Augen verschleierten sich, als sie sich an diese glückliche Zeit in ihrem Leben erinnerte.

Johns Augen suchten Addies Blick.

»Wir müssen uns etwas Leinwand besorgen und die Löcher im Dach reparieren, bevor es wieder regnet. Komm, Frau. Lassen wir das Liebespaar allein. Ich muß jemanden losschicken, der Van Winkle sagt, daß er seinen Mann abholen und begraben soll.«

Trisha und Buffer standen dicht beieinander, die Köpfe über die Uhr gesenkt, und bemerkten nicht, daß sie weggingen.

Der finstere Blick des Richters hätte Addie anzeigen sollen, daß er den Tod eines seiner Männer ernsthaft hinterfragen würde. Der Gedanke, daß er und der Hauptmann seiner Patrouille die Männer, die den Leichnam abholten, begleiten würden, war ihr nicht gekommen.

John und Buffer reparierten das Wagendach, als der Richter, der Hauptmann und zwei weitere Männer angeritten kamen, ein ungesatteltes Pferd bei sich. Sie stiegen ab. Der Hauptmann beugte sich vornüber und zog den Hut vor dem Toten.

»Es ist Hopkins«, teilte er dem Richter mit. »Einer der letzten, die wir angestellt haben.«

»Er heißt nicht Hopkins«, sagte John, der den Hauptmann ignorierte, zum Richter, »er heißt David Blessing.«

»Woher wissen Sie das? Hat er Ihnen das gesagt?«

»Nein. Trisha, die Stieftochter meiner Frau, wußte es.«

»Ihre Stieftochter?« Der Hauptmann sah von Trisha zu Addie.

»Ihre Stieftochter«, wiederholte John ruhig. »Haben Sie eine Frage dazu?«

Forsythe schüttelte den Kopf.

»Woher weiß sie das?« fragte der Richter.

»Er ist schon seit... ungefähr einem Jahr hinter ihr her. Er hat auch versucht, sie in Van Buren zu töten.«

»Warum?«

»Gucken Sie sie an, und dann ihn.«

»Reden Sie nicht in Rätseln. Jemand hat hier einen meiner Männer getötet, und ich will wissen, warum.«

»Er war fest entschlossen, sie zu haben. Sie wollte ihn nicht.«

»Leuchtet mir ein, Richter.« Forsythe wollte weg hier. Addie hatte den Blick nicht von ihm abgewandt. Ihm lief der Schweiß von den Schläfen die Wangen hinunter.

Verflucht soll sie sein!

»Ich werde dies dem diensthabenden Beamten im Fort melden. Wer von ihnen hat ihn getötet?« Van Winkles Augen richteten sich erst auf John, dann auf Buffer.

»Ich war es.« Trisha meldete sich, bevor einer der Männer etwas sagen konnte. Sie machte einen Schritt vom Wagen weg und trat den Männern gegenüber, die Hände auf die Hüften gestemmt. »Ich habe das dreckige Stück umgebracht! Ich bin froh, daß ich es getan habe. Ich habe den Scheißkerl in den Rücken gestochen. Genau wie er es schon mit vielen anderen gemacht hat.«

»Trisha...«, sagte Addie sanft. Sie fürchtete, das Mädchen würde zu viel verraten.

»Ich war es, Miss Addie, und ich bin froh darüber. Dieser aufgeblasene Ochsenfrosch kann es ruhig wissen.«

Buffer grinste.

Johns Augen funkelten belustigt, als er den empörten Gesichtsausdruck des Richters sah. Er bezweifelte, daß er jemals von irgend jemandem »aufgeblasener Ochsenfrosch«

genannt worden war. Van Winkle war sehr bemüht, seine halsstarrige Würde zu bewahren.

»Wie heißt du, Mädchen?« Van Winkle zog einen Stift aus seiner Tasche, dann einen Umschlag, auf dessen Rückseite er schrieb.

»Trisha.«

»Wie…?«

»Trisha Hyde. Das schreibt sich *H-y-d-e*«, unterbrach Addie sie rasch, wobei sie den Hauptmann direkt ansah. Sie bemerkte, daß er eine Faust ballte, und freute sich, daß er sich ärgerte.

John erzitterte innerlich. *Addie ist noch immer nicht überzeugt, daß der Hauptmann nicht ihr toter Ehemann ist.*

»Wie lange kennen Sie Hopkins… äh, Blessing schon? Haben Sie ihn verführt?« Van Winkles fordernder Tonfall unterbrach Johns Gedanken.

»Diese Frage ist unnötig, und das wissen Sie.« John sprach mit fester Stimme, sah Buffer an und hoffte, er würde den Mund halten. »Blessing ist ihr nach Van Buren gefolgt. Dort hat er sie beinahe umgebracht. Sie haben ihn angestellt und ihm so eine zweite Chance gegeben.«

Van Winkle ignorierte John, sah Addie an und fragte weiter.

»Ist ihr Vater im Krieg gefallen?«

»Ja.« Addies Augen waren auf den Hauptmann gerichtet. »Er hieß Kirby Hyde.«

Die Spannung war enorm. Nur Addie, Forsythe und John wußten, was Addie tat.

»In Ordnung. Holt ihn da raus.« Der Richter steckte den Umschlag und den Stift zurück in seine Tasche.

Die Männer gingen auf die andere Seite des Wagens und zogen an der Plane, um den Leichnam ans Tageslicht zu bringen. Auf Johns Vorschlag hin rollten sie den Toten in die Leinwand ein. Während sie das taten, gelang es dem

Hauptmann, sein Pferd in eine Position zu bewegen, die Addie von den anderen trennte. Er beugte sich vor und ergriff ihren Arm.

»Du wirst es bereuen, Addie Faye, wenn du mir alles vermasselst!« Er ging zu Seite und ließ Addie verblüfft zurück.

Bis zu diesem Augenblick war sie sich nicht *absolut* sicher gewesen, daß der Mann Kirby war. Johns Geschichte und der Brief, den er ihr gezeigt hatte, hatten sie glauben lassen, daß sie sich vielleicht irrte. Es *könnte* sein, daß der Hauptmann jemand war, der wie Kirby aussah – ein seltener Zufall, eine Spielerei des Schicksals.

Addie spürte, wie ihre Knie nachgaben und sich eine eisige Hand um ihr Herz legte. Sie war mit diesem kaltherzigen Mann verheiratet. *Addie Faye. Addie Faye.* Der Kirby, den sie gekannt hatte, hatte sie immer damit geneckt, als er ihren vollen Namen auf einem Ordner gefunden hatte, den ihre Mutter angelegt hatte, als sie ein Baby war. Die wertvolle Erinnerung war noch immer in ihrer Kiste.

Sie ging in den Wagen und setzte sich. Sie wollte nicht wieder mit John über diese Sache sprechen. Aber mußte sie es nicht? Sie konnte nicht für den Rest ihres Lebens mit der Ungewißheit leben, ob der Mann, den sie von ganzem Herzen liebte, wirklich ihr rechtmäßiger Ehemann war. Sie preßte ihre Hand auf den Magen.

Unsere Kinder wären… Bastarde.

»Sind Sie hier drin, Miss Addie?« Trisha trat in den Wagen. »Also, sie sind weg. Ist dieser Richter nicht der Gipfel? Wenn die Dinge nicht ganz nach Plan laufen, plustert er sich auf.« Sie blies die Wangen auf. »Er sieht wirklich aus wie ein Ochsenfrosch.« Sie beugte sich vor und sah Addie ins Gesicht. »Sie sind müde, nicht wahr, Miss Addie?«

»Ich glaube schon. Wir hatten ganz schön viel Aufregung in den letzten paar Tagen.«

»Bleiben Sie hier sitzen. Ich hole die Kinder und halte sie Ihnen vom Leib, während Sie sich ausruhen.«

»Danke, Trisha. Gönn mir eine Stunde, dann geht es mir besser.«

Addie schloß die Augen. Sie bezweifelte, daß es ihr jemals wieder bessergehen würde.

Hauptmann Kyle Forsythe war beinahe krank vor Unruhe. Mechanisch führte er die Aufsicht über die Beerdigung und überließ die meisten Einzelheiten Leutnant Shipley. Sie begruben den Mann, der noch immer in die Plane gewickelt war, auf einer kleinen Anhöhe, wo der Boden nicht vom Regen durchtränkt war. Nachdem der Richter hastig ein Gebet gesprochen hatte, warf einer der Männer eine Schlinge um den abgestorbenen Ast eines Baums und zog ihn hinunter über das Grab.

Bei der Rückkehr ins Lager entließ Kyle den Trupp und ging direkt zu dem Wagen, den er sich mit Leutnant Shipley teilte. Die Beerdigung hatte ein Kartenspiel unterbrochen, das Shipley mit zwei der rekrutierten Männer und einem Fahrer begonnen hatte. Kyle war erleichtert, als der Leutnant sich wieder zu ihnen gesellte. Er brauchte etwas Zeit für sich. Er mußte nachdenken.

Er setzte sich auf die regalähnliche Koje, die ihm als Bett diente, stützte die Ellbogen auf die Oberschenkel, den Kopf in die Hände, und starrte zu Boden.

Wenn er nichts unternahm, um sie aufzuhalten, würde diese verdammte Frau *die* Chance seines Lebens ruinieren.

Die Farm war ein guter Ort gewesen, um die richtige Zeit abzuwarten. Addie zu verführen war ein Kinderspiel gewesen. Dieses Landmädchen war noch niemals umschwärmt worden. Sie war ihm verfallen und hatte sich ihm ohne großen Widerstand hingegeben. Um auf der Farm bleiben zu können, bis er wieder nach Illinois zurückkehren und seinen Dienst antreten konnte, hatte er sich von ihr zu diesem

Provinzpfarrer zerren lassen und die Scheinhochzeit erduldet. Was für eine Farce das gewesen war!

Zum Teufel! Er konnte sich seine große Chance nicht durch die Lappen gehen lassen.

Der verfluchte Hinterwäldler war nach Freepoint gekommen und hatte Addie gefunden. Warum zum Teufel hatte er sie nur geheiratet? Wenn es ihm ums Bett gegangen wäre, hätte er nur ein bißchen Süßholz raspeln müssen. Es war nicht sehr schmeichelhaft für ihn zu erfahren, daß sich seine »Witwe« nach nur ein paar Wochen Trauer um ihn einen neuen Mann gesucht hatte.

Kyle wußte nicht, wo diese Trisha hergekommen war. Gott, aber sie war wirklich eine Schönheit. Cindy würde gelb vor Neid werden, wenn sie sie sah. Es hatte ihn erregt, sie nur anzusehen, dann hatte Addie ihn umgehauen, als sie sagte, der Nachname des Mädchens sei Hyde. Verflucht soll sie sein! Sie versuchte, ihn zur Strecke zu bringen.

Was jetzt? Er würde leugnen, leugnen, leugnen. Ihr Wort stand gegen seins. Er mußte sich das immer wieder sagen. Nichts durfte zwischen ihn und Cindy treten.

Kyle stand von der Koje auf, wusch sich das Gesicht, kämmte sein Haar und verließ den Wagen. Um nicht auf Van Winkle zu stoßen, ging er außen um den Kreis herum zu Cindys Wohnwagen und klopfte an die Tür.

»Wer ist da?«

»Ich, Kyle.«

»Laß ihn herein, Ivy, dann geh.«

»Ja, Madam.«

Das Mädchen öffnete die Tür und schlüpfte hinaus.

Kyle trat ein, drückte die Tür zu und schloß ab. Das Fenster war geöffnet, und eine kühle Brise kam herein. Dennoch roch der Wagen köstlich nach Frau. Cindy, die ein loses Gewand mit Bändern am Hals trug, legte den Roman, den sie las, beiseite und blickte auf.

»Hallo, mein süßes, hübsches Mädchen.« Er stand mit dem Rücken zur Tür und sah sie lange Zeit an.

»Ich habe dich vermißt.«

»Ich habe dich auch vermißt. Dein Onkel nimmt mich ganz schön in Anspruch.«

Cindy streckte ihre Hände aus. »Verschwenden wir keine Zeit«, flüsterte sie.

Kyle setzte sich neben sie und zog sie auf seinen Schoß.

»Ich bin weggeblieben, solange ich konnte. Ich will jetzt deine süßen Küsse genießen, und es ist mir egal, ob dein Onkel die Tür einschlägt.« Er vergrub sein Gesicht zwischen ihren Brüsten und schob die Öffnung ihres Gewands mit der Nase beiseite. »Mmm... du riechst wirklich zum Anbeißen.«

Sie stieß einen kleinen ausgelassenen Schrei aus, schlang die Arme um seinen Hals und drückte sich an ihn.

KAPITEL 29

Bemüht, seine Besorgnis wegen Addie loszuwerden, ritt John dem Treck voran. Er hielt Ausschau nach einer Staubwolke, einem aufgeschreckten Tier oder dem plötzlichen Aufflattern eines Vogelschwarms. Sein erfahrener Blick suchte den Boden fünfzig Fuß vor ihm bis zum Horizont in alle Richtungen nach einem Zeichen dafür ab, daß sie nicht die einzigen menschlichen Lebewesen auf der weiten Prärie waren. Er sah nur Gras, Jackbäume und hin und wieder ein Büschel Baumwolle.

Er hatte bis Tagesanbruch damit gewartet, den Treck in Bewegung zu setzen und den vom Regen angeschwollenen Strom zu überqueren. Glücklicherweise hatte der Fluß ein steinernes Bett und war leicht zu überqueren. Später, wenn sie die breiteren Flüsse mit Sandbetten erreichten, die in den Canadian River flossen, würden die Ochsentreiber zusätzliche Ochsen vor die Güterwagen spannen, um sie hinüberzuziehen.

Wegen des späten Aufbruchs hatte John sich entschlossen, die Mittagspause auszulassen und bis zum späten Nachmittag zu fahren. Er hatte Buffer nach hinten geschickt, um den Koch über die geänderten Pläne zu unterrichten.

Seine verwirrenden Gedanken bezüglich Addie ließen sich nicht vertreiben.

Letzte Nacht hatte sie zum ersten Mal seit ihrer Hochzeit nicht zumindest für einen Teil der Nacht in seinen Armen geschlafen. Er hatte nicht nur die süße Verzweiflung vermißt, die er verspürte, wenn er sich in ihrem warmen Frauenkörper verlor, sondern auch den Duft ihres Haars, die sanften Küsse, die geflüsterten Worte, die sie immer austauschten, bevor sie einschliefen. Sie war nicht nur seine Geliebte und seine Frau geworden, sondern auch seine Freundin. Sie hatten einander viele Dinge anvertraut, aber seit seinem Geständnis, daß er Kirby Hyde getötet hatte, hatten sie nicht mehr von ihm gesprochen. John runzelte die Stirn darüber, daß dieser Mann zwischen sie getreten war.

Addie hatte wie gewöhnlich ihr Bett unter dem Wagen eingerichtet, ihn dann aber gefragt, ob es ihm etwas ausmachen würde, wenn sie mit Trisha und den Kindern im Inneren schliefe. Zuerst hatte er gedacht, sie wolle nicht an der Stelle schlafen, an der vor so kurzer Zeit jemand gestorben war, doch als er allein dalag und zum sternklaren Himmel aufsah, wurde ihm der Grund klar: Sie hielt sich von ihm fern, weil sie noch immer glaubte, sie sei mit einem anderen Mann verheiratet.

John sah zurück auf die Kolonne von Wagen, die sich eine Meile weit hinter ihm ausdehnte. Hinter den Wagen waren zwei Gruppen von Tieren, seine und die des Richters.

Morgen würden sie Webbers Fall erreichen und sich von Van Winkles Truppe trennen. John würde seine Güterwagen über den Arkansas River führen und dem Canadian River folgen. Der Richter würde den Arkansas nach Norden zum Fort hinauffahren. John hatte sich auf diesen Tag gefreut. Jetzt wurde ihm jedoch klar, daß die Verhältnisse zwischen Addie und Kyle Forsythe geklärt werden mußten, sonst wäre die Gelegenheit vorbei – vielleicht für immer.

Er würde es nicht zulassen, daß für den Rest seines Lebens der Schatten eines anderen Mannes zwischen ihm und seiner Frau stand. Er murmelte einen Fluch. Es war an der Zeit, reinen Tisch zu machen.

Es war noch nicht fünf Uhr, als John den Befehl zum Anhalten gab. Die Tiere hatten zehn Stunden am Stück gearbeitet, mit nur einer halben Stunde Pause zum Ausruhen und Trinken. Er überließ es Cleve, die Wagen anzuordnen, und lenkte Victor die Reihe entlang bis zu der Stelle, an der die Truppe von Van Winkle bereits begonnen hatte, das Nachtlager zu errichten.

John zügelte sein Pferd neben Hauptmann Forsythe. Er hob seinen Arm und zeigte auf einige Baumwollpflanzen, die eine Viertelmeile entfernt standen.

»Seien Sie in einer halben Stunde da drüben.«

»Warum zum Teufel?«

»Um alles zu klären, was zwischen Ihnen und meiner Frau steht.«

»Es gibt nichts zwischen mir und Ihrer Frau. Ich... habe Sie noch nie gesehen.«

»Sie lügen. Seien Sie dort, oder ich bringe Addie her und wir sagen, was wir zu sagen haben, vor dem Richter und seiner Nichte.«

»Verflucht sollen Sie sein!«

»Verflucht sollen Sie sein für alles, was Sie Addie angetan haben!«

»Nun gut. Ich werde da sein.«

John nickte und ritt zurück zu seinem Lager.

Addie war schrecklich elend zumute, seit sie mit Sicherheit wußte, daß Hauptmann Kyle Forsythe der Kirby Hyde war, der auf ihre Farm gekommen war, sie geheiratet hatte und der Vater ihres Kindes war.

Ein langer Tag lag hinter ihnen. Das Überqueren des angeschwollenen Flusses hatte sie geängstigt. Ohne ihren Fahrer, dem es offenbar gar nichts ausmachte, wäre es noch schlimmer gewesen. Trotzdem hatten Addie und Trisha die Kinder umklammert, und Addie hatte sich um Colin gesorgt, der im Wagen vor ihnen fuhr.

Während ihrer kurzen Rast hatten sie alle etwas Wasser

getrunken, und Addie hatte die Zuckerstangen verteilt und darauf bestanden, daß auch Trisha und Huntley jeder eine nahmen.

»Das ist doch eine Schande, Madam, so etwas an mich zu verschwenden«, brachte Huntley hervor. »Die Kinder sollten das kriegen.«

»Es ist genug da. Die Süßigkeiten werden die Zeit bis zum Abendessen überbrücken.«

Trisha, die wußte, daß Addie bedrückt war, hatte sich sehr bemüht, die Kinder zu unterhalten. Sie warf beunruhigte Blicke auf ihre Freundin, die hinten im Wagen saß und das schwerfällige Tier anstarrte, das den nachfolgenden Wagen zog.

In Addies Kopf wiederholten sich die Ereignisse, die zu ihrer niederschmetternden Verzweiflung geführt hatten, wieder und wieder. John war sich so sicher gewesen, daß der Hauptmann nicht Kirby Hyde war, als er ihr den Brief brachte, den er dem Toten abgenommen hatte. Selbst dann hatte sie noch leise Zweifel gehegt, aber damit hatte sie leben können.

Jetzt mußte sie ihm sagen, daß ihre Ehe nicht rechtmäßig war. Daß Hauptmann Kyle Forsythe, der Mann, den sie als Kirby Hyde kannte, ihr richtiger Ehemann war.

Sie dankte Gott, als der Befehl zum Anhalten kam. Während die Wagen einen Kreis bildeten, kämmte Addie sich das Haar und flocht es neu. Sie kletterten alle hinab, sobald der Wagen anhielt. Es war ein gutes Gefühl, wieder festen Boden unter den Füßen zu haben. Die Kinder spielten Fangen, während Addie sich den Staub von Gesicht und Händen wusch und sich darauf vorbereitete, zum Küchenwagen zu gehen und Bill beim Abendessen zu helfen.

John kam auf Victor angeritten.

»Trisha, Colin kommt, um auf Dillon und Jane Ann aufzupassen. Könntest du an Addies Stelle Bill helfen? Sie kommt mit mir.«

»Wo gehen wir hin?« Addie wandte ihm ihr ängstliches Gesicht zu.

Er sah einen Moment lang auf sie hinab. Sie war wunderschön, aber das war nicht der Grund dafür, daß er den Verstand verloren und sich so voll und ganz in sie verliebt hatte. Es war ihre innere Schönheit, die ihn ansprach. Er hatte nie geglaubt, jemanden wie Addie finden zu können. Wenn sie einmal alt war, würde diese innere Schönheit noch immer da sein. Er bezweifelte nicht, daß sie ihm im Laufe der Jahre noch wertvoller werden würde.

»John!«

Er nahm seinen Fuß aus dem Steigbügel. »Setz deinen Fuß hier hinein, Liebes, ich ziehe dich hoch. Wir machen einen kleinen Ausritt.«

»Können wir nicht laufen?«

»Nein, Schatz. Komm schon, ich lasse dich nicht fallen.«

Ihr Gesicht sah noch immer ängstlich aus, als sie seinen Anweisungen Folge leistete. Er hob sie hoch und setzte sie auf seinen Schoß. Sie legte einen Arm um seine Taille und hielt sich an ihm fest. Seine Arme umschlangen sie, boten ihr Schutz und Geborgenheit. Er konnte spüren, wie ihr Körper ängstlich zitterte. Sie war so verdammt süß und hingebungsvoll. Verzweifelt verlangte es ihn danach, sie zu küssen und ihre Sorgen zu vertreiben, aber damit würde er warten müssen.

Manchmal mußte man grausam sein, um Zweifel und Mißtrauen auszulöschen.

Er wendete sein Pferd, und sie ritten auf die Baumwollbüsche auf der Anhöhe zu. John wußte, daß seine Frau sich Sorgen machte. Er wollte sie festhalten, in die Arme schließen und küssen, und ihr sagen, daß sie einen Weg zueinander finden würden, auch wenn Kyle Forsythe Kirby Hyde war.

Heute war John der Gedanke gekommen, daß er den Hauptmann töten könnte und ihre Sorgen dann vorüber wären. Aber es war nur ein Gedanke gewesen, den er schnell wieder verbannt hatte. Er konnte den Vater von Addies Sohn nicht absichtlich umbringen.

John ließ Victor locker traben, erpicht darauf, die Konfrontation rasch hinter sich zu bringen. Addies Wange war an seine Schulter gedrückt. Ihr langer honigfarbener Zopf hing über seinem Arm.

»Wenn wir nach Hause kommen, werde ich eine sanfte Stute für dich aussuchen, und wir werden in die Berge reiten. Zu dieser Tageszeit ist es dort wunderschön.«

»Ich muß dir etwas sagen.«

»Ich weiß, mein Schatz. Wir sind fast da.«

John hielt sein Pferd im Schatten an. Er saß da und blickte auf Addie hinab, dann hob er ihr Kinn mit den Fingern an. Er sah in die violetten Augen, die ihn seit dem ersten Tag im Laden fasziniert hatten. Er senkte den Kopf und legte seine Lippen auf ihre. Der Kuß war lang und tief. Als er ihr in die Augen sah, verschleierten sie sich.

»Ich mußte das tun«, sagte er heiser, und strich ihr eine verirrte Strähne hinters Ohr. »Ich habe dich letzte Nacht vermißt.«

John hob sie hinunter und stieg ab. Er sah, wie ein Reiter das Lager von Van Winkle verließ und in ihre Richtung kam. Er wußte, daß er nicht viel Zeit hatte, ergriff ihre Schultern und sah ihr ins Gesicht.

»Addie, Liebes, glaube mir – ich will dich und die Kinder bei mir haben, ganz gleich, ob unsere Hochzeit rechtmäßig ist oder nicht. In meinem Herzen *bist* du meine Frau. Nichts kann dich von mir trennen. Hauptmann Forsythe kommt. Wir werden alles klären, bevor wir hier weggehen, selbst wenn ich es aus ihm herausprügeln muß.«

Sie ließ den Kopf hängen. »Was… dann?«

»Dann kehren wir heim nach New Mexico.«

Der Hauptmann stieg vom Pferd und band die Zügel sorgfältig an einen niedrigen Busch, damit das Tier bequem grasen konnte. In dieser kurzen Zeit siegte Addies Kampfgeist. Sie trat einen Schritt von John weg. Das war etwas, was sie allein erledigen mußte. Sie wurde von Wut auf diesen herausgeputzten Yankee-Hauptmann übermannt. Sie richtete sich noch auf, fest entschlossen, ihn dazu zu bringen, daß er zugab, wer er wirklich war, damit sie entscheiden konnten, was zu tun war.

»Hallo, Kirby«, sagte Addie, als er sich ihr zuwandte.

»Madam, meine Name ist Kyle Forsythe.«

»Nun gut, dann nenne ich Sie so. Kyle, woher wußten Sie, daß ich Addie *Faye* heiße?«

»Das wußte ich nicht.«

»Sie haben mich gestern Addie *Faye* genannt. Sie haben gesagt, ich würde es bereuen, wenn ich Ihnen alles vermasseln würde.«

»So etwas habe ich nicht gesagt, Mrs. Tallman.«

»Einen Moment. Soll ich Sie schlagen, weil Sie meine Frau bedroht haben, oder lieber, weil Sie sie eine Lügnerin nennen?« fragte John.

»Ich wollte sagen, daß sie sich irrt.« Das Gesicht des Hauptmanns wurde dunkelrot, und er begann zu schwitzen.

»Ich irre mich nicht, Kirby... äh, Kyle. Ich will von dir nur, daß du zugibst, wer du bist, sonst nichts.«

»Das habe ich schon gesagt.« Er drehte sich weg, verschränkte die Arme vor der Brust und sah zu den Lagern hinüber.

»Kirby, hat es dir gar nichts bedeutet, deinen Sohn zu sehen, den hübschen kleinen Jungen, der fand, daß dir die Hauptmannsuniform so gut steht?«

Keine Antwort.

»Der kleine Junge bedeutet mir alles. Weil du ihn mir

geschenkt hast, kann ich dich nicht einmal dafür hassen, daß du mich verlassen hast und ich allein durch den langen, kalten Winter kommen mußte. Mein Baby und ich wären gestorben, wenn nicht ein junges Mädchen gekommen wäre, das so mager war, daß der Wind sie hätte umwehen können. Sie hat sich die Finger blutig gearbeitet, um uns zu helfen.«

Keine Reaktion.

»Ich war nicht am Boden zerstört, als du nicht aus dem Krieg zurückgekehrt bist. Ich hatte mich davor gefürchtet. Ich wußte, welche Art von Mann du warst, schon bevor du mich verlassen hast. Aber trotzdem habe ich deinen Tod nicht gewollt.«

Er lehnte sich an sein Pferd und schwieg weiter.

»Ich kann beweisen, daß du Kirby Hyde bist.« Er wirbelte herum und sah sie an. »Unter diesem Bärtchen hast du ein Grübchen am Kinn.«

Als Antwort schlug er mit der geballten Faust auf seinen Sattel.

»Sie können sich ja rasieren und beweisen, daß Sie nicht Kirby Hyde sind«, warf John ein.

Kyle verlor die Beherrschung. Sein attraktives Gesicht war von Wut und Verzweiflung durchfurcht.

»Was zum Teufel wollen Sie von mir?«

»Ich glaube, das ist offensichtlich. Wenn Sie Kirby Hyde sind, schulden Sie Addie eine Erklärung.«

»In Ordnung!« rief er. »Ich habe zeitweilig den Namen Kirby Hyde, Kent Wood und verschiedene andere getragen. Aber mein richtiger Name ist Kyle Forsythe.«

Addie lehnte sich an John und schloß die Augen. Er legte die Arme um ihre Taille und hielt sie fest.

»Sie haben eine Minute, Forsythe, um mit dem Sprechen anzufangen, sonst ziehe ich Ihnen das Fell über die Ohren und hänge es an diesen Busch.«

»Dazu wären Sie wahrscheinlich wirklich fähig«, sagte

Kyle höhnisch. »Ich habe gelernt, wie man Damen schmeichelt, aber ich weiß nicht, wie man hinterhältig kämpft. *Gentlemen* tun so etwas nicht.«

»Was hat dich auf meine Farm getrieben, Kirby?« Addies Stimme war ruhig und gefaßt. »Warum um alles in der Welt hast du ein so grausames Spiel mit dem Leben eines anderen Menschen getrieben?«

»Zum Teufel!« Seine kalten blauen Augen fixierten Addie. »Du bist immer arm gewesen, darum weißt du nicht, wie es ist, wenn man an einem Tag noch ein reicher Aristokrat ist und am nächsten plötzlich nichts mehr hat.«

»Nein, das weiß ich nicht.«

»Ich habe eine gute Erziehung genossen, weil ich ein Forsythe war, und das hat sich ausgezahlt, als ich mich für einen Posten beworben habe. Neben dieser Erziehung habe ich mir von jedem, der nur entfernt mit den Forsythes verwandt war, Vorträge darüber anhören müssen, wie sich ein Gentleman zu benehmen hat. Vorträge und Ratschläge, das war mein ganzes Leben.«

John schnaubte verächtlich.

Kyles Augen richteten sich auf ihn. »Sie glauben, daß ich nicht viel wert bin, aber in Anbetracht der Umstände habe ich mich tapfer geschlagen. Meine Mutter hat sich ihr ganzes Leben lang nicht die Hände schmutzig gemacht. Meine Schwester weinte, wenn sie zweimal das gleiche Ballkleid anziehen mußte. Ich wurde zur Hochzeit mit einer pferdegesichtigen, nörgelnden Schlampe gezwungen, damit der Schein gewahrt wurde.«

»Du warst vor mir schon verheiratet?«

»Ja. Sie ist tot, Gott sei Dank. Sie hat mir das Leben zur Hölle gemacht!«

Der Haß auf seinem Gesicht ließ Addies Herz in ihrer Brust seltsam heftig schlagen. Ohne es zu merken, ergriff sie Johns Hand.

»Alles an dir war eine Lüge, nicht wahr, Kirby? Du hast dich niemals den Arkansas Regulars angeschlossen.«

»Natürlich nicht! Ich glaube, du gibst keine Ruhe, bis du alle elenden Einzelheiten meines Lebens erfahren hast.«

»Deswegen sind wir hier.« John drückte Addie schützend an sich, ihren Rücken an seine Brust gelegt.

Der Hauptmann konnte offenbar nicht stillstehen. Er lief auf und ab, ohne sie anzublicken. Einige Male schlug er mit der Faust in seine Handfläche, während er sprach, oder er ließ ein höhnisches Lachen hören.

»Einige Monate vor Kriegsausbruch mußte ich Vandalia verlassen, um abzuwarten, daß sich ein Skandal legte, den ich verursacht hatte.« Es schien ihm nicht im geringsten peinlich zu sein, das zuzugeben. »Ich hatte mich bereits für einen Posten beworben und entschloß mich, einen Onkel unten in Jonesboro zu besuchen, bis dieser Posten genehmigt wurde. Mein Onkel war seit unserem letzten Zusammentreffen unerbittlich geworden und bestand darauf, daß ich für meinen Unterhalt arbeiten sollte. Zum Teufel, ich war nicht dazu geschaffen, Mehlfässer, Baumwollballen und Sirupeimer zu stemmen. Aber ich hab es getan, und zwar verdammt gut.«

Über den Rücken seines Pferdes warf er Addie einen Blick zu.

»Ich hatte niemals Probleme damit, eine Frau zu kriegen. Schwierig war es nur, sie wieder loszuwerden. Ich konnte doch nichts dafür, wenn ein dummes Stadtmädchen schon die Röcke hob, sobald ich nur mit dem Finger schnippte. Sie kam auf die verrückte Idee, ich müsse sie heiraten, weil ich sie gefickt hatte.«

Bei diesem unanständigen Wort schloß Addie die Augen.

»Ich habe Jonesboro mitten in der Nacht verlassen. Am nächsten Morgen hat ein Schwarzer mich auf einem Heuwagen mitgenommen. Ich war erst einen Tag in Freepoint, als ich von der Frau hörte, die allein auf einer Farm einige Meilen von der Stadt entfernt wohnte.

Die Farm war sehr geeignet dafür, einige Zeit dort zu verbringen, Addie Faye. Und dich zu verführen war ein Kinderspiel.« Kyle spürte, daß er nichts mehr zu verlieren hatte, und sprach alles aus. Er beobachtete Addies Gesicht, als er die grausamen Worte sagte. Sie zeigte keinerlei Emotion.

Er zuckte die Schultern.

»Ich habe zugelassen, daß du mich zu diesem Provinzpfaffen gezerrt hast, und habe die Hochzeitszeremonie über mich ergehen lassen, um auf der Farm bleiben zu können, bis ich wieder nach Vandalia zurückkehren und meine Stellung antreten konnte.«

»Du bist wirklich verkommen, Kirby«, sagte Addie.

»Das gebe ich zu. In meiner Lage tut ein Mann, was er tun muß, um zurechtzukommen. Ich habe mir das Hirn zermartert, um einen Weg zu finden, ohne großes Theater von dir wegzukommen. Wenn ich lange genug warte, läuft für mich in der Regel alles nach Plan. Der alte Cash im Laden hat mir von den Arkansas Regulars erzählt. Das war die Gelegenheit, aus meiner elenden Lage herauszukommen. Ich habe mich an dem Tag ›eingeschrieben‹, an dem der Brief von meiner Schwester kam, in dem stand, daß die Brüder der *Dame*, die ich angeblich geschändet hatte, mich nicht länger suchten. Die *Dame* war mit einem verheirateten Trommler nach Saint Louis durchgebrannt, und die Brüder mußten sich mit der Tatsache abfinden, daß ihre Schwester keine Dame war.

Ich habe Freepoint verlassen, mich nach Illinois durchgeschlagen, meinen Dienst angetreten und mir einen leichten Posten verschafft, der mich durch den Krieg gebracht hat.«

»Sie sind ein echter Held«, sagte John trocken.

»Zumindest bin ich nicht tot.« Kyle lachte. Sein Gesicht

war gerötet. Da er glaubte, seine Chancen bei Cindy verspielt zu haben, ließ er alle Vorsicht fallen.

»Cindy Read habe ich sechs Monate vor Kriegsende kennengelernt. Sie ist so, wie ich mir eine Ehefrau immer erträumt habe: reich und schön. Außerdem hat sie die richtigen Verbindungen. Eine perfekte Ehefrau für einen ehrgeizigen Militär.

Manchmal mache ich sehr dumme Sachen. Auf meinen Weg nach Fort Smith, wo ich Van Winkle und Cindy treffen sollte, habe ich in Jonesboro Station gemacht. Onkel Kirby genoß es geradezu, mir den Brief von Addie zu übergeben.«

»›Onkel Kirby?‹«

»Noch so ein dummer Fehler. Als ich auf die Farm kam, war Kirby Hyde der erstbeste Name, der mir einfiel.«

»Es hat dir nichts bedeutet, daß du einen Sohn hattest?« fragte Addie mit möglichst kühler und gefaßter Stimme.

»Ehrlich gesagt, nein. Ich habe überall meine Saat gesät, wie die meisten Männer.«

Jetzt verlor Addie die Beherrschung. Sie trat zwei Schritte auf ihn zu, hob ihre Hand und gab ihm eine schallende Ohrfeige. Sie war genauso erstaunt über diese Tat wie der Mann vor ihr und der hinter ihr. So etwas hatte sie noch nie getan und auch nicht geglaubt, dazu fähig zu sein.

Kyle stand bewegungslos da. »Geht es dir jetzt besser?« Als sie nicht antwortete, sagte er: »Ich scheine bei Frauen Eigenschaften herauszufordern, von denen sie selbst nichts ahnen.«

»In der Nacht, in der ich den Südstaatler getötet habe, waren Sie an der Weggabelung.« John packte Addie und zog sie vom Hauptmann weg.

»Ja. Als Sie nach seinem Namen gefragt haben, fiel mir die Gelegenheit direkt in den Schoß. Der beste Weg, Kirby Hyde unter die Erde zu bringen. Ich zog den Brief aus meiner Tasche und gab ihn Ihnen.«

Johns kniff die Augen zusammen und studierte Kyles Gesicht.

»Sie sehen diesem Mann nicht ähnlich.«

»Schnurrbart und Bart wirken Wunder.« Er befühlte das kurze Bärtchen an seinem Kinn. »Ich habe Sie an dem Abend wiedererkannt, als Sie im Hotel in Van Buren waren. Gleicher Hut, gleiche Kleidung, gleiches langes schwarzes Haar. Als ich Sie am nächsten Morgen wiedersah, war Addie bei Ihnen.« Er lachte. Es war ein kurzes, trockenes Geräusch. »Ich habe mir gedacht, nun, Kyle, wenn du das überstehst, hast du dir eine Medaille verdient. Weißt du, Addie, es war nicht sehr schmeichelhaft festzustellen, daß meine Witwe keine Woche lang um mich trauerte.«

Addie fühlte sich, als würde sie an der Verbitterung ersticken. Sie schnaubte vor Verachtung, dann wurde ihr die Sinnlosigkeit dieser Geste klar, die gegenüber diesem selbstsüchtigen Mann völlig vergebens war.

Hinter ihr erfaßte John ihre Schultern und schob sie zur Seite. Bevor sie oder Kyle begriffen, was er vorhatte, schlug er Kyle die Faust ins Gesicht. Der Hieb ließ ihn rückwärts taumeln, dann fiel er schwer auf den Boden. Er blieb liegen und betastete seine aufgeplatzte Lippe.

»Wofür war das?«

»Dafür, daß Sie einen kleinen Jungen verlassen haben – einen Teil der ›Saat‹, die Sie so sorgfältig ausgesät haben.«

Kyle stand auf, zog ein Taschentuch hervor und betupfte seine Lippe. In dem Augenblick, in dem er das Tuch wieder in die Tasche stecken wollte, schlug ihm Johns eisenharte Faust wieder ins Gesicht. Der Hieb warf Kyles Kopf zurück und schleuderte ihn zu Boden. Blut schoß ihm aus der Nase. Er lag da und drückte das Tuch an sein Gesicht.

»Verdammt noch mal! Wie lange soll das noch weitergehen?«

»Ich habe nicht genug Zeit, um Ihnen das zu geben, was

Sie verdienen. Bald wird es dunkel. Aber das war für den Südstaatler, der in dem Grab nahe Jonesboro liegt. Seine Familie wird nie erfahren, was mit ihm geschehen ist.«

»Er wollte Sie töten, verdammt noch mal.«

»Er war ein Mensch. Manche nehmen anderen das Leben. Andere, wie Sie, nehmen einer Person die Selbstachtung.«

»Meine Güte, ich habe niemanden umgebracht.«

»John.« Addie legte ihm die Hand auf den Arm. »Es bringt nichts, ihn zu schlagen. Ich kann nicht glauben, daß ich mit einem so armseligen Stück Abschaum verheiratet bin.«

Kyle stand auf und behielt John mißtrauisch im Auge.

»Ich bin nicht mit dir verheiratet! Glaubst du, ich würde mich an eine Frau vom Land binden, die einen Serviettenring nicht vom Arsch eines Maultiers unterscheiden kann?«

Addie hinderte Johns daran auszuholen. Ihr Herz schlug heftig. Ohne es zu merken, preßte sie ihre Hand auf die Brust.

»Was meinst du damit? Du hast gesagt, deine Frau sei gestorben.«

»Ist sie auch. Sie hat sich an dem Tag umgebracht, an dem ich nach Vandalia zurückgekehrt bin. Sie hat geglaubt, ich würde zu ihr zurückkommen. Ich war mit dem Miststück verheiratet, als ich dich geheiratet habe.«

»Oh…« Die Erleichterung, die sie überkam, war so heftig, daß es fast schmerzte. »Oh«, sagte sie noch einmal und ließ sich in die Arme hinter ihr fallen, die sie auffingen und an eine feste, warme Brust zogen.

Kyle, den es offenbar nicht interessierte, was sie fühlte, hatte eine Feldflasche von seinem Sattel genommen und das Tuch befeuchtet, um sich das Blut vom Gesicht zu wischen.

»Ich schätze, Sie werden sich rächen, indem Sie zu Richter Van Winkle gehen und mir alles ruinieren.« Kyle rieb an dem Blut auf seinem Rock.

John antwortete. »Nein, das werden wir nicht tun. Ich glaube, Sie und der Richter haben einander verdient. Seine Nichte tut mir jedoch etwas leid.«

Kyle lachte höhnisch. »Muß sie nicht. Cindy kann auf sich selbst aufpassen. Sie hat den Instinkt eines Barracudas.«

Addie richtete einen fragenden Blick auf John. »Ein menschenfressender Fisch«, erklärte er.

Addie wandte sich wieder Kyle zu und fragte sich, wie sie so blind hatte sein können, zu glauben, daß er in seinem Inneren anständig wäre.

»Kyle Forsythe.« Sie schüttelte den Kopf, als sie seinen Namen aussprach. »Ich hoffe, daß ich niemals wieder deinen Namen höre oder dein Gesicht sehe, solange ich lebe.« Ihre Miene und ihr Tonfall zeigten beide, daß sie es ernst meinte.

Kyle zuckte die Schultern. »Mir soll's recht sein.« Er ging zu seinem Pferd, nahm die Zügel und wollte aufsteigen. Johns Stimme hielt ihn zurück.

»Eins noch.«

»Was jetzt schon wieder?«

»Halten Sie sich von Dillon fern. Kommen Sie nicht in seine Nähe, und sprechen Sie nicht mit ihm oder über ihn. Anderenfalls bringe ich Sie um.«

»Mir soll's recht sein«, sagte Kyle wieder und stieg in den Sattel.

John war noch nicht fertig. »Noch ein kleiner Ratschlag für das Wohl der Männer in Ihrem Treck. Wenn wir uns morgen trennen, lassen Sie die Wagen von Tagesanbruch bis Einbruch der Dämmerung durchfahren, und noch länger, wenn es geht. Fahren Sie zum Fort, und verlassen Sie es erst, wenn Sie eine ausreichend große Eskorte haben.«

»Wie viele Männer wären das?«

»So viele, wie Sie kriegen können. Mindestens fünfzig.«

»Danke.« Kyle deutete einen Gruß an, drehte sein Pferd und verließ sie.

Addie stand in Johns Armen und sah zu, wie Kyle den Abhang zum Lager hinunterritt. Sie war erschöpft, aber froh, daß es vorbei war. John wandte ihr sein Gesicht zu.

»Du warst nie mit ihm verheiratet, Addie. Auch wenn er zu dem Zeitpunkt nicht schon verheiratet gewesen wäre, bin ich mir nicht sicher, daß die Ehe gültig gewesen wäre, weil er einen falschen Namen benutzt hat.«

»Du mußt mich für verrückt halten, daß ich zugelassen habe, daß er... tat, was er getan hat.«

»Das denke ich nicht. Er ist attraktiv. Er hat dich ausgenutzt. Ich glaube, er ist erleichtert, daß dieser Teil seines Lebens hinter ihm liegt. Jetzt kann er sich darauf konzentrieren, jemand anderen unglücklich zu machen. Irgendwie hoffe ich, daß es Van Winkle sein wird.«

»Ich habe noch nie jemanden getroffen, der so vollkommen selbstsüchtig und egoistisch ist.«

»Es gibt viele, die so sind. Du hast sie nur nicht kennengelernt.«

»Glaubst du Dillon wird auch so werden?«

»Natürlich nicht. Wir werden ihm beibringen, daß man andere Menschen respektieren muß. Dillon ist jetzt mein Sohn. Dillon Tallman. Ich will nicht, daß der Name Hyde oder Forsythe jemals in Verbindung mit ihm genannt wird.«

Addie schlang die Arme um seinen Hals. »Ich liebe dich.«

»Ich liebe dich auch, Mrs. Tallman. Ich kann kaum abwarten, dich in unser Bett unter dem Wagen zu kriegen. Ich will, daß du schwanger bist, bevor wir nach Hause kommen.«

»Diesmal werde ich nicht allein sein.«

»Keine zehn Pferde könnten mich von dir wegbringen, wenn du mein Kind in dir trägst. Ich werde der erste sein, der ihn hält... oder sie.«

Addie sah ihrem Ehemann liebevoll in die Augen. Ihre Finger strichen über den seidigen Schnurrbart auf beiden Seiten seines Mundes.

»Letzte Nacht war mir... so elend zumute.«

Sein Lächeln war voller Zärtlichkeit. »Das freut mich. Es würde mir nicht passen, wenn nur ich gelitten hätte. Küß mich!«

Sie standen dicht beieinander und waren so still, daß eine Spottdrossel sich auf den Baumwollbüschen über ihren Köpfen niederließ. Sie blieben, bis die Sonne im Westen unterging und Victor alles Gras abgefressen hatte, das er erreichen konnte. Als er schnaubte und mit den Hufen scharrte, bemerkten sie seine Ungeduld. Am Küchenwagen und an Addies Wagen, in dem Trisha die Kinder zu Bett brachte, leuchtete schon das Licht der Laternen.

»Du hast das Abendessen verpaßt«, murmelte John an ihren von den Küssen geschwollenen Lippen.

»Das ist mir egal. Ich habe auf etwas anderes Hunger.« Sie lachte an seiner Wange. »Komm schon, du... *Passant*. Du hast noch viel zu tun, wenn ich schwanger sein soll, bevor wir nach Hause kommen.

EPILOG

Genau achtundachtzig Tage nachdem Addie ihre Farm in Arkansas verlassen hatte, erreichte sie ihr neues Zuhause in den Bergen im Norden New Mexicos. John konnte es kaum erwarten, Addie ihr gemeinsames Haus zu zeigen und seine Eltern zu sehen, die dort auf sie warteten. Er lenkte seinen Wagen, gefolgt von Trisha und Buffer in einem anderen, durch das mit dichtem Wald bewachsene Cimarron-Tal und hinauf zum Elk Mountain.

Im Sonnenlicht erstreckte sich ein niedriges Ziegelgebäude in Form eines Hufeisens, mit einem Hof und vielen Zimmern. Addie schlug vor Freude die Hände zusammen, als sie den schönen Anblick sah, der sich ihr bot. Haus und Hof waren von einer stabilen Stein- und Ziegelmauer umgeben.

Die schweren Holztore waren geöffnet, um sie willkommen zu heißen.

Als John Wagen stieg, kam eine große, schlanke Frau aus dem Haus gerannt. Er streckte die Arme aus und ging auf sie zu. Quietschend vor Lachen warf sie sich in seine Arme. Ihr im Nacken zusammengebundenes langes, dichtes Haar glänzte im Sonnenlicht silbern und goldfarben. Sie trug einen wadenlangen Rock, und an den Füßen hatte sie weiche Ledermokassins. John wirbelte sie in der Luft umher. Sie quietschte und verlangte, heruntergelassen zu werden.

Addies Aufmerksamkeit richtete sich auf den Mann, der lächelnd neben ihr stand. Er war genau wie John gekleidet; sein Haar, das nicht ganz so lang war, hatte einige weiße Strähnen. Die Frau trat zur Seite, und die beiden Männer schüttelten einander die Hand, dann umarmten sie sich. Sie waren gleich groß, obwohl der ältere Mann etwas schwerer wirkte. Addie kam der Gedanke, daß John in dreißig Jahren auch so aussehen würde.

Als sie auf den Wagen zukamen, glättete Addie den Rock ihres besten Kleides; sie wollte annehmbar aussehen, wenn sie Johns Eltern traf.

»Ich habe eine Überraschung für dich, Amy.«

»Das ist keine Überraschung, du Schlingel.« Ihre Stimme klang jung, und sie lachte gern, was ihr silbernes Haar Lügen strafte. »Hast du etwa vergessen, daß du Anselmo vor zwei Tagen hergeschickt hast? Er konnte es kaum erwarten, uns die Neuigkeiten zu erzählen, und wir konnten es kaum erwarten, unsere neue Tochter kennenzulernen, nicht wahr, Rain?«

John hob Addie vom Wagen herunter. Den Arm um sie gelegt, stellte er sie stolz seinen Eltern vor.

»Das ist Addie Faye. Addie, meine Eltern, Amy und Rain Tallman.«

Der Empfang, der ihr bereitet wurde, trieb Addie die Tränen in die Augen. Die lächelnde Amy umarmte sie, und der große Mann neben ihr schüttelte ihr herzlich die Hand.

»Anselmo hat nicht gesagt, daß ihr drei Enkelkinder habt, oder?« John lächelte schelmisch. Er ging hinten zum Wagen, wo sich die drei Kinder auf seinen Wunsch hin versteckt hatten, um ihre neue Großmutter zu überraschen.

Amy quietschte vor Freude und lief los, um John zu helfen, die Kinder herunterzuheben.

»Das ist Colin. Er wird einen erstklassigen Arbeiter abgeben, Pa. Den ganzen Weg durchs Indianerterritorium hat er gute Arbeit geleistet.«

Colin streckte Amy die Hand entgegen, die sie ignorierte und ihn statt dessen umarmte. Rain ergriff die Hand des Jungen, die er festhielt, um ihn an seine Seite zu ziehen.

»Das hier ist Jane Ann.« Das Kind umklammerte die Puppe, die John ihr geschenkt hatte. Ängstlich sah sie Addie an, die nickte, bevor sie zuließ, daß Amy sie in die Arme schloß.

»Ein kleines Mädchen! Oh, wie hübsch du bist.«

»Und dieser Schlingel hier ist Dillon.« John hob den Jungen auf seine Schultern.

»Ich heiße Dillon Tallman«, verkündete Dillon stolz. »Ich bin schon vier.« Er streckte vier Finger in die Luft.

»Fast«, fügte John grinsend hinzu.

Amy klatschte in die Hände. »Wie lange habe ich darauf gewartet. Wenn du etwas tust, dann richtig, was, Johnny?«

»Natürlich, Mutter. Hast du daran gezweifelt?«

Trisha und Buffer kamen und wurden willkommen geheißen.

»In der Adobe Walls Mission haben wir eine Pause gemacht, damit sie heiraten konnten.«

»Für heute abend haben wir eine Feier geplant.« Amy wandte sich ihrem Mann zu. »Rain, es wird eine *doppelte* Feier. Haben wir genug von allem?«

»Ja, Liebes.« Rain lachte leise und strich mit dem Finger über die weiche Wange seiner Frau. »Das hast du mich heute schon sechsmal gefragt.«

Addie liebte alles an ihrer neuen Heimat – die warmen sonnigen Tage, die kühlen Nächte. Amy kam häufig und nahm die Kinder für ein paar Tage mit zu sich. Jane Ann verehrte sie. Das kleine Mädchen blühte unter Amys Liebe und Aufmerksamkeit auf.

Zu den ersten Dingen, die John tat, gehörte es, Addie ein halbes Dutzend Schafe zu beschaffen. Prompt nannte Dillon eins von ihnen »Kelle«.

Im Herbst hatte Addie ihre schlanke Taille verloren, und John warf ihr vor, sie hätte eine Melone verschluckt. Sie konnten den Frühling und den Nachwuchs für ihre Familie kaum erwarten. Zu Ostern bekamen sie ein wunderhübsches kleines Mädchen mit dunklem Haar und dunklen Augen. John fing sie auf, als sie den Körper ihrer Mutter verließ, und mußte dann von der neuen Großmutter mit Gewalt aus dem Zimmer gedrängt werden, damit das Baby gewaschen und angezogen werden konnte. Sie nannten sie Liberty, nach Johns Tante, was sich aber bald zu Berty verkürzte.

Buffer und Trisha hatten sich ihr »kleines« Haus eingerichtet. Trisha freute sich wie eine Schneekönigin, und Buffer war stolz wie ein Pfau auf seine schöne Frau. Trisha trug die Lederhosen, die Buffer ihr in dem Laden in Van Buren gekauft hatte, und bald konnte sie reiten und schießen und Messer werfen, als hätte sie ihr ganzes Leben nichts anderes getan. Im ersten Jahr bekamen die Simmons' einen großen, kräftigen Jungen.

Die Truppe von Van Winkle durchquerte das Indianerterritorium mit einem weiteren Treck und einer Armee-Eskorte. Bei Reise nach Santa Fe erfuhren Rain und Amy, daß Richter Van Winkle durch Rains Einfluß als Indianerbeamter abgesetzt worden war – nach einem Dienstjahr abberufen aufgrund von unangemessenem Verhalten. Es wurden Fäden gezogen, so daß der Hauptmann und Mrs. Forsythe den Richter zurück in den Osten begleiten konnten, wo Forsythe wieder einen Posten als Quartiermeister erhielt.

Sie lagen schon im Bett, als John Addie die Neuigkeiten erzählte.

»Forsythe verdient jeden Penny, den er aus Van Winkle und Cindy herausbekommt. Es gibt nicht viele Männer, die den aufgeblasenen alten Ziegenbock ertragen könnten.« John streichelte liebevoll über Addies Bauch, der schon wieder zu wachsen begonnen hatte.

»Ich bin froh, daß... ach, du weißt schon wer, Hunderte von Meilen entfernt ist.«

»Seien Sie gnädig, Mrs. Tallman. Ohne dieses gemeine, stinkende Ungeziefer hättest du mich vielleicht nicht kennengelernt. Ich wäre nie nach Freepoint gekommen. Ich hätte dich nie in dem Laden gesehen. Stell dir nur vor, was dir entgangen wäre.«

»Das stimmt. Aber *du* solltest deinem Glück auch dankbar sein. Wenn dieser nichtswürdige Mistkerl, dessen Namen ich nicht aussprechen will, nicht gewesen wäre, müßtest du Socken mit Löchern tragen und allein in diesem Bett schlafen.«

Er stieß einen langen, dramatischen Seufzer aus. »Ich bin mir nicht sicher, ob ich ihm dankbar sein sollte. Zeig du es mir, wieso.« Er wollte sie necken, aber seine Stimme klang rauh.

Sie rollte sich auf den Bauch, die Ellenbogen auf seine Brust gestützt, und begann, sein Kinn zu küssen.

»Bist du dir jetzt sicher?« fragte sie und fuhr mit den Fingern seine Rippen und seinen flachen Bauch entlang.

»Nun...?« Er zögerte. »Ich weiß nicht.«

»Herr Passant, Sie sind wirklich nicht leicht zufriedenzustellen.« Sie schob ihre Hand in das dichte Haar, das sein Geschlecht umgab.

»Das gefällt mir«, sagte er rasch.

»Das habe ich mir schon gedacht.«

Eine Sekunde später fühlte er süße Qualen.

»Du lüsternes Luder!« Er rollte sie auf den Rücken. »Ich fürchte, ich muß dich bei mir behalten!«